Alle Rechte, einschließlich das des vollständigen oder auszugsweisen
Nachdrucks in jeglicher Form, sind vorbehalten.

Sämtliche Personen dieser Ausgabe sind frei erfunden. Ähnlichkeiten
mit lebenden oder verstorbenen Personen sind rein zufällig.

Der Preis dieses Bandes versteht sich einschließlich der gesetzlichen
Mehrwertsteuer.

Umwelthinweis:
Dieses Buch wurde auf chlor- und säurefreiem Papier gedruckt.

Bella Andre

Wie wär's mit Liebe?

Roman

Aus dem Amerikanischen von
Christiane Meyer

MIRA® TASCHENBUCH
Band 25793
1. Auflage: November 2014

MIRA® TASCHENBÜCHER
erscheinen in der Harlequin Enterprises GmbH,
Valentinskamp 24, 20354 Hamburg
Geschäftsführer: Thomas Beckmann

Copyright © 2014 by MIRA Taschenbuch
in der Harlequin Enterprises GmbH
Deutsche Erstveröffentlichung

Titel der nordamerikanischen Originalausgabe:
The Look Of Love
Copyright © 2012 by Bella Andre
erschienen bei: MIRA Books, Toronto

Konzeption / Reihengestaltung: fredebold&partner GmbH, Köln
Umschlaggestaltung: pecher und soiron, Köln
Redaktion: Mareike Müller
Titelabbildung: Thinkstock / Getty Images, München
Autorenfoto: © Paul Belleville
Satz: GGP Media GmbH, Pößneck
Druck und Bindearbeiten: CPI – Ebner & Spiegel, Ulm
Printed in Germany
Dieses Buch wurde auf FSC®-zertifiziertem Papier gedruckt.
ISBN 978-3-95649-078-1

www.mira-taschenbuch.de

Werden Sie Fan von MIRA Taschenbuch auf Facebook!

Lernen Sie die Sullivans kennen!

Schon mein ganzes Leben lang lese ich Liebesromane. Wenn mein Zeitplan es zulässt und ich nicht selbst schreibe, verschlinge ich bis zu einem Roman pro Tag! Meine Lieblingsgeschichten drehen sich dabei immer um Familien. Es ist toll, den Entwicklungen und Erlebnissen von Brüdern, Schwestern, Cousinen und Cousins von Buch zu Buch zu folgen. Dabei geht es nicht nur um das Vergnügen mitzuerleben, wie sie sich verlieben, sondern auch darum zu erfahren, wie diese Liebesgeschichten im Laufe der Serie tiefer und reifer werden.

Ich freue mich, Ihnen sechs Brüder, zwei Schwestern und eine fabelhafte Mutter vorstellen zu dürfen – die Sullivans! Vom Winzer über den Filmstar bis hin zur Bibliothekarin gibt es in der Familie sämtliche Facetten beruflicher Karrieren und Persönlichkeiten, und dennoch haben alle Sullivans eines gemeinsam: Sie sind füreinander da – komme, was da wolle. Vor allem, wenn der Weg zum persönlichen Happy End etwas holprig ist ...

In „Wie wär's mit Liebe?" geht es um den Fotografen Chase Sullivan, der eines Abends Chloe und ihren kaputten Wagen am Straßenrand im Napa Valley findet. Sie ist so schön – innerlich wie äußerlich –, dass er nur noch den Wunsch hat, sie zu lieben und zu beschützen. Allerdings hat sie sich geschworen, nie wieder einem Mann zu vertrauen. Kann Chase die große Ausnahme werden?

Es hat mir viel Spaß gemacht, über Chase' und Chloes süßen und sündigen Weg zur wahren Liebe zu schreiben. Ich hoffe, Sie haben ebenso viel Freude dabei, die Geschichten meiner Sullivans zu lesen!

Viel Vergnügen beim Lesen wünscht

Bella Andre

1. KAPITEL

Chase Sullivan war sieben Jahre alt, als er zum ersten Mal die Polaroidkamera seines Vaters in die Hand nahm und anfing, Fotos zu schießen. Zu seinem achten Geburtstag schenkte sein Vater ihm seine eigene Kamera, denn bereits damals wussten sie beide, dass Chase später einmal Fotograf werden würde.

Chase machte im Laufe der Jahre unzählige Bilder von seinen sieben Geschwistern, von seiner Mutter und seinem Vater – bis sein Dad starb, als Chase zehn Jahre alt war. Seinen Schwestern und Brüdern hatte es nicht immer gefallen, von einem Fotoapparat verfolgt zu werden. Des Öfteren hatte einer seiner Brüder ihm angedroht, ihm die Kamera aus der Hand zu schlagen, falls er sie nicht augenblicklich weglegte.

Und dennoch: Nach über zehn Jahren, die er schon als professioneller Fotograf arbeitete und von Wüstenlandschaften bis hin zu Olympiateilnehmern schon so ziemlich alles fotografiert hatte, war Chase noch immer der Meinung, dass seine frühesten Motive – seine Familie – die interessantesten waren, die er je aufgenommen hatte.

Aus dem Grund freute er sich auch jedes Mal darüber, bei großen Familienfeiern fotografieren zu dürfen. Vor allem wenn es so bedeutende Feiern waren wie der siebzigste Geburtstag seiner Mutter.

Das Haus seines Bruders Ryan, von dem aus man die San Francisco Bay überblicken konnte, war die perfekte Location für das Fest. Obwohl Ryans Wohnzimmer und die Küche riesig waren, schien das Haus aus allen Nähten zu platzen aufgrund all der Gratulanten, die gekommen waren, um das beliebte Familienoberhaupt des Sullivan-Clans zu feiern.

Die Gäste lachten und unterhielten sich angeregt, als Marcus, Chase' ältester Bruder und Besitzer des Sullivan-Weinguts, ihrer Mutter den Arm um die Schultern legte und sie zu ihrer beeindruckend großen Geburtstagstorte führte. Wie aufs Stichwort verstummten die Gäste. Chase stellte sein Bier ab und hob die Kamera. Er fing an, Aufnahmen von seiner jüngeren Schwester Sophie zu machen, die behutsam die Kerzen auf der Torte anzündete. Sie hatte sie liebevoll so arrangiert, dass sie den Namen ihrer Mutter und die Zahl siebzig ergaben.

Während er durch den Sucher blickte, stellte Chase einmal mehr erstaunt fest, wie ähnlich Sophie ihrer Mutter sah. Mary Sullivan hatte als Model gearbeitet, als sie seinen Vater kennengelernt hatte. Auch viele Jahre später war sie noch genauso strahlend schön, wie sie nun umringt von ihren Kindern und Freunden am Tisch stand.

Inzwischen war das Haar seiner Mutter ergraut und kurz geschnitten, während es in den Zeiten, als Mary zahllose Magazincover geziert hatte, lang, dunkel und glänzend gewesen war. Dennoch erkannte Chase in Marys Zwillingstöchtern Sophie und Lori die Ähnlichkeit zu ihrer Mutter, als sie Mitte zwanzig gewesen war. Mary hatte noch immer die leicht gebräunte Haut und die schlanke, hochgewachsene Figur wie damals. Immer noch war Chase davon fasziniert, wie sich in ihren Gesichtszügen Sophies angeborene Gelassenheit und Ruhe und Loris unbändige Energie widerspiegelten.

Chase hatte gehört, wie viele der Gäste gesagt hatten, es sei schwer zu glauben, dass Mary schon siebzig Jahre alt sei. Tatsächlich würde sie mindestens zehn Jahre jünger wirken. Und das sei doch ein Wunder, hatten viele mit einem Grinsen oder einer Grimasse hinzugefügt – je nachdem, welches von Marys Kindern sie angesehen hatten –, wenn man bedachte, dass sie nach dem unerwarteten Tod ihres Mannes mit achtundvierzig Jahren die acht gemeinsamen Kinder allein großgezogen hatte.

Wie immer, wenn er an seinen Vater denken musste, zog sich Chase' Herz zusammen. Er wünschte sich, Jack Sullivan könnte jetzt bei ihnen sein. Nicht nur weil er seinen Vater jeden Tag vermisste, sondern auch weil er wusste, wie sehr seine Mutter ihren Mann geliebt hatte.

Entschlossen schob er die düsteren Gedanken beiseite und fotografierte die Torte mit den brennenden Kerzen. Es waren einundsiebzig Kerzen – siebzig plus eine Kerze, die Glück bringen sollte. Marcus stimmte „Happy Birthday" an, und im nächsten Moment sangen alle im Raum mit.

Während seine Mutter strahlte, als würde ihr der außergewöhnlich schiefe Gesang nichts ausmachen, trat Chase an die Seite, um so viele Mitglieder seiner Familie wie möglich auf die Bilder zu bekommen.

Nachdem das Geburtstagsständchen schließlich vorbei war, drückte Marcus Marys Hand und sagte: „Jetzt wünsch dir was, Mom."

Sie schaute in die Runde. Ihr Lächeln galt jedem einzelnen der Menschen, die hier versammelt waren und die sie liebten. „So viele Wünsche sind schon in Erfüllung gegangen." Ihr Lächeln wurde noch breiter. „Und dennoch will ich mehr. Ich habe noch mindestens siebzig Wünsche!"

Alle lachten mit ihr zusammen, denn sie wussten, dass sie der wohl bescheidenste und genügsamste Mensch auf der ganzen Erde war. Was auch immer sie sich je gewünscht hatte, es waren gute Wünsche für ihre Kinder gewesen. Sie hatte nie wieder geheiratet und sich auch, soweit Chase bekannt war, nie wieder mit einem anderen Mann getroffen. Stattdessen hatte sie ihre ganze Kraft darauf verwendet, sie großzuziehen, sie zu unterstützen und auf ihrem Weg zu begleiten. Selbst jetzt, wo sie alle schon erwachsen waren, war sie noch immer für sie da, wenn sie sie brauchten – und auch dann, wenn ihnen nicht klar war, dass sie sie brauchten.

Während Mary Sullivan nun die Augen schloss, um sich etwas zu wünschen, sie dann wieder öffnete und sich vorbeugte, um die Kerzen auszupusten, hoffte Chase, dass sie sich zumindest jetzt etwas für sich selbst erbeten hatte.

Alle Gäste klatschten. Chase machte eine wunderschöne Aufnahme von Marcus, der seiner Mutter einen Kuss auf die Wange drückte, während Sophie von hinten die Arme um Mary schlang. Chase schoss Bild für Bild von seinen Brüdern und Schwestern, die zusammen den Geburtstag ihrer Mutter feierten. Das würde Mary gefallen.

Schon bald hatte Chase genug Fotos im Kasten, damit er zur Erinnerung an diese Party ein Fotoalbum zusammenstellen konnte. Er hätte die Kamera weglegen können, aber er tat es nicht. In einer Familie mit acht Kindern hatte sich jedes von ihnen seinen eigenen Platz erkämpfen müssen. Die Bilder, die Chase im Laufe von mehr als zwanzig Jahren gemacht hatte, zeigten deutlich, wie ihre Persönlichkeiten sich immer weiter ausgeprägt hatten.

Schon vor dem Tod ihres Vaters hatte Marcus seine Rolle als ältester Sullivan-Spross sehr ernst genommen. Mit vierzehn hatte sich all die Übung ausgezahlt, als er von einem auf den anderen Moment eingesprungen war, um zu versuchen, in die Fußstapfen des verstorbenen Vaters zu treten. Chase wusste, dass sie Marcus etwas schuldig waren: Er hatte für sie seine Kindheit aufgegeben, sich um sie gekümmert. Deshalb freute Chase sich für seinen Bruder, dass er im Sullivan-Weingut mit seiner unglaublichen Sortenvielfalt seine Bestimmung gefunden hatte. Vor zehn Jahren hatte Marcus die Weinkellerei gegründet und war glücklich damit. Chase nahm mit der Kamera seinen großen Bruder ins Visier. Ihm fiel der finstere Ausdruck auf Marcus' Gesicht auf, während der sich mit seiner Freundin Jill unterhielt. Offensichtlich regte sie sich über irgendetwas auf. Sie hatte die Lippen aufeinandergepresst und die Augen zusammengekniffen, wobei sie auf die anderen Geschwister deutete. Als Chase Marcus' resignierte Miene bemerkte, ließ er den Fotoapparat sinken. Er hatte kein gutes Gefühl dabei, diesen Moment zwischen Marcus und seiner Freundin festzuhalten. Marcus würde nicht wollen, dass die anderen mitkriegten, dass irgendwas nicht stimmte.

Lori, seine vierundzwanzigjährige Schwester und Sophies Zwillingsschwester, zupfte an seinem Ärmel. Erleichtert über die Ablenkung schaute Chase in ihr freches, lächelndes Gesicht. „Du siehst glücklich aus, Teufelchen. Hast du dich mit unserem Engelchen vertragen?"

Vor langer Zeit hatte er Lori „Teufelchen" und Sophie „Engelchen" getauft. Hätten sie sich äußerlich nicht aufs Haar geglichen, hätte Chase nicht glauben können, dass sie miteinander verwandt waren. Leider hatten die Zwillinge sich in den vergangenen Monaten nicht besonders gut verstanden. Natürlich erzählten sie ihren Brüdern nicht, worum es bei ihrem Streit genau ging. Selbst wenn sie sich nicht einig waren, waren die Zwillingsschwestern immer noch ein gut eingespieltes Team.

Von all seinen Geschwistern hatte Lori immer am bereitwilligsten vor seiner Kamera posiert. Sie war eine fantastische Choreografin und liebte es zu tanzen. Seit sie zwei Jahre alt war, hatte sie für ihn getanzt, Pirouetten gedreht und Sprünge gemacht, während er Bild für Bild von ihr geschossen hatte. Dennoch war er der Meinung, dass die beeindruckendsten Aufnahmen von seiner kleinen Schwester die Fotos gewesen waren, die er von ihr gemacht hatte, wenn sie ihre Tanzeinlage beendet hatte und sich der Kamera gar nicht mehr bewusst gewesen war. Ihre ganze Liebe, Kraft und Leidenschaft spiegelten sich in ihrem Tanz wider, und wenn sie danach zur Ruhe kam, standen all diese Empfindungen ihr noch ins hübsche Gesicht geschrieben.

Statt zu antworten, blickte Lori in Sophies Richtung und runzelte die Stirn. „Hör bloß auf mit der da", sagte sie, bevor sie kurz den Kopf schüttelte und sich wieder Chase zuwandte. „O ja, ich bin glücklich." Sie lenkte seine Aufmerksamkeit auf ihre beiden Brüder Zach und Gabe, die mit geballten Fäusten voreinanderstanden und eine ernste Unterhaltung zu führen schienen. „Hast du Zachs Verabredung für heute Abend schon kennengelernt?"

„Hab ich", entgegnete Chase und warf der wasserstoffblonden Frau in den mörderisch hohen Schuhen einen kurzen Blick zu. Die Frau war hübsch – wie alle Frauen, mit denen Zach sich traf. Hübsch, allerdings war sie nichts Besonderes. Während er zwischen seinen Brüdern hin- und herschaute, erriet er schnell, warum Lori von einem Ohr zum anderen grinste.

„Gabe war zuvor mit ihr zusammen, stimmt's?"

Lachend nickte Lori. „O ja."

Bei sechs Brüdern zwischen siebenundzwanzig und sechsunddreißig war es unvermeidlich, dass es manchmal chaotisch zuging. Wenn alle acht Geschwister unter einem Dach zusammen waren, bedeutete das viel Gelächter, viele Neckereien und mindestens einen Riesenkrach. Doch da es offensichtlich keinem der beiden Brüder ernst mit der jungen Frau war, schätzte Chase, dass die beiden sich nicht richtig streiten würden. Sie nutzten einfach die Chance, um mal ein wenig Dampf abzulassen.

Seit der Highschool waren sehr viele Frauen Zachs unbestreitbaren Reizen erlegen, und Chase' Bruder hatte dieses Glück auch ausgenutzt. Da Zach zwei Dinge ganz besonders liebte – nämlich schicke Autos und noch schickere Frauen –, nahm Chase an, dass es für Zach ganz gut lief. Lächelnd machte er ein Foto von Zach, der Anspruch auf sein eigenes Date erhob. Chase beschloss, dass er diese Bilder von Zach in der nächsten Woche einigen Freunden zeigen würde, die eine erfolgreiche Modelagentur führten. Denn wenn Zach jemals zustimmen sollte, seinen Schraubenschlüssel zur Seite zu legen, seine Rennwagen stehen zu lassen und stattdessen Designerklamotten zu präsentieren – und wenn auch nur für eine Woche –, könnte der Modelagent so ziemlich jedes Honorar für Zachs Arbeit verlangen.

Andererseits würde jeder Agent, der etwas taugte, auch versuchen, Gabe für seine Agentur zu gewinnen, dachte Chase, als er die Linse auf Gabe richtete. Obwohl Gabe der jüngste der Brüder war, war er der größte und stärkste. Als Feuerwehrmann in San Francisco hatte er auch den gefährlichsten Beruf von ihnen allen. Nicht nur einmal hatte er in den letzten Jahren Feiern wie diese überstürzt verlassen müssen, weil ein Notruf eingegangen war. Und jedes Mal, wenn das passierte, hatte jeder der für gewöhnlich lauten, ausgelassenen Sullivans sich einen Moment genommen, um für ihn und für seine Sicherheit zu beten. Chase hoffte, dass der Regen draußen bedeutete, dass Gabe zusammen mit den anderen bis zum Schluss bleiben könnte.

Er hatte den Fotoapparat gerade heruntergenommen, da sagte Lori: „Ich weiß gar nicht, warum Zach und Gabe sich überhaupt um das Mädchen streiten – immerhin hat sie nur Augen für Smith." Sie zuckte nur mit den Schultern über die starke Anziehungskraft, die ihr Bruder, der ein berühmter Schauspieler war, auf das weibliche Geschlecht ausübte, und meinte: „Ich hol mir Kuchen, ehe alles weg ist. Dir besorge ich ein Mittelstück."

Chase sah wieder durch den Sucher der Kamera, während seine Schwester sich flirtend ihren Weg durch die Menge bahnte. Kein Zweifel: Seine zuweilen etwas anstrengende, doch umwerfende Schwester würde eines Tages einen armen Mann um den Verstand bringen. Und der Kerl konnte sich verdammt glücklich schätzen, wenn er Loris großes Herz für sich gewann.

Selbstverständlich wusste sie, dass die Kamera auf sie gerichtet war, denn sie drehte sich um, zwinkerte Chase zu und formte mit den Lippen: „Ich habe es dir ja gesagt", als sie mit dem Daumen auf Smith deutete, der gerade von Zachs Date in die Enge getrieben wurde.

Chase hatte fast ein schlechtes Gewissen, da er den Fotoapparat auf seinen Bruder Smith richtete. Im Laufe der letzten fünfzehn Jahre war Smith durch die Schauspielerei – und sein enormes Talent – zahllosen Kameras und der weltweiten Presse ausgeliefert gewesen. Chase hatte immer belustigt verfolgt, wie die Leute in der Nähe seines berühmten Bruders ausflippten. Für ihn war Smith so normal wie alle anderen Familienmitglieder.

Obwohl er zugeben musste, dass es nicht normal war, in Italien eine fünfundvierzig Meter lange Jacht zu chartern und Stars darauf einzuladen.

Als die junge Frau nun ein wenig zu dicht vor Smith stand und ihn um ein Autogramm bat, fiel Chase wieder einmal auf, wie gut sein älterer Bruder mit seinem Erfolg und seiner Bekanntheit umging. Und auch wenn er sich nie beklagte, ahnte Chase, wie anstrengend es sein musste, immer freundlich zu sein und für den Rest der Welt die Rolle des „Smith Sullivan" zu spielen. Deshalb achteten Chase und seine Geschwister darauf, dass sie Smith wie jeden anderen behandelten, wenn die ganze Familie einmal zusammenkam.

Rechts von Smith hievte sein Bruder Ryan gerade eine schwere Truhe hoch, um sie aus dem Weg zu räumen, damit die Gäste Platz zum Tanzen hatten. Eine Swing-Band begann zu spielen. Als professioneller Sportler war Ryan hochgewachsen und muskulös. Die Anstrengung war ihm nicht anzumerken – nur durch den Sucher der Kamera hindurch bemerkte Chase, dass Ryan kurz die Zähne zusammenbiss, als seine rechte Schulter unter dem Gewicht der Truhe ein bisschen weiter nachgab als die linke. Als Kind schon hatte sein Bruder sich nichts sehnlicher gewünscht, als für die *San Francisco Hawks* zu spielen. Es war ein Freudentag gewesen, an dem Ryan als Top-Nachwuchstalent direkt vom College für die Hawks rekrutiert worden war. In den vergangenen zehn Jahren hatten die Strikeouts bei Ryan immer locker und lässig gewirkt. Doch Chase wusste, wie sehr sich sein Bruder auf etwas versteifen konnte, wenn er es wirklich wollte – genauso, wie er sich darauf versteift hatte, der beste Pitcher in der *National Baseball League* zu sein.

Nachdem Ryan die Tanzfläche freigeräumt hatte, stellte Lori ihren Kuchenteller ab, ergriff Ryans Hand und zog ihn hinter sich her. Chase schoss weiter Fotos, während Ryan versuchte, auch Sophie mit auf die Tanzfläche zu locken. Aber Sophie schüttelte nur den Kopf.

Sophie war das Gegenstück zu Lori – das Engelchen, während Lori das Teufelchen war. Er konnte sie sich als nichts anderes denn als Bibliothekarin vorstellen. Sie liebte ihren Job in der Hauptstelle in San Francisco. Selbst in ihrer Kindheit hatte sie sich, sobald sie ihn mit seiner Kamera erblickt hatte, immer ihr Buch vors Gesicht gehalten und gewartet, bis er aufgegeben und sich ein neues Opfer gesucht hatte. Ihm war klar, dass sie heute Abend absichtlich einen großen Bogen um ihn und seinen Fotoapparat machte. Für Chase war es ein genauso großes Talent, im Hintergrund zu verschwinden, wie vor der Kamera zu strahlen. Von Kindesbeinen an hatte Sophie die Kunst des Beobachtens beherrscht. Die Kunst des Zusehens. Die Kunst, alles um sich herum in sich aufzunehmen. Im Laufe der Jahre hatte er viel von ihr gelernt und dachte oft an sie, wenn er durch den Sucher des Apparats blickte.

Im nächsten Moment spürte Chase, wie jemand ihm einen schlanken und dennoch starken Arm um die Taille legte. Er ließ die Kamera sinken und gab seiner Mutter einen Kuss auf den Scheitel.

„Herzlichen Glückwunsch zum Geburtstag, Mom. Ich hoffe, du genießt das Fest."

Sie lächelte ihm zu, ehe sie dasselbe sagte wie jedes Jahr, wenn alle Familienmitglieder und Freunde zusammenkamen, um sie zu feiern. „Es ist der schönste Geburtstag, den ich je erlebt habe, Schatz. Der allerschönste."

Arm in Arm standen sie da und beobachteten, wie seine Brüder und Schwestern tanzten und lachten, sich unterhielten und stritten – und Chase musste seiner Mutter zustimmen. Es war tatsächlich die beste Geburtstagsparty aller Zeiten.

Ein paar Minuten später machte Sophie ein paar Aufnahmen von Chase und seiner Mutter. „Was auch immer ihr tut – lächelt bloß nicht", sagte Sophie zu den beiden. Es war ein alter Spruch der Familie. Ihr Vater hatte sich ihn ausgedacht, als er vor langer Zeit – vergeblich – versucht hatte, acht unbändige Kinder dazu zu bringen, gemeinsam für ein Foto zu lächeln. Er hatte sie schließlich ermahnt, auf keinen Fall zu lächeln, sonst würde etwas passieren! Das Lächel-Verbot hatte die Kinder natürlich dazu verleitet, genau das Gegenteil zu tun. Sie hatten gekichert, und es war ein perfektes Familienfoto geworden.

Inzwischen war der Regen stärker geworden, und Chase konnte durchs Fenster den bedrohlich düsteren Himmel erkennen, der auf ein Unwetter hindeutete. Da er am nächsten Morgen ein Fotoshooting auf Marcus' Weingut im Napa Valley angesetzt hatte, hatte Chase sowieso vorgehabt, die Party seiner Mutter etwas früher zu verlassen. Im Dunkeln und im Regen würde die Fahrt aus der Stadt ins Napa Valley noch länger dauern als angenommen. Also war es besser, eher früher als später aufzubrechen.

Chase versprach seiner Mutter, ihr die Bilder so schnell wie möglich zu schicken, verstaute seine Kamera, umarmte Mary ein letztes Mal und ging hinaus.

Über eine Stunde später bog Chase' BMW um eine Kurve der engen Straße, die zum Sullivan-Weingut führte. Die Scheibenwischer kamen kaum gegen den Regen an, und die Sicht auf die Straße, die sich durchs Napa Valley schlängelte, war verschwommen.

In den kommenden vier Tagen würde auf Marcus' Weingut ein Fotoshooting für *Jeanne & Annie* stattfinden. *Jeanne & Annie* war ein aufstrebendes Modehaus, das Haute Couture mit ländlichem Stil verband. Die Models und das Team würden in einem Hotel in der Stadt wohnen. Chase hingegen wollte im Gästehaus seines Bruders auf dem Weingut schlafen. Das Weingut bot die perfekte Kulisse für das Shooting – vor allem im Frühling. An den Weinreben waren die ersten zartgrünen Blätter zu sehen, und der Ackersenf blühte zwischen den Reihen von Rebstöcken in leuchtendem Gelb.

Plötzlich erhellte ein Blitz den düsteren Himmel. Wenn es neben der Straße eine Art Seitenstreifen gegeben hätte, dann hätte Chase angehalten, um Aufnahmen von dem Sturm zu schießen. Er liebte den Regen. In einem Unwetter sah alles anders aus, und ein ganz gewöhnliches Feld konnte sich mit einem Mal in einen Sumpf verwandeln, den Tausende von Vögeln für einen spontanen Boxenstopp nutzten. Umstände und Bedingungen, die die meisten Fotografen zur Verzweiflung trieben – vor allem wenn sie auf den perfekten Sonnenuntergang angewiesen waren, um ihre Fotos zu machen –, waren genau das, was ihn reizte.

Es waren diese Momente, wenn allen kalt war und nichts „richtig" zu laufen schien, in denen etwas ganz Besonderes passieren konnte. Magische Momente. Die Models gaben ihre Reserviertheit, ihre Unnahbarkeit auf und erlaubten ihm einen Blick hinter ihr Make-up, sodass er ihr wahres Ich sehen konnte. Chase glaubte, dass eine echte emotionale Verbindung mit der Kamera entstehen musste, damit die wahre menschliche Schönheit – zusammen mit der Schönheit der Kleider oder des Schmucks oder der Schuhe, die die Models trugen – durchscheinen konnte.

Zu Beginn seiner Karriere war Chase im Angesicht all der Anmut, die ihn umgeben hatte, genauso ein Frauenheld gewesen wie jeder andere Mann in diesem Business. Zuerst hatte er die Vorteile seines Jobs ausgekostet. Doch mit Ende zwanzig hatte er festgestellt, dass das Gefühl einer Nacht nicht einmal acht Stunden gehalten hatte, dass seine Bilder dagegen für die Ewigkeit waren. Und so hatte er beschlossen, ruhiger zu werden.

Andererseits hatte er im vergangenen Monat durch seine Reisen nach Asien und die Tatsache, dass er niemanden getroffen hatte, bei dem er hätte schwach werden können, vollkommen enthaltsam gelebt. Heute Abend hatte er vor, diese Dürreperiode mithilfe von Ellen, der Betriebsleiterin des Weinguts, zu beenden. Er hatte Ellen kennengelernt, während sie gemeinsam das Shooting vorbereitet hatten. Ein paar E-Mails hatten gereicht, um alles zwischen ihnen in die Wege zu leiten. Eine unbeschwerte Nacht voller Spaß war genau das, was er jetzt dringend brauchte – auch wenn er schätzte, dass sein Bruder nicht sehr erfreut darüber sein würde, dass er mit einer seiner Angestellten einen One-Night-Stand hatte. Na ja, sie waren schließlich alle erwachsen ...

Der Regen war so stark, dass Chase beinahe das flackernde Licht an der rechten Seite der zweispurigen Landstraße übersehen hätte. In den letzten dreißig Minuten war ihm kein anderes Auto begegnet, denn in einer Nacht wie dieser blieben die meisten vernünftigen Kalifornier zu Hause.

Er wurde langsamer und schaltete das Fernlicht an, damit er im strömenden Regen mehr erkennen konnte. Ein Wagen steckte in der Böschung fest, und ungefähr einhundert Meter von der Unfallstelle entfernt lief eine Person am Straßenrand entlang. Da sie offensichtlich gehört hatte, dass er sich näherte, drehte sie sich um. Chase konnte im Licht der Scheinwerfer sehen, wie ihr langes nasses Haar um ihre Schultern flog.

Chase fragte sich, warum sie nicht im trockenen, warmen Auto saß, den Pannendienst rief und wartete, bis er eintraf. Er lenkte seinen Wagen an die Seite, hielt an und stieg aus. Die Frau zitterte, als sie dastand und ihm entgegenblickte.

„Sind Sie verletzt?"

Unwillkürlich legte sie eine Hand auf ihre Wange, schüttelte jedoch den Kopf. „Nein."

Er trat näher, um sie über den prasselnden Regen hinweg verstehen zu können. Die Temperatur war gefallen, und aus dem Regen wurde Hagel. Obwohl er die Scheinwerfer noch immer eingeschaltet hatte, war es dunkel genug, dass seine Augen ein paar Minuten brauchten, ehe sie sich an das schummrige Licht gewöhnten. Endlich konnte er ihr Gesicht erkennen.

In dem Moment zog sich in Chase' Brust irgendetwas zusammen.

Obwohl ihr die langen dunklen Haare am Kopf klebten und sie aussah wie der sprichwörtliche „begossene Pudel", machte ihre Schönheit ihn sprachlos.

Innerhalb von Sekundenbruchteilen erfasste er mit geschultem Auge ihre Züge. Ihr Mund war ein bisschen zu groß, und ihre Augen standen ein wenig zu weit auseinander. Sie war nicht annähernd so dünn wie ein Model, aber wenn er betrachtete, wie ihr T-Shirt und ihre Jeans sich an ihren Körper schmiegten, war sie wohlproportioniert. Im Dunkeln konnte er die genaue Farbe ihrer Haare nicht erkennen, doch sie sahen seidig, glänzend und glatt aus, wie sie ihr so über die Schultern hingen.

Erst als Chase hörte, wie sie sagte: „Mein Wagen ist allerdings nicht so glimpflich davongekommen!", wurde ihm bewusst, dass er vollkommen vergessen hatte, warum er eigentlich ausgestiegen war.

Ihm wurde klar, dass er ihren Anblick in sich aufgesogen hatte wie ein Verdurstender einen Schluck Wasser. Er versuchte, sich zusammenzureißen. Schon von Weitem stellte er fest, dass er recht hatte, was den Wagen betraf. Man musste kein Automechaniker wie sein Bruder Zach sein, um zu erkennen, dass ihr Kombi ein Totalschaden war. Selbst wenn ihre Stoßstange durch den Aufprall auf den Zaun, in den sie gekracht war, nicht kaputt gewesen wäre, hätten ihre abgefahrenen Reifen im Schlamm keinen Halt gefunden. Zumindest nicht in dieser Nacht.

Wenn ihr Wagen nicht in dieser aussichtslosen Lage gesteckt hätte, dann hätte er sie wahrscheinlich gebeten, in ihr Auto zu steigen, während er versuchte, es aus dem Graben zu ziehen. Aber ihm gefiel es nicht, wie eines der Hinterräder gefährlich über den Rand der Böschung hing.

Chase wies mit dem Daumen über seine Schulter. „Steigen Sie in meinen Wagen ein. Wir können dort auf einen Abschleppwagen warten." Ihm fiel auf, dass seine Worte fast wie ein Befehl geklungen hatten, doch der Hagel wurde ja auch immer heftiger. Sie mussten beide raus aus dem Regen, ehe sie hier festfroren.

Die Frau rührte sich nicht von der Stelle. Stattdessen warf sie ihm einen Blick zu, der ihm offenbar sagen sollte, dass sie ihn für einen Spinner hielt.

„Ich werde ganz bestimmt nicht in Ihren Wagen steigen."

Chase begriff, wie beängstigend es für eine Frau sein musste, im Dunkeln allein mit dem Auto auf einer einsamen Straße liegen zu bleiben. Er machte einen Schritt zurück. „Ich werde Ihnen nichts tun, Sie nicht angreifen. Ich schwöre, dass Sie vor mir keine Angst haben müssen."

Bei dem Wort „angreifen" zuckte sie unwillkürlich zusammen, und Chase' Alarmglocken begannen zu schrillen. Zwar hatte er nie Frauen angezogen, die in Schwierigkeiten steckten, und er war auch nicht der Typ Mensch, der verwundete Vögel mitnahm und gesund pflegte. Dennoch hatte ihn das Zusammenleben mit zwei Schwestern eines gelehrt: Er merkte es, wenn etwas nicht stimmte.

Mit dieser Frau stimmte etwas ganz und gar nicht – und das hatte nichts damit zu tun, dass ihr Auto in einem schlammigen Graben steckte.

Um ihr zu zeigen, dass sie nichts zu befürchten hatte, hob er die Hände. „Ich schwöre beim Grab meines Vaters, dass ich Ihnen nichts tun werde. Es ist schon in Ordnung, in mein Auto zu steigen." Als sie nicht sofort Nein sagte, fuhr er fort:

„Ich möchte Ihnen nur helfen." Und genau das wollte er. Allerdings war der Wunsch bei dieser Frau stärker als für gewöhnlich bei fremden Menschen. „Bitte", sagte er. „Lassen Sie sich von mir helfen."

Sie starrte ihn eine ganze Weile an. Hagelkörner prasselten vom Himmel auf sie herunter. Chase ertappte sich dabei, dass er den Atem anhielt und gespannt auf ihre Entscheidung wartete. Es sollte ihm genau genommen egal sein, wie sie sich entschied.

Aber aus irgendeinem Grund, den er nicht benennen konnte, war es ihm nicht egal.

Chloe Peterson war noch nie in ihrem Leben so nass, so unglücklich und so … verzweifelt gewesen. Sie hatte in den vergangenen Stunden keine Geschwindigkeitsbegrenzung beachtet – bis der Sturm immer schlimmer geworden war. Auf dem nassen Asphalt war sie gezwungen gewesen, langsamer zu fahren. Doch ihre Reifen waren alt und abgefahren, und ehe sie sich's versehen hatte, war sie von der Straße geschlittert.

Mitten in den schlammigen Graben hinein.

Es wäre leichter und sicherlich auch vernünftiger gewesen, im Auto sitzen zu bleiben und den Sturm abzuwarten. Allerdings war sie zu aufgewühlt, um still zu sitzen. Sie musste sich bewegen, sonst würden die Gedanken und Erinnerungen sie mit Sicherheit einholen. Also nahm sie ihre Tasche, stieg aus und machte sich auf den Weg durch den Regen. Mittlerweile war aus dem Regen Hagel geworden.

Die harten kleinen Körner taten weh, aber sie war froh über die Kälte, über die Stiche, die die Hagelkörner ihr versetzten. So konnte sie sich zumindest auf etwas anderes konzentrieren und war abgelenkt von all dem, was nur Stunden zuvor geschehen war.

Sie konnte noch immer nicht glauben, dass …

Nein. Sie durfte nicht darüber nachdenken, was passiert war. Sie musste sich überlegen, wie sie aus dem Regen kam und einen sicheren, trockenen Ort fand, an dem sie die Nacht verbringen konnte. Am nächsten Tag würde sie dann versuchen dahinterzukommen, wie alles so schnell hatte aus dem Ruder laufen können.

Chloe war sich nicht sicher, wo genau sie war. Sie hoffte einfach, dass sie in die richtige Richtung ging, um in die Stadt zu gelangen.

Den ganzen Abend schon waren die Straßen durch die Weingegend seltsam leer gewesen. Oft war sie die Straßen entlanggefahren, aber inzwischen fühlte es sich an, als wäre es in einem anderen Leben gewesen.

Sie war gerade erst ein paar Meter gelaufen, da hatte sie das Licht der Scheinwerfer hinter sich bemerkt.

Angst ergriff sie, als das teure Auto am Straßenrand hielt. Sie musste sich zusammenreißen, um nicht wegzulaufen. Sie war allein auf dieser dunklen, nassen Landstraße. Sie hatte kein Handy. Und selbst wenn sie eines gehabt hätte, dann hätte sie in diesem Sturm wahrscheinlich keinen Empfang gehabt. Die Tatsache, dass es ein teurer Wagen war, beruhigte sie auch nicht. Wenn überhaupt, machte es sie noch nervöser zu wissen, dass der Besitzer des Wagens vermutlich reich war. Denn wenn sie in den vergangenen sechs Monaten etwas gelernt hatte, dann, dass Geld Macht bedeutete. Macht über Frauen wie sie.

Als Nächstes war der Mann, der übrigens sehr groß war, aus dem Auto gestiegen und war auf sie zugekommen. Er hatte sie aufgefordert, in sein Fahrzeug zu steigen.

Auf keinen Fall.

Er hatte versucht, sie davon zu überzeugen, dass sie vor ihm nichts zu befürchten hätte. Er hatte die richtigen Dinge gesagt. Doch sie kannte solche Menschen nur zu genau – sie sagten das eine und taten das andere.

„Ich kenne Sie doch gar nicht", erklärte sie nun zu ihm. Er könnte ein Axtmörder sein. Sie hatte zwei gesunde Füße. Sie würde weiterlaufen und irgendwann schon einen Ort finden, an dem sie sich aufwärmen und trocknen könnte.

Sie bemerkte seinen enttäuschten Gesichtsausdruck und ahnte, dass er noch einmal probieren würde, ihr gut zuzureden.

Plötzlich hörten sie das Geräusch von rutschenden Reifen.

Ehe sie wusste, wie ihr geschah, zog der Mann sie in seine Arme. Ihr blieb gar keine Zeit, sich gegen ihn zu wehren oder auch nur darüber nachzudenken, denn mit einem Mal tauchte vor ihnen ein Motorrad auf.

Unwillkürlich schloss sie die Augen und wartete auf den Aufprall, als der Mann sie scheinbar mühelos hochhob und mit ihr in den Armen in den Böschungsgraben sprang.

Sie öffnete die Augen gerade rechtzeitig, um zu sehen, wie das Motorrad schlingerte, sich aber an der Stelle, an der sie gerade noch gestanden hatte, noch fing. Ihr Herz, das praktisch aufgehört hatte zu schlagen, fing an zu hämmern, während sie zusah, wie der Motorradfahrer wieder Gas gab und davonraste.

Ihr wurde klar, dass sie laut keuchte. Sie zitterte vor Kälte und vor Angst.

„Ist alles in Ordnung mit Ihnen?"

Chloe starrte den Mann an, der sie gerettet hatte. Zum ersten Mal, seit er aus seinem Wagen gestiegen war, empfand sie keine Furcht. Stattdessen fiel ihr auf, wie anziehend er war.

Nein, musste sie sich eingestehen. „Anziehend" war ein viel zu schwaches Wort für einen Mann wie diesen. Selbst im Dunkeln konnte sie erkennen, dass andere Männer gegen ihn verblassten. Auch im kalten Regen, mit Haaren, die an seinem Kopf, mit Kleidern, die an seinem Körper klebten, und Schmutz im Gesicht sah er einfach umwerfend aus.

Und ihr Körper reagierte überraschend heftig auf ihn. Hitze durchströmte sie.

Oder vielleicht kommt die Hitze auch daher, dass er mich noch immer in seinen starken Armen hält, dachte sie dann.

Diese Stärke und die Art, wie er sie vor dem herannahenden Motorrad gerettet hatte, ohne auf seine eigene Sicherheit zu achten, brachten sie dazu, mit dem Gedanken zu spielen, ihm vielleicht doch zu vertrauen. An jedem anderen Tag hätte das vermutlich gereicht. Aber reichte es tatsächlich?

Als sie nun wieder in Sicherheit waren, versuchte Chloe, auf dem schlammigen Untergrund auf die Beine zu kommen. Sie sortierte angestrengt ihre Gedanken, um eine vernünftige Entscheidung zu treffen. Da sie von dem Sprung in den Graben von oben bis unten voller Schlamm war, schaffte sie es nicht, sich aus ihrer misslichen Lage zu befreien.

„Einen Moment", meinte der Mann beruhigend. „Ich helfe Ihnen."

Kurz darauf war er mit ihr auf dem Arm scheinbar mühelos durch den Schlamm und den Regen gestapft und stellte sie nun am Straßenrand ab.

Ihre Augen hatten sich inzwischen so gut an die Dunkelheit gewöhnt, dass sie den Ausdruck in seinem Blick erkennen konnte, als der Mann zu ihr meinte: „Hier ist es nicht sicher. Für uns beide nicht." Er wirkte aufrichtig und nicht im Entferntesten so, als wollte er ihr irgendetwas Böses.

Der gesunde Menschenverstand sagte ihr, dass dieser Mann, dieser Fremde recht hatte. Dennoch war sie noch immer argwöhnisch. Sehr sogar.

Doch in diesem Moment, im Regen und im Dunkeln, in einer Stadt, in der sie niemanden kannte, blieb ihr keine andere Wahl, oder?

Stumm dachte sie darüber nach, wie er sie beschützt hatte – er hatte sie nicht nur vor dem Motorrad gerettet, sondern auch den Sturz in den Böschungsgraben mit seinem Körper abgefangen.

„Also gut. Ich komme mit Ihnen", räumte Chloe schließlich ein.

Sie hoffte inständig, dass sie ihre Entscheidung nicht bald bitter bereuen würde.

2. KAPITEL

Gott sei Dank, endlich hat sie zugestimmt mitzukommen, dachte Chase. Dieses Motorrad hatte ihn zu Tode erschreckt. Es war keine Zeit gewesen, um nachzudenken – er hatte einfach reagiert, und nun war er unglaublich erleichtert, dass es ihm gelungen war, sie beide zu retten.

Jetzt wollte er ihr – Gentleman, der er nun mal war – die Tasche abnehmen.

Unwillkürlich machte sie einen Satz zurück. „Bitte nicht." Sie versuchte, ihre Angst zu verbergen. „Ich kann meine Tasche allein tragen, danke."

Dass sie vor ihm zurückgewichen war, sobald sie wieder am Straßenrand gestanden hatten, hätte einen Mann durchaus verletzen können. Aber Chase wusste, dass es nur von gesundem Menschenverstand zeugte, wenn eine Frau in einer Situation wie dieser einem Fremden gegenüber besonders wachsam war.

Unglücklicherweise konnte er, während sie nun zum Wagen ging, den Blick nicht von ihren wundervollen Kurven wenden.

Doch jeder Mann, der Schwestern hatte, dachte viel mehr darüber nach, wie er mit Frauen umging – besonders wenn er zwei so hübsche Schwestern wie Lori und Sophie hatte, die schon in so viele Konflikte geraten waren, dass er gar nicht darüber nachdenken mochte. Chase und seine Brüder flirteten zwar gern und mehr, aber keiner von ihnen wäre jemals auf den Gedanken gekommen, eine Frau einer Gefahr auszusetzen oder etwas gegen ihren Willen zu tun. Nein, sie liebten es vielmehr, wenn die Frauen sie darum *baten*.

Und jetzt war nicht der richtige Zeitpunkt, um an Sex zu denken. Nicht, wenn er eine völlig durchnässte Frau in seinem BMW sitzen hatte, der er versprochen hatte, ihr nicht zu nahe zu treten.

Auch wenn ihm klar war, dass seine Ledersitze sich nie wieder von dem Wasser- und Schlammangriff erholen würden, zögerte Chase nicht, die Beifahrertür für die Fremde aufzuhalten und zu warten, bis sie sich in den Wagen gesetzt hatte. Sobald sie Platz genommen und ihre Tasche auf dem Schoß umklammert hatte, machte er die Tür zu und rannte ums Auto herum zur Fahrerseite. Hastig stieg er ein.

In null Komma nichts beschlugen die Scheiben, und die Situation fühlte sich noch intimer an, als sie ohnehin schon war. Es war so intim, dass Chase nicht umhinkonnte festzustellen, dass sein überraschender Mitfahrer sehr gut duftete – nach Regen und frisch erblühten Blumen. Er schaltete die Heizung hoch, damit die Frau sich aufwärmen konnte. „Möchten Sie trockene Kleidung, um sich umzuziehen?" Er wollte ihr etwas aus seinen Taschen im Kofferraum des Autos geben.

Obwohl sie zitterte, schüttelte sie den Kopf. „Nein danke. Es geht schon."

Offensichtlich ging es nicht, doch zumindest drang nun warme Luft aus den Lüftungsschlitzen ins Innere des Wagens. Während Chase hoffte, dass die Wärme helfen und die Frau sich nicht erkälten würde, beschloss er, mehr über sie zu erfahren.

„Wohin wollten Sie eigentlich?"

Sie war bereits angespannt, und dennoch erstarrte sie bei seiner Frage.

Statt ihm zu antworten, sagte sie: „Wenn Sie mich einfach zum nächsten Motel bringen könnten, wäre das sehr nett." Sie schwieg kurz, ehe sie leise hinzufügte: „Es wäre schön, wenn es ein günstiges Motel wäre."

Da seine Pläne für einen sorglosen, entspannenden Abend sich inzwischen in Luft aufgelöst hatten und er sich bemühte, durch den wundervollen Duft der Fremden nicht wahnsinnig zu werden, klang seine Stimme etwas rauer als sonst, als er ihr nun einen Vorschlag machte. „Hören Sie, ich kann Ihnen ein

Zimmer anbieten, in dem Sie heute Nacht schlafen können. Von dort aus können wir auch den Pannendienst anrufen."

Es war vermutlich klüger zu warten, bis sie trocken und umgezogen war, bevor er ihr schonend beibrachte, dass es dem Pannendienst wahrscheinlich gelingen würde, ihren Wagen aus dem Böschungsgraben zu befreien, der Mechaniker jedoch nichts mehr würde tun können, um das Auto wieder zum Laufen zu bringen. Verdammt, vermutlich würde selbst sein Bruder Zach, der in Sachen Autos ein Genie war, bei ihrem alten Kombi an seine Grenzen stoßen.

„Vielen Dank für das Angebot", erwiderte sie noch immer misstrauisch, aber bestimmt. „Ein Motel reicht mir vollkommen." Sie zuckte mit den Schultern, was im dunklen Inneren des Wagens nur schemenhaft zu erkennen war. „Und machen Sie sich nicht die Mühe, den Pannendienst anzurufen", sagte sie resigniert. „Ich kann das Auto genauso gut im Graben stehen lassen, bis ich einen Abtransport zum Schrottplatz organisiert habe."

In ihrer Stimme schwangen zugleich Erschöpfung und eine tiefer liegende Stärke mit. Chase war beeindruckt: Zwar hatte sie offensichtlich nicht das Geld, um mit dieser Situation so leicht fertig zu werden, dennoch saß sie nicht in seinem Wagen und weinte vor Verzweiflung.

Chase wusste, dass er sie einfach zum nächsten Motel bringen sollte. Diesen Wunsch hatte sie mehr als deutlich gemacht. Aber er konnte es nicht über sich bringen, sie in irgendeinem feuchtkalten Motel mitten im Napa Valley alleinzulassen. Nicht, wenn er sich selbst noch im Spiegel ansehen wollte.

Außerdem sagte ihm sein gesunder Menschenverstand, dass sie mehr Hilfe und Unterstützung brauchte als nur eine Mitfahrgelegenheit bis zum nächsten Motel.

Natürlich hatte Chase schon früh von seiner Mutter und seinen Schwestern gelernt, dass man einer Frau einen Wunsch nicht abschlagen sollte. Eigentlich wusste er es also besser und war sich darüber im Klaren, dass diese Frau wütend werden würde, wenn er das tat, was er vorhatte.

Doch sämtliche Alarmglocken, die in seinem Kopf schrillten, konnten ihn nicht davon abhalten, seinen Plan in die Tat umzusetzen und ihr zu helfen.

Er drehte den Schlüssel und lenkte den Wagen zurück auf die Straße. Plötzlich fiel ihm auf, dass er noch nicht einmal den Namen der Frau kannte. Angesichts der Tatsache, dass er sie – ob es ihr nun gefiel oder nicht – in die Wärme und Behaglichkeit des großen Gästehauses auf dem Weingut seines Bruder bringen wollte, waren ein paar Formalitäten durchaus angebracht.

„Ich bin Chase Sullivan."

Als vom Beifahrersitz keine Reaktion kam, ertappte er sich dabei, wie er unerklärlicherweise ein Lächeln unterdrücken musste. Chase und seine fünf Brüder hatten seit ihrer Jugend die Frauen magisch angezogen. Er versuchte, sich daran zu erinnern, wann er die letzte Frau kennengelernt hatte, die sich ihm nicht sofort an den Hals geworfen hatte.

Diese Frau hier hatte ihm nichts von sich verraten. Nicht ihren Namen und auch nicht ihr Ziel.

Irgendetwas stimmte ganz und gar nicht. Es wäre vermutlich die bessere Entscheidung, es gut sein zu lassen und sie am Motel abzusetzen, sodass er wie geplant die Nacht mit Ellen auf dem Weingut verbringen konnte. Er hatte Ellen angerufen, als er die Party seiner Mutter verlassen hatte, und ihr gesagt, dass er auf dem Weg ins Napa Valley sei.

Warum also machte er es nicht einfach so?

Und warum fühlte er sich zu dieser vollkommen Fremden hingezogen?

Chase unterbrach das Schweigen nicht, das zwischen ihnen herrschte. Er wusste, dass sie erst antworten würde, wenn sie sich bei ihm sicher genug fühlte, um es zu tun.

Irgendwann hörte er sie aufseufzen. „Mein Name ist Chloe."

Chloe war ein hübscher Name, und sie war eine hübsche Frau. Für gewöhnlich hätte er ihr beides gesagt, doch sie war so empfindlich und angespannt, dass sie es wahrscheinlich falsch verstanden hätte. Ihm war nicht entgangen, dass sie ihm ihren Nachnamen verschwiegen hatte.

Sie reckte den Hals, damit sie aus dem Fenster hinaus einen Blick auf ein schwach beleuchtetes Schild werfen konnte. „Wohin fahren wir?", fragte sie. Panik schwang in ihren Worten mit. „Ich bin mir ziemlich sicher, dass die Stadt in der entgegengesetzten Richtung liegt."

Zum Glück entdeckte er in diesem Moment das Schild des Sullivan-Weinguts. Er drückte den Öffner für das Tor, fuhr hindurch und dann einen schmalen Weg entlang. Sein Bruder Marcus hatte das Weingut an einem der schönsten Orte im gesamten kalifornischen Weinanbaugebiet errichtet. An einem klaren Tag auf der Spitze des höchsten Berges hatte man hier das Gefühl, unendlich weit blicken zu können.

Wenn Chase sie nur davon überzeugen könnte, die Nacht in Marcus' Gästehaus zu verbringen, würde Chloe sich am nächsten Morgen der Schönheit um sie herum bestimmt nicht entziehen können. Und hoffentlich würde die malerische Umgebung sie auch so weit beruhigen, dass sie sich öffnete und sich aus ihren Schwierigkeiten helfen ließ.

„Das ist das Weingut meines Bruders. Ich bin mir sicher, dass er auch möchte, dass Sie hierbleiben."

„Chase."

In ihrer Stimme schwang ein warnender Unterton mit. Dennoch gefiel ihm der Klang seines Namens aus ihrem Mund.

„Ich habe Sie doch gebeten, mich in ein Motel zu bringen."

Er dachte über seine Antwortmöglichkeiten nach. Sollte er sich entschuldigen oder sie beschwichtigen? Aber er ahnte, dass sie ihn leichter durchschauen würde als andere Frauen, also sagte er: „Marcus' Gästehaus ist näher. Und bestimmt auch hübscher."

Sie stieß ein unterdrücktes ärgerliches Schnauben aus. „Ignorieren Sie immer die Wünsche anderer Menschen und tun, was Sie für richtig halten?"

Wieder gab es mehrere Antwortmöglichkeiten. Doch nur eine ehrliche Antwort. „Ja, meistens."

„Ihre Mutter muss sehr stolz auf Sie sein", erwiderte Chloe sarkastisch.

Das gefiel ihm. Sie schien sich daran zu gewöhnen, allein mit ihm im Auto zu sitzen, und sie schien sich etwas wohler zu fühlen. Aber im nächsten Moment bemerkte er, wie sie unruhig auf ihrem Sitz hin und her rutschte. Offenbar machte sie sich Sorgen über ihre unverblümte Antwort.

„Glücklicherweise habe ich fünf Brüder und zwei echte Gören von Schwestern, die sie ablenken", entgegnete er so locker und lässig, wie er konnte.

Er hoffte, sie würde ihm wieder eine unbedachte Antwort darauf geben, und wurde nicht enttäuscht.

„Das ist ein Scherz, oder?", erwiderte sie.

„Nein. Wir sind acht Geschwister." Er wandte den Blick lange genug von der Straße ab, um ihre weit aufgerissenen Augen zu betrachten. Chase grinste.

Sie schüttelte den Kopf und stieß wieder ein leises Geräusch aus, bei dem sein Blut gegen seinen Willen wild durch die Adern rauschte. „Ihre Mutter muss eine Heilige sein."

Gut. Es war ihm gelungen, sie für einen Moment auf andere Gedanken zu bringen. Lange genug, um vor dem Gästehaus zu halten. Zumindest machte ihr ihre Antwort – oder seine Reaktion darauf – dieses Mal keine Sorgen.

„Hören Sie", sagte er leise. „Ich weiß, dass Sie lieber nicht hier wären. Aber es ist doch widersinnig, für ein hässliches Motel zu bezahlen, wenn hier fünf Schlafzimmer leer stehen."

„Ich kenne Sie ja gar nicht", erwiderte sie.

Das war nicht zu leugnen. „Stimmt natürlich. Und glauben Sie mir, wenn Sie meine Schwester wären, würde ich nicht wollen, dass Sie einem Kerl vertrauen, der Sie im strömenden Regen am Straßenrand aufgesammelt hat." Als sie sich ihm wieder zuwandte, bemerkte er ihre offensichtliche Überraschung darüber, dass er ihrem Misstrauen ihm gegenüber beipflichtete. „Darum warte ich nur, bis Sie sich hier einigermaßen zurechtgefunden haben. Danach verschwinde ich. Ich übernachte im Haupthaus meines Bruders am anderen Ende des Grundstücks."

Chase erwartete, dass sie wieder Nein sagen würde. Und die Wahrheit war: Wenn sie darauf bestand, in ein Motel zu gehen, würde er tun müssen, was *sie* wollte. Er konnte sie schlecht über die Schulter werfen und an eines der Betten fesseln.

Gott, wie sehr er sich zusammenreißen musste, um das Verlangen zu verdrängen, das ihn bei der Vorstellung heimsuchte. Falls Chloe bemerkte, welche Wirkung sie gerade auf ihn hatte, würde sie vermutlich die Wagentür aufreißen und die Flucht vor ihm ergreifen. Glücklicherweise war es dunkel genug, dass sie das offensichtliche Anzeichen seines Begehrens nicht gleich erkennen konnte.

„Also", sagte sie bedächtig und zog das Wort in die Länge. Leider bewirkte sie so auch, dass sein Blick unwillkürlich zu ihren vollen Lippen wanderte.

Mein Gott, sie musste eine der schönsten Frauen sein, denen er seit Monaten begegnet war. Vielleicht war sie sogar eine der schönsten Frauen, denen er je begegnet war. Und schöne Frauen waren sein Job. Chase war erstaunt über seine Reaktion auf sie. Nicht nur über die Heftigkeit, sondern auch über die Schnelligkeit. Er kannte sie kaum, hatte sie gerade erst am Straßenrand getroffen. Ganz zu schweigen von der Tatsache, dass sie weniger als nichts mit ihm zu tun haben wollte. All das minderte allerdings nicht das Gefühl, dass er sich zu ihr hingezogen fühlte ... und sie unbedingt näher kennenlernen wollte.

„Sie bleiben nicht hier?"

Ach, endlich. Zum ersten Mal hatte sie ihm nicht widersprochen oder ihm erklärt, dass sie nicht hierbleiben könne. Er nutzte die Chance und erklärte noch einmal: „Ich zeige Ihnen nur alles und übernachte dann in Marcus' Haupthaus."

Bevor sie es sich noch einmal anders überlegen konnte, wollte er nach ihrer Tasche greifen. Chloe allerdings wandte sich mit der Tasche in der Hand ab, machte die Beifahrertür auf und stieg aus. Sie war in den Regen hinausgesprungen, ehe er ihr mit ihrer verdammten Tasche helfen konnte. Aus irgendeinem verrückten Grund hatte er sich das Ziel gesteckt, die Tasche für sie zu tragen. Er wollte erreichen, dass Chloe ihm genug vertraute, damit sie sich von ihm helfen ließ.

Durch den Regen hastete sie zur überdachten Veranda des Gästehauses, in dem Chase im Laufe der Jahre schon so oft übernachtet hatte. Doch als Chloe sich nun umsah und ihr Blick über die Fassade des wundervoll gestalteten Hauses mit den extra aus Italien eingeflogenen Kacheln glitt, über die gemütlichen und dennoch eleganten Outdoormöbel und die massive goldglänzende Eingangstür aus Holz, hatte Chase das Gefühl, das alles auch zum ersten Mal zu sehen.

Das Weingut seines Bruders war wirklich erstaunlich, und es freute Chase, dass er das alles mit Chloe teilen konnte – zumindest für eine Nacht. Sie konnte die Schönheit und Wärme, die dieser Ort ausstrahlte, so gut brauchen.

Die Haushälterin seines Bruders hatte das Licht am Eingang brennen lassen. Endlich konnte Chase Chloe genauer betrachten. Ihr Haar, das im Auto ein bisschen getrocknet war, wirkte tatsächlich wie Seide. Es schimmerte so wunderbar, dass sie vermutlich ein Vermögen hätte verdienen können, wenn sie Werbung für Shampoo gemacht hätte. Außerdem hatte sie eine umwerfende Figur. Nicht zu dünn, sondern mit üppigen Kurven. Bei ihrem Anblick juckte es ihn in den Fingern, sie zu berühren.

Was zum Teufel stimmt nicht mit mir? Er musste aufhören, so zu denken. Vor allem, da er sie mit zu seinem Bruder genommen hatte, um ihr aus ihrer Lage zu helfen – nicht aus den Klamotten.

Während sie auf der Veranda auf ihn wartete, hielt sie mit einer Hand ihre Tasche umklammert, die andere Hand hatte sie wieder auf ihre Wange gelegt. Chase fragte sich, warum sie immer ihr Gesicht verbarg.

Eine böse Vorahnung beschlich ihn.

Da sie sich bestimmt nicht wohler fühlen würde, wenn er sie so intensiv anstarrte, konzentrierte er sich stattdessen auf die Art, wie das Verandalicht sie mit einem leichten Schein umhüllte. Er nahm sich vor, am kommenden Abend genau an der Stelle, wo Chloe jetzt stand, einige Fotos von seinen Models zu schießen, ging die Stufen hinauf und trat zur Eingangstür.

„Lassen Sie uns hineingehen und uns aufwärmen", schlug er vor und hielt ihr die Tür auf.

„Da hat Ihre Mutter Ihnen ja wenigstens *etwas* beibringen können", murmelte sie, als sie an ihm vorbeiging. „Wow", hauchte sie im nächsten Moment. Sie blieb auf der Schwelle stehen, um sich im wundervoll eingerichteten Wohnzimmer umzuschauen. „Was für ein schönes Haus."

Marcus wusste, wie man seinen Gästen jeden erdenklichen Luxus bot. Chase war nicht der Einzige, der gern ins Napa Valley kam, um das Wochenende bei ihm zu verbringen, und ihm war bekannt, wie gern sein Bruder seine Familie um sich hatte.

„Ich bin mir sicher, dass Marcus sich wünschen würde, dass Sie sich ganz wie zu Hause fühlen", sagte er und nahm jetzt ihren Duft wahr.

Er war unglaublich sinnlich. Sie war eine umwerfende Frau – und er liebte umwerfende Frauen. Leider. In dem Moment stieß ihre Tasche gegen den Türrahmen, und ihre Hüfte wurde gegen Chase gedrückt. Es gelang ihm nur mit Mühe, ein Stöhnen zu unterdrücken.

Gott, wenn er es nicht besser gewusst hätte und sie anders gewesen wäre, hätte er meinen können, es wäre Absicht gewesen. Aber da sie versuchte, ihm möglichst aus dem Weg zu gehen, wusste er es besser.

Es war erst einen Monat her, dass Chase zuletzt mit einer Frau geschlafen hatte, doch sein Körper reagierte auf Chloe, als wäre seit dem letzten Mal eine Ewigkeit vergangen.

Der Wind trieb Regen auf die Veranda, und Chase schloss die Tür, ehe die Nässe auch ins Haus drang. Unsicher stand Chloe neben der Kochinsel im Küchenbereich, als Chase langsam in den Raum kam.

Er musste sich zusammennehmen, um sie nicht mit Blicken zu verschlingen. „Haben Sie Hunger?"

Sie schüttelte den Kopf und legte wieder die Hand auf ihre Wange.

„Durst?"

„Nein."

„Ich hole Ihnen ein Handtuch und trockene Kleidung, ja?", fragte er sanft und hoffte, dass sie wenigstens das zulassen würde.

„Sie sagten, Sie hätten einen Schlafplatz für mich", entgegnete sie. „Das würde mir eigentlich schon reichen."

Während sie sprach, verrutschte ihre Hand auf der Wange. Was er unter ihrer Hand sah, ließ ihn erstarren. Ihm zog sich der Magen zusammen.

„Sie sind verletzt." Es war keine Frage, sondern vielmehr eine Feststellung. „Sie haben mir gesagt, dass Sie nicht verletzt wären, aber Sie sind es. Ich sehe mir Ihre Wange mal an, okay?"

Sie versuchte, einen Schritt zurückzuweichen, doch die Anrichte aus Granit war im Weg. „Nein", stieß sie hervor. „Mir geht es gut."

Er merkte ihr an, wie sehr sie sich bemühte, tough und stark zu sein. Begriff sie es nicht? Er bot ihr seine Hilfe an. Und er ließ nicht zu, dass sie still vor sich hin litt, wenn er ihr helfen konnte.

Als er jetzt auf sie zuging und seine Hand auf ihre legte, versuchte er nicht mehr, sich langsam zu bewegen und sie nicht zu erschrecken.

Die Berührung ließ ihnen beiden den Atem stocken. Er hätte schwören können, dass ihre Pupillen sich ein Stückchen weiteten, ehe sie sich mit erstaunlicher Kraft aus seinem Griff wand.

„Ich wusste, dass ich nicht hätte mitkommen sollen", sagte sie, während sie sich umdrehte und aus dem Zimmer stürmen wollte.

Aber Chase war schneller. Er zog sie in seine Arme, ehe sie verschwinden konnte. Gerade noch staunte er über ihre Wärme, das Gefühl ihrer Brüste, die an seinen Oberkörper gepresst wurden, und ihren Schoß an seinen Schenkeln, als er plötzlich aus der Nähe sah, was sie vor ihm versteckt hatte.

„Himmel, Chloe, ist das im Auto passiert? Warum haben Sie mir nicht gesagt, wie schlimm Sie verletzt sind? Sind Sie mit dem Gesicht auf das Lenkrad geschlagen, als Sie in den Böschungsgraben gerast sind?" Die Augen zusammengekniffen, betrachtete er die Verletzung. „Oder ist die Wunde gar nicht beim Aufprall entstanden?"

Der riesige Bluterguss leuchtete in allen Farben des Regenbogens. Eine Platzwunde zog sich mitten hindurch. Tränen schimmerten in ihren Augen, doch es schienen keine Tränen des Schmerzes, sondern vielmehr der Frustration zu sein.

„Sagen wir einfach, es war nicht gerade einer der schönsten Abende meines Lebens."

Wieder hatte sie nicht auf seine Frage geantwortet. Aber er konnte davon ausgehen, dass sie sich die Verletzung nicht beim Unfall zugezogen hatte. Jede andere Frau hätte vermutlich geweint, doch nicht Chloe – auch wenn sie offensichtlich einen schlimmen Abend hinter sich hatte.

„Im Ernst jetzt", sagte er leise.

Je länger er sie ansah, desto wütender machte ihn die Verletzung. Er hatte sich oft genug mit seinen Brüdern geprügelt, um zu wissen, wie weh es tun musste. Und er hatte von seinen Brüdern genügend blaue Augen verpasst bekommen, um zu wissen, wie es aussah, wenn eine Faust ein Gesicht traf.

Aber auch wenn es ihn zornig machte, dass irgendjemand Chloe so wehgetan hatte, hütete er sich davor, es aufzubauschen.

Er hatte nicht vor, ihren Stolz zu verletzen – nicht, wenn sich irgendjemand schon so viel Mühe damit gemacht hatte, ihren Körper zu verletzen.

„Haben Sie die Wunde gekühlt?"

Sie schüttelte den Kopf. „Nein. Dazu hatte ich keine Gelegenheit."

Sie presste die Lippen aufeinander, als hätte sie schon viel zu viel gesagt. Zögerlich ließ er sie los und ging in die Küche.

Chase holte eine Box mit Plastikbeuteln aus einer Schublade neben der Spüle. Danach ging er zum Kühlschrank und nahm Eiswürfel aus dem Gefrierfach. Schließlich wickelte er ein sauberes Geschirrtuch darum.

Chloe stand noch immer an der Stelle, an der er sie zurückgelassen hatte. Er hätte ihr den Beutel mit dem Eis bringen können. Doch es war wichtig, dass sie anfing, ihm zu vertrauen – zumindest ein bisschen. Nur so konnte er ihr helfen. Und sein Instinkt sagte ihm, dass sie nicht nur wegen des Unfalls dringend Hilfe brauchte.

Es war manchmal scheiße, recht zu haben.

„Ich beiße nicht. Versprochen", sagte Chase, während er ihr den Beutel entgegenstreckte.

Dass sie ihm in den Schritt blicken würde, wo sein Verlangen nur allzu deutlich sichtbar wurde, hatte er nicht erwartet. Sie zog eine Braue hoch und sagte sarkastisch: „Ach, tatsächlich nicht?"

Chase sah, dass ihr Tränen in den Augen standen, die sie jedoch schnell wegblinzelte. Und er war überrascht, wie sie zur Kenntnis genommen hatte, dass er sich offensichtlich zu ihr hingezogen fühlte. Angesichts ihres spitzen Kommentars konnte er sich ein Grinsen nicht verkneifen.

„Ich hätte wohl besser sagen sollen: Ich beiße nur …"

Sie hob die Hand und unterbrach ihn. „… auf Verlangen." Es klang, als hätte sie das schon unzählige Male gehört. „Können Sie vergessen." Glücklicherweise entschloss sie sich, einen Schritt auf ihn zuzumachen, statt zurückzuweichen. „Das Eis nehme ich allerdings gern an."

Er reichte ihr die Tüte, und sie wollte sich gerade entschuldigen, als sie den Eisbeutel ein bisschen zu fest auf die verletzte Wange presste und vor Schmerzen aufkeuchte.

„Kommen Sie", sagte er, als sie nun ganz bleich wurde. „Lassen Sie mich das machen."

Er kam ihr wieder näher und schob die Finger seiner linken Hand unter ihre, während er seine rechte in ihren Nacken legte. Eigentlich rechnete er damit, dass sie sich zurückziehen und ihm erklären würde, dass sie sich um sich selbst kümmern könne und er die Finger von ihr lassen solle.

Stattdessen überraschte sie ihn wieder, als sie sagte: „Sie machen das sehr gut." Beim Klang ihrer weichen Stimme schoss ihm das Blut in die Körpermitte.

Erstaunt stellte Chase fest, dass das Eis zwischen ihnen beiden gebrochen war. Und das alles wegen seines Verlangens nach ihr, das er nicht beherrschen konnte, und ihres sarkastischen Kommentars dazu.

Welche weiteren Überraschungen hatte sie noch für ihn parat?

Und würde sie lange genug bleiben, damit er es herausfinden konnte?

„Fünf Brüder, schon vergessen?", fragte er mit einem kleinen Lächeln. „Obwohl meine Schwestern die schlimmsten

Spuren hinterlassen haben, wenn wir uns gestritten haben." Er grinste verschmitzt. „Kleine Gören."

Sie sah ihn an, und dieses Mal wusste er, dass er die Lust, die ihn durchzuckte, nicht verhehlen konnte. Ihre Augen waren außergewöhnlich – um die Pupillen herum war ein leuchtend grüner Rand, während die restliche Iris blau war. Schon zu Beginn war er der Überzeugung gewesen, dass sie eine schöne Frau war. Doch jetzt wurde ihm klar, dass das Wort bei Weitem nicht ausreiche, um Chloe zu beschreiben.

„Sie mögen Ihre Brüder und Schwestern gern, oder?", fragte sie leise.

Sein Blick fiel auf ihre Lippen, als sie sprach. Er sog den Anblick ihrer vollen Unterlippe und des reizenden Schwungs ihrer Oberlippe in sich auf.

Keine Frage – obwohl er sie erst vor dreißig Minuten kennengelernt hatte, stand er schon kurz davor, wegen dieser Frau den Verstand zu verlieren. Einer Frau, die ganz offensichtlich schlimme Altlasten mit sich herumtrug.

Er war nie ein Mann gewesen, der sich besonders für Altlasten interessierte. Es sah so aus, als meinte es das Schicksal heute nicht gut mit ihm.

Denn an dieser Frau war er *definitiv* interessiert, auch wenn alles dagegensprach.

„Habe ich etwas am Mund kleben?"

Ihre Verärgerung mischte sich glücklicherweise mit Belustigung darüber, wie gefesselt er auf ihre Lippen starrte. Im Moment war es ihm lieber, sie lachte über ihn, als dass sie vor ihm fliehen wollte.

Er dachte nicht über später nach und bemühte sich, seine Gedanken nicht weiter in die Richtung wandern zu lassen, in die sie nur allzu gern gegangen wären – nämlich zu der Vorstellung, dass sie nackt vor ihm lag und er jeden Zentimeter ihrer Haut schmeckte.

Eines nach dem anderen. Zuerst musste er sie davon überzeugen, die Nacht hier im Haus zu verbringen.

Und nicht im Morgengrauen zu verschwinden.

„Nein", entgegnete er, „Ihr Mund ist perfekt." Auf dem Teil ihres Gesichts, der nicht von dem Handtuch und dem Eisbeutel verdeckt war, breitete sich zarte Röte aus. „Und ja, meine Geschwister sind großartig. Ich hatte viel Glück, mit ihnen zusammen aufwachsen zu dürfen." Er musste an die Geburtstagsfeier seiner Mutter und an die Fotos denken, die er von seinen Geschwistern aufgenommen hatte. „Mit acht Kindern unter einem Dach gab es viel Streit, aber noch mehr Lachen."

Auf Chloes Gesicht spiegelte sich Sehnsucht wider. Im nächsten Moment drehte sie den Kopf weg und senkte den Blick, sodass er nicht mehr in ihre erstaunlich ausdrucksstarken Augen sehen konnte.

„Meine Wange fühlt sich schon viel besser an. Danke. Ich bin ziemlich müde." Die dunklen Schatten unter ihren Augen zeigten ihm, wie erschöpft sie wirklich war. „Könnten Sie mir jetzt bitte das Schlafzimmer zeigen?"

Er wollte, dass sie bei ihm blieb, damit er ihr Fragen stellen konnte, bis sie ihm schließlich erzählte, wer ihr das angetan hatte. Man musste kein Hellseher sein, um zu wissen, dass sie vor jemandem davonlief. Mit jeder Faser seines Körpers wollte Chase sie beschützen. Doch auch wenn die Mauer, die sie zum Schutz um sich herum aufgebaut hatte, leichte Risse bekommen hatte, wusste er, dass Chloe noch weit davon entfernt war, ihm zu vertrauen.

„Die Schlafzimmer sind am Ende des Flures", sagte er. Aber obwohl es Zeit war, sie loszulassen, konnte er es nicht. Ihre Wärme, ihre zarten Kurven fühlten sich zu gut, zu richtig an, um sich jetzt schon von ihr zu trennen.

Chloe hatte leider kein Problem damit, sich aus seinen Armen zu lösen.

Da es wahrscheinlich war, dass ihr ein Mann die Verletzung zugefügt hatte, fragte er sich, ob sie verheiratet war und ob es die Tat eines brutalen Ehemannes war.

Chase achtete normalerweise nicht auf Ringe, doch jetzt schaute er unwillkürlich auf ihre linke Hand. Verdammt, sie hatte sowieso schon mitbekommen, dass er sie wollte. Und sie hatte es gespürt. Er hatte versprochen, in dieser Nacht die Finger von ihr zu lassen. Für die Zukunft hatte er das allerdings nicht gelobt. Und er musste wissen, ob sie von dem Kerl geschlagen worden war, mit dem sie verheiratet war.

Zwar hatte sie die Hand zur Faust geballt, aber trotzdem konnte er keinen Ring sehen.

Gut. Sobald er herausgefunden hatte, was mit ihr passiert war, und sie ihm vertraute, gab es also keinen Grund, der dagegensprach, sie nach allen Regeln der Kunst zu verführen.

Als er sie schließlich ansah, blickte sie ihn mit derselben Verärgerung an, die er schon vorher in ihren Augen hatte stehen sehen. Doch dieses Mal war keine Spur von Belustigung zu erkennen.

Erwischt.

„Das Schlafzimmer?" Sie zog eine Augenbraue hoch. Sehr hoch. „Sie wollten mir zeigen, wo es ist."

Er wollte ihre Tasche nehmen. „Hier entlang."

Sie griff ebenfalls danach. Ein paar Sekunden lang zogen und zerrten sie an der olivgrünen Segeltuchtasche. Chase wusste, dass er sie die Tasche allein tragen lassen sollte. Aber Chloe war im Gegensatz zu seinen eins neunzig vermutlich nur eins fünfundsechzig groß und gute achtzig Pfund leichter. Er konnte die verfluchte Tasche für sie tragen.

Noch immer hielt sie ihren Griff mit beiden Händen umklammert. „Ihnen scheint unglaublich viel daran zu liegen, meine Sachen für mich zu tragen, oder?"

Er hatte seinen Henkel auch nicht losgelassen. „Das wollte ich auch gerade sagen."

Sie ließ den Griff so abrupt los, dass Chase nach hinten taumelte.

„Ich habe nie verstanden, warum alle Männer solche Machos sein müssen", murmelte sie kopfschüttelnd.

„Jemandem mit dem Gepäck zu helfen, hat nichts mit Machoallüren zu tun."

Sie wirkte, als würde sie jeden Moment in Lachen ausbrechen. Zum ersten Mal sah er einen Anflug von einem Lächeln auf ihrem hübschen Gesicht. „Sind Sie sich sicher?"

„Vielleicht ist das das Einzige, was meine Mutter mir beibringen konnte", benutzte er ihre Worte von eben.

Er wartete nicht auf ihre Erwiderung. Die Gefahr, dass er versuchte, einen Kuss auf diesen reizenden, klugen Mund zu hauchen – ob sie es nun wollte oder nicht –, war viel zu groß. Und wenn das nicht passiert, würde er versuchen, sie zum Lächeln zu bringen. Oder noch besser: Er würde versuchen herauszufinden, wie ihr Lachen klang.

Er führte sie den Flur entlang in das Hauptschlafzimmer, wo er hatte schlafen wollen. Zwar waren auch die anderen Schlafzimmer mit hochwertigen Matratzen ausgestattet, doch er wollte für Chloe nur das Beste.

Chase öffnete die Tür und wollte gerade das Licht einschalten, als ihm auffiel, dass es schon brannte. Es dauerte etwas zu lange, bis sein umnebeltes Gehirn begriff, dass das Bett nicht leer war.

Eine nackte Frau wartete dort auf ihn.

Oh, Scheiße. Ellen hatte er ganz vergessen. Die Betriebsleiterin von Marcus' Weingut hatte ihn hingegen ganz offensichtlich nicht vergessen. Wenn an diesem Abend einiges anders gelaufen wäre – vollkommen anders –, hätte er sich mit Sicherheit gefreut, sie so nackt und willig vorzufinden.

Aber nachdem er Chloe getroffen hatte, war Chase so wenig begeistert über die nackte Ellen in seinem Bett, wie es überhaupt nur möglich war.

Ellens Augen waren weit aufgerissen, als sie nun zwischen ihm und Chloe hin und her blickte. Anscheinend war sie vor

Schreck erstarrt, denn es dauerte einen Moment, bis sie die Hörer ihres iPods herausgenommen hatte. Die Musik hatte offenbar die Unterhaltung zwischen Chase und Chloe im Wohnzimmer übertönt, und Ellen hatte keine Ahnung gehabt, dass Chase nicht allein durch die Schlafzimmertür kommen würde.

Bevor Chase einen klaren Gedanken fassen und Chloe aus dem Zimmer schieben konnte, kam sie hinter ihm hervor. Er wartete darauf, dass sie das Unvermeidliche tat – dass sie ihm die Tasche aus der Hand riss und in den Regen hinausrannte.

Doch alles, was er hörte, war ein leises Lachen. Noch vor ein paar Sekunden hatte er sich gewünscht, genau das zu hören … Allerdings hatte er nicht damit gerechnet, dass es hier und jetzt dazu kommen würde.

„Vielleicht", meinte sie belustigt, „gibt es ja noch ein anderes Schlafzimmer, das ich nehmen könnte?" Wieder lachte sie. „Außer Hörweite, wenn es geht, bitte."

Er warf ihr einen Blick zu, der sagte, dass sie verrückt sein musste. Chloe glaubte doch nicht ernsthaft, dass er mit Ellen schlafen würde, während sie auch im Haus war, oder?

Andererseits rückte diese Frage in den Hintergrund, als er ihr Lachen nun wahrnahm.

Gott, er liebte diesen Klang. So leicht, locker. Direkt aus der Seele. Und ihr Lächeln war absolut wundervoll.

Ellen lag noch immer splitterfasernackt auf dem Bett, doch er konnte den Blick nicht von Chloe wenden. Er hatte sie vom ersten Moment an küssen wollen. Jetzt wollte er sie leidenschaftlich küssen *und* zum Lächeln bringen. Er wollte ihr süßes Lachen wieder hören.

„Chase?", sagte Ellen schließlich. Ihre Stimme schien ein bisschen höher zu sein als sonst. „Wer ist sie?"

Ellen zog sich die Decke über den Körper, und in dem Moment wurde Chase klar, dass sie überhaupt nicht sein Typ war. Er zog Chloes Kurven dem durchtrainierten, muskulösen Körper von Ellen deutlich vor. Und blond gefärbte Locken konnten Chloes braunen Haaren, die das Licht einfingen, nicht das Wasser reichen.

„Ich bin Chloe."

Chase war mehr als überrascht darüber, wie locker sie das alles nahm und wie amüsiert sie klang. Offensichtlich genoss sie es zu beobachten, wie er sich in dieser Situation schlug. Einer Situation, die – wie er zugeben musste – echt lustig war.

„Chase hat mich heute Nacht aufgegabelt." Mit einem Kopfnicken wies sie in seine Richtung und fuhr fort: „Sie kennen das ja sicher: Mädchen in Schwierigkeiten, das am Straßenrand steht, trifft Typ im protzigen Auto."

Ellen wirkte eher verwirrt als verärgert, während sie nun in einen Morgenmantel schlüpfte. Das war vernünftig, denn immerhin hatten sie und Chase sowieso nur ein bisschen unverbindlichen Spaß haben wollen. Ellen sah Chase an und schien sich zu einem Entschluss durchzuringen, ehe sie sagte: „Da du Fotograf bist und dich in dieser schnelllebigen Gesellschaft bewegst, hätte ich mir denken können, dass du auf so etwas stehst."

Chase fühlte sich, als wäre er in die surreale Szenerie eines der Filme geraten, die sein Bruder Smith drehte. „Auf *was* soll ich denn deiner Meinung nach stehen?"

„Du weißt schon ... flotte Dreier und solche Dinge", entgegnete Ellen und biss sich auf die Unterlippe, während sie offenbar über den weiteren Verlauf des Abends nachdachte. Sie wandte ihre Aufmerksamkeit von Chase zu Chloe. „Nett, Sie kennenzulernen, Chloe, auch wenn es ein klitzekleines bisschen unerwartet ist. Ich bin übrigens Ellen." Sie machte eine Pause, um tief Luft zu holen. „Sie sind sehr hübsch."

Chloe war augenscheinlich sehr verwirrt über die Art, wie Ellen sie anschaute. Ellen dachte wohl über ihre Performance im Bett nach, da sie der Meinung war, dass eine Ménage-à-trois genau das war, worauf Chase aus war.

„Danke", meinte Chloe zu Ellen. „Sie sind auch hübsch. Ich fürchte allerdings, heute Abend bin ich nicht für einen Dreier zu haben."

Die lockere Art, wie sie das verkündete, brachte in Chase' Kopf die unterschiedlichsten Gedanken ins Rollen. Hatte sie etwa schon vorher eine Ménage-à-trois gehabt?

Allein die Vorstellung, dass jemand anders sie anfasste, ließ ihn rotsehen.

In der Vergangenheit hatte er nie eine feste Beziehung gesucht und war mit One-Night-Stands zufrieden gewesen. Wenn man wie er ständig unterwegs war, passte es am besten ins Leben, die Dinge so unkompliziert wie möglich zu halten. Chase hatte seine Kollegen, auf die zu Hause Frau und Kinder warteten, nie beneidet.

Doch seit er Chloe zum ersten Mal gesehen hatte, hatte er den Wunsch, sie zu beschützen. Jetzt musste er sich fragen, ob er wirklich mehr wollte. Obwohl er sie gerade erst kennengelernt hatte, wusste er, dass man sich auf den ersten Blick zu einem anderen Menschen hingezogen fühlen konnte.

Ob ein Gefühl der Verbundenheit genauso schnell entstand?

„Oh mein Gott", sagte Ellen plötzlich, als sie Chloes schlimme Verletzung bemerkte. „Was ist mit Ihrem Gesicht passiert?"

Widerwillig beobachtete Chase, wie sämtliche Belustigung aus Chloes Gesicht verschwand.

„Mir geht es gut", meinte sie zu Ellen, bevor sie sich zu ihm umwandte. „Ich suche mir selbst ein Zimmer. Gute Nacht."

Chase wollte ihr hinterherlaufen, aber er musste sich zuerst um Ellen kümmern.

„Geht es ihr wirklich gut?", fragte Ellen, nachdem Chloe die Tür hinter sich geschlossen hatte. „Der Bluterguss sieht schlimm aus." Bevor Chase etwas sagen konnte, fuhr sie fort: „War sie beim Arzt? Und hast du sie tatsächlich am Straßenrand aufgelesen?"

Er strich sich durchs nasse Haar und wünschte sich, er könnte Ellens Fragen beantworten. Stattdessen konnte er nur sagen: „Es ist schon alles in Ordnung mit ihr." Dafür würde er sorgen. „Hör mal, heute Nacht wird zwischen uns beiden nichts mehr passieren."

Ellen lächelte ihn an. Ihre Beinahe-Affäre war sofort vergessen. „Das ist wahrscheinlich auch besser so. Immerhin arbeite ich für deinen Bruder."

Chase war froh und erleichtert, dass sie beide der Meinung waren, gerade möglichen Schwierigkeiten aus dem Weg gegangen zu sein.

„Sie ist wirklich sehr hübsch." Sie hob ihre Kleider auf und tapste zum angrenzenden Bad, wobei sie ihm zuzwinkerte. „Hübsch genug, dass ich für einen Moment ernsthaft mit dem Gedanken gespielt habe, bei einem Dreier mitzumachen, auch wenn das normalerweise nicht meine Art ist."

„Nein." Seine Antwort war instinktiv. „Dazu wäre es niemals gekommen." Er würde Chloe niemals mit jemandem teilen.

Natürlich nur, wenn es ihm gelang, sie dazu zu überreden, dass sie sich ihm öffnete und ihm erzählte, was ihr zugestoßen war. Und wenn er sie davon überzeugen konnte, lange genug zu bleiben, um herauszufinden, ob aus den Funken, die zwischen ihnen gesprüht hatten, mehr werden konnte.

Während er das Zimmer verließ, damit Ellen sich ankleiden konnte, und den Flur entlangging, um nachzusehen, ob Chloe sich in einem der Schlafzimmer eingerichtet hatte, dachte er nach. Und er kam zu dem Schluss, dass es nicht leicht werden würde, Chloe davon zu überzeugen, ihm genug zu vertrauen, um ihm eine Chance zu geben.

3. KAPITEL

Chloe wünschte sich nichts mehr, als ihre Tasche auf den Boden zu werfen, sich ins Bett zu stürzen und sofort zusammenzurollen. Doch der Holzfußboden wirkte teuer, und sie hatte schon genug Wassertropfen darauf verteilt. Sie wusste, wie Menschen mit Geld lebten. Trotzdem war sie von diesem wundervollen Haus im kalifornischen Weinanbaugebiet beeindruckt. Und das hier war nur das Gästehaus. Nicht auszudenken, wie erst das Haupthaus aussehen musste.

Sie stammte aus der unteren Mittelschicht. Ihre Eltern hatten sich immer mehr gewünscht, jedoch keine Ahnung gehabt, wie sie es bekommen sollen. Als sie ihren Ehemann kennengelernt hatte und er ihr versprochen hatte, ihr die Welt zu Füßen zu legen, hatte sie seinen Versprechungen geglaubt und war mit ihm vor den Altar getreten.

Damals hatte sie nicht geahnt, wie wenig diese Versprechungen wert sein sollten. Er hatte ihr vielleicht Geld gegeben, das sie ausgeben konnte, und hübsche Kleider, die sie hatte tragen können ... aber er hatte ebenso versucht, ihr alles wegzunehmen, was wirklich zählte.

Mit einem Kopfschütteln, das vielleicht half, die schrecklichen Erinnerungen zu vertreiben, machte sie sich auf den Weg ins Badezimmer. Sie stellte ihre Tasche auf den gefliesten Boden, zog ihre nassen, schmutzigen Kleider aus, legte sie ins Waschbecken und fing an, den Schlamm abzuspülen. Liebend gern hätte sie die alten Kleider weggeworfen. Allerdings hatte sie nicht viele Klamotten dabei, und ihr war klar, dass sie schon bald wieder welche brauchen würde. Sie konnte im Augenblick nur mit Seife und Wasser den Schmutz auswaschen, mit den Händen so viel Wasser auswringen, wie sie konnte, und die Kleider danach zum Trocknen aufhängen. Sicherlich gab es im Haus eine Waschmaschine und einen Trockner.

Doch die Nacht im Haus eines Fremden zu verbringen – nicht einmal des Fremden, der sie hierher gebracht hatte, sondern dessen Bruder, den sie nie gesehen hatte – war schon Hilfe genug.

Nachdem sie mit ihren Anziehsachen fertig war, schritt sie zur Dusche und wollte gerade das Wasser aufdrehen, als sie es sich anders überlegte. Im Badezimmer befand sich ein riesiger Whirlpool. Bei der Vorstellung, im warmen Wasser zu liegen, während das Wasser aus den Düsen ihre Beine, ihren Rücken und ihre Füße massierte, hätte sie beinahe laut aufgestöhnt.

Chloe warf einen fast schuldbewussten Blick zur Badezimmertür, bevor ihr bewusst wurde, dass das albern war. Die Tür war abgeschlossen, und sie war endlich allein. Wenn Chase darauf bestand, dass sie die Nacht hier verbrachte, war es doch kein Verbrechen, die Räumlichkeiten und Annehmlichkeiten hier zu benutzen, oder? Zumindest nicht das angrenzende Bad.

Sie war nicht mehr in der Badewanne gewesen, seit sie …

Nein. Heute würde sie nicht mehr daran denken. Chloe war sich im Klaren darüber, dass sie nicht so tun konnte, als wäre alles in Ordnung – bei Weitem nicht –, aber tief in ihrem Inneren fühlte sie sich in diesem wunderschönen Haus sicher, das mitten auf einem Weinberg lag.

Ein paar Sekunden später vermutete sie, dass genau dieses Gefühl von Sicherheit der Grund dafür war, dass ihr Körper so seltsam reagierte, als sie in das heiße Wasser stieg. Vielleicht lag es auch an der Erinnerung daran, wie schön es gewesen war, sich in Chase' Umarmung, die sie kurz zugelassen hatte, warm und geborgen zu fühlen.

Ihre Haut war jedenfalls sehr empfindlich, sowie sie langsam mit den Beinen, dann mit den Hüften und schließlich mit dem Rücken in die Wanne tauchte. Wohlig seufzend lehnte sie sich mit dem Kopf auf den Wannenrand und schaute durch ein

Oberlicht, auf das der Regen prasselte. Seit langer Zeit hatte sie sich nicht mehr feminin oder sexy gefühlt. Und dennoch fühlte Chase sich ohne Zweifel zu ihr hingezogen.

Sie hätte darüber beunruhigt sein müssen. Immerhin hatte sie ihn gerade erst kennengelernt. Und sie war momentan nicht in der Verfassung, um mit Verehrung oder Zuneigung umzugehen. Weder von seiner noch von ihrer Seite aus. Trotzdem spürte sie, wie ihre Brustwarzen sich vor Verlangen aufrichteten. Und zwischen ihren Oberschenkeln ... Na ja, die Wahrheit war, dass sich zwischen ihren Beinen eine fast unerträgliche Hitze ausgebreitet hatte.

Verdammt, sie war von dem Augenblick an Feuer und Flamme für Chase gewesen, als er ihr in der Küche seines Bruders die Hand in den Nacken gelegt und ihr mit der anderen sanft den Eisbeutel auf die Wange gedrückt hatte.

Offensichtlich hatten sie und die Frau in seinem Bett denselben Geschmack.

Bei dem Gedanken an die nackte Fremde – Ellen – und ihren verrückten Vorschlag musste Chloe unerwartet lächeln. Sie rutschte tiefer und lehnte den Kopf zurück, damit sie das Haar ins warme Wasser tauchen konnte. *Mhm, das fühlt sich gut an.* Sie griff nach dem teuren Shampoo auf dem Wannenrand und fing an, sich die süßlich duftende Flüssigkeit einzumassieren.

Es war kein schöner Abend gewesen, doch zumindest hatte er einige lustige Momente bereitgehalten. Der Ausdruck auf Chase' Gesicht war unbezahlbar gewesen, als er die Schlafzimmertür geöffnet und bemerkt hatte, dass sie hier nicht allein waren.

Die nackte Frau hingegen schien die Idee, mehr als eine weitere Person in ihrem Bett zu haben, kaum beunruhigt zu haben.

Chloes Lächeln wich einem Stirnrunzeln. Nicht nur weil sie nicht geglaubt hätte, dass Menschen so etwas taten, sondern weil sie Ellen nicht verstehen konnte.

Wenn Chase mit ihr zusammen gewesen wäre, hätte sie ihn nicht mit einer anderen Frau teilen wollen.

Diese schockierende Vorstellung ließ Chloe erstarren. Shampoo tropfte ihr auf die Wimpern. Sie ließ den Kopf unter Wasser sinken und hoffte, so auch die unwillkommenen Gedanken wegspülen zu können.

Was war nur los mit ihr? War sie wirklich so dumm? So voller Fantasien und alberner Träume?

Sie hätte es eigentlich besser wissen müssen, denn ihr war klar, dass der einzige Mensch, dem sie vertrauen konnte, sie selbst war.

Aber hatte sie sich nicht im Wohnzimmer und in der Küche mit Chase einen Schlagabtausch geliefert? Es hatte an einen Flirt gegrenzt, auch wenn sie hätte misstrauisch bleiben sollen. Und als sie die Frau entdeckt hatten, hätte sie genau genommen schockiert sein müssen – stattdessen hatte Chloe sich das Lachen nicht verkneifen können.

Es hatte sich einfach zu gut angefühlt, endlich einen Grund zum Lachen zu haben. Sie hatte es rauslassen müssen.

Erstaunlicherweise hatte sie sich für ein paar Momente fast wieder wie die alte Chloe gefühlt.

Früher einmal war Chloe eine sinnliche Frau gewesen. Sie hatte nicht zu denen gehört, die Angst vor ihrem eigenen Körper hatten. Sie hatte es geliebt, geküsst zu werden. Gestreichelt. Sie hatte auch andere Dinge geliebt. Dinge, für die sie sich hätte schämen müssen – jedenfalls hatte ihr Exmann probiert, ihr das einzureden. Dennoch: Nur weil sie bei der Wahl ihres Ehemannes versagt hatte, hieß das noch lange nicht, dass diese Bedürfnisse, diese Wünsche verschwunden waren.

Sie waren nur tief in ihr verborgen.

Und Chase war offensichtlich – und bedauerlicherweise – ein Meister im Verführungsspiel.

Chloe seufzte, sowie sie mit der Seife über ihren Arm strich. Sie konnte nicht glauben, dass ihr Körper ausgerechnet jetzt beschlossen hatte, wieder zum Leben zu erwachen. Ausgerechnet in dieser Nacht hätte sie sich darauf konzentrieren sollen, Schlaf und Essen zu bekommen und sich darüber klar zu werden, was sie als Nächstes tun sollte.

Stattdessen lag sie in der Badewanne und dachte an Mr Sexy mit den grünen Augen und dem verschmitzten Lächeln. Ganz zu schweigen von seinem unfassbar tollen Körper – hochgewachsen, muskulös, mit breiten Schultern.

Frustration nagte an ihr, während sie fortfuhr, ihre Haut mit mehr Nachdruck einzuseifen, als nötig gewesen wäre. Sie hatte die böse Vorahnung, dass sie sich, wenn sie aus der Wanne stieg, nicht ins luxuriöse Bett fallen lassen und direkt einschlafen, sondern sich vor unerwiderter Lust unruhig hin- und herwälzen würde.

Nein, verdammt! Nachdem sie ihren Exmann verlassen hatte, hatte sie sich geschworen, sich um sich selbst zu kümmern. Damals hatte sie noch geglaubt, dass das nur Geld, einen Job und ein Dach über dem Kopf bedeutete. Offensichtlich scheint das allerdings auch zu heißen, dass ich mich ebenfalls selbst um mich selbst kümmern muss, wenn ich erregt bin, dachte sie und schüttelte bedauernd den Kopf.

Bei dem erschreckenden Gedanken rutschte sie unruhig in der Wanne hin und her. Das warme Wasser umspielte ihren Körper: Wie lange es her war, dass sie Sex genießen konnte? Wie lange, dass sie ihren Körper erforscht und seinen Bedürfnissen nachgegeben hatte?

Wie lange hatte sie sich für ihre natürliche Sinnlichkeit, für ihre Wünsche geschämt?

Wenn die Antworten doch nur nicht so schmerzlich gewesen wären!

Nein. Das alles würde sie heute Abend nicht an sich heranlassen. Nicht nach allem, was sie schon durchgestanden hatte.

Der Morgen würde früh genug kommen. Aber heute

Abend ... na ja, heute Abend war ihre Chance, ein paar schon lange nötige Schritte zu unternehmen, um einen Teil von sich selbst zurückzuerobern, den sie viel zu lange verleugnet hatte. Sie konnte heute Nacht nicht ihr gesamtes Leben von Grund auf erneuern; das würde viel mehr als einen Abend im Napa Valley brauchen. Doch warum sollte sie sich nicht zumindest einen kleinen Vorgeschmack auf die Lust gönnen, die sie sich so lange versagt hatte?

Sie schloss die Augen und entspannte sich im warmen Wasser. Chloe legte die Hände auf ihre Brüste und ließ sie dort ruhen. Sie spürte, wie ihr Herz schneller schlug.

Ihre Haut war vom Wasser erhitzt. Langsam strich sie mit den Fingern über ihre vollen Brüste und sog scharf den Atem ein, als sie die überraschend angenehmen Empfindungen bemerkte, die durch ihren Körper schossen. Früher hatte sie es geliebt, die Hände eines Mannes, seinen Mund überall auf ihrer Haut zu spüren.

Lange schon hatte sie keine erotischen Fantasien mehr heraufbeschworen, aber heute Nacht gab es nur sie, ihre Hände und eine Wanne mit warmem Wasser. Niemand sagte ihr, dass sie schmutzig war oder ein schlechter Mensch, weil sie diese Bedürfnisse ausleben wollte.

Sie rief sich tief in ihrem Inneren vergrabene sinnliche Erinnerungen ins Gedächtnis. Das Bild von sich selbst in den Armen eines Mannes, der seinen Kopf über ihre Brüste geneigt hatte, tauchte vor ihrem geistigen Auge auf. Sowie der Mann den Kopf hob, keuchte sie auf. Die Lust schoss direkt zwischen ihre Schenkel.

Der Mann sah aus wie Chase.

Chloe hätte in diesem Moment eigentlich aufhören müssen, sich zu streicheln. Sie sollte so viel Selbstbeherrschung besitzen, um aus der Wanne zu steigen und sich den Schlaf zu holen, den sie so dringend brauchte.

Aber sie hatte so lange verzichtet. Viel zu lange. Sie war

dreißig Jahre alt und auf dem Höhepunkt ihres sexuellen Lustempfindens, oder?

Noch ein Grund mehr, sich darüber zu ärgern, wie sie ihr Leben in den vergangenen Jahren verbracht hatte.

Und ihre angeborene Sinnlichkeit war ein Teil ihres Lebens, den sie zurückerobern wollte.

Sie schaute sich in dem weitläufigen gefliesten Badezimmer um. Fensterläden verschlossen das Fenster über der Wanne. Ihr Retter in der Not war gerade am anderen Ende des Flurs mit einer Frau beschäftigt.

Chloe wusste, dass sie sicher war. So sicher wie schon lange nicht mehr. Heute Nacht hatte sie die Gelegenheit, sich wieder normal zu fühlen. Und sie würde diese Gelegenheit nutzen ... auch wenn das umwerfende Gesicht eines Mannes, den sie gerade erst kennengelernt hatte, genau das Bild war, bei dem sie in ein paar Minuten vor Lust aufschreien würde.

Eine Hand auf ihren Brüsten, glitt sie mit der anderen über ihren Bauch, bis sie schließlich zwischen ihren Oberschenkeln angelangt war. Instinktiv spreizte sie unter Wasser die Beine.

Ihr Atem ging schneller, sowie sie mit dem Finger tiefer wanderte. Selbst im Wasser konnte sie fühlen, wie feucht sie war. Sie war bereit, seit Chase sie zum ersten Mal berührt hatte, als er mit der einen Hand ihren Kopf gehalten und mit der anderen den Eisbeutel auf ihre Wange gedrückt hatte. Es war ihr vorgekommen, als wenn die Hitze seines Körpers sie beinahe versengt hätte, auch wenn er darauf geachtet hatte, ihr nicht zu nahe zu kommen.

Sie hatte keine Ahnung, wie sie auf einen vollkommen Fremden so reagieren konnte. Nach allem, was ihr zugestoßen war – die Verletzung an ihrer Wange schmerzte noch immer –, hätte sie doch eigentlich zurückzucken und das Gefühl seiner Hände auf ihrem Körper hassen müssen, oder?

Aber Chase' Berührung war nicht im Geringsten unangenehm gewesen. Wohl eher im Gegenteil, wenn man bedachte, dass sie sich lieber an ihn geschmiegt hätte, als ihn wegzustoßen.

Während sie sich zwischen ihren Schenkeln streichelte, musste sie wieder an den Moment denken, als ihr Blick auf seinen Schritt gefallen war. Sex war für sie einmal wundervoll gewesen – wundervoll genug, dass sie sich immer noch vorstellen konnte, wie ein Mann wie Chase sie befriedigte.

Sie tauchte so tief ins Wasser, dass ihre Nase, ihr Mund und ihre Augen nur noch knapp über der Oberfläche waren. Während sie die Oberschenkel noch ein Stückchen weiter auseinanderschob, berührte sie versehentlich irgendeinen Knopf, der den Druck des Wassers aus den Düsen des Whirlpools noch erhöhte.

Chloe riss die Augen auf, da die sprudelnden Ströme auf ihre empfindliche Haut trafen. Zuerst war es zu heftig. Es waren zu viele Empfindungen, die auf einmal auf sie einprasselten. Doch nachdem sie sich an das Wasser auf ihren angespannten Muskeln gewöhnt hatte, merkte sie, wie sie lockerer wurde, sich löste.

Die Hüften in den Strahl des Wassers zu halten, war einfach dekadent. Sündhaft.

Und *so* gut.

Sie presste die Hände auf ihre Brüste, während sie das Gefühl, das das Wasser bei ihr auslöste, genoss.

In ihrem eigenen Rhythmus hob sie das Becken an und ließ es wieder sinken, während sie dem schönsten Orgasmus näher kam, den sie seit langer, langer Zeit erlebt hatte. Wieder tauchte Chase' Gesicht vor ihrem geistigen Auge auf, und sie dachte nicht daran, sich die Träume davon zu verbieten, wie sein Kuss schmeckte oder wie es sich anfühlen würde, seine Hände statt ihrer auf sich zu spüren.

Ein fremder Laut wollte sich ihr entringen, aber sie war zu abgelenkt, um näher darauf zu achten. Und in dem Moment, als ihr gesamter Körper sich anspannte und zu zerspringen schien, sowie sie mit den Hüften näher an die Glück verheißenden Düsen drängte und den Griff an ihre Brüste verstärkte, kam ihr auf einmal Chase' Name über die Lippen.

Sie liebte das Gefühl, liebte die Wildheit, die durch ihren Körper schoss, und die Ruhe, die sie gleich danach ergriff. Warum hatte sie so lange darauf verzichtet?

Chloe fühlte sich so entspannt, so warm. Sie wollte tiefer ins Wasser tauchen, da musste sie unvermittelt an den Moment zurückdenken, in dem sie gekommen war. Sie musste daran denken, was sie gehört, jedoch nicht registriert hatte, als ihr Höhepunkt sie mitgerissen hatte.

Ihr Herz schlug schneller, während sie langsam die Augen öffnete. Durch den Orgasmus war sie noch immer verwirrt. Deshalb war sie sich sicher, dass das, was sie vor sich sah, nicht der Wirklichkeit entsprach: Chase stand in der Tür zum Badezimmer und hatte eine Hand auf dem Türknauf liegen.

Überraschung und gefährlich intensive Lust spiegelten sich auf seinem Gesicht wider.

4. KAPITEL

Chloe schloss die Augen wieder, hielt den Atem an und tauchte ganz ab. Die Düsen stellten sich von allein ab. Chloe hielt die Luft so lange an, wie es ging, und betete, dass die Badezimmertür noch immer abgeschlossen wäre, wenn sie wieder hochkam ... Sie betete, dass es nur ein böser Traum gewesen war, dass Chase sie nicht nur nackt gesehen, sondern auch dabei erwischt hatte, wie sie sich in der Badewanne seines Bruders zum Höhepunkt gebracht hatte.

Leider stand er immer noch da, nachdem sie kurz darauf wieder aufgetaucht war, Luft holte und die Augen aufmachte.

Obwohl sie im warmen Wasser saß, konnte sie spüren, wie ihr vor Scham heiß wurde.

Zumindest redete sie sich ein, dass es Scham war.

Unter Wasser drückte sie die Beine mit so viel Schwung zusammen, dass es eine kleine Überschwemmung gab. Sie zog die Knie an, um ihren nackten Körper vor Chase' Blick zu schützen, während sie gleichzeitig die Arme vor ihren Brüsten kreuzte, die aus dem Wasser ragten.

Sie zwang sich, ihm in die grün lodernden Augen zu schauen. „Die Tür war abgeschlossen!"

Gut, dass sie nicht mit einer Entschuldigung rechnete. Denn Chase wirkte nicht im Geringsten reumütig.

„Offensichtlich war sie nicht richtig abgeschlossen."

Eigentlich hätte sie nicht lächeln sollen, doch ihre Mundwinkel zuckten verdächtig. Die Situation war alles andere als lustig. Oder besser: Das alles hätte lustig sein können, wenn es jemand anderem passiert wäre – zum Beispiel einer Figur in einem Film, den sie gerade sah.

Aber das hier war keine romantische Liebeskomödie.

Das hier war ihr verkorkstes Leben.

„Brechen Sie immer ins Badezimmer ein, wenn Sie Gäste haben?"

Er wirkte ein bisschen verärgert. „Ich habe Ihre Sachen nicht im Schlafzimmer gesehen. Ich dachte, Sie hätten es sich vielleicht doch anders überlegt und wären gegangen." Er hielt inne, und sein Blick wurde trotz des Verlangens, das noch immer in seinen Augen stand, etwas weicher. „Ich habe mir Sorgen um Sie gemacht." Er streckte die Hand aus. „Und ich habe Ihnen ein Schmerzmittel besorgt. Ich kann mir vorstellen, wie weh Ihr Gesicht tun muss."

Diese mitfühlende Geste berührte sie so tief, dass sie für einen Moment die Lider senken musste.

Sie wusste, dass sie sie besser zugelassen hätte. Denn als sie dann so mutig war, ihn anzusehen, konnte sie nicht unterscheiden, ob sich auf seinem Gesicht Verlangen oder reine Liebenswürdigkeit spiegelte.

Sie war so erstaunt gewesen, ihn in der Tür stehen zu sehen, dass sie ganz vergessen hatte, wie sie seinen Namen gerufen hatte, als sie gekommen war.

O Gott!

Chloe schluckte.

Sie ahnte, dass es in diesem Moment nur noch eine Möglichkeit gab, mit der Situation umzugehen. Also sagte sie mit mehr Tapferkeit, als sie eigentlich verspürte: „Ich kenne übrigens noch andere Männer mit Ihrem Namen."

Er hob eine Augenbraue, und sein Mund verzog sich zu einem Grinsen. „Tatsächlich?"

Schweigend lächelte er. Natürlich war ihnen beiden klar, dass sie wahrscheinlich noch nie zuvor in ihrem Leben einen Chase kennengelernt hatte.

„Mir erzählen die Leute immer, dass es ein ziemlich ungewöhnlicher Name ist."

Tja, was sollte sie darauf erwidern? Nachdem nun die erste Verlegenheit verflogen war, wurde sich Chloe zunehmend der Lage bewusst, in der sie sich befand.

Was auch immer Chase' Mutter ihm beigebracht hatte – sie

hatte offensichtlich vergessen, ihm zu erklären, dass man eine nackte Frau allein ließ, damit sie die Fassung wiedererlangen konnte. Denn statt sie aus der Wanne steigen zu lassen, damit sie sich ungestört anziehen konnte, ließ er seinen Blick anerkennend über ihren nackten Körper wandern.

Chloe hätte sich gern vor diesen Blicken verborgen. Andererseits ... zwar war das nackte Mädchen auf Chase' Bett gute dreißig Pfund dünner als Chloe gewesen, aber warum sollte sie sich ihrer Kurven schämen?

Zu oft hatte ihr Exmann ihr gesagt, dass sie abnehmen solle. Sie würde nie mehr eine Diät machen! Für niemanden. Sie wollte ihre weiblichen Proportionen behalten!

Wieder bemühte sie sich, möglichst tough zu wirken. „Hey, ich bin immer noch nackt."

„Das stimmt", entgegnete er. Ihr Anblick gefiel ihm offensichtlich.

Warum war sie nicht wütend auf ihn?

Wichtiger noch: Wieso hatte sie keine Angst vor ihm?

Er war groß. Viel stärker, als sie es war. Seine Hände könnten ihr wehtun. Ganz zu schweigen von den anderen Körperteilen, mit denen er ihr Schmerzen zufügen könnte.

Und obwohl sie allen Grund hatte, sich davor zu fürchten, was Chase ihr antun könnte, fürchtete sie sich nicht vor ihm.

Zuerst war sie misstrauisch gewesen und hatte nicht in seinen Wagen einsteigen wollen, doch nachdem er begonnen hatte, von seiner großen Familie zu erzählen, war ihr Misstrauen gewichen. Er liebte seine Brüder und Schwestern sehr, und es war schwer, sich einen Serienmörder vorzustellen, der eine solch enge Bindung zu seiner Familie hatte.

Sie hatte das Misstrauen wieder heraufbeschwören wollen, als er in der Küche darauf bestanden hatte, sich ihre Wange anzuschauen. Die Wahrheit war jedoch, dass sie nicht davongelaufen war, weil sie sich gefürchtet hätte.

Nein, sie war davongelaufen, weil sie vor einer ganz anderen Sache Angst gehabt hatte.

Sie hatte Angst vor ihrer eigenen Reaktion auf ihn gehabt. Davor, wie heftig, wie unmittelbar sie sich zu ihm hingezogen fühlte.

Nun lag sie hier im schnell abkühlenden Badewasser – nackt und nass – und spürte immer noch die Wirkung, die er auf sie hatte. Und zwar stärker als je zuvor. Selbst nachdem sie sich völlig blamiert hatte, weil sie in einem sehr persönlichen Moment laut seinen Namen gerufen hatte.

Zornig auf sich selbst, weil sie so schwach war, und wütend auf Chase, weil er so ein sturer Kerl war, sagte sie mit einem Anflug von Sarkasmus: „Sie bemerken einen Wink mit dem Zaunpfahl nicht unbedingt immer sofort, oder?"

Er grinste. Sein Lächeln löste die seltsamsten Gefühle in ihr aus. „Mit direkten Aufforderungen kann ich mehr anfangen."

„Verschwinden Sie."

Er lachte laut auf. „Wollen Sie vielleicht zuerst ein Handtuch?"

„Sie haben es also noch immer nicht begriffen?" Und obwohl sie das in dem kühlsten Tonfall sagte, den sie zustande bringen konnte, musste sie sich anstrengen, um ein Lächeln zu unterdrücken.

Sie war nicht überrascht, dass er anstatt zu antworten einfach näher kam und nicht die Anstalten machte zu gehen. Er nahm ein flauschiges Handtuch von der Heizung.

„Hier."

Er hielt ihr das Handtuch hin – allerdings so weit entfernt, dass sie aufstehen, aus der Wanne klettern und zu ihm kommen musste, um es sich zu holen.

Chloe zögerte und versuchte, Zeit zu schinden. Was hatte Chase, dass sie dieses verrückte Spielchen mitspielte? „Ach, was ist eigentlich aus der anderen Nackten geworden?"

„Ich habe sie nach Hause geschickt", erwiderte er, als wäre es die einzig logische Antwort.

Chloe fand, dass es keinen Grund gab, sich zurückzuhalten und keine freche Antwort zu geben – immerhin lag sie nackt in der Badewanne, und er hielt das Handtuch mit glasklarer Absicht so, dass es für sie außer Reichweite war. Also verzog sie den Mund. „Armes Ding. War sie enttäuscht, dass Sie so schnell gekommen sind?"

Chase lachte. „Ich fürchte, sie ist gar nicht zum Zuge gekommen. Sie hat sich angezogen und ist direkt nach Ihnen verschwunden."

Hm. Tja, das war wirklich eine Überraschung. Sie kannte nicht viele Männer, die eine hübsche nackte Frau nach Hause schickten, ohne vorher das Angebot anzunehmen.

Warum ließ er sie nicht ebenfalls zufrieden?

Und wieso wollte sie das auch gar nicht?

Sie wussten beide, dass er verschwinden würde, sobald sie ihn darum bat. Stattdessen spielten sie nicht nur ein Spielchen mit dem Handtuch, sondern auch mit der offensichtlichen gegenseitigen Anziehung.

Es war ein Spielchen, das ihr viel zu viel Spaß machte.

So viel Spaß, dass sie ahnte, dass sie etwas wirklich Dummes tun würde, wenn sie das Spiel noch weiterspielten.

Etwas sehr, *sehr* Dummes.

Nein.

Sie hatte in ihrem Leben genug Dummheiten begangen. Ihre Ehe hatte auf *einigen* dummen Entscheidungen basiert. Und wohin hatte das geführt? Zu einer großen, blutunterlaufenen Verletzung im Gesicht und einem Auto im Straßengraben ... Obendrein versteckte sie sich im Haus eines Fremden und ließ sich vom prickelnden Knistern zwischen ihnen ablenken, anstatt sich zu überlegen, wie sie ihre Probleme in den Griff bekommen sollte.

Dieser frustrierende Gedanke ließ sie das Spielchen vergessen, das sie mit Chase spielte. Er ließ sie auch ihre Nacktheit vergessen, sodass sie sich erhob, um sich das Badelaken zu holen, noch ehe ihr das alles überhaupt bewusst wurde.

Als sie stand, erschrak sie. Sie spürte jeden Tropfen, der ihren Körper hinabrann und in die Badewanne fiel.

Chase' grüne Augen waren fast schwarz, so sehr hatten sich die Pupillen bei ihrem Anblick geweitet. „Mein Gott, Sie sind so schön, Chloe."

Sie war sich nicht sicher, ob er die Worte bewusst ausgesprochen hatte, aber der ehrfürchtige Klang berührte sie.

Niemand hatte sie je so angesehen, als hätte er nie etwas oder jemanden gesehen, der so hübsch war.

Nein. Nicht hübsch.

Schön.

Vielleicht war es die Macht dieses Wortes, nachdem sie sonst nur mit Adjektiven wie „heiß" oder „sexy" betitelt worden war, die sie erstarren ließ.

Reglos, entblößt und tropfend stand sie vor ihm.

Wartete.

Gespannt.

Begierig.

Sie wusste genau, was nun folgen würde, konnte praktisch voraussagen, was jeder Mann der Welt in dieser Situation tun würde. Chase würde versuchen, sie dazu zu überreden, mit ihm zu schlafen, und am Morgen würde sie ihn dafür hassen, ihre sinnliche Schwäche ausgenutzt zu haben, obwohl sie noch nicht dazu bereit gewesen war.

Doch vor allem würde sie sich dafür hassen, schwach und dumm gewesen zu sein und ihr Herz und ihren Körper nicht besser geschützt zu haben.

Aber während die Sekunden verstrichen und ihr Herz laut schlug, rührte Chase sich nicht, auch wenn er aussah, als würde er nichts lieber tun, als sich die Jeans vom Leib zu reißen und zu ihr in die Wanne zu klettern. Und obwohl ihnen beiden klar war, dass er groß und stark genug war, um in ihr zu sein, noch ehe sie den nächsten Atemzug getan hätte, blieb er wie angewurzelt stehen.

Chloe konnte es nicht glauben. Sie hatte ihm nicht die Erlaubnis gegeben, sie zu berühren. Und erstaunlicherweise ergriff er nicht die Gelegenheit, sich von ihr zu nehmen, was er wollte – auch wenn er größer und stärker war als sie und es für ihn ein Leichtes gewesen wäre.

Ein Stich traf sie mitten ins Herz, das so verletzt war und gelitten hatte.

War es möglich, dass sie zum ersten Mal in ihrem Leben einen Mann getroffen hatte, der keine Anstalten machte, sich zu holen, was er wollte … bis sie es zuließ?

War es tatsächlich möglich, dass Chase sie trotz des Verlangens in seinen Augen niemals berühren würde – es sei denn, sie bat ihn darum?

War es möglich, dass er ihr niemals die Lippen auf den Mund pressen würde, solange sie ihn nicht anflehte, sie zu küssen? Solange sie nicht bereit war und sich nach seiner Berührung, nach seiner Liebe verzehrte?

Bilder dieser Sehnsucht stiegen in ihr auf. Sie waren so klar und mächtig, dass es all ihrer Selbstbeherrschung bedurfte, um sie beiseitezudrängen.

„Ich hätte jetzt gern das Handtuch. Danke."

Es hatte wohl nie eine weniger aufreizende Äußerung zwischen Mann und Frau gegeben.

Also, warum war sie dann plötzlich atemlos?

Heilige Scheiße.

Chase hatte mit Frauen schon so manch außergewöhnliches Abenteuer erlebt, allerdings war nichts mit dem Anblick von Chloe in der Badewanne vergleichbar.

Und keines der Models, die er im Laufe der Jahre fotografiert hatte, hatte einen Körper, der so viel Sinnlichkeit ausstrahlte wie Chloes wunderschöner nackter Körper.

Als er den Blick senkte, stellte er fest, dass seine Hände, mit denen er das Handtuch hielt, tatsächlich zitterten.

Chase rang um Fassung. Er hätte nicht im Badezimmer bleiben dürfen. Das war ihm klar.

Doch er hatte nicht anders gekonnt. Und er glaubte auch nicht, dass sie wirklich wollte, dass er verschwand.

Eine kleine Stimme in seinem Inneren sagte ihm jedoch, dass er ihr das Handtuch reichen sollte, ehe sie an der Luft trocknete oder sich erkältete. Er streckte ihr das Badelaken entgegen, und sie zog daran, bevor sie ihn anschaute.

„Mr Sexy?", sagte Chloe leise.

Er bemerkte die Überraschung in ihrem Gesicht, als sie bemerkte, wie sie ihn gerade genannt hatte.

Mr Sexy.

„Sie meinen mich, oder?", fragte er und freute sich, da sie ihm wieder ihr bezauberndes Lächeln schenkte. Ihr Mund war schon hübsch, wenn sie die Stirn runzelte oder sich auf die Unterlippe biss. Aber wenn sie lächelte, strahlte ihr Gesicht so viel Wärme aus, als wäre die Sonne gerade aufgegangen.

„Ein netter Spitzname, finden Sie nicht?" Ehe er antworten konnte, sagte sie: „Sie müssten das Handtuch schon loslassen."

Das wusste er natürlich. Doch verdammt, im Moment konnte er sich nicht einmal an seinen eigenen Namen erinnern. Wie also sollte er sein Gehirn dazu bringen, so klare Gedanken hervorzubringen, dass er den Griff um das Handtuch löste?

„Tut mir leid." Und es tat ihm wirklich leid. Vor allem während sie das große Badetuch um sich wickelte.

„Diese Wanne ist toll."

Er war sich ziemlich sicher, dass er wie ein Idiot aussah, als er so vor ihr stand und kein Wort über die Lippen brachte. Versehentlich hatte er mit angesehen, wie sie sich selbst zu einem wundervollen Höhepunkt gestreichelte hatte, und alles, was sie dazu sagte, war, dass die Wanne toll war ...

„Ich weiß nicht, ob die Badewanne so viel damit zu tun hatte", entgegnete er.

Er liebte den Klang ihres Lachens, liebte die Tatsache, dass es jedes Mal, wenn er es hörte, weniger steif wirkte.

Sie zuckte die Achseln, als sie an ihm vorbeiging und dabei das Handtuch vor ihren unglaublichen Brüsten befestigte. „Ein Mann sollte niemals die Macht einer wohlplatzierten Wasserdüse unterschätzen", lautete ihre Antwort, während sie zum Spiegel schritt und anfing, sich mit den Fingern durchs Haar zu streichen.

Da er weiterhin reglos dastand und sie von hinten betrachtete, schaute sie ihn im Spiegel an und zog eine Augenbraue hoch. „Sie sind doch sicherlich müde."

Gott, nein. Er war nicht müde. Nicht, wenn sie in seiner Nähe war und nur ein Badetuch um sich gewickelt hatte.

„Ich brauche nicht viel Schlaf."

„Tja, ich schon." Damit verließ sie das Bad und eilte zu der Tür, die von ihrem Schlafzimmer zum Flur führte. „Gute Nacht."

Pflichtbewusst folgte er ihr, auch wenn er sich schon längst hätte zurückziehen sollen. „Gute Nacht."

Trotz der Tatsache, dass Chase sie mehr wollte als je eine Frau zuvor, wollte er ihr keinen dieser Küsse geben, der in ihr den Wunsch weckte, dass er mit ihr schlief.

Nein, er wollte sie auf die Stirn küssen. Einen zarten, liebevollen Kuss, der ihr zeigte, dass sie sich bei ihm sicher und geborgen fühlen konnte.

Aber er hatte sich diesen Kuss nicht verdient, und er wusste instinktiv, dass er nichts von ihr fordern durfte, zu dem sie nicht bereit war.

Er war den Flur schon ein Stück hinuntergegangen, als er sie sagen hörte: „Sexy?"

Über den Spitznamen grinsend, den sie ihm verpasst hatte – das musste doch ein gutes Zeichen sein, oder? –, drehte er sich um. „Ja?"

Trotz des Spitznamens blickte sie ihn ernst an. Sehr, sehr ernst. „Danke. Für alles, was Sie heute Abend für mich getan haben."

Ihm ging bei ihren tief empfundenen Worten das Herz auf. Und bei dem stummen *Vielen Dank für alles, was Sie* nicht *getan haben.* Obwohl sie es nicht aussprach, schwang es im Stillen mit und war für ihn so deutlich zu hören wie das, was sie laut gesagt hatte.

„Gern geschehen, Chloe." Er lächelte. „Ich bin froh, dass Sie das Bad so genossen haben."

Er sah ihr an, dass sie wieder lachen wollte. „Sie müssen nicht zum Haus Ihres Bruders gehen. Ich denke, es ist in Ordnung, wenn Sie am Ende des Flurs schlafen statt am anderen Ende des Weinguts."

Hoffentlich bedeutete das, dass sie sich wohler fühlte, wenn er im Haus war und nicht weit weg. „Schlafen Sie gut."

Sie legte den Kopf leicht schräg. „Wissen Sie was? Das werde ich."

Und damit schloss sie die Tür. Er stand da und starrte noch lange auf die Stelle, an der sie gestanden hatte.

Chase Sullivan war nicht bewusst gewesen, dass sein Leben sich an diesem Abend für immer verändern würde.

Doch es hatte sich verändert.

Und erstaunt wie auch ein wenig erschrocken stellte er fest, dass ihm nicht daran gelegen war, sich gegen diese Veränderung zu wehren. Stattdessen rüstete er sich für einen ganz anderen Kampf.

Für den Kampf um Chloes Herz.

5. KAPITEL

Chloe wachte auf. Ihr war warm, und sie fühlte sich ausgeruht. Ach, sie hatte Betten wie dieses vermisst – weiche, dicke Matratzen mit zarten, seidigen Laken und molligen Bettdecken, die leicht, aber wärmend waren. Dennoch waren die vergangenen sechs Monate, seit sie die Scheidung eingereicht hatte, besser gewesen als all das. Besser als weiche Betten und tolle Schuhe. Auch wenn sie in der letzten Zeit auf vieles hatte verzichten müssen und auf billigen, kratzigen Laken in einem harten Einzelbett schlief, war es das alles wert gewesen. Denn sie hatte zu sich selbst zurückgefunden.

Der Impuls wegzulaufen war plötzlich wieder da. Doch im Moment war es viel zu gemütlich. Sie konnte sich nur recken und dann noch tiefer unter die Decke kuscheln. Sie schloss die Augen und versuchte, wieder einzuschlafen. Aber obwohl es schön war, faul in diesem riesigen Bett zu liegen, statt in den Diner zu müssen, in dem sie in den letzten Monaten fettiges Essen serviert hatte, konnte sie nicht mehr einschlafen. Die Gedanken an Chase ließen sie nicht mehr zu Ruhe kommen und schossen ihr unentwegt und erbarmungslos süß durch den Kopf.

Und heiß.

In der vergangenen Nacht war sie nackt unter die Decke geschlüpft und so erschöpft gewesen, dass sie augenblicklich eingenickt war. Doch im Licht des Morgens, das nun durch die leichten Vorhänge am Fenster fiel, erinnerte sie sich in lebhaften, bunten Farben daran, was sie im Badezimmer getan hatte.

Daran, was er gesehen hatte.

Unwillkürlich legte sie die Hände auf die Wangen, die nun glühten.

Chloe hatte kein Problem damit, dass sie sich in der Badewanne selbst berührt hatte. Sie hatte auch kein Problem damit, dass ihr sein Name über die Lippen gekommen war. Und es hatte keinen Sinn, wütend auf ihn zu sein, weil er hereingeplatzt war, als sie ihre „Auszeit" genießen wollte – denn der einzige Grund, warum er nach ihr geschaut hatte, war seine Sorge um sie gewesen. Er hatte nicht gehofft, sie mit der Hand zwischen den Schenkeln zu erwischen.

Aber was danach passiert war – dass sie nicht darauf bestanden hatte, dass er das Bad sofort verließ, oder die Art, wie sie einander geneckt hatten, die Tatsache, dass sie ihn „Mr Sexy" genannt hatte –, war wirklich unglaublich.

Und auch wenn sie versuchte, die Erinnerungen beiseitezuschieben, blieb dieses winzige warme Gefühl, das sich in ihrer Brust festgesetzt hatte.

Alles, weil Chase sie nicht bedrängt hatte. Er hatte ihr keine Angst gemacht. Oder probiert, sie irgendwie zu beherrschen.

Einige Frauen mochten so etwas. Sie fanden es aufregend, hilflos zu sein. Früher einmal hatte die Vorstellung sie gereizt, festgehalten zu werden. Gefesselt zu werden. In ihrer Leidenschaft machtlos zu sein. Sich einem Mann, der sie liebte, völlig hinzugeben.

Jetzt konnte sie sich nicht mehr vorstellen, je so empfunden zu haben. Nein, sie würde sich nie wieder von jemandem unterdrücken, von jemandem die Kraft nehmen lassen. Chloe fiel kein Grund ein, warum sie ihr Leben von irgendeinem anderen Menschen beherrschen lassen sollte. Kein einziger Grund.

Sie schloss die Augen und wusste, dass es feige war, im weichen Bett zu bleiben. Eigentlich musste sie die Polizei anrufen und Anzeige gegen ihren Exmann erstatten ... Melden, wer für die Verletzung in ihrem Gesicht verantwortlich war. Genau genommen hätte sie es schon am vergangenen Abend tun sollen, doch sie war durch den Angriff ihres Exmannes so verängstigt gewesen, dass sie an nichts anderes als an Flucht hatte denken können. Um weit, weit weg von ihm zu sein.

Wissen, was zu tun war, und sich stark genug zu fühlen, um es auch wirklich in die Tat umzusetzen, waren allerdings zwei vollkommen unterschiedliche Dinge.

Schließlich gab sie es auf, weiterschlafen zu wollen. In ihrem Kopf überschlugen sich die Gedanken. Sie warf die Decke zurück, stieg aus dem Bett und schaltete das Licht ein. Ausgeruht war ihr Kopf nun klar genug, dass sie all die kleinen Dinge bemerkte, die ihr am Abend zuvor gar nicht aufgefallen waren.

Im Schlafzimmer war von den Möbeln bis hin zu dem flauschigen Teppich unter ihren bloßen Füßen alles teuer und elegant. Frische weiße Laken und der Holzfußboden verliehen dem Raum etwas Leichtes, Luftiges. Aber während ihr Exmann und seine Familie darauf geachtet hatten, dass man ihren Reichtum sah, hatte Chloe bei Chase' Bruder den Eindruck, dass er jeden Sessel, jedes Kissen, ja selbst das Bettzeug gekauft hatte, weil er die Sachen wirklich mochte. Nicht weil er irgendjemanden beeindrucken wollte.

Sie zog Laken und Decke glatt und breitete die Tagesdecke aus. Danach strich sie ein letztes Mal mit der Hand über die weiche Überdecke und sagte wie zu einem Geliebten: „Du warst toll letzte Nacht!", ehe sie ins Bad ging.

Sie stellte sich unter die warme Dusche und fühlte sich zumindest für einen Moment geborgen und wohl. Natürlich konnte sie sich nicht ewig verstecken. Doch den Rest des Tages würde sie – falls sie es schaffte, niemandem in die Quere zu kommen – im Weinberg verbringen. Sie würde eine Zeit lang so tun, als wäre ihr Leben normal.

Normal. Das klang gut. Auch wenn sie sich nicht sicher war, wie „normal" man sich in einem so tollen Haus wie diesem auf einem Weingut fühlen konnte.

Wahrscheinlich würde es nur noch schwieriger werden, sich den hässlichen Tatsachen zu stellen, wenn man um das Unvermeidliche einen Bogen machte. Am Ende allerdings überzeugte Chloe sich selbst davon, dass sie ein bisschen Spaß verdient hatte. Oder etwa nicht?

Nachdem sie sich abgetrocknet und festgestellt hatte, dass ihre Hose und das T-Shirt glücklicherweise getrocknet waren, zog sie die Sachen an. Zumindest ein bisschen sauberer als in der vergangenen Nacht waren sie.

Gut, es hatte länger als sonst gedauert, ihre langen glatten Haare zu trocknen. Das lag jedoch nur daran, dass sie am Tag zuvor so zerzaust gewesen waren und sie nun sichergehen wollte, dass sie keine Knoten mehr in den Haaren hatte. Dass sie gut aussehen wollte für Chase, spielte natürlich keine Rolle. Und sie war auch nicht nervös, weil sie ihn wiedersehen würde.

Ach, wem wollte sie etwas vormachen? Lächerlich!

Die Wunde in ihrem Gesicht würde zwar keine kleinen Kinder erschrecken, war aber auch nicht besonders schön anzuschauen. Als sie die Verletzung, die zerschlissenen Jeans und das alte T-Shirt im Spiegel sah, musste sie zugeben, dass sie schon besser ausgesehen hatte.

Das war schade, denn wenn sie ganz ehrlich war, hatte es ihr gefallen, wie Chase sie am Abend zuvor angeschaut hatte, während sie aus der Wanne aufgestanden war. Sie wünschte sich, sie könnte angezogen genauso gut aussehen. Nur damit er sie wieder mit diesem Ausdruck in den Augen ansah.

Beim Gedanken daran, Chase zu treffen, schlug ihr Herz schneller. Sie holte tief Luft und straffte die Schultern, bevor sie im Flur um die Ecke bog und die Küche betrat.

Die war leer.

Sie konnte ihre Enttäuschung nicht verbergen. Es war zu spät, um sie zu leugnen.

Eine Schüssel mit frisch geschnittenen Früchten stand auf der Kochinsel. Daneben entdeckte sie eine Auswahl an Backwaren, bei deren Anblick ihr Magen anfing zu knurren. Sie hatte bereits ein Schokoladencroissant genommen – ihr Lieblingsgebäck! – und hineingebissen, da bemerkte sie die Nachricht, die neben der hübschen rot-gelben Obstschale lag.

Guten Morgen, Chloe!
Ich hoffe, Sie haben gut geschlafen. Es tut mir leid, dass ich nicht bleiben konnte, um Ihnen beim Frühstück Gesellschaft zu leisten. Bitte besuchen Sie uns im Weinberg, wenn Sie zu Ende gefrühstückt haben.
Wir sehen uns!
Ihr SEXY
P. S.: Beinahe hätte ich es vergessen: Im Kühlschrank steht frisch gepresster Orangensaft. Es ist schließlich wichtig, dass Sie genug Vitamin C bekommen.

Ihr überraschtes Lachen hallte in der leeren Küche wider.

Chloe konnte nicht glauben, dass er die Nachricht mit dem Spitznamen unterschrieben hatte, den sie ihm gegeben hatte. Ihrer Erfahrung nach besaßen Männer nicht viel Humor. Vor allem nicht, wenn der Scherz auf ihre Kosten ging. Doch Chase hatte sie wieder und wieder überrascht, nicht wahr? Zuerst, als er in der Badezimmertür gestanden hatte, dann als er sie nicht angemacht hatte, und jetzt mit dieser sehr netten, sehr süßen Nachricht.

Sie warf einen Blick in den Kühlschrank, fand den Saft und schenkte sich ein großes Glas ein. Anschließend machte sie es sich auf einem der Hocker am Küchentresen gemütlich, nahm die Nachricht und las sie noch einmal.

Mit „uns" meinte Chase doch nur sich und seinen Bruder, oder? Sie unterdrückte ihre Nervosität bei der Vorstellung, vielleicht noch mehr Leute kennenlernen zu müssen. Offen gestanden wollte sie in ihrem körperlichen und seelischen Zustand nicht einmal Chase' Bruder treffen. Aber da er sie hier als Gast aufgenommen hatte, wäre es nicht besonders höflich gewesen, ihm nicht wenigstens dafür zu danken, dass er sie eine Nacht in seinem Gästehaus aufgenommen hatte. Sobald sie sich irgendwo eingerichtet hätte, würde sie ihm als Dankeschön einen Quilt nähen. Das war ihre große Leidenschaft. Sie träumte davon, dieses Hobby irgendwann einmal zu ihrem Beruf zu machen. Wenn ihr Leben sich wieder etwas beruhigt hatte. Sie könnte maßgefertigte Decken nähen oder in einem hübschen Häuschen einen Laden eröffnen, in dem sie dann Jung und Alt diese Kunst beibringen würde.

Während sie kleine Stückchen vom Croissant zupfte und es sich auf der Zunge zergehen ließ, genoss sie die Sonne, die in die Küche schien: Sie schwelgte in Träumen, die sie lange verdrängt hatte. Schließlich waren vom Croissant nur noch kleine Krümel übrig, die sie mit einer angefeuchteten Fingerspitze von der Granitarbeitsfläche holte. Okay, sie versuchte schon wieder, Zeit zu schinden. Sie versteckte sich im Gästehaus, um Chase nicht gegenübertreten zu müssen.

Es war ein wunderschöner Tag. Der Sturm der vergangenen Nacht hatte die Luft geklärt. Chloe atmete tief durch. Wenn sie sich schon einen Tag Pause von ihrem echten Leben gönnte, sollte sie jetzt hinausgehen und das Napa Valley genießen.

Kurz darauf trat sie auf die breite überdachte Veranda hinaus. Mit einer Hand schirmte sie die Augen vor der Sonne ab. Bevor sie die Schönheit um sich herum wirklich bemerkte, sah sie sich aufmerksam um, um zu prüfen, ob wirklich nirgendwo Gefahr drohte.

Auch wenn sie sich so behütet und sicher fühlte wie schon lange nicht mehr, war ihr klar, dass der Ärger aus dem Nichts kommen konnte, wenn sie am wenigsten damit rechnete. Genau wie am Abend zuvor.

Jedes Mal, wenn sie daran dachte, kam sie sich unglaublich naiv vor. Wie hatte sie die Anzeichen dafür übersehen können, dass ihr Exmann gleich explodieren würde? Ihr Herz zog sich zusammen.

Normal. Sie hatte doch vorgehabt, so zu tun, als wäre alles normal.

Sie atmete durch und zwang sich, ihre verworrenen Empfindungen und Ängste zu unterdrücken. Als sie sich schließlich wieder ruhiger und gefasster fühlte, sah sie sich endlich genauer um. Der Anblick verschlug ihr den Atem.

Nach dem Regen der vergangenen Nacht funkelte der Weinberg im Sonnenlicht. Die Blätter an den Rebstöcken waren leuchtend grün. Fast wirkte es so, als hätte ein Kind die Szene mit Buntstiften in den Grundfarben gemalt.

Der Weinberg lag ruhig da. Nur die Vögel riefen sich gegenseitig etwas zu, als sie zwischen zwei langen Reihen von Weinstöcken hindurchlief. Das fröhliche Gezwitscher begleitete sie. Sie sog den frischen Duft ein. Die klare Luft roch nach Erde, Pflanzen und Natur.

Die Schönheit um sie herum war wundervoll. Das satte Grün der Weinberge und Bäume zusammen mit dem leuchtenden Gelb der Senfblumen und dem Lila des Salbeis war bezaubernd. Sie hatte das Gefühl, stundenlang, wochenlang durch diese Landschaft gehen zu können und sich niemals an den Eindrücken, dem Sonnenschein, dem strahlend blauen Himmel sattsehen zu können. Es duftete so gut nach den Reben und den blühenden Blumen um sie herum.

Unglücklicherweise wurde die Idylle ein paar Momente später durch das Geräusch sich schnell nähernder Schritte und dem Schluchzen einer Frau unterbrochen. Chloe schaffte es gerade noch, hinter einen Rebstock zurückzuweichen, um nicht von dem großen, sehr schlanken Mädchen umgerannt zu werden, das nicht älter als achtzehn oder neunzehn sein konnte.

Chloes Herz klopfte heftig, als sie abwartete, wer wohl hinter dem Mädchen herlief. Als kurz darauf klar war, dass niemand mehr kommen würde, und sie zurück auf den unbefestigten Weg trat, sah sie, dass die kunstvollen Bänder am Kleid des Mädchens sich in den dicken Reben verfangen hatten.

Chloe ging schnell zu der jungen Frau. „Halten Sie kurz still, dann kann ich Sie befreien."

Die Augen des Mädchens waren weit aufgerissen und voller Tränen, während Chloe sich daranmachte, die Seidenbänder aus der Rebe zu lösen.

Warum um alles in der Welt trug die junge Frau an einem Wochentag und mitten im Weinberg ein Kleid, das ein Vermögen gekostet haben musste? „Was ist passiert?", erkundigte Chloe sich schnell.

„Er ist so gemein!"

Chloes Herz schlug schneller, ihr Puls raste. Sie hatte das Gefühl, das Mädchen beschützen zu müssen. „Wer ist gemein? Ihr Freund?"

Das Mädchen schüttelte den Kopf. Die junge Frau war trotz tränenüberströmtem Gesicht und zerzausten Haaren außergewöhnlich schön. „Ich wünschte, das wäre er. Er sieht so gut aus", meinte sie, und Tränen rannen ihr über die Wangen. „Und er ist so, so gemein!"

Warum taten sich Frauen das immer wieder an? Was war der Reiz daran, sich in Typen zu verlieben, die sie wie Dreck behandelten? Gab es einen geheimen Kindergartenlehrplan für Mädchen? Und warum bot dann niemand einen Kurs dafür an, wie man netten Männern begegnete?

Chloe wollte nicht glauben, dass ein Mann seine Kraft gegen Frauen benutzte, um zu beweisen, dass er stark war. Plötzlich ertappte sie sich dabei, dass sie wieder an Chase dachte. Sicherlich war er stark. Doch er hatte seine angeborene Stärke nicht dazu benutzt, sie zu irgendetwas zu zwingen. Und dadurch war ihr Verlangen nach ihm nur noch stärker geworden.

Während ihr diese Gedanken durch den Kopf schossen, gelang es ihr, die Seidenbänder aus dem Rebstock zu befreien. Aber auch nachdem sie fertig war, weinte das Mädchen weiter – es war ein lautes, gequältes, dramatisches Schluchzen.

„Oh gut, Sie haben sie gefunden."

Chloe drehte sich um, sowie sie die vertraute Stimme hörte. Chase? Wann war er denn gekommen? Und wieso wurde ihr nun schon beim Klang seiner warmen Stimme heiß? Derselben Stimme, die sie in der vergangenen Nacht in ihren Träumen gehört hatte …

Das Mädchen schlang seine langen schlanken Finger um Chloes Handgelenk und hielt sie fest. So fest, dass Chloe keuchte, als die langen, perfekt manikürten Fingernägel sich in die Haut ihres Handgelenks bohrten.

Ein Blick in Chase' Augen genügte jedoch, um den stechenden Schmerz an ihrem Handgelenk sofort zu vergessen. Er wirkte besorgt. Und er war so unfassbar attraktiv, dass es ihr den Atem raubte. Sie hatte ihn in der vergangenen Nacht im Dunkeln und im Regen gesehen und danach im Gästehaus seines Bruders einen genaueren Blick auf ihn erhaschen können. Doch jetzt, im Sonnenschein? Ehrlich gesagt war es gut, dass das Mädchen ihren Arm festhielt, denn sonst wäre Chloe mit Sicherheit umgefallen.

Wahrscheinlich war er nicht so gut aussehend wie ein Männermodel, aber auch wenn sein Nasenrücken ein wenig schief war, weil die Faust eines seiner Brüder damit kollidiert war, klopfte ihr Herz bei seinem Anblick schneller. Sein markantes Gesicht zusammen mit den breiten Schultern, den schmalen Hüften und dem Selbstbewusstsein, das er ausstrahlte, waren unglaublich anziehend.

Chase schaute Chloe warmherzig an. „Haben Sie gut geschlafen?"

Irgendwie brachte sie ein atemloses „Ja!" hervor. Sein breites, herzliches Lächeln ließ sie dahinschmelzen.

„Freut mich, das zu hören."

Die junge Frau grub die Finger noch tiefer in Chloes Handgelenk. „Das ist er", stieß sie zischend hervor und runzelte die Stirn, als sie die freundliche Unterhaltung der beiden verfolgte, die sie und ihren Wutanfall gar nicht beachteten.

Chloe versuchte, ihr Handgelenk aus den Klauen der jungen Frau zu winden. „Was meinen Sie damit?"

Das Frau wies auf Chase und rief: „Er ist hat mich zum Weinen gebracht!"

Chloe wandte sich von der anderen ab und Chase zu. Sie versuchte zu verstehen, was vorgefallen war, und sagte: „Sie waren das?"

Statt die Frage zu beantworten, sprach er die junge Frau mit geduldiger Stimme an. „Amanda, das Licht ist gleich weg. Du musst zurück ans Set. Sofort."

Amanda schmollte wie ein dreijähriges Kind. „Das ist nicht fair."

Nun stahl sich doch ein bisschen Verärgerung in Chase' Stimme. „Keiner hat heute Zeit für deine Wutausbrüche, Amanda."

Verwirrt blickte Chloe zwischen den beiden hin und her. Worüber zum Teufel sprachen sie? Dieses junge Ding war wohl kaum Chase' Freundin, oder? Und was meinte er mit „zurück ans Set"?

Dennoch konnte sie nicht vergessen, wie heftig die junge Frau geweint hatte, bevor Chase aufgetaucht war. Instinktiv stellte sie sich zwischen die beiden.

„Hören Sie, Chase", begann Chloe, „sie ist völlig aufgelöst."

Amanda stieß sie unsanft mit dem Ellbogen zur Seite, und Chloe hatte das ungute Gefühl, dass sie gerade den Fehler begangen hatte, sich vor Amanda ins Rampenlicht zu stellen.

„Ich will vorn stehen!" Der Ausdruck in Amandas Augen wirkte berechnend. „Versprich mir, dass ich für den Rest des Tages vorn stehen kann. Dann komme ich zurück."

Chase' Miene blieb ungerührt, während er Amanda betrachtete. Er war nicht wütend. Er lachte nicht. Er blickte sie nur eindringlich an. Entschlossen. Chloe hatte den Eindruck, dass er nur selten – wenn überhaupt – nicht genau das bekam, was er wollte.

Ein kleiner Schauer rieselte ihr über den Rücken, kaum dass sie sich daran erinnerte, wie er sie in der vergangenen Nacht mit Verlangen im Blick angeschaut hatte. Was wäre passiert, wenn er darüber hinaus diese Eindringlichkeit und diese Entschlossenheit hätte erkennen lassen? Hätte sie die Nacht dann auch allein in dem großen, wundervollen Bett verbracht?

Oder hätte sie diesen starken, muskulösen Körper neben sich gespürt?

Sie schaffte es kaum, sich rechtzeitig zusammenzureißen, um ihn sagen zu hören: „Folgendes, Amanda: Entweder gehst du jetzt zurück und machst deinen Job, oder ich rufe dir ein Taxi und erkläre deinem Agenten, dass das das letzte Mal war, dass wir beide das Vergnügen hatten zusammenzuarbeiten."

„Aber, Chase", jammerte die junge Frau. Sie schien langsam zu begreifen, dass sie ihren Willen hier nicht durchsetzen konnte. „Das ist nicht fair!"

Er zuckte die Achseln und griff nach seinem Handy. „Napa Valley. Ich brauche die Telefonnummer eines Taxiunternehmens."

Amanda wäre fast über die Rebstöcke gesprungen, um ihm das Handy zu entreißen. Ihre spitzen Fingernägel kratzten beinahe schmerzhaft über Chloes Haut, als sie abrupt losließ. Chase war schneller als die junge Frau, hob die Hand über den Kopf und trat zur Seite, sodass sie sich an einem Rebstock festhalten musste, damit sie nicht hinfiel.

Chase hielt das Handy wieder ans Ohr. „Ja, ich habe eine Fahrt zum Flughafen. Vom Sullivan-Weingut aus."

„Nein!" Die junge Frau kreischte so laut, dass Chloe die Ohren klingelten. Ihr Handgelenk tat fast genauso weh wie die Verletzung in ihrem Gesicht am Abend zuvor. „Ich komme zurück und mache, was du willst."

Chase nahm den Hörer nicht vom Ohr, als er erwiderte: „Du wirst meine Anweisungen nicht mehr hinterfragen." Es war keine Bitte. Es war eine Feststellung.

Amanda stimmte zu und nickte. Heftig. „Ich habe nur gerade erfahren, dass mein Freund mit meiner Mitbewohnerin schläft, und ich hasse sie beide und bin so wütend."

In dem Moment hatte Amanda ihre Taktik geändert und tat nun ihr Bestes, Chase mit großen Augen anzublicken und zugleich bemitleidenswert und hübsch zu wirken. Wenn Chloe das versucht hätte, dann hätte sie einfach so ausgesehen, als hätte sie eine schlimme Erkältung.

„Es tut mir so leid, dass ich das Shooting durcheinanderbringe", entschuldigte sich Amanda mit einer Stimme, in der so viel Reue mitschwang, wie die junge Frau aufbringen konnte.

Überraschenderweise umspielte ein Lächeln Chase' Mundwinkel. Verzieh er Amanda so schnell? Chloes Erfahrung nach vergaben Männer nicht so leicht. Andererseits waren andere Männer auch nicht so gut aussehend. Offensichtlich war Chase in jeglicher Hinsicht die Ausnahme von der Regel.

„Entschuldigung angenommen. Also, warum gehst du nicht zurück und lässt dir das Make-up richten, damit wir mit dem Shooting weitermachen können, solange wir noch das richtige Licht haben?"

„Okay, Chase." Die junge Frau drehte sich um und stapfte auf ihren endlos langen Beinen davon. Chloe und Chase blieben zurück.

„Junge Mädchen ..." Er erschauderte übertrieben. „Nach den Erfahrungen mit meinen Schwestern hätte ich mich eigentlich davor hüten sollen, auf einem Gebiet zu arbeiten, das praktisch abhängig von Frauen dieses Alters ist."

„Was ist hier los?" Chloe erkannte zu spät, dass sie sich anhörte, als wäre sie einem schlechten Film aus den Fünfzigerjahren entsprungen. Ihre Worte hätten auch aus dem Mund einer älteren Dame kommen können, die in eine Situation geriet, die sie nicht verstand.

„Ich bin Fotograf. Wir shooten hier in den kommenden Tagen für eine Doppelseite in einem Magazin."

Ach. Jetzt ergab alles einen Sinn. Vor allem das Gerede von „Shootings" und „gutem Licht".

„Ich wollte es Ihnen schon gestern Abend erzählen, aber ..." Er grinste sie an. „Ich war etwas abgelenkt."

Unwillkürlich errötete sie bei der Erinnerung daran, was ihn am vergangenen Abend so „abgelenkt" hatte. Ihr wurde heiß. Ihr Gehirn und ihre Zunge waren wie erstarrt. „Ich wollte Sie nicht bei der Arbeit stören", erwiderte sie verlegen. „Ich wollte nur spazieren gehen." Sie wies auf die Rebstöcke, die Hügel, die Bäume, den blauen Himmel. „Es ist wunderbar hier. Unglaublich schön."

„Schön", murmelte er, und ihr schoss sofort wieder durch den Kopf, wie er in der letzten Nacht gesagt hatte: „Mein Gott, Sie sind so schön."

Chloe spürte, wie sie noch mehr errötete, und senkte den Blick. „Danke für das Frühstück."

Sie sah, dass seine Füße näher kamen, bis er so nahe bei ihr stand, dass ihr keine andere Wahl blieb, als hochzuschauen.

„Freut mich, dass es Ihnen gefallen hat", meinte er leise. Mit den Fingerspitzen strich er von ihrer Wange zu ihrem Mundwinkel. „Sie haben da nur etwas Schokolade."

Unwillkürlich hielt sie die Luft an, da er sie berührte. Sie konnte sich nicht daran erinnern, dass ein Mann je so behutsam, beinahe zärtlich mit ihr umgegangen wäre.

Und sie konnte sich nicht daran erinnern, dass sie einen Mann je so sehr gewollt hatte wie diesen.

Er bewegte seinen Finger ein kleines bisschen, sodass er vor ihren Lippen war. Ein Teufelchen in ihrem Inneren – dasselbe Teufelchen, das sie auch davon überzeugt hatte, dass es eine gute Idee wäre, sich in der Badewanne zum Höhepunkt zu streicheln – brachte sie dazu, den Mund zu öffnen und die Schokolade abzulecken.

Sie hörte, wie Chase rau aufstöhnte. „Chloe."

O Gott, sie stand *so kurz* davor, ihn zu küssen. Einen Mann, der immer noch ein Fremder war, auch wenn er sie nackt gesehen und ihr einen warmen, sicheren Ort zur Verfügung gestellt hatte, an dem sie die Nacht hatte verbringen können.

Was tat sie hier eigentlich?

6. KAPITEL

Chloe taumelte zurück. Die Zweige eines hochgewachsenen Rebstocks bohrten sich zwischen ihre Schultern. „Sie sollten sich wieder an die Arbeit machen. Wahrscheinlich warten schon alle auf Sie."

Doch Chase rührte sich nicht. Er lächelte sie an. Noch immer stand dieses Verlangen in seinen Augen. Zusammen mit etwas anderem, das sie erzittern ließ.

Entschlossenheit.

Intensität.

„Ich bin sicher, dass sie noch an Amandas Make-up arbeiten", entgegnete er, aber sie hörte, was er eigentlich laut und deutlich zu ihr sagte. *Ich werde nicht gehen. Also, warum hörst du nicht auf, weglaufen zu wollen, und gibst einfach dem nach, was wir beide wollen? Es wird gut zwischen uns. Verdammt gut. Ich verspreche es.*

Verzweifelt wollte sie die heiße, pulsierende Begierde zwischen ihnen leugnen. „Ach, finden Sie nicht, dass es etwas übertrieben ist, den Spitznamen auch noch in Großbuchstaben zu schreiben?"

Er runzelte für den Bruchteil einer Sekunde die Stirn, bevor er begriff. Dann lächelte er. „Wenn ich schon einen Spitznamen wie ‚Mr Sexy' habe, sollte ich ihn mir auch zu eigen machen."

Wie konnte sie dieses Lächeln nicht erwidern? Er war so verdammt liebenswürdig. Es war nicht seine Schuld, dass er so sündhaft sexy war. Sie sollte ihm das nicht übel nehmen.

„Kommen Sie mit." Er streckte die Hand aus. „Ich werde Sie dem Team vorstellen."

Sie sah auf seine Hand. Sie wollte sie so gern ergreifen. Doch sie konnte es nicht. Nicht, wenn sie ihn heute auf Distanz halten und nicht um die Küsse und Berührungen flehen wollte, die er ihr in der vergangenen Nacht nicht gegeben hatte.

Sie sagte sich, dass er sie verstehen würde, wenn er ihre Gründe kennen würde – und dass er dank der Verletzung in ihrem Gesicht wahrscheinlich längst mehr begriff, als sie ihm gesagt hatte. Und so trat sie neben ihn und ging los. Sie musste ihn nicht anschauen, um die Enttäuschung darüber zu bemerken, dass sie seine Hand nicht genommen hatte. Aber er drängte sie nicht, während er neben ihr herging.

„Ich liebe das Napa Valley. Es ist ein unglaublicher Landstrich voller Schönheit und Geschichte", meinte sie. „Wie lange ist Ihr Bruder schon Besitzer des Weinguts?"

„Seit fast zehn Jahren. Wir haben ihn zuerst alle für verrückt erklärt, als er die Winzerkurse an der *UC Davis* belegt hat. Jetzt wünschten wir uns, uns wäre das früher eingefallen."

Überrascht wandte sie sich ihm zu. „Mögen Sie Ihren Job denn nicht?"

Der Blitz, der durch ihren Körper schoss, sowie er ihr in die Augen sah, erschreckte sie jedes Mal. Ohne Zweifel sollte Chase vor der Kamera stehen und mit seinem intensiven Blick Frauenherzen zum Schmelzen bringen. In seinen grünen Augen stand mehr Schönheit, mehr Leidenschaft, als sie glauben konnte.

„Doch", erwiderte er. „Aber das bedeutet nicht, dass ich mir nicht manchmal vorstelle, kürzerzutreten, nicht mehr so viel zu arbeiten und mich mit einer hübschen Frau und einem Garten voller süßer Kinder niederzulassen."

„Ist das hier versteckte Kamera oder so etwas?", fragte sie scherzhaft und warf einen Blick über die Schulter.

„Nein, warum?"

„Weil Sie gerade genau das gesagt haben, was jede alleinstehende dreißigjährige Frau auf dem Planeten hören will. Und Sie klangen sogar so, als wäre es Ihr Ernst."

„Was ist mit Ihnen?" Als sie bei seiner Frage die Stirn runzelte, fuhr er fort: „Möchten Sie das auch hören?"

Sie ignorierte den sehnsüchtigen Stich in ihrem Herzen und

zuckte mit den Schultern. „Im Moment denke ich nur darüber nach, den nächsten Tag zu überleben", sagte sie so beiläufig, wie sie konnte.

Sie konnte die Models und die Crew sehen, die auf ihn warteten. Doch statt zu ihnen zu eilen, blieb er stehen und drehte den Leuten den Rücken zu. Ihr blieb nichts anderes übrig, als auch stehen zu bleiben, wenn sie nicht mit ihm zusammenprallen wollte. Mit seiner breiten Brust.

„Ich habe mich um Ihren Wagen gekümmert." Er warf ihr ein kleines Lächeln zu. „Er ist abgeschleppt worden – an einen besseren Ort."

Sie rang die Panik nieder, die sie angesichts der Tatsache ergreifen wollte, vollkommen ohne fahrbaren Untersatz dazustehen. „Er hätte sowieso nicht mehr lange durchgehalten." Sie bemühte sich, sein Lächeln zu erwidern. „Danke, dass Sie sich darum gekümmert haben. Ich werde Ihnen alles zurückza…"

Er unterbrach sie, ehe sie den Satz zu Ende bringen konnte. „Bleiben Sie, Chloe." Als sie nicht sofort antwortete, fügte er hinzu: „Wir shooten hier noch ein paar Tage. Ich habe gehofft, Sie könnten vielleicht bleiben."

Sie leckte sich über die Lippen und schüttelte den Kopf. „Sie sind beschäftigt. Und ich muss …" Sie machte eine Pause und wusste, dass zumindest für die nächste Zeit nichts als Schwierigkeiten vor ihr lagen.

„Bleiben Sie", wiederholte er ein bisschen weicher, aber mit der Entschlossenheit und der Eindringlichkeit, vor denen sie sich gefürchtet hatte.

Und letztlich war das der Grund, warum sie gehen musste. Weil sie nicht die Absicht hatte, sich mit einem Mann einzulassen. Sie lernte noch, allein zu sein, sich auf sich selbst zu verlassen, wieder zu vertrauen. Es war nicht einmal ein Jahr her, dass sie die Scheidung eingereicht hatte. Sie war noch nicht bereit für eine neue Beziehung.

Und sie war ganz sicher nicht bereit für Chase' Entschlossenheit. Oder für seine Eindringlichkeit.

Er war ein Mann, an den sie sich leicht – zu leicht – verlieren konnte.

Wieder schüttelte sie den Kopf. „Es tut mir leid. Ich kann n…"

„Bitte."

Er war ihr nicht nähergekommen, hatte sich nicht aufgeregt und ihre Zustimmung eingefordert. Stattdessen klang es fast flehend.

„Sie müssen ja nicht gleich für die ganze Woche zusagen. Schauen Sie einfach von Tag zu Tag."

Von Nacht zu Nacht.

Sie hörte die Worte, obwohl er sie nicht ausgesprochen hatte. In diesem Moment stellte Chloe fest, wie schwach sie wirklich war. Denn auch wenn sie sich gerade alle Gründe bewusst gemacht hatte, warum sie besser gehen sollte, konnte sie nicht verhindern, dass sie zustimmte. „Okay."

Sie spürte, wie Chase sie musterte, und wusste, dass er mit ihrer Antwort nicht gänzlich zufrieden war, obwohl sie zugestimmt hatte. Er kam jedoch nicht dazu, etwas zu sagen, denn ein sehr dünner junger Mann mit einer Hornbrille mit lilafarbenen Gläsern unterbrach ihn.

„Chase", meinte der Mann, „alle warten auf dich."

Noch einen Moment lang schaute Chase ihr in die Augen, ehe er sich dem jungen Mann zuwandte, der anscheinend sein Assistent war.

„Jeremy, das ist Chloe. Sie hat mir dabei geholfen, Amanda zu finden, und sie ist mein Gast. Kümmere dich heute gut um sie, ja?"

Jeremys Blick huschte über den blauen Fleck auf ihrer Wange, bevor der junge Mann ihr wieder in die Augen sah. „Oooh, wie schön! Jemand, mit dem ich über den neuesten Klatsch und Tratsch reden kann. Hurra!"

Jeremy streckte den Arm aus und ergriff ihre Hand, noch ehe Chloe sie wegziehen konnte. Dann ging er mit ihr am Arm davon und flüsterte ihr zu, was für eine Nervensäge Amanda sei, dass er in diesem Jahr schon viel zu oft das Pech gehabt habe, mit ihr zusammenarbeiten zu müssen, und dass er hoffe, Chase habe sie in die Schranken gewiesen und sie könne ihm alles erzählen, was auf dem Weinberg passiert sei.

Chloe warf Chase über die Schulter hinweg einen verzweifelten Blick zu. Aber er lächelte sie nur an. Wie schaffte er es, ihr immer drei Schritte voraus zu sein?

Und dann stellte sie sich wieder die Frage, die sie sich schon am Abend zuvor gestellt hatte: Warum zum Teufel machte ihr das alles nicht mehr aus?

Fünfzehn Minuten unaufhörlichen Geplappers später hatte Jeremy sie zu einem gemütlichen Stuhl gebracht, von dem aus sie das ganze Geschehen überblicken konnte. Chase fotografierte drei junge Frauen in absolut umwerfenden Abendkleidern.

Amanda war schon atemberaubend gewesen. Doch alle drei Models zusammen? Chloe konnte nicht anders. Sie wandte sich an Jeremy. „Da oben steht wirklich die geballte Schönheit, oder?"

Jeremy seufzte und schaute Chase voller Bewunderung an. „Und können Sie glauben, dass ihm das nicht einmal bewusst ist?"

Dieses Mal konnte Chloe sich das Lachen nicht verkneifen. Sie lachte so laut, dass sich alle – inklusive Chase – umdrehten und sie ansahen.

„Ich habe eigentlich die Models gemeint", stellte sie klar.

Jeremy zuckte die Achseln. „Die sind ganz in Ordnung. Aber die Sullivan-Männer sind …" Er seufzte sehnsüchtig und voll unverhohlenem Verlangen, während er seine Fingerspitzen küsste. „Perfekt!"

Chloe hätte es niemals laut zugegeben, doch sie war mit Jeremy einer Meinung: Chase sah besser aus als alle Models zusammen, und zum Teil machte genau das – nämlich die Tatsache, dass ihm nicht bewusst war, wie umwerfend er war – seine enorme Anziehungskraft aus.

Nichtsdestoweniger waren die jungen Frauen unglaublich hübsch. Statt neidisch zu sein, redete Chloe sich ein, dass sie froh war, dass die Models sie daran erinnerten, dass sie vor Chase nichts zu befürchten hatte. Wie hatte sie überhaupt nur etwas denken können wie: *O nein, er will mich so sehr ...* oder *Was soll ich nur tun, wenn er entschlossen ist, mich zu nehmen?*

Sie lachte leise, sowie ihr klar wurde, wie lächerlich diese Sorgen waren. Immerhin hatte sie jetzt die Models gesehen, denen er, um sie für das nächste Foto in Position zu bringen, so nahe kam, dass er sie fast hätte küssen können. Auf dem Weinberg stand vielleicht die geballte Schönheit, auf ihrem Platz jedoch saß der geballte Wahn.

Chloe lachte in sich hinein. Mit einem Mal fühlte sie sich viel besser. Vielleicht könnte sie Chase' Einladung, ein paar Tage hier im Napa Valley zu verbringen, einfach annehmen. Vielleicht könnte sie die „normale" Zeit etwas verlängern, bevor sie sich wieder all der Hässlichkeit stellen musste.

Denn wieso sollte Chase irgendetwas von ihr wollen, wenn er diese umwerfenden Wesen um sich hatte? Klar, Chloe wusste, dass sie süß war. Vielleicht sogar hübsch. Aber sie hatte wirklich schon besser ausgesehen als im Moment – ohne Make-up und in abgetragenen Kleidern.

Plötzlich fragte sie sich, was er sagen würde, wenn er sie in einem hübschen Kleid sehen könnte? Mit gestylten Haaren, funkelnden Ohrringen und tollen High Heels an den Füßen? Würde er ihr wieder sagen, wie schön sie war? Sie schob die sinnlosen Gedanken beiseite, während sie ihn für die nächste Stunde bei der Arbeit beobachtete. Sie wusste es zu schätzen, dass er mit den Models keine Spielchen spielte. Statt mit ihnen zu flirten oder sie aneinander zu messen, zeigte er ihnen, dass sie einen tollen Job machten. Und wenn ihr Selbstvertrauen durch dieses Lob wuchs, wurden sie auch vor der Kamera nur noch besser.

Chloe war überrascht zu spüren, wie ihre eigenen kreativen Energien strömten, auch wenn sie Mode oder Fotografie nie viel Aufmerksamkeit oder Interesse geschenkt hatte.

Ihre Leidenschaft waren Patchworkdecken. Und während sie Chase bei der Arbeit zusah, begriff sie, dass hier mehr als nur die Mode zum Leben erwachte. Die Art, wie Chase die „Leinwand" bearbeitete, die aus Models, Kleidern und dem natürlichen Hintergrund aus Rebstöcken, Hügeln und Himmel bestand, war so genial, dass ihr das Beobachten dabei half, ein Auge für Kompositionen zu entwickeln. In ihr stiegen neue Visionen auf, wie sie ihre nächste Decke zusammenstellen könnte.

Nachdem sie nun davon überzeugt war, dass sie sich keine Gedanken mehr darüber machen musste, dass Chase sie „begehren" könnte, erlaubte sie sich zu würdigen, wie großartig er war. Sie ließ sogar zu, dass sie ein bisschen dahinschmolz.

Wenigstens konnte sie ihre Gefühle für ihn nun als Bewunderung vor seiner künstlerischen Leistung verbuchen – statt dafür, wie gut aussehend und charmant er war.

„Oh, mein Gott ... Heißer-Typ-Alarm!" Jeremys Stimme klang piepsig.

„Was? Wo?", fragte Chloe, blickte sich um und sah, dass Chase noch immer damit beschäftigt war, hundert Meter von ihnen entfernt Fotoaufnahmen zu machen.

„Von rechts", flüsterte Jeremy nicht sehr leise. Sie folgte seinem Blick über das Feld zu einem sehr attraktiven Mann, der auf sie zukam.

„Wer ist das?", wisperte sie zurück, auch wenn sie keinen Schimmer hatte, warum sie eigentlich flüsterten.

„Das ist Marcus." Jeremy sprach den Namen beinahe ehrfürchtig aus.

Ach du meine Güte. Das war Chase' Bruder?

Es gab sechs von ihnen?

Wie Chase sah Marcus unglaublich gut aus. Er schien ein paar Jahre älter zu sein als Chase. Selbst aus der Entfernung konnte Chloe erkennen, dass er etwas größer und muskulöser war. Sein dunkles Haar war nur einen Hauch zu lang. Trotz des Anzugs fühlte er sich auf dem Land sichtlich zu Hause. Bestimmt war Jeremy nicht der Einzige, der sich in Marcus verliebte.

Und obwohl sie die männliche Schönheit wahrnahm, schlug ihr Herz nicht schneller, und auch ihr Atem ging nicht stoßweise oder so etwas. Chase war der einzige Mann, der sie dazu brachte, seinen Namen zu rufen, während sie sich selbst streichelte – und das eine Stunde nachdem sie ihm zum ersten Mal begegnet war.

Dennoch konnte sie die starke Anziehungskraft der Sullivan-Männer nicht leugnen.

„Ich muss mir echt mal ein Bild von der gesamten Familie ansehen", murmelte sie leise.

Natürlich hatte Jeremy sie dennoch gehört. Er hörte und sah scheinbar alles. „Ihre Gene sind unglaublich", entgegnete er. „Ihre Mutter war Model. Und ihr Vater vermutlich Cary Grant oder so."

Chloe sagte nichts mehr – immerhin wusste sie jetzt, dass Jeremy ein fürchterliches Plappermaul war –, doch sie dachte bei sich, dass es vermutlich kaum auszuhalten war, wenn man alle gut aussehenden sechs Brüder und zwei Schwestern in einem Raum versammelt sah. Und sie hoffte, dass sie alle auch so nett wie Chase waren, der seit dem Moment, als er sie am Straßenrand aufgelesen hatte, sehr freundlich zu ihr gewesen war. Denn eines war sicher: Wenn gutes Aussehen nicht mit einem Gewissen einherging, war das nie gut.

„Passen Sie mal auf. In seiner Nähe kann ich nicht einmal richtig sprechen", sagte Jeremy zu ihr. „Ich bin vollkommen aufgelöst und durcheinander, obwohl ich weiß, dass er niemals auf meine Seite wechseln wird. Es ergibt also eigentlich keinen Sinn, nervös zu sein. Es ist bestürzend, dass die Besten immer vollkommen hetero sein müssen. Wenn nur einer von Chase' Brüdern schwul wäre, dann wäre mein Leben so viel schöner", sagte er seufzend.

Als Chase' Bruder näher kam und sie sein Gesicht deutlicher erkennen konnte, war Chloe überrascht, dass Marcus' Miene ernst wirkte und nicht so spielerisch locker, wie die von Chase immer zu sein schien. Andererseits lag es vielleicht auch nur daran, dass Marcus einen Anzug trug, während „ihr" Sullivan in Jeans herumlief.

Ihr Sullivan?

Was zum Teufel war bloß los mit ihr? Sie hatte keinen Anspruch auf Chase. Sie trieb sich nur ein wenig in dieser perfekten Welt herum, bis sie wieder in ihr echtes Leben zurückkehren musste. Sie konnte es sich nicht leisten, mit irgendjemandem oder irgendetwas hier eine emotionale Bindung einzugehen.

„Hey, Marcus." Jeremy brachte noch ein „Hallo!" heraus, bevor er seine zitternden Lippen aufeinanderpresste.

Armer Jeremy. Er war so nervös, dass Chloe tatsächlich vergaß, selbst nervös zu sein. Sie vergaß sogar, die Hand auf die Wange zu legen, um ihre hässliche Verletzung zu verbergen.

Sie wollte gerade die Hand ausstrecken und sich vorstellen, da fand Jeremy seine Sprache wieder. „Das ist Chloe. Sie ist mit Chase hier. Er hat sie letzte Nacht am Straßenrand aufgegabelt."

Chloe warf ihm einen entsetzten Blick zu. Sie wusste, dass sie Jeremy niemals hätte verraten dürfen, wie sie und Chase sich kennengelernt hatten, aber er war so hartnäckig gewesen, dass sie ihm schließlich das Nötigste erzählt hatte.

Offensichtlich verlegen wegen seiner unpassenden Äußerung, wurde Jeremy rot. „O Gott. Das hörte sich vollkommen falsch an. Ich meinte, dass Chloe Chase gestern kennengelernt und die Nacht mit ihm verbracht hat." Seine Augen wurden noch ein Stückchen größer. Entsetzen stand in seinem Blick, als ihm klar wurde, was er soeben versehentlich angedeutet hatte. „Ich ...", stammelte er, während er angestrengt auf einen Punkt auf dem Boden zwischen Marcus und Chloe starrte. „Ich muss weg." Damit drehte er sich um und hastete davon.

Jeremy war nicht der Einzige, der verlegen war. Chloe musste sich nach dieser peinlichen Vorstellung zusammenreißen und erst einmal sammeln. Sie streckte die Hand aus. „Hallo. Nett, Sie kennenzulernen, Marcus."

„Freut mich auch, Sie kennenzulernen, Chloe."

Marcus hatte eine tiefe, leicht raue Stimme, die unbestreitbar anziehend war. Doch aus irgendeinem Grund berührte sie sie nicht. Na ja, kaum. Verflucht, sie war auch nur ein Mensch, oder? Es war nicht ihre Schuld, dass sie männlicher Schönheit gegenüber nicht blind war. Und sie musste zugeben, dass es ein Kompliment für sie war, das kurze Aufblitzen in Marcus' Augen zu sehen, als er sie zum ersten Mal erblickt hatte. Dieses Aufblitzen verriet ihr, dass er sie für eine attraktive Frau hielt.

„Sie haben meinen Bruder also gestern Nacht kennengelernt?"

Sie schluckte und versuchte, nicht so zu wirken, als müsste sie sich rechtfertigen. „Das stimmt. Am Straßenrand, wie Jeremy erwähnt hat. Mein Auto ist während eines Sturms in einen Graben gerutscht, und ich hatte Glück, dass Chase vorbeigekommen ist."

„Freut mich, dass er Ihnen helfen konnte."

„Und ich freue mich, dass ich die Gelegenheit habe, Ihnen persönlich zu danken ..." Sie war ein bisschen unsicher, als sie fortfuhr: „Dafür, dass ich die Nacht in Ihrem Gästehaus verbringen durfte."

Sein Gesichtsausdruck bewies, dass er keine Ahnung gehabt hatte, dass sie in seinem Haus übernachtet hatte. Im nächsten Moment sagte er: „Jeder Freund von Chase ist auch mein Freund."

Er war sehr nett, aber ihr war klar, was er denken musste. Nämlich das, was jeder normale Mensch denken würde, wenn er hörte, dass Chase sie in der vergangenen Nacht aufgelesen und mit ins Gästehaus genommen hatte – nur sie beide, ganz allein in einem wunderschönen Haus mit all den Betten und Badewannen ... Aus welchem Grund sollten sie und sein Bruder sich nicht nähergekommen sein?

„Wirklich, es ist nicht so, wie Sie ..."

Doch sie konnte den Satz nicht zu Ende bringen. Nicht, ohne sich an den Moment in der Badewanne zu erinnern, in dem sie gekommen war und Chase' Namen geschrien hatte, während er zufällig in der Tür gestanden hatte.

Also gut. Es war vielleicht doch genau so, wie Marcus dachte.

Sie spürte, dass sie errötete. Sie erkannte, dass sie nichts über den vergangenen Abend sagen konnte, ohne dass es seltsam geklungen hätte.

Stattdessen lächelte sie. „Ihr Weingut ist wunderschön. Einfach überwältigend. Es muss sich anfühlen, als würde man in einem Traum leben und arbeiten."

Marcus' Grinsen zeigte ihr, dass er sich über die Komplimente freute. „Danke. Wie wäre es, wenn ich Sie ein bisschen herumführe?"

Keine Frage: Ihre Mutter hatte die Sullivan-Jungs gut erzogen. Das einzige Problem war, dass sie das auch zu absoluten Herzensbrechern machte.

Wie sollte eine Frau diesen Gesichtern widerstehen? Diesen Körpern? Vor allem, wenn die Männer dabei auch noch so gute Manieren hatten?

„Das wäre sehr nett von Ihnen", erwiderte sie. „Aber ich bin mir sicher, dass Sie Wichtigeres zu tun haben." Und die Wahrheit war, dass sie zwar gern einen Rundgang über das

Weingut gemacht hätte, dass sie sich jedoch wünschte, diese Tour mit Chase zu unternehmen und nicht mit Marcus.

„Ich zeige Leuten das Weingut und den Weinberg sehr gern. Es bereitet mir Spaß zu beobachten, wie die Menschen das alles in sich aufnehmen."

In diesem Augenblick trat Chase zu ihnen. Während die beiden Männer sich die Hände reichten und einander umarmten, konnte Chloe sich nur mühsam ein Aufseufzen verkneifen, sowie sie all die Männlichkeit vor sich sah.

„Wie ich sehe, hast du Chloe schon kennengelernt", stellte Chase fest, während er den Drang unterdrückte, allzu offensichtlich Anspruch auf Chloe zu erheben. Wenn es sich um eine andere Frau gehandelt hätte, dann hätte er ihr die Hand auf den Rücken gelegt oder sogar einen Arm um ihre Taille geschlungen. Doch er hütete sich davor, so etwas zu tun. Jedenfalls noch nicht.

„O ja", entgegnete Marcus. „Ich habe ihr gerade angeboten, sie herumzuführen."

Es dauerte nur einen Sekundenbruchteil und einen vielsagenden Blick, mit dem die Brüder sich verständigten.

Chase: *Ich weiß, dass du sie hübsch findest. Denk nicht mal eine Sekunde darüber nach. Sie gehört mir.*

Marcus: *Ich habe eine Freundin, schon vergessen? Im Übrigen wollte ich gar keinen Schritt in die Richtung wagen. Ich sehe, dass sie dir gehört. Du hast übrigens einen sehr guten Geschmack.*

Chase wandte sich an Chloe. „Wir machen Mittagspause. Auch wenn die Models nicht immer was zu sich nehmen, muss das restliche Team auf jeden Fall was essen. Wie wäre es, wenn Sie und ich einen Spaziergang auf den Hügel machen und picknicken?" Er hielt einen Korb hoch. Am Morgen hatte er Jeremy gebeten, ihn zu befüllen. Natürlich in der Hoffnung, Chloe zum Mittagessen einzuladen.

Glücklicherweise ließ Marcus sie gehen und sagte: „Scheint so, als wären Sie in guten Händen, Chloe. Ich hoffe, ich sehe Sie heute Abend mit dem Rest des Teams zum Essen?"

Chase bemerkte, wie zögerlich ihre Miene mit einem Mal wirkte. Sie hatte zugestimmt, den Tag noch auf dem Weingut zu bleiben, jetzt bat sein Bruder sie allerdings, auch die Nacht noch hier zu verbringen.

„Ich habe nichts anzuziehen", meinte sie und wies auf ihre Kleidung. „Also, vielen Dank. Vermutlich wäre es jedoch besser, wenn ich …"

Marcus wischte ihren Widerspruch beiseite. „Ich ziehe meinen Anzug aus, sobald ich das letzte Meeting hinter mir habe. Jeans sind perfekt."

Da Marcus sich Mühe gab, es für Chloe so angenehm wie möglich zu machen, gab sie schließlich nach. „Also gut. Danke. Ich würde gern zum Abendessen kommen."

Chase schuldete seinem Bruder etwas.

Chloe und Chase spazierten den Hügel hinauf. Die Aussicht raubte ihr den Atem.

Chase holte eine wasserabweisende Picknickdecke aus dem Korb und breitete sie auf dem Rasen aus, der noch feucht vom Regen der vergangenen Nacht war.

„Wow, Sie sind wirklich auf alles vorbereitet."

„Ich habe ein gutes Team."

Sie nickte. „Das stimmt. Sie sind alle sehr nett." Jeremy hatte sie mit Alice, der Stylistin, Kalen, der Make-up-Artistin, und Francis, die für das Licht zuständig war, bekannt gemacht. „Es hat Spaß gemacht, Ihnen bei der Arbeit zuzusehen", platzte Chloe heraus, noch ehe sie sich die Bemerkung verkneifen konnte.

Sein Lächeln war wie eine zarte Berührung auf ihrer Haut. „Es war schön, dass Sie da waren." Er lachte. „Ich habe mich bemüht, mich nicht so hervorzutun."

Erstaunt darüber, wie leicht er ein Lächeln auf ihre Lippen zaubern konnte, sagte sie: „Die meisten Männer geben so etwas nicht zu."

Sie rechnete fast damit, dass er etwas sagte wie: „Ich bin nicht wie die meisten Männer." Stattdessen überraschte er sie wieder, indem er fragte: „Also, was machen Sie so?"

Er war so behutsam im Umgang mit ihr. Sie spürte es bei jedem Blick, bei jedem Wort. Selbst jetzt, als er sie hätte fragen können, woher sie kam oder wovor sie davonlief, wollte er sie anders kennenlernen. Genauso, wie er sie in der vergangenen Nacht nicht berührt hatte, weil sie ihre Zustimmung nicht gegeben hatte. Fast schien es so, als gäbe es eine stumme Übereinkunft zwischen ihnen: Ohne ihr Einverständnis würde er nicht zu tief bohren oder sie zu etwas drängen.

Die große Frage war nur, ob sie es wagen würde, sich ihm zu öffnen.

Chloe hatte keine Antwort darauf. Wie auch, wenn sie Angst davor hatte, die Frage überhaupt zur Kenntnis zu nehmen und darüber nachzudenken?

Er reichte ihr ein Gourmetsandwich mit Ziegenkäse und gegrillten gelben und orangefarbenen Paprikaschoten. Sie nahm es. „Na ja, in letzter Zeit habe ich als Kellnerin gearbeitet."

Er nickte. „Ja, aber was tun Sie gern?"

Die meisten anderen Menschen hätten nach ihrer Antwort aufgehört weiterzufragen. Doch Chase war anders. Er interessierte sich *wirklich* für sie. Und dieses aufrichtige Interesse überwand ihren Unwillen, über sich selbst zu sprechen.

Sie machte eine kurze Pause. „Ich nähe gern Quilts."

Die meisten Leute konnten damit nichts anfangen. Oder nahmen an, dass es ein pures Hobby war. Andere fanden es einfach nur seltsam oder langweilig. Männer taten es ausnahmslos als Handarbeit für Hausfrauen ab. Chase hingegen sah sie neugierig an.

„Erzählen Sie mir mehr."

Wie immer spielte sie es herunter und entgegnete: „Ich liebe es, wie unterschiedliche Stoffe zusammen ein einheitliches und doch ganz eigenes Muster ergeben."

„Ich kenne mich mit Patchwork nicht so gut aus", sagte er, „aber ich habe bei ein paar Ausstellungen fotografiert und auch außergewöhnliche Quilts, also reine Kunstobjekte, für verschiedene Magazine aufgenommen. Was ich über die Technik und die Fähigkeiten gelernt habe, die zur Herstellung benötigt werden, war echt interessant. Ich würde gern mehr erfahren. Wann haben Sie damit angefangen?"

Chloe hatte nur selten Gelegenheit, über ihre Liebe zum Patchwork zu sprechen. Nicht, seit sie vor Jahren einmal Mitglied in einer Nähgruppe gewesen war. Sie vermisste die Frauen und die gemeinsame Leidenschaft für ihre Lieblingsbeschäftigung schrecklich.

Das war wahrscheinlich der Grund dafür, dass sie nun ausholte. „Ich begann damit, als ich eine gute Freundin vom College bei einem Autounfall verlor. Sie nähte so gern. Ihre Mom besaß ein Geschäft in der Stadt. Es war die einzige Möglichkeit, die mir einfiel, um die Verbindung zu meiner Freundin irgendwie aufrechtzuerhalten. Außerdem lenkte es mich ab – die Bewegung meiner Hände und der Nadel, die Muster der Stoffe, die Form, die Entstehung von etwas, das ich erschaffen konnte. Manchmal kann ich fast spüren, wie sie mir mit einem Lächeln auf den Lippen von einer Wolke aus zusieht."

„Das glaube ich."

Chloe zuckte bei seinen Worten zusammen. Hatte sie ihm das alles tatsächlich gerade erzählt? Irgendwie hatte er sie dazu gebracht, mit ihm über ihre Leidenschaft für das Nähen zu sprechen – eigentlich ein Thema, bei dem wahrscheinlich fast jeder Mann einschlief. Er hingegen schnarchte noch nicht. Und sie ertappte sich dabei, dass sie ihm mehr von sich preisgeben wollte. Sie wollte, dass er mehr über sie wusste als nur, dass sie gern nähte.

Sie fühlte sich nicht wohl mit der Erkenntnis, dass Chase die Ausnahme von der Regel war. Und dass es sich so gut angefühlt hatte, sich jemandem mitzuteilen, der richtig zuhörte. Nicht, wenn ihr klar war, wie dumm es war zu glauben, dass dieser Traum, mit einem umwerfenden Kerl auf einem Weinberg im Napa Valley zu sitzen, irgendetwas mit der Realität zu tun haben könnte.

Das hatte er nämlich nicht.

Sie legte ihr Sandwich zur Seite und sah ihn an. Doch noch ehe sie irgendetwas sagen konnte, ergriff er das Wort. „Oh, oh. Der Blick verheißt nichts Gutes."

Sie würde nicht lächeln. Es war nicht der geeignete Zeitpunkt für ein Lächeln, wenn sie etwas richtigstellen musste. Und sie hatte vor, ihre Meinung über sie beide sehr deutlich zu machen.

„Warum sind Sie so nett zu mir?"

„Ich mag Sie."

Das Feuer, das seine Worte entfachten, war zu hell. Zu heiß. Sie zwang sich, es auszulöschen, und sagte: „Sie kennen mich doch gar nicht."

„Ich lerne Sie gerade kennen."

Keine Pause. Keine lieblichen Worte. Kein Versuch, sie von seiner Meinung zu überzeugen. War ihm nicht klar, wie schwer er es ihr mit seinen ehrlichen Antworten machte?

„Machen Sie das so?"

„Was mache ich denn?"

„Sie helfen mir dauernd, stellen mir Frühstück hin, bitten Jeremy, den ganzen Tag lang nett zu mir zu sein."

Er runzelte die Stirn, und sie bemerkte, dass er verwirrt war. „Ist es denn falsch, wenn ich Ihnen ein Lächeln aufs Gesicht zaubern möchte?"

Oh. Wow. Warum musste er das sagen?

Ihr fiel kein anderer Mann ein, der sie einfach nur zum Lächeln hatte bringen wollen. Nicht einmal der Mann, den sie geheiratet hatte. *Vor allem* nicht der Mann, den sie geheiratet hatte.

Verärgert über sich selbst, weil sie so weich war und so leicht dahinschmolz, ging sie noch einmal auf ihn los: „Ich verstehe es, wenn Sie darauf stehen, Menschen zu retten, aber ..."

„Ich bin kein Heiliger, Chloe."

Mit seiner tiefen Stimme unterbrach er sie, und sie konnte den Blick nicht von seiner ernsten Miene wenden.

„Ich werde mich immer um meine Familie kümmern", fuhr er fort, „doch ich bin nie auf der Suche nach Frauen gewesen, die gerettet werden müssen. Zwar hoffe ich, dass Sie mir bald genug vertrauen, um mir zu erzählen, was mit Ihnen passiert ist, aber Selbstbestätigung war nicht der Grund dafür, dass ich Sie gebeten habe zu bleiben."

Sie fühlte sich wie ein Idiot, weil sie alles Erdenkliche tat, um sich selbst davon abzuhalten, etwas richtig, richtig Dummes zu tun – etwas Dummes wie sich in ihn zu verlieben. „Hören Sie, Chase, Sie waren echt nett." Auch wenn Sie mir gestern Nacht nicht sofort das Handtuch gegeben haben, dachte sie und wurde rot. „Doch egal, wie toll Sie waren ..." Sie erwähnte lieber nicht, was sie in der vergangenen Nacht in der Badewanne getan hatte. „Wir werden nicht ... also ... Sie wissen schon."

Mann. Sie war solche Unterhaltungen nicht gewohnt.

Sie rechnete fast damit – und wünschte es sich vielleicht sogar –, dass er ihr sagte, sie würde sich irren. Dass sie tatsächlich doch *Sie-wissen-schon-was* tun würden, wenn sie noch länger auf dem Weingut bliebe.

Stattdessen wurde seine Miene noch ernster. „Als wir auf dem Weinberg unterwegs waren und ich Sie gebeten habe zu bleiben, wollten Sie nicht. Aber ich habe nicht aufgegeben, bis Sie schließlich eingewilligt haben." Er fuhr sich mit gespreizten Fingern durchs Haar und war offenbar wütend auf sich selbst. „Ich würde Sie niemals gegen Ihren Willen zu irgendetwas zwingen, Chloe. Ich würde nie etwas von Ihnen wollen, das Sie mir nicht freiwillig geben."

Das war das perfekte Stichwort. Ihre Chance, ihm zu sagen, dass sie nie die Absicht hatte, noch länger zu bleiben. Ihre Chance klarzustellen, dass es keine weitere Beziehung zwischen ihnen geben würde und dass es an der Zeit für sie war, sich wieder auf den Weg zu machen.

Warum also ertappte sie sich dabei, dass sie sagte: „Sie haben mich nicht gezwungen zu bleiben. Ich wollte es. Ich möchte bleiben", wiederholte sie etwas entschlossener. Sie wollte mehr Zeit mit Chase verbringen. Sie sollte es nicht. Doch sie tat es. „Aber ich will Sie nicht stören."

„Sie könnten mich niemals stören", erwiderte er. Mit einem Lächeln, das viel weicher und irgendwie noch eindrucksvoller war als zuvor, fuhr er fort: „Sie sprachen gerade davon, dass Sie und ich nicht …" Er hielt inne und ließ die unausgesprochenen Worte in der Luft hängen.

Sie hätte etwas Schlagfertiges darauf entgegnen sollen, um ihn in die Schranken zu weisen. Doch in diesem Moment, mit der Sonne, die auf sie herabschien, und den Rebstöcken auf den endlos weiten Hügeln, konnte sie nur ehrlich sein.

„Ich hatte seit sehr langer Zeit keinen männlichen Freund mehr."

Eine ganze Weile lang schwieg er, und obwohl die Schmetterlinge in ihrem Bauch sie zwangen, den Blick starr auf den Horizont gerichtet zu lassen, konnte sie spüren, dass er sie anschaute.

„Es wäre mir eine Ehre, Ihr Freund zu sein, Chloe."

Ihr stockte der Atem, und ihre Gefühle für ihn waren so intensiv, dass es beinahe unmöglich war, ihn nicht zu berühren und zu küssen.

Sie war sich sicher, dass er ihr Herz schlagen hören musste, weil es so laut war. Und so musste sie sich statt eines Kusses damit zufriedengeben zu flüstern: „Das wäre schön."

7. KAPITEL

Chloe war es nicht gewohnt, still zu sitzen. Vor allem nicht nach dem vergangenen Jahr, in dem sie einige Gelegenheitsjobs hatte übernehmen müssen, um Miete, Essen und Stoff für ihre Patchworkdecken bezahlen zu können. Sie freute sich, wieder am Set zu sein, aber jedes Mal, wenn sie Jeremy fragte, ob sie helfen könne, ob sie irgendetwas tun könne, um dem Team die Arbeit zu erleichtern, erklärte er, dass sie Chase' Gast sei.

Und was noch schlimmer war: Chase die ganze Zeit zu beobachten, löste in ihr die seltsamsten Empfindungen aus. Ihre Haut fühlte sich unter ihren Kleidern empfindlich an. Wärmer, als es bei dem Wetter sein konnte. So ähnlich hatte sie sich gefühlt, als in der Wanne das heiße Wasser ihre Haut gestreichelt hatte und sie mit seinem Namen auf den Lippen gekommen war.

Chloes unbequeme Gedanken wurden von einem lauten Kreischen unterbrochen, dann fluchte eine Frau. Chloe reckte den Hals und sah, dass Amanda über einen großen Stein gestolpert war. Ihr Kleid hatte einen langen, klaffenden Riss auf der Vorderseite.

„Jeremy, wir brauchen ein neues Kleid. Das gleiche", rief Chase.

Jeremy war noch blasser geworden, als er ohnehin schon war. „Ich fürchte, der Designer hat von dem Kleid nur ein Exemplar geschickt. Ich gucke gleich nach, um sicherzugehen." Er lief los, um die riesigen Transportbehälter mit den Kleidern zu durchsuchen.

Ohne nachzudenken, sagte Chloe: „Ich kann das reparieren." Chase sah sie mit seinen grünen Augen an. Als sie den fragenden Ausdruck darin bemerkte, fügte sie hinzu: „Ich habe für meine Decken mit ähnlichen Materialien gearbeitet. Wenn Jeremy kein zweites Kleid finden kann, dann könnte ich es doch zumindest mal versuchen."

„Amanda, zieh das Kleid aus."

Das Model schlüpfte aus dem Kleid. Amanda machte sich offensichtlich keine Gedanken darüber, dass sie darunter nur ein Höschen aus sehr dünnem Stoff trug.

Zuerst war es ein kleiner Schock gewesen mitzuerleben, wie selbstverständlich diese jungen Frauen mit ihrer Nacktheit umgingen. Aber wenn Chloe im Alter von neunzehn so ausgesehen hätte, dann hätte sie wahrscheinlich auch kein Problem damit gehabt, ihren Körper zur Schau zu stellen.

Erleichtert stellte sie fest, dass Chase Amandas perfekte nackte Brüste nicht einmal eines Blickes würdigte. Sie stand auf und holte sich das Kleid.

„Kann ich zehn Minuten haben?"

Er betrachtete den riesigen Riss und starrte sie überrascht an. „Sie können das in zehn Minuten reparieren?"

Sie schaute sich die Stelle näher an und strich mit dem Finger darüber. „Ich glaube, ja." Satin und Seide waren schwer zu verarbeitende Materialien, denn jedes Loch, das die Nadel hinterließ, blieb sichtbar. Doch sie hatte den ganzen Tag lang den großen Nähkasten bewundert und war vor Neugier fast geplatzt. Nun hatte sie endlich einen Grund, darin herumzuwühlen.

Chase verkündete, dass alle Pause hätten. Schnell fädelte sie einen dünnen, beinahe transparenten Faden in die Nähnadel und fing an, den Riss zu bearbeiten. Sie war so gebannt von dem weichen Stoff unter ihren Fingerspitzen, dass es eine Zeit lang dauerte, ehe sie bemerkte, dass Chase neben ihr Platz genommen hatte.

„Ich bin echt froh, dass Sie sich entschlossen haben, noch etwas zu bleiben. Was hätte ich jetzt nur ohne Sie angefangen?"

Sie hätte sich beinahe die Nadel in den Finger gestochen. Glücklicherweise war er überzeugt davon, dass sie ihm nur nicht antwortete, weil sie zu konzentriert auf ihre Arbeit war.

Sie musste zugeben, dass sie sich gar nicht so sehr auf das Nähen konzentrierte. Nachdem sie im vergangenen Jahr einige Aufträge für den örtlichen Schneider übernommen hatte, der ihr einen Hungerlohn dafür gezahlt hatte, beherrschte sie solche Reparaturarbeiten im Schlaf.

Aber es machte sie nervös, dass Chase ihr seine volle Aufmerksamkeit schenkte.

„Haben Sie nicht irgendetwas zu tun?", erkundigte sie sich.

Sie konnte spüren, dass er lächelte, ohne dass sie ihn ansehen musste. „Ich leiste meiner Freundin nur ein bisschen Gesellschaft, während sie mir einen Gefallen tut."

Freunde. Er hatte zugestimmt, ihr Freund zu sein. Eine wundervolle, tückische Wärme breitete sich in ihr aus.

Also, warum war sie etwas enttäuscht darüber, dass er sie auf dem Hügel nicht zu mehr hatte überreden wollen? Dass er nicht versucht hatte, sie davon zu überzeugen, dass es ganz natürlich war, wenn Freunde sich auch berührten und küssten und …

Nein. Das war verrückt. Und sie wusste, wohin das führte. Direkt ins Bett … Mit Chase.

„Ich würde gern mehr helfen", sagte sie zu ihm, während sie sich bemühte, das Prickeln zu ignorieren, das bei der Vorstellung, mit ihm im Bett zu liegen, durch sie hindurchströmte. „Sie waren so nett zu mir, und ich wünschte, ich könnte irgendetwas tun, um mich zu revanchieren."

„Chloe." Er hatte so ernst geklungen, dass sie ihn unwillkürlich anschaute. „Ich wollte helfen. Sie müssen nichts wiedergutmachen."

Als sie die Intensität seines Blicks bemerkte, mit dem er sie ansah, hätte sie sich beinahe erneut mit der Nadel gestochen.

„Ich muss mich konzentrieren", schwindelte sie.

Sie brauchte etwas Abstand zu ihm und den Gefühlen, die er in ihr weckte.

„Gehen Sie los und überprüfen Sie irgendetwas anderes", sagte sie so bestimmt, wie sie konnte. „Bitte."

Ehe sie wieder zum Kleid sehen konnte, erhaschte sie einen Blick auf sein umwerfendes Lächeln. Ein Lächeln, das ihr zeigte, dass er genau wusste, warum sie ihn wegschickte. Verdammt.

Zehn Minuten später half sie Amanda ins Kleid. Als dann alle aus Chase' Crew applaudierten und ihr sagten, wie toll es sei, dass sie es so schnell und gut repariert habe, errötete sie.

„Sie sind die Coolste", meinte Jeremy. Er wandte sich Chase zu. „Ist sie nicht einsame Spitze?"

Chase nickte. Leidenschaft sprach aus seinen Augen, während er sie anlächelte. „Das ist sie wirklich, Jeremy."

Es dauerte nicht mehr lange, bis die Sonne unterging. Die Models wurden schnell müde, und die hochgewachsenen, schlanken Körper gaben unter dem Gewicht der tollen Kleider, die sie trugen, leicht nach.

„Lasst uns Schluss machen für heute", verkündete Chase. „Tolle Arbeit." Er achtete darauf, mit seinem Blick auch Chloe in das Lob einzuschließen, obwohl ihr klar war, dass sie nicht viel geholfen hatte. „Wirklich, wirklich tolle Arbeit."

Chloe konnte sehen, wie viel seine Anerkennung den Crewmitgliedern bedeutete. Und auch ihr.

„Mein Bruder Marcus spendiert heute Abend bei sich zu Hause Essen und Drinks für alle." Er wies auf das große Haus am anderen Ende des Weinbergs. „Jeremy, könntest du den anderen zeigen, wo es langgeht?"

Wie selbstverständlich half Chloe den Models beim Ausziehen. Sie sagte jeder der jungen Frauen, wie beeindruckt sie von der Leistung gewesen sei. „Wie können Sie die Posen so lange halten?"

Amanda telefonierte bereits mit dem Handy, doch Jackie, die mit ihren knapp einundzwanzig Jahren in dem Business fast schon als „alter Hase" galt, erklärte ihr: „Ich mache viel Yoga."

Das Lächeln des Mädchens war wunderschön, und Chloe erwiderte es.

„Es war schön, Sie am Set zu haben", meinte Jackie. „Fast so, als wäre meine Mom hier, um sich um uns zu kümmern."

Chloe gelang es irgendwie weiterzulächeln.

Sie war nur neun Jahre älter als Jackie. Und dennoch hatte das Model vermutlich recht. Nach der Lebenserfahrung zu urteilen, trennten sie mehr als zehn Jahre.

Jeremy belud den großen Van mit Koffern, Kleiderstangen und der Kameraausrüstung. Dann rief er alle zusammen. „Kommen Sie, Chloe?"

Sie war versucht, sich der Crew anzuschließen, statt mit Chase zurückzubleiben. Aber sie hatte das Bedürfnis, sich etwas zurechtzumachen. Auch wenn sie keine hübscheren Kleider hatte, in die sie schlüpfen konnte, so wollte sie zumindest versuchen, besser zu riechen. Eine Dusche war also unabdingbar.

„Ich werde mich ein bisschen frisch machen. Wir sehen uns dann später."

Ein bisschen frisch machen. Ernsthaft, sie *klang* sogar wie Jackies Mom.

Nachdem alle verschwunden waren, drehte sie sich um und suchte nach Chase. Der Gedanke an ihn löste ein warmes Gefühl in ihr aus.

Zuerst konnte sie ihn nicht finden. Kurz darauf sah sie, dass er hinter einer seiner großen Kameras stand. Und das Objektiv war auf sie gerichtet.

Unwillkürlich legte sie die Hand auf die Wange. O Gott, was machte er da? Und was würde er sehen? War er in der Lage, hinter die schlimme Verletzung zu schauen und zu erkennen, dass sie innerlich zitterte wie Espenlaub? Würde er erkennen, wie feige sie sich vorkam, weil sie bis jetzt noch immer nicht die Polizei angerufen hatte, um anzuzeigen, was ihr Exmann ihr angetan hatte? Weil sie sich hier mit ihm, den

Models und der Crew versteckte?

Und würde er auch die Gefühle erahnen, die den ganzen Tag über in ihr gewachsen waren, auch wenn sie sich eigentlich davor hüten sollte, irgendetwas zu empfinden?

Wütend auf ihn und sich selbst, weil es ihr überhaupt etwas ausmachte, ging sie zu ihm. Er hatte die Kamera schon sinken lassen, als Chloe sagte: „Ich dachte, Sie hätten Ihre Ausrüstung verstaut."

„Ich fühle mich besser, wenn ich wenigstens eine Kamera bei mir habe. Nur für den Fall, dass ich dringend ein Foto schießen muss."

„Sie müssen keine Fotos von mir machen."

„Schönheit musste ich schon immer festhalten", sagte er leise, ehe er den Apparat in seiner Tasche verschwinden ließ. „Entschuldigen Sie. Ich wollte nicht, dass Sie sich unwohl fühlen. Ich hoffe, Sie können mir noch mal verzeihen."

Bei dem Blick, den er ihr zuwarf – warmherzig, sanft und doch voller Verlangen, das er nicht einmal zu verbergen suchte –, begriff sie, wie albern sie sich verhielt.

„Es ist nur wegen des blauen Flecks ...", begann sie und hob die Hand, um die Verletzung zu verbergen.

„Möchten Sie jetzt vielleicht darüber reden, was passiert ist?" Seine Worte klangen freundlich, und Sorge schwang darin mit.

Sie schluckte, bevor sie den Kopf schüttelte. „Nein." Sie holte zitternd Luft. „Noch nicht."

Bevor sie weitersprechen konnte, ergriff er ihre Hand und zog sie sanft von der Verletzung weg. „Sie sind schön, Chloe. Sie müssen sich nicht vor mir verstecken. Oder vor sonst irgendwem."

Sie war erstaunt, dass er nicht der Meinung zu sein schien, die Verletzung würde sie entstellen. Und er schien auch nicht der Meinung zu sein, dass sie sie schwach aussehen ließ.

Der langsame Spaziergang im silbrigen Mondlicht zurück

zum Gästehaus war unglaublich romantisch. Viel romantischer, als sie es hätte zulassen dürfen.

„Wann haben Sie begonnen zu fotografieren?"

Er schaute sie an. Sein Blick ließ keinen Zweifel daran, dass er wusste, was sie mit ihrem Small Talk bezwecken wollte. Oder besser: was sie vermeiden wollte.

„Ich habe früher die Polaroidkamera meines Vaters stibitzt und damit alle Leute in den Wahnsinn getrieben. Zu meinem achten Geburtstag schenkte Dad mir eine Kamera. Keine Kamera für Kinder, sondern einen richtigen Fotoapparat, bei dem ich erst mal herausfinden musste, wie er genau funktionierte. Diese Kamera besitze ich noch immer. Für besondere Anlässe benutze ich sie heute noch, auch wenn sie bereits ein Klassiker ist."

Bei der Vorstellung des kleinen Chase, der die Welt um sich herum genauso entschlossen und aufmerksam wie heute im Bild festhielt, musste sie lächeln.

„Haben Sie immer nur Menschen fotografiert?"

„Ich habe alles ausprobiert – Landschaften, Abstraktes, Stillleben –, aber am Ende fand ich Menschen und ihre Emotionen einfach interessanter als alles andere."

Den ganzen Tag schon hatte sie versucht herauszufinden, was Chase' Anziehungskraft ausmachte. „*Das* haben Sie heute gesucht", sagte sie, als es ihr klar wurde. „Emotionen." Ihre Blicke trafen sich. Obwohl sie keines seiner Models war, wusste sie, dass er es auch bei ihr probiert hatte.

„Sie haben uns heute sehr geholfen, Chloe."

Bei seinem Lob errötete sie. „Ich bin froh, dass ich Ihnen behilflich sein konnte." Mit einer ausladenden Handbewegung zeigte sie über das Anwesen. „Heute hier zu sein, war wundervoll. Als wäre man in einer Napa-Valley-Traumwelt, in der jeder Couture trägt", sagte sie lächelnd.

Sie traten auf die Veranda, und Chase hielt ihr die Eingangstür auf. Er war immer ein Gentleman.

Im Wohnzimmer blieb sie so abrupt stehen, dass er von hinten gegen sie stieß. Seine Wärme schien sie zu versengen, und sie machte einen Satz nach vorn.

„Was ist das denn?"

Eine Kleiderstange wie die, an der während des Shootings die Kleider für die Models gehangen hatten, stand mitten im Raum. Daran hingen Kleider, die so aussahen, als würden sie ihr und nicht spindeldürren, eins dreiundachtzig großen, neunzehn oder zwanzig Jahre alten Models passen.

„Ich habe ein paar Sachen für Sie herbringen lassen."

Überrascht drehte sie sich zu ihm um. „Wann haben Sie das denn noch getan? Sie haben doch den ganzen Tag härter als jeder andere gearbeitet."

Sie konnte sich nicht daran erinnern, ob er abgesehen vom Mittagessen mit ihr eine Pause eingelegt hätte. Selbst wenn der Rest der Mannschaft sich zwischen den Aufnahmen entspannt hatte, war er damit beschäftigt gewesen, Dinge vorzubereiten oder die Arbeit des Tages zu sichten.

„Sie sehen in Jeans toll aus", meinte er, „richtig gut. Aber ich weiß, dass Sie nicht gerade erfreut waren, dass Sie heute Abend in Jeans zu Marcus müssen. Und wenn ich eines kann, dann ist es, schnell hübsche Kleider zu besorgen."

O Gott, er war so süß. Und bescheiden. Doch ...

„Ich habe kein Geld, um die Sachen zu bezahlen, Chase", entgegnete sie mit, wie sie hoffte, ruhiger Stimme. Wie sehr sie sich wünschte, diese Kleider tragen zu können – wenn auch nur für einen Abend –, um sich endlich einmal wieder hübsch zu fühlen. Allerdings war das ausgeschlossen. „Es war ein netter Gedanke, doch ich kann sie heute nicht tragen."

„Bitte tun Sie mir den Gefallen und nehmen Sie es an", bat er sie leise.

„Ich kann nicht."

Aber sie wollte es *so* gern. Nicht einmal in ihrem vergangenen Leben an der Seite ihres Exmannes, als sie noch Geld gehabt hatte, hatte sie solch umwerfende Kleider getragen.

„Doch, Sie können es." Chase kam nicht näher, aber die Wärme seiner Worte strich wie eine sanfte Berührung über ihre Haut, sowie er fortfuhr: „Ich werde Sie zu nichts zwingen, nichts verlangen. Ich würde Sie heute Abend einfach gern in einem der Kleider sehen."

Instinktiv wusste sie, dass er es aufrichtig meinte. Er würde ihr nichts Böses tun, sie einschüchtern, irgendetwas von ihr fordern, was sie nicht wollte. Warum also machte ihr das fast noch mehr Angst?

Chase war fantastisch. Mehr als fantastisch. Sie sollte aufhören, so nervös zu sein und sofort eine Abwehrhaltung einzunehmen.

Sie fühlte sich wegen der Anziehsachen wie ein undankbarer Idiot. „Können wir noch mal von vorn beginnen und so tun, als wären wir gerade erst hereingekommen?"

„Klar."

Er war so süß und ging tatsächlich zur Tür, um sie ihr noch einmal aufzuhalten. Offensichtlich hatten seine Schwestern ihm beigebracht, wie er auf die manchmal unberechenbaren Gefühlslagen einer Frau zu reagieren hatte.

Sie folgte ihm auf die Veranda hinaus und ließ sich von ihm die Tür öffnen. „Wow, Chase", sagte sie und lächelte ihn an. „Das sind wunderschöne Kleider. Danke."

Er erwiderte ihr Lächeln. „Gern geschehen."

Es bedurfte Chloes ganzer Willensstärke, um einen Schritt von ihm zurückzumachen, statt ihm noch näher zu kommen. Schon wieder hatte sie den Wunsch, ihre Arme um ihn zu schlingen und ihn zu küssen. So kannte sie sich nicht. Für gewöhnlich fiel sie nicht von einem Extrem ins andere ... Für gewöhnlich wollte sie nicht in der einen Sekunde vor jemandem weglaufen und ihm in der nächsten Sekunde in die Arme fallen.

Chase schritt zu der Kleiderstange. „Dieses hier."

Er hielt ein unglaubliches Kleid mit einem weiten, schwingenden Rock und einem recht eng anliegenden Oberteil hoch. Es war mitternachtsblau – ihre Lieblingsfarbe. Sofort erkannte sie, dass es ihr wie angegossen passen würde. Dass es ihm etwas ausmachen würde, wenn sie sich ein anderes Kleid aussuchte, bezweifelte sie, doch sie wollte ihm eine Freude bereiten. Genau, wie er ihr mit dieser großzügigen Geste eine Freude gemacht hatte.

„Ich brauche nur ein paar Minuten, um zu duschen und mich umzuziehen", sagte sie und nahm ihm das Kleid ab, als sie an ihm vorbeiging. Den ganzen Weg den Flur entlang spürte sie seinen Blick auf sich ruhen. Behutsam schloss sie die Schlafzimmertür hinter sich.

Die Dusche war himmlisch, doch da Chase auf sie wartete, beeilte sie sich. Einen Moment lang hatte sie mit dem Gedanken gespielt, in die Badewanne zu gehen, aber sie war sich nicht sicher, ob sie Chase je wieder unter die Augen treten könnte, wenn sie versehentlich die Düsen einschaltete und er hörte, wie sie ansprangen. Statt bei der Vorstellung zu erröten, musste sie lächeln. Ihr wurde heiß, sobald sie wieder die Bilder vor Augen hatte, wie sie vor knapp vierundzwanzig Stunden nackt mit Chase in diesem Badezimmer gewesen war.

Sie trocknete sich ab und machte dann den Kulturbeutel und die Kosmetiktasche auf, die Chase ebenfalls für sie bereitgestellt hatte. Sie war dankbar für das Make-up, denn damit konnte sie den Bluterguss in ihrem Gesicht abdecken. Zwar hatten es alle schon gesehen, dennoch hieß das nicht, dass sie die Verletzung gern jedes Mal im Spiegel anschaute.

Chase hatte an alles gedacht. Wie um alles in der Welt sollte sich eine Frau da *nicht* in einen solchen Mann verlieben?

Und es war nicht nur sein Aussehen. Er besaß auch eine innere Schönheit.

Doch hatte sie nicht auch bei ihrem Exmann zuerst geglaubt, er wäre toll? Hatte sie ihn nicht aus dem Grund geheiratet? Und war in einem Albtraum statt in einem Märchen gelandet?

Entschlossen schob sie die düsteren Gedanken beiseite und föhnte sich das Haar. Anschließend schlüpfte sie in das wunderschöne Kleid. Sie suchte sich ein Paar High Heels aus einem Dutzend Paaren aus, die ins Schlafzimmer gestellt worden waren, während sie geduscht hatte.

Ein Schauer rieselte ihr über den Rücken, da ihr bewusst wurde, dass Chase sich auf der anderen Seite der Badezimmertür befunden hatte, während sie nackt gewesen war. War er versucht gewesen, wie am Abend zuvor ins Bad zu platzen?

Und was hätte sie dieses Mal gemacht? Hätte sie so getan, als wäre es ihr nicht recht, dass er da war und sie sah?

Oder hätte sie die Tür zur Duschkabine geöffnet und ihn gebeten hereinzukommen?

Sie versuchte mit aller Macht, sich wieder an den Vormittag zu erinnern, als sie die Models erblickt und sich hatte einreden können, dass sich Chase in Gegenwart dieser schönen Frauen niemals für sie interessieren würde.

Aber nachdem sie einen ganzen Tag mit ihnen verbracht hatte, wusste sie ohne den geringsten Zweifel, dass Chase mit keiner dieser Frauen ein Verhältnis hatte. Und dazu würde es auch niemals kommen. Die Mädchen himmelten ihn offenbar an, während er sie anschaute, als wären sie seine kleinen Schwestern.

Chloe konnte nicht länger leugnen, dass er sie selbst nicht so ansah.

Sein Blick glich dem eines Mannes, der die Frau betrachtete, nach der er sich sehnte und die er begehrte.

Allerdings steht in seinem Blick mehr als nur Begierde. Der Gedanke schoss ihr durch den Kopf, ehe sie es verhindern konnte.

Mit pochendem Herzen trat sie aus dem Schlafzimmer ins

Wohnzimmer. Chase schwieg einen Moment lang. Ihr Herz schlug nur noch schneller.

„Sie sind so schön", sagte er schließlich.

Schön.

Hatte er eine Ahnung, welche Wirkung dieses Wort auf sie hatte? Wusste er, dass sie sich wie etwas Besonderes fühlte, wenn er so von ihr sprach?

Sie musste unbedingt die sinnliche, emotionale Spannung zwischen ihnen beiden unterbrechen. „Wer auch immer das Kleid ausgesucht hat, hat ein gutes Auge."

Doch er ließ nicht zu, dass die Verbindung abriss, die in diesem Moment zwischen ihnen bestand. „Es ist nicht das Kleid. Sie sind es."

Sie riss sich zusammen, um sein Kompliment nicht wieder zurückzuweisen. Früher einmal hatte sie gewusst, wie man sich dafür bedankte.

„Danke", meinte sie. Sie musterte die dunkle Jeans und das weiße Hemd, dessen Ärmel er aufgekrempelt hatte. „Sie sehen auch gut aus."

„Ich dachte, wir gehen zu Fuß rüber zu Marcus' Haus." Er warf einen Blick auf ihre Schuhe. „Meinen Sie, das geht?"

„Machen Sie Scherze? Früher habe ich solche High Heels praktisch rund um die Uhr getragen."

Er sah sie fragend an, und sie schalt sich innerlich. Aber glücklicherweise hatte er wegen ihrer Verletzung nicht nachgehakt, und auch jetzt hielt er sich zurück. Er drängte sie nicht, die Bemerkung zu erläutern oder ihm von ihrer Vergangenheit zu erzählen.

Doch ihr war klar, dass er sie irgendwann fragen würde, wenn sie noch länger blieb … Und für sie wurde es immer schwieriger, ihm nicht alles zu erzählen.

8. KAPITEL

Chloe fühlte sich auf der kleinen Party in Marcus' Haus erstaunlich wohl – obwohl sein „Haus" doch eher ein Anwesen im toskanischen Stil war, wie sie dachte, als sie sich umsah. Umgeben von mehreren Hektar Weinbergen, war der Grund und Boden um sein Haus herum in ein botanisches Paradies voller alter Eichen, Olivenbäume, Obstbäume und in einen klassischen Gemüsegarten verwandelt worden.

Und auch wenn sie nie ein schöneres Haus gesehen hatte und wusste, dass es ein Vermögen gekostet haben musste, fühlte sie sich in Marcus' Haus wohler als im Elternhaus ihres Exmannes oder in den Häusern der „Freunde", mit denen sie viel Zeit verbracht hatten. Selbst in ihrem eigenen Haus, in dem sie nach ihrer Hochzeit gelebt hatte, hatte sie sich fehl am Platze gefühlt. Sie hatte Angst gehabt, sich zu schnell zu bewegen, weil sie befürchtete, etwas „Unbezahlbares" auf einem Tisch oder einem Regal zu zerstören.

Marcus war ein perfekter Gastgeber. Er achtete darauf, dass die Gläser stets gefüllt waren. Außerdem sorgte er dafür, dass die minderjährigen Models bei Saft und Wasser blieben, auch wenn sie schmollten und ihn sehnsuchtsvoll mit ihren großen, hübschen Augen anblickten, um ihn dazu zu bringen, seine Meinung doch noch zu ändern.

Nachdem sie das wundervolle Essen genossen und Jeremy ihren Bedarf an Klatsch und Tratsch für den Rest ihres Lebens gedeckt hatte, tauchte Chase wieder auf.

„Amüsieren Sie sich?"

Sie lächelte ihn an. „Ja. Vielen Dank, dass ich heute Abend dabei sein darf."

Sie hätte erleichtert sein müssen, als er sie allein gelassen hatte, nachdem sie auf die Party gekommen waren. Vor allem nach dem Spaziergang zum Haus, den sie schweigend verbracht hatten. Aber auch wenn sie den Abend genoss, hatte sie ihn vermisst. Viel zu oft war ihr Blick zu ihm gewandert. Und er hatte sie beinahe jedes Mal dabei erwischt, dass sie ihn ansah – denn er hatte sie ebenfalls beobachtet.

„Kann ich Ihnen noch etwas zu essen oder trinken besorgen?"

Sie schüttelte den Kopf und legte die Hand auf den Bauch. „Ich bin satt, danke." Vom Wein gelöst sagte sie: „Ich hätte allerdings gern etwas anderes ... Ich würde wahnsinnig gern ein Foto Ihrer Familie sehen."

„Ich kann Ihnen jetzt schon versichern, dass ich der bestaussehende Sullivan bin", scherzte er.

Sie lachte laut. Chase war wohl einer der uneitelsten Menschen, die sie je kennengelernt hatte. Selbstbewusst, jedoch nicht eingebildet.

„Darf ich mir da eine eigene Meinung bilden?"

Er streckte die Hand aus, und Chloe ergriff sie, ohne daran zu denken, dass es keine gute Idee war, ihn zu berühren. Aber es fühlte sich so schön an, seine Hand zu halten, die so groß, stark und warm war, auch wenn es nur für wenige kurze Augenblicke war.

Ihr wurde klar, dass sie möglicherweise ein klitzekleines bisschen beschwipst war, als sie in einen Raum gingen, der anscheinend Marcus' Arbeitszimmer war. Doch es war ein gutes Gefühl, so locker und gelöst zu sein. Sie war so lange so angespannt gewesen. Eigentlich war das schon so, seit sie denken konnte.

Chase nahm ein gerahmtes Foto aus dem Bücherregal und reichte es ihr.

Chloe musste sich zusammennehmen, um sich ihr Erstaunen nicht allzu deutlich anmerken zu lassen, als sie die Sullivans betrachtete. Was für ein Anblick. Sie konnte den Blick nicht von Chase wenden. Selbst auf einem Foto fesselte er ihre gesamte Aufmerksamkeit.

Er stand neben seiner Mutter. Fast dreißig Zentimeter größer als sie, hatte er den Arm um ihre Schultern gelegt, während sie sich an ihn schmiegte. Sie wirkte im Kreise ihrer Kinder so glücklich und zufrieden.

Chloe wünschte sich nichts sehnlicher, als auch Teil einer Familie zu sein, die sich so nahestand. Die Erkenntnis traf sie so tief, dass sie fast das Foto hätte fallen lassen.

Und dann entdeckte sie noch etwas anderes. Beinahe wäre ihr die Kinnlade heruntergefallen.

„O mein Gott. Sie sind Smith Sullivans Bruder?"

Eifersucht war etwas, das Chase nicht kannte. Und deshalb war der Stich, den sie ihm damit versetzte, ziemlich schmerzhaft.

„Ja, bin ich." Er wartete auf die unvermeidliche Nachfrage, ob sie ihn nicht mal kennenlernen könne, oder auf die Flut an Fragen über seinen Bruder, den Filmstar.

Stattdessen drehte sie sich nur um und sah ihn lange an. „Ich schätze, mir hätte die Ähnlichkeit auffallen müssen." Und dann fuhr sie fort: „Erzählen Sie mir von den anderen."

Ernsthaft? Sie wollte nicht mehr über Smith erfahren, der einer der größten Schauspieler der Welt war?

Dieses Mal starrte er sie verständnislos an. Sie verlagerte verlegen das Gewicht von einem Bein aufs andere, sowie sie seinen eindringlichen Blick bemerkte. Unwillkürlich legte sie wieder die Hand auf ihre Wange. „Stimmt etwas nicht?"

Er schüttelte den Kopf. „Nein. Nein, gar nicht."

Er wollte ihre Hand wegziehen, wollte ihr noch einmal sagen, dass sie vor ihm nichts verbergen musste. Aber er hatte sich selbst versprochen, ihr die Führung zu überlassen.

Er war kein Heiliger. Nicht im Geringsten. Doch ihm war klar, dass er ihr Vertrauen nur gewinnen konnte, wenn er dieses Versprechen einhielt.

Chase wusste, wie man eine Frau mit Küssen, mit zarten

Berührungen um den Finger wickelte. Aber er wollte nicht der Einzige sein, der sich das wünschte.

Er wollte, dass Chloe auch so empfand. Er wollte, dass sie sich genauso sehr danach sehnte wie er.

So sehr, dass sie den ersten Schritt machte.

So sehr, dass sie ihre Angst überwinden und ihm vertrauen musste.

Beim Mittagessen auf dem Weinberg hatte sie ihn gebeten, ihr Freund zu sein. Chase konnte sich nicht daran erinnern, wann er zuletzt mit einer Frau, die er begehrt hatte, einfach nur befreundet gewesen war. Dennoch war es keine Lüge gewesen, als er ihr gesagt hatte, dass er sich geehrt fühle, ihr Freund zu sein. Es war sein Ernst. Chloe hatte etwas an sich, das seinen Beschützerinstinkt weckte. Er wollte ihre Geheimnisse ergründen. Natürlich war er neugierig. Wer wäre nicht neugierig, wenn er die Verletzung gesehen und Chloe am Straßenrand aufgelesen hätte? Er wusste jedoch, dass er vorsichtig sein musste, da er sie sonst vertreiben würde. Er musste behutsam handeln. Und er hoffte, dass sie sich ihm gegenüber noch wohler fühlen würde, wenn er ihr von seiner Familie erzählte.

„Ryan ist ein Jahr jünger als ich." Als sie ihn fragend ansah, sprach er weiter. „Ich bin zweiunddreißig." Er wandte den Blick wieder auf das Foto. „Er spielt Baseball für die *San Francisco Hawks*."

Sie murmelte etwas Anerkennendes, doch es war klar, dass sie kein Baseball-Fan war. Er grinste, als er sich vorstellte, wie Chloe Ryan traf und nicht in Ehrfurcht erstarrte. Sein Bruder würde vollkommen niedergeschlagen sein. Smith würde wahrscheinlich genauso reagieren. Er konnte es nicht erwarten, sie seinen beiden berühmten Brüdern vorzustellen.

„Gabe ist mein jüngster Bruder. Er ist Feuerwehrmann."

„Wow, ein Feuerwehrmann. Das ist ein echt gefährlicher Job." Sie betrachtete Gabe noch einmal und sah dann wieder zu Chase. „Macht Ihre Mutter sich keine Sorgen?"

„Angesichts der Tatsache, dass wir acht erwachsene Menschen sind, hat sie das wohl aufgegeben."

Chloe schüttelte den Kopf. „Nein", entgegnete sie leise. „Sie ist Ihre Mutter. Sie macht sich immer Sorgen. Um Sie alle. Weil sie Sie liebt."

Einen Moment lang verlor er sich in der Vorstellung von Chloe als Mutter. Er sah vor sich, wie süß und wie liebevoll sie sein würde. Seine Stimme klang rau, als er ihr zustimmte: „Darum haben wir versucht, ihr ab und zu ein bisschen Ruhe zu gönnen, als wir älter wurden. Zumindest habe ich es versucht."

Chloe lächelte ihn an. Bei ihrer Schönheit und der Art, wie sehr ihr Gesicht bei einem kleinen Lächeln strahlte, ging ihm das Herz auf.

„Wer ist das?" Sie zeigte auf eine seiner Schwestern.

„Engelchen." Als sie ihn verwirrt ansah, bemerkte er erst, dass er den Spitznamen seiner Schwester benutzt hatte, und er korrigierte sich. „Ich meine, Sophie." Er wies auf ihre Zwillingsschwester. „Das ist Lori, auch bekannt als Teufelchen. Sie sind die Jüngsten von uns."

Leise lachte Chloe. „Warum habe ich das Gefühl, dass Ihre Schwestern die Spitznamen nicht besonders mögen?"

„Sicher mögen sie sie", beharrte er, ehe er zugab: „Auch wenn sie mir immer sagen, dass es nicht so ist."

Chloe schüttelte den Kopf. „Ich kann mir nicht vorstellen, mit *einem* großen Bruder wie Ihnen zurechtzukommen – ganz zu schweigen von *sechs*." Sie zog eine Augenbraue hoch. „Ich schätze, Sie haben immer eine genaue Vorstellung davon, was das Beste für sie ist, oder?"

Er grinste sie ohne jede Spur von Reue an. „Selbstverständlich habe ich das."

Sie schnaubte und betrachtete dann wieder das Bild. „Sie sind beide sehr hübsch. Ich hoffe sehr, dass sie sich gegen Sie und den Rest Ihrer Brüder behauptet haben, wenn Sie solche Besserwisser waren."

Chase zuckte bei der Erinnerung daran zusammen. „Es wird Sie freuen zu hören, dass die beiden sich ganz gut zur Wehr setzen konnten."

Wieder lachte sie, und wenn es je einen süßeren Klang auf der Welt gegeben hatte, dann hatte Chase ihn noch nicht gehört.

„Was machen die beiden? Lori sieht sehr sportlich aus."

„Sie ist Tänzerin und Choreografin. Sie hat angefangen, mit Cheerleadern zu trainieren, und mittlerweile macht sie vieles von dem, was Sie im Fernsehen sehen." Verdammt, er liebte diese beiden Mädchen und würde sie immer beschützen. „Sophie ist Bibliothekarin in San Francisco. Sie ist unfassbar klug und hat schon als Kind die Nase immer in ein Buch gesteckt. Und bis heute hat sich daran nichts geändert."

„Wow, sehr beeindruckend. Ein Filmschauspieler. Ein Winzer. Ein Profi-Baseballspieler. Ein Feuerwehrmann. Eine Choreografin. Und eine Bibliothekarin. Kein Wunder, dass Sie so stolz auf Ihre Brüder und Schwestern sind."

Chase und seine Geschwister waren nicht immer einer Meinung, manchmal sprachen im Eifer des Gefechts auch die Fäuste. Aber er würde für jeden seiner Brüder und jede seiner Schwestern den linken Arm geben – nein, beide Arme.

„Über Smith weiß ich schon Bescheid. Er ist ein bisschen älter als Sie, oder?"

„Vierunddreißig."

„Ihre Eltern waren sehr fleißig", meinte sie, bevor sie auf einen weiteren seiner Brüder zeigte. „Und wer ist das?"

„Zach. Er ist neunundzwanzig. Er ist Besitzer der Hälfte aller Kfz-Werkstätten in Kalifornien", sagte er und übertrieb damit nur unwesentlich. Sein Bruder war ein ehrlicher Großverdiener mit einem Schraubenschlüssel in der Hand. „Und in seiner Freizeit fährt er Autorennen."

Es blitzte in ihren Augen auf. „Sind die Sullivan-Auto-Werbespots, die ich immer im Radio höre, von ihm?"

Chase nickte. „Er ist ein Geschäftsgenie, würde allerdings sein Leben lieber unter der Motorhaube eines Oldtimers verbringen." Oder im Bett einer Frau. Doch das brauchte Chloe nicht zu wissen. Vor allem angesichts der Tatsache, dass Zach ein attraktiver Kerl war. Wahrscheinlich war er sogar der bestaussehende aller Sullivan-Brüder. Inklusive Smith, dessen Aussehen für seinen Job wesentlich war.

„Marcus ist der alte Herr in der Truppe. Er ist sechsunddreißig."

Sie lachte darüber, wie falsch es aus seinem Mund klang, Marcus einen „alten Herrn" zu nennen. „Also sind die acht Kinder zwischen vierundzwanzig und sechsunddreißig Jahre alt." Sie hob eine Augenbraue. „Und keiner von Ihnen ist bisher verheiratet?" Die Überraschung in ihrer Stimme war nicht zu überhören.

Er zuckte mit den Schultern. „Nein. Wir denken, dass Marcus und seine Freundin den Schritt bald wagen." Obwohl er sich nach allem, was er auf der Geburtstagsfeier seiner Mutter beobachtet hatte, nicht mehr so sicher war, dass es so weit kommen würde. Weder Marcus noch Jill hatten besonders glücklich gewirkt. „Schon vor langer Zeit haben wir Wetten abgeschlossen, wer sich zuerst einen Klotz ans Bein bindet und heiratet."

Sie lachte laut auf. „Jetzt reden Sie wie ein richtiger Kerl. Einen solche Ausdruck in Bezug auf eine Hochzeit zu verwenden – das können nur Männer."

Lustig, bis gestern habe ich noch gedacht, dass eine Heirat in weiter Ferne liegt, dachte er, während er ihr Lachen genoss. Verdammt, vor Kurzem noch hatte er vorgehabt, auf dem Weingut einen One-Night-Stand zu haben. Aber nachdem er nun Chloe kennengelernt hatte, war all das nicht mehr so sicher.

Er wusste, dass es verrückt war. Ihm war bewusst, wie schwer es für die anderen werden würde, ihm zu glauben, dass er sich so schnell so unsterblich verliebt hatte.

Er konnte es selbst nicht erklären.

Mit einem Mal wurde ihm jedoch klar, dass er das auch gar nicht musste.

Chloe war vollkommen unerwartet in sein Leben geplatzt. Und nachdem das passiert war, wollte er nicht, dass sie je wieder daraus verschwand. Oder ihn verließ.

Auch wenn er wusste, dass es verrückt war und dass der Rest der Welt ihn nicht verstehen würde, so war ihm doch klar, dass er nichts dagegen hatte, den Schritt zu wagen – solange Chloe an seiner Seite war.

Und solange sie gemeinsam den Weg zu Ende gingen.

Sie wandte die Aufmerksamkeit wieder dem Foto zu. „Ihre Mutter ist wunderschön."

„Das ist sie. Sie ist toll."

„Sie sieht so glücklich aus im Kreise ihrer Lieben." Chloes Augen waren groß, und ein sorgenvoller Ausdruck stand darin, als sie fragte: „Was ist mit Ihrem Vater passiert?" Da er mit der Antwort zögerte, biss sie sich auf die Unterlippe. „Das war blöd von mir. Es tut mir leid, Sie müssen nicht darauf antworten."

„Nein, sagen Sie nicht, dass es Ihnen leidtut, Chloe. Sie können mich alles fragen."

Wieder blickte sie ihn an. „Aber wir sind uns erst in der vergangenen Nacht begegnet. So gut kennen wir uns nicht", widersprach sie, und es klang, als hätte sie gerade seine Gedanken darüber gelesen, wie verrückt das alles war. Wie plötzlich. Wie stark.

Verrückt, plötzlich, unerwartet: Nichts von alldem kümmerte Chase. Und hoffentlich würde es Chloe bald auch nicht mehr kümmern.

„Ich war zehn, als mein Vater starb", erzählte er ihr. Der Schmerz in seiner Brust zeigte ihm, wie sehr er seinen Vater noch immer vermisste – und wie sehr er sich wünschte, die

Möglichkeit gehabt zu haben, sich von ihm zu verabschieden. „Er ging eines Morgens zur Arbeit und kam nicht zurück. Es war ein Aneurysma. Einer seiner Angestellten hat ihn in seinem Büro auf dem Boden gefunden."

„Ach, Chase. Das tut mir leid."

Sie legte die Hand auf seinen Arm. Und obwohl er dachte, dass er in den fast zwei Jahrzehnten nicht wirklich um seinen Vater hatte trauern müssen, spendete die Berührung ihm doch Trost.

Sie betrachtete wieder das Foto, und er konnte sehen, wie sie das Gesicht seiner Mutter nun mit einem anderen Blick musterte. „Hat sie je wieder geheiratet?"

Er schüttelte den Kopf. „Nein. Sie hat sich nicht einmal mehr mit einem anderen Mann getroffen."

„Vermutlich hatte sie einfach zu viel zu tun, um daneben noch ein eigenes Leben zu haben", murmelte Chloe. „Ich kann mir nicht mal vorstellen, wie sie es geschafft hat, acht Kinder allein großzuziehen."

Er war froh darüber, dass sie sich nicht gescheut hatte zu fragen, was sie wissen wollte. „Es war nicht leicht. Vor allem nicht zu Anfang. Wir haben alle mit angepackt. Zumindest die älteren Kinder." Er warf ihr ein kleines Lächeln zu. „Meine Makkaroni mit Käse sind super."

„Lecker", sagte sie, klang dabei allerdings nicht sehr überzeugt.

„Möchten Sie mein Geheimnis erfahren?"

„Äh … Okay."

Er beugte sich etwas vor und kam ihr nahe genug, um ihren süßen Duft und das schwindelerregende Aroma des Rotweins auf ihren Lippen einatmen zu können. „Sie dürfen den Topf nicht aus den Augen lassen und müssen wissen, wann es an der Zeit ist umzurühren."

Bei seinen Worten nahm die Spannung zwischen ihnen zu. Beiden war bewusst, dass er nicht über Kochrezepte sprach,

sondern über ihre Reaktion auf ihn.
 Denn er wollte sie.
 Und ihm war klar, dass sie ihn genauso sehr wollte.

Marcus fand die beiden in seinem Arbeitszimmer. Er erblickte das Familienfoto in Chloes Händen. „Was auch immer er Ihnen über uns erzählt hat, Chloe", scherzte er, „es sind alles Lügen."

Chase sah, wie sie seinen Bruder angrinste. Es freute ihn, dass sie sich mit seiner Familie so wohlzufühlen schien. „Heißt das, Sie sind gar kein Superheld?"

Marcus lachte. Er war offensichtlich zufrieden mit ihrer schlagfertigen Antwort. „Die anderen Gäste sind aufgebrochen, um in der Stadt noch tanzen zu gehen. Noch einmal neunzehn zu sein", sagte er kopfschüttelnd. „Wie wäre es, wenn ich für uns drei noch eine Flasche von dem guten Stoff aufmache?"

„Der Wein, den Sie bisher angeboten haben, war schon richtig gut. Sie haben noch besseren?", fragte Chloe ungläubig.

„Bereiten Sie sich auf ein umwerfendes Erlebnis vor", erwiderte Marcus.

Trotz der Tatsache, dass sein Bruder Chloes Anwesenheit anscheinend genoss, wurde Chase das Gefühl nicht los, dass irgendetwas mit Marcus nicht stimmte. Als Ältester der Sullivan-Geschwister hatte er immer die Verantwortung dafür getragen, dass es allen Familienmitgliedern gut ging. Aber heute Abend wirkte er gereizter als sonst. Ein bisschen zu angespannt, auch wenn er den Anzug und die Krawatte schon gegen etwas Bequemeres getauscht hatte.

Bevor er seine Freundin Jill kennengelernt hatte, war Marcus ein ebenso großer Frauenheld gewesen wie der Rest der Sullivan-Jungs. Er war ein echter Genießer gewesen. In den vergangenen zwei Jahren war aus ihm jedoch ein so aufrechter Mensch geworden, dass Chase ihn kaum wiedererkannte.

Wo war der Bruder, der wusste, wie man Spaß hatte? Wie man über schlechte Witze lachte? Wie man auf den Putz haute und die Gegenwart genoss, statt sich immer um die Zukunft Gedanken zu machen?

Chase vermisste es, mit dem ältesten der Sullivan-Brüder Unsinn anzustellen. Doch da er davon ausgegangen war, dass sein Bruder Jill heiraten und einen Stall voller Kinder haben wollte, hatte er sich zurückgehalten und ihn nicht weiter bedrängt. Nach allem, was er allerdings auf der Geburtstagsparty seiner Mutter mitgekriegt hatte, fragte er sich, ob das ein Fehler gewesen war.

„Kommt Jill dieses Wochenende ins Napa Valley?"

Marcus war sichtlich angespannt. „Sie hat für einige wichtige Projekte noch viel zu tun."

„Kann sie nicht von hier aus daran arbeiten?", fragte Chase, der wusste, dass Jill sowieso die meiste Zeit online und am Telefon war und nicht oft im Büro oder bei Meetings sein musste.

Chloe blickte zwischen Chase und Marcus hin und her. Sie spürte die Anspannung, die mit einem Mal zwischen den beiden Brüdern herrschte.

„Es ist leichter für sie, die Arbeit von ihrem Apartment in der Stadt aus zu erledigen", erklärte Marcus, während er sie ins Wohnzimmer führte, von dem aus man einen Blick über die vom Mondlicht beschienenen Weinreben und den Pool im Garten hatte. Als er eine staubige Flasche entkorkte, wusste Chase, dass die Unterhaltung über Jill beendet war. Zumindest für den Augenblick.

Wenn Jill nicht ins Napa Valley kommen wollte, um neben der Arbeit wenigstens ein paar Stunden mit Marcus verbringen zu können, dann hatten sein Bruder und sie offenbar ein paar schwerwiegendere Probleme. Immerhin war dieses Weinanbaugebiet für Marcus nicht nur geschäftlich wichtig, sondern auch der Ort, den er am meisten liebte. Chase war der Meinung, dass die Frau, die Marcus heiraten wollte, das Land hier ebenfalls lieben müsste. Und wer sollte das Napa Valley nicht lieben?

Während Marcus Chloe ein Weinglas reichte, sagte sie: „Ich sollte eigentlich nichts mehr trinken. Aber wie kann ich da widerstehen?"

Die drei nahmen Platz, und Chase bemerkte erfreut, wie locker sie mit seinem Bruder umging. Zu wissen, dass Chloe in seiner Nähe war, ihr Lächeln zu sehen, ihr Lachen zu hören, machte für Chase alles leichter. Und sein Leben war schon schön gewesen, bevor sie hineingeplatzt war – also sollte das etwas heißen.

„Alle haben erzählt, was für eine große Hilfe Sie heute am Set des Shootings waren", meinte Marcus.

Chase sah, wie sehr sie sich über das Kompliment freute. „Ich hatte viel Spaß dabei."

„Sie hat uns echt gerettet. Ohne ihre Hilfe wären wir aufgeschmissen gewesen", warf Chase ein.

Chloe rollte mit den Augen. „Das stimmt so nicht. Ich habe nur ein Kleid genäht, das einen kleinen Riss hatte."

Es war ein Riss, der ein Shooting hätte ruinieren können, doch noch ehe Chase das sagen konnte, trank Chloe einen Schluck von ihrem Wein. „O mein Gott, dieser Wein ist so gut, dass er verboten werden müsste", stieß sie hervor.

Marcus lächelte. „Freut mich, dass er Ihnen schmeckt. Das ist der Cabernet, der das Sullivan-Weingut berühmt gemacht hat."

Sie sog das Bouquet ein, ehe sie sich noch einen Schluck gönnte, und stöhnte leise auf. „Kein Wunder, dass alle über Ihr Weingut sprechen, nachdem sie das hier gekostet haben. Ich *mag* ihn nicht nur, ich *liebe* ihn."

In dem Moment wuchs Chase' Verlangen nach ihr ins Unermessliche. Er hatte nur ihr leises Seufzen hören müssen ... Und dann dieses eine Wörtchen ...

Er war nicht auf der Suche nach Liebe gewesen. Denn ihm

war nicht klar gewesen, dass die Liebe in seinem Leben gefehlt hatte.

Bis jetzt.

Bis er Chloe getroffen hatte.

„Also", sagte Marcus. „Woher kommen Sie, Chloe?"

Schlagartig war sie nervös und setzte sich so abrupt im Sessel auf, dass etwas Wein aus ihrem Glas schwappte. Ihr Gesicht war zart gerötet. „Ich ziehe gerade um."

Nervös nippte sie an ihrem Weinglas, und Chase versuchte, seinem Bruder wortlos mitzuteilen, dass er nicht nachfragen solle.

Vergeblich.

„Wohin denn?", erkundigte Marcus sich.

Chloe trank noch einen Schluck. „Ich bin mir noch unsicher."

Nachdem Marcus ihr leeres Glas wieder gefüllt hatte, sprang sie unvermittelt auf. „Ich muss kurz verschwinden. Entschuldigen Sie mich bitte."

Chase wartete, bis sie das Zimmer verlassen hatte. „Mit deinen Fragen regst du sie auf."

Marcus runzelte die Stirn. „Tut mir leid. Mir ist erst aufgefallen, dass etwas nicht stimmt, als es schon zu spät war." Er warf Chase einen ernsten Blick zu. „Was zum Teufel ist los? Sie hat den blauen Fleck heute Abend ziemlich gut abgedeckt, aber wie hat sie sich die Verletzung überhaupt zugezogen? Ist es passiert, als sie in den Graben gerast ist? Oder steckt etwas anderes dahinter?"

Jedes Mal, wenn Chase daran dachte, wie sie zu dem Bluterguss und der Platzwunde gekommen war, wollte er mit der Faust auf irgendetwas einprügeln. Zuerst war es nur eine Vermutung gewesen, doch mittlerweile war er sich sicher, dass ein Kerl ihr das angetan hatte.

Nein, er wollte nicht auf *irgendetwas* einprügeln. Er wollte den Typ erwischen, der ihr so wehgetan hatte.

„Ich weiß es nicht so genau. Sie vertraut mir nicht genug, um mit mir darüber zu reden." Er warf seinem Bruder einen warnenden Blick zu. „Dräng sie nicht weiter. Stell ihr keine weiteren Fragen. Ich komme ihr näher, aber ich will nicht riskieren, dass sie vor mir wegläuft, wie sie gerade vor dir weggelaufen ist."

Marcus zog eine Augenbraue hoch. „Du magst sie."

„Ich mag sie nicht nur", entgegnete Chase und wiederholte damit Chloes Worte. Allerdings sprach er von etwas viel Bedeutenderem als von einem teuren Wein. „Ich muss sie nur dazu bringen, noch ein paar Tage zu bleiben", sagte er mehr zu sich selbst als zu seinem Bruder. „Dann gibt sie mir vielleicht die Chance zu sehen, wohin das zwischen uns führen kann."

Sein Bruder schwieg eine ganze Weile, ehe er schließlich sagte: „Ich habe dich noch nie so erlebt."

Chase hatte geahnt, dass andere Menschen nicht nachvollziehen konnten, dass er sich so plötzlich mit Chloe verbunden fühlte. Nicht einmal seine eigenen Geschwister. Und die Wahrheit war, dass er zwar für sich entschieden hatte, diese Bindung mit Chloe zu wollen, es jedoch auch für ihn verrückt war, dass er den Kopf schüttelte und zugeben musste: „Und ich dachte, ich komme für ein Fotoshooting her und für ein paar Tage Spaß und Sex mit …"

Marcus unterbrach ihn. „Mit einem deiner Models?"

Chase schnaubte. „Nein. Auf keinen Fall. Ich schlafe schon seit Jahren nicht mehr mit Models." Ihm war klar, dass sein Bruder wütend werden würde, wenn er ihm von Ellen erzählte, doch es war wahrscheinlich besser, wenn sie bei einer guten Flasche Wein darüber sprachen, als wenn sie aufeinander losgingen. „Ich wollte etwas mit Ellen anfangen."

Marcus kniff die Augen zusammen. „Mit meiner Angestellten?"

Nachdem nichts daraus geworden war, kam Chase der Plan selbst idiotisch vor. „Genau mit der."

„Verdammt, Chase", erwiderte Marcus aufgebracht. „Du kannst nicht mit einer Frau ins Bett springen, die für mich arbeitet. Wenn sie dann deinetwegen oder wegen Zach oder Gabe Liebeskummer hat, lässt sie das alles vielleicht an meinem Weingut aus."

Abwehrend hob Chase die Hände. „Hör mal, es ist ja nichts passiert. Also musst du dich nicht weiter darüber aufregen, okay? Ich habe Chloe getroffen, noch bevor ich mit Ellen in irgendwelche Schwierigkeiten geraten konnte. Und es wird dich freuen zu hören, dass Ellen nicht beleidigt war, weil ich sie versetzt habe, sondern dass sie im Gegenteil der Meinung war, dass es sowieso eine schlechte Idee gewesen wäre." Er beachtete den vernichtenden Blick seines Bruders nicht weiter. Stattdessen gab er dem Drang nach, sich endlich jemandem anzuvertrauen. „Ich habe so etwas noch nie erlebt. Ich habe noch nie für jemanden so empfunden wie für Chloe. Und ich habe sie noch nicht einmal berührt."

Verdammt, er hatte schon viel zu viel gesagt. Marcus musste nicht wissen, was er und Chloe getan hatten – oder eben noch nicht. Das ging niemanden etwas an außer sie beide.

Chase schenkte ihnen Wein nach, ehe er den Spieß umdrehte und seinen Bruder fragte: „Bist du dir sicher, dass zwischen dir und Jill noch alles in Ordnung ist?"

„Es geht ihr gut." Der Muskel, der in Marcus' Wange gezuckt hatte, seit Chase den Namen seiner Mitarbeiterin erwähnte hatte, zuckte jetzt heftiger. Marcus stand auf. „Ich lege mich hin. Morgen wird ein anstrengender Tag."

Chase erhob sich ebenfalls. Dieses Mal funktionierte die stumme Absprache zwischen den Brüdern hervorragend. Irgendetwas stimmte zwischen Jill und Marcus nicht – und sein Bruder hatte nicht vor, mit Chase darüber zu reden.

Chase wünschte sich, er wüsste, wie er den alten Marcus zurückholen könnte. Als ältester Sohn der Sullivans hatte er nach dem Tod ihres Vaters sofort dessen Platz eingenommen.

Chase erinnerte sich daran, wie sein großer Bruder Windeln gewechselt und Nasen geputzt hatte. Er hatte dafür gesorgt, dass alle rechtzeitig und mit den Hausaufgaben in der Tasche in der Schule gewesen waren. Zum Glück hatte er, als sie älter wurden und ihn nicht mehr so stark brauchten, die Chance erhalten, die Verantwortung hinter sich zu lassen und das Leben auszukosten.

Früher einmal war Marcus der größte Womanizer von allen gewesen – fast so, als hätte er die verlorene Zeit wieder aufholen wollen. Die Frauen hatten sich ihm an den Hals geworfen, und er hatte zu keiner Nein gesagt.

Aber jetzt, seit er die Eisprinzessin Jill kannte, hatte er sich verändert. Sich wieder in den viel zu verantwortungsbewussten und viel zu erwachsenen Marcus verwandelt.

Überrascht stellte Chase fest, dass er sich für Marcus wünschte, er würde wieder ein bisschen lockerer werden. Er selbst hingegen hatte vor, das genaue Gegenteil zu tun.

Die Wahrheit war, dass Chase schon so viele Frauen gehabt hatte.

Die Leute konnten ihn ruhig verrückt nennen, weil er plötzlich alles anders machen wollte, allerdings war ihm das egal. Er war bereit für die Richtige ... Und tief in seinem Inneren sagte ihm irgendetwas, dass er sie gefunden hatte.

„Ich sollte nach Chloe sehen", sagte Chase zu seinem Bruder. „Ich will nicht, dass sie sich in deinem Palast auf dem Weinberg verirrt." Aber bevor er ging, legte er seinem Bruder die Hand auf die Schulter. „Danke für die Party und dafür, dass wir auf dem Weingut shooten durften. Auf den Fotos wird es unglaublich wirken."

Einen Moment lang glaubte er, sein Bruder hätte verstanden, was er nicht laut aussprach: *Ich bin da, wenn du reden willst. Jederzeit. Über alles.* Doch dann sagte Marcus: „Gern geschehen", bevor er aus dem Wohnzimmer verschwand und die Treppe hinauf in sein Schlafzimmer ging.

Ein paar Minuten musste Chase suchen, aber dann fand er Chloe, die auf der hinteren Veranda stand. Ihr Glas war leer. Chase hielt inne und schaute sie einen Augenblick lang nur an.

Sie war umwerfend.

Nicht wegen des silbrigen Mondlichts. Nicht wegen des tollen Kleides.

Es lag nur an ihr. Chloe.

Keine andere Frau hatte ihm je so den Atem geraubt. Und er bezweifelte, dass eine andere es je schaffen würde.

„Da sind Sie ja."

Sie wandte den Kopf zu ihm. So viele Empfindungen und so viel Verlangen zeigten sich auf seinem Gesicht. Er musste sich mühsam zusammenreißen, um sie nicht in die Arme zu schließen.

Sie waren allein auf der Veranda. Sein Bruder war im Bett, alle anderen waren längst gegangen. Chase sah ihr an, dass der Wein sie ein bisschen entspannt hatte.

Er konnte sich nicht zurückhalten, trat hinter sie und stützte die Arme neben ihr aufs Geländer. „Wir haben heute einen umwerfenden Mond, nicht wahr?"

Er erwartete, dass sie zurückweichen würde, doch seltsamerweise tat sie genau das Gegenteil. Sie drehte sich zwischen seinen Armen um, sodass sie ihm zugewandt war und ihn mit diesen großen, wunderschönen Augen anblickte, die ihn tief berührten.

„Chase."

Himmel, er bewegte sich am Rande des Abgrunds, war ihr so nah und doch so fern.

Ehrenhaftigkeit. Wann hatte er beschlossen, dass Ehrenhaftigkeit eine Rolle spielte? Alles könnte so leicht sein, wenn er sich einfach nahm, was er wollte – und sich über die Konsequenzen erst später Gedanken machte.

Aber obwohl sie nicht betrunken sein konnte, wusste er,

dass sie auch nicht ganz nüchtern war. Er sollte sie besser zurück ins Gästehaus und ins Bett bringen.

Allein.

Allerdings war er dafür offensichtlich nicht stark genug. Er konnte nur ihren Namen sagen. Und er wollte sie mehr, als er je jemanden oder etwas in seinem ganzen Leben gewollt hatte.

„Chloe."

Sie öffnete leicht ihre vollen Lippen, als sie ihren Namen hörte. Zum ersten Mal versuchte sie nicht, ihr Verlangen zu verbergen.

„Es ist unvermeidlich, oder?", fragte sie ihn mit sanfter Stimme, die einen heißen Schauer über den Rücken laufen ließ.

Verdammt, ja, das war es. Doch er durfte ihr die Worte nicht in den Mund legen. Nicht wenn jedes Wort, jeder Blick, jede Berührung so verdammt wichtig waren.

„Was ist unvermeidlich?" Seine Worte klangen rau. Voller Begierde, die er nicht verhehlen konnte.

Ihr Blick glitt zu seinem Mund.

„Dieser Kuss."

9. KAPITEL

Als Chloe durch sein Haar strich und seinen Kopf näher zog, musste Chase sich sehr beherrschen, um die Hände auf dem Geländer liegen zu lassen. Aber als ihre Lippen seine ganz sacht berührten, war es um ihn geschehen.

Er wollte sie überall berühren, seine Finger fanden den Weg zu ihrem unteren Rücken und den unglaublich erotischen Kurven ihrer Hüften.

Ihr Mund war so weich, so verdammt süß, sowie sie ihn wieder und wieder küsste. Wenn er gekonnt hätte, er hätte die zärtliche Erkundung ausgedehnt. Aber er hatte zu lange auf diesen Kuss gewartet. Mit der Hand strich er ihren Rücken hinauf und legte sie in ihren Nacken. Die Finger vergrub er in ihrem seidigen Haar und hielt Chloe so, während er sie schmeckte.

Sie keuchte leise auf, und er fragte sich schon, ob er ihr wehtat. Er wollte gerade von ihr abrücken, da spürte er es: Ihre Zunge spielte sanft mit seiner.

Gott, in den letzten vierundzwanzig Stunden hatte er so oft darüber nachgedacht. Doch nichts, was er sich ausgemalt hatte, nichts, was er sich in seinen Fantasien vorgestellt hatte, kam der Realität nahe, wie atemberaubend, wie sinnlich es war, Chloe zu küssen.

Chase hatte immer gern geküsst. Zu seiner Überraschung hatten die meisten Frauen diesen Teil des erotischen Akts immer schnell abgehakt, obwohl ein Kuss manchmal genauso gut sein konnte wie Sex.

Besser sogar.

Vor allem, wenn er Chloe küsste.

Er hätte sie stundenlang küssen, ihr Aroma schmecken, ihre Lust erleben können. Und ihrer Reaktion nach zu urteilen, der Leidenschaft, die seiner in nichts nachstand, hatte er das Gefühl, dass sie es auch wollte.

Bedächtig streichelte er mit seiner Zunge ihre. Er genoss Chloes Geschmack, das Gefühl, sie zu berühren, das kleine lustvolle Aufstöhnen, das sie ausstieß. Er zog sich leicht zurück, saugte behutsam an ihrer Unterlippe und knabberte an ihr. Dann widmete er sich mit derselben Hingabe ihrer Oberlippe. Wieder liebkoste er ihre Zunge. Chloe erwiderte seine Zärtlichkeiten, schmeckte, saugte und knabberte.

„Chloe." Er stieß keuchend ihren Namen aus, und sie strich mit der Zunge noch einmal über seine Lippen, bevor sie ihn anschaute. Sie war zart errötet, wunderschön, und in ihrem Blick stand Verlangen.

„So bin ich noch nie geküsst worden", gab sie stöhnend zu.

Die Unschuld in ihren Worten, der Ausdruck auf ihrem Gesicht – als hätte sie gerade den Himmel auf Erden erlebt – brachten ihn dazu, sie wieder zu küssen. Mit noch mehr verzehrender Leidenschaft.

Chase hatte keine Ahnung, wie lange sie einander küssten. Aber die ganze Zeit über war er sich ihrer Brüste bewusst, die sie an ihn drückte, und des Schwungs ihrer Hüften unter seinen Händen. Er war hin- und hergerissen zwischen dem Wunsch, weiter ihren Mund zu erforschen, und der Sehnsucht, eine Spur von Küssen ihren unglaublichen Körper hinabzuhauchen.

Als sie sich in dem Moment leicht bewegte und ihre Brüste und Hüften noch enger an ihn schmiegte, wurde ihm die Entscheidung abgenommen.

Er hatte das Glück gehabt, ihren wunderschönen nackten Körper zu sehen, als er sie am Abend zuvor in der Wanne überrascht hatte. Doch er hatte sie nicht berühren dürfen. Er hatte nicht mit der Zunge über ihre Haut gleiten können. Er hatte nicht jedes Grübchen und jede sanfte Kurve liebkosen dürfen.

Nun hätte ihn nichts daran gehindert, alles zu bekommen. *Sie* zu bekommen.

Chase verteilte Küsse auf ihr Gesicht, ihre Wangen, ihr Kinn bis hinunter zu ihrem Hals. Er strich mit der Zunge über ihre Schlüsselbeine und spürte, wie Chloe sich an ihn lehnte, als würden ihr die Knie weich.

Chase hatte früh gelernt, Frauen durch Sinnlichkeit zu verführen, und ihre Lust, ihre Erfüllung immer genauso genossen wie seine eigene. Aber Chloes Reaktion – und sein Verlangen nach ihr – war anders als bei all den Frauen, mit denen er je zusammen gewesen war. Diese Verbindung zwischen ihnen war nicht nur schneller entstanden, sondern war auch stärker, ging tiefer und war viel, viel leidenschaftlicher.

Kaum dass er mit der Zunge erneut über ihre Haut fuhr, stieß Chloe einen kleinen Laut aus. Unwillkürlich wanderte seine Hand von ihrem Nacken zu einem dünnen Träger auf ihrer Schulter. Sie war so zart, so verdammt zart, dass er beinahe nicht mehr wusste, was er tat. Doch dann holte sie tief und zitternd Luft. Ihre Brüste bebten und richteten sich unter dem dünnen Stoff ihres Kleides auf.

Und in dem Moment erinnerte er sich wieder daran, warum er den Träger von ihrer Schulter streifen musste.

Das Bild ihrer Brüste, von denen das Badewasser hinabrann, hatte sich für immer in sein Gedächtnis gebrannt. Aber nachdem er ihr nun so nahe und kurz davor war, sie berühren, sie schmecken zu können, hatte Chase seine Hände kaum mehr unter Kontrolle.

Er musste ihr den Träger herunterschieben.

Im nächsten Augenblick hatte er es getan. Der Träger rutschte über ihre Schulter. Chase musste nicht einmal an dem Kleid ziehen, weil Chloe ihm schon zwei Schritte voraus war. Sie hob die Arme, um sich aus dem Kleid zu befreien, und bewegte den Oberkörper hin und her, sodass das Oberteil ihres Kleides Stück für Stück herunterglitt, bis der Blick auf ihre Brüste frei war.

Die Begierde lähmte Chase einen Moment lang. Gierig nahm er ihren Anblick in sich auf. Ihre Brüste waren perfekt – üppig und rund, wundervoll natürlich – und ihre Brustspitzen vor Verlangen hart.

Endlich konnte er sich wieder rühren, war jedoch noch immer gefesselt von Chloes Schönheit. Seine Hände und sein Mund stritten sich darum, wer das Vergnügen hatte, sie zuerst berühren zu dürfen.

Die Hände gewannen die stumme Auseinandersetzung. Er streckte die Arme aus, um ihre Brüste zu streicheln. Mit den Fingerspitzen strich er über ihre rosigen Brustwarzen, bevor er die zartesten Brüste, die er je gespürt hatte, mit den Händen umschloss.

„O Gott, Chase."

Er löste den Blick von ihren Brüsten, von dem Unterschied zwischen ihrer blassen Haut und seinen sonnengebräunten Händen, und bemerkte, dass ihr erstaunter Blick ebenfalls auf ihren Brüsten und seinen Händen ruhte. In der nächsten Sekunde schaute sie ihn an. Als er die Hitze, die Lust in ihren Augen erkannte, musste er sie küssen. Seine Hände lagen noch immer auf ihren Brüsten.

Dieses Mal war der Kuss anders. Er spiegelte den brennenden Wunsch wider, einander weiter hinauf auf den Gipfel der Lust zu bringen. Chloe presste ihre Brüste gegen seine Hände. Fast wirkte es, als wollte sie, dass er weiterging. Als wollte sie mehr.

„Schau, Chloe." Er betrachtete ihre Brüste, während er mit den Daumen die aufgerichteten Spitzen massierte. „Sieh doch nur, wie stark du auf meine Berührungen reagierst."

Sie stöhnte auf, sowie er ihre Brüste wieder streichelte, stärker dieses Mal. Ihre Brustwarzen zogen sich unter seinen Fingern zusammen.

„Bitte, Chase."

Er hörte ihre Bitte kaum. Die Worte waren eher ein Flüstern, dennoch verstand er, was sie sagen wollte. Denn er brauchte genau dasselbe wie sie.

Chase neigte den Kopf, und sie bog den Rücken durch, um ihn noch enger an sich zu spüren. Er leckte über ihre unglaublich zarte Haut. Ein Teil von ihm wollte die ganze Nacht hier verbringen – jeden Zentimeter von ihr schmecken. Doch seine Lippen, seine Zähne hatten anderes vor. Schon umschloss er mit dem Mund ihre Brustwarze, liebkoste sie, während er sacht mit den Zähnen über ihre Haut rieb.

Ihr entrang sich ein leises Stöhnen, das Chase' Lust gefährlich steigerte.

Ihre Reaktion war nicht vorgetäuscht. Chloe war die fleischgewordene Sinnlichkeit, so, wie er es geahnt hatte. Er hatte ihr dabei zugesehen, wie sie in der Badewanne gekommen war. Aber heute Abend Teil dieser Lust zu sein, der Grund für ihr Verlangen, ließ seine Begierde ins Unermessliche wachsen.

Sie hatten abgemacht, Freunde zu sein. Sie hatte ihm gesagt, wie sehr sie einen Freund brauchen würde. Doch nachdem er die letzten vierundzwanzig Stunden in einem ständigen Erregungszustand verbracht und sich nach ihr verzehrt hatte, konnte er nicht anders: Er ließ seine Hand unter ihren Rock gleiten und strich mit den Fingerspitzen ihren nackten Oberschenkel hinauf.

Danach widmete er sich der anderen Brust. Kaum dass er die Brustspitze in den Mund genommen hatte, berührten seine Finger ihren Slip, und Chase bemerkte, wie erregt Chloe bereits war.

„Ja", keuchte sie, als er an ihrer Spitze saugte und gleichzeitig mit der Hand höher wanderte, um sie unter dem Höschen zu verwöhnen.

Sorgen, Bedenken, Zurückhaltung – all das war wie weggeblasen, sowie er spürte, wie feucht und heiß sie war. Sie wand sich in seinen Armen, bog sich seinem Mund entgegen, und spreizte die Schenkel, damit er sie besser streicheln konnte. Wenige Momente später schrie Chloe vor Lust auf. Unter seinem Mund und seinen Händen war sie wie ein lebender, atmender Orgasmus.

Ihr Höhepunkt schien eine Ewigkeit anzudauern, und Chase war der glücklichste Mann der Welt. Von jetzt an wollte er nichts anderes mehr tun, als sie zum Höhepunkt zu bringen. Sie dabei beobachten, wie sie kam. Ihr dabei zuhören, wie sie kam.

Er wollte alles für sie aufgeben, wenn es sein musste. Zeuge dieser allumfassenden, verzehrenden Lust zu werden wäre es wert.

Erstaunlicherweise war sie, als sie sich schließlich in seine Arme schmiegte, nicht vollkommen befriedigt. Sie schaute ihn an. „Bitte, Chase. Mehr. Ich brauche mehr."

Er wusste, worum sie ihn bat. Sie wollte, dass er mit ihr schlief – hier und jetzt, auf der Veranda seines Bruder auf dem Weingut.

Chase hatte sich noch nie etwas so sehr gewünscht. *Noch nie.*

Aber als sie um mehr flehte, klangen ihre Worte leicht undeutlich. Nur ein klitzekleines bisschen.

Doch er hörte es.

Schlimmer noch: Er konnte erkennen, dass ihr Blick nicht ganz klar war. Vielleicht sogar etwas getrübt. Und das lag nicht nur an ihrem Orgasmus.

Chase wollte sich nicht fragen müssen, ob sie betrunken war, ob sie sich nicht vollkommen unter Kontrolle hatte und ob sie vielleicht nicht genau wusste, was sie mit ihm auf der Veranda seines Bruders tat. Er wollte glauben, dass die leicht undeutliche Aussprache damit zusammenhing, was er in ihr auslöste, und nicht damit, wie oft ihr Weinglas wieder aufgefüllt worden war. Ihm war klar, dass er jetzt alles mit ihr machen konnte, was er wollte. Er könnte sie umdrehen, sodass ihre Hüften pressten sich gegen sein Becken, während er ihren Rock hochschob. Er könnte mit den Händen ihre perfekten Brüste umschließen und von hinten in sie eindringen. Und sie beide könnten bekommen, wonach sie sich so verzweifelt sehnten.

Aber, verdammt, er konnte es nicht.

Nicht, wenn ihm klar war, dass er sich nie wieder im Spiegel würde anschauen können, wenn sie jetzt bis zum Äußersten gingen. Nicht, wenn Chloe am nächsten Morgen erwachen würde, ohne sich daran erinnern zu können, was sie getan hatte. Und nicht, wenn sie es vielleicht bereuen könnte.

Chase wollte nicht noch ein Mann sein, der sie gegen ihren Willen ausnutzte.

Und das hieß, dass er jetzt aufhören musste.

Sofort.

Er wollte sie nicht erschrecken und nahm bedächtig die Hand zwischen ihren Schenkeln hervor. Der Saum des Kleides fiel herunter, und er strich den Stoff behutsam glatt. Danach zog er das Oberteil des Kleides wieder hoch und bedeckte ihre nackten Brüste, die er so gern noch einmal geküsst hätte.

„Was machst du da?" In ihren Worten schwangen Verlangen und Verwirrung mit. „Warum hörst du auf?"

„Ich glaube, es wird Zeit, dass ich dich nach Hause und ins Bett bringe."

Sie verzog den Mund zu einem sinnlichen Schmollen. „Ich bin nicht müde, Chase. Noch nicht."

Himmel, es war so schwer, diesen Lippen zu widerstehen und sie nicht noch einmal zu spüren. Und es war noch schwerer, ihr nicht das Kleid vom Leib zu reißen und gleich hier auf dem Holzboden der Veranda mit ihr zu schlafen.

„Du bist so schön, Chloe, so verflucht schön", brachte er hervor. Sein Verlangen war ungestillt. „Doch ich darf deinen Zustand nicht ausnutzen."

Das Schmollen wirkte nun stur – und, wenn das überhaupt

möglich war, noch hübscher. „Du nutzt mich nicht aus", beharrte sie. „Ich habe dich schließlich zuerst geküsst, schon vergessen?"

Es war noch schwieriger, als er es sich vorgestellt hätte. Denn das Letzte, was er wollte, war, ihre Gefühle zu verletzen. Er wollte nicht, dass sie glaubte, er würde sich nicht wie wahnsinnig nach ihr verzehren.

„Ich will dich mehr, als du dir vorstellen kannst, aber ich möchte, dass du ganz bei mir bist, wenn wir miteinander schlafen."

„Ich war doch bei dir." Sie hob den Kopf. „Ich bin immer noch bei dir." Sacht küsste sie ihn und strich mit der Zungenspitze über seine Unterlippe.

Er konnte ein frustriertes Aufstöhnen nicht unterdrücken, sowie er sich von ihr löste. „Ich möchte nicht, dass du dich morgen an diesen Abend erinnerst und mich hasst, weil ich es ausgenutzt habe, dass du betrunken warst."

„Ich bin nicht betrunken!"

„Du bist aber auch nicht vollkommen nüchtern", erwiderte er sanft.

Plötzlich ließ ihr Widerstand nach. Und sie wirkte niedergeschlagen. Völlig niedergeschlagen.

Er hasste es, sie so zu sehen. Er hasste es, dass er sich richtig verhalten und sie genau damit verletzt hatte. „Du ahnst nicht, wie schwer mir das fällt."

Ihre Schritte wirkten beinahe sicher, während sie sich umdrehte und ging, aber ab und zu geriet sie doch ein wenig ins Taumeln und musste sich zusammenreißen.

Chase wusste, dass er das Richtige tat. Deshalb fühlte er sich allerdings nicht besser. Bei jedem ihrer Schritte auf dem Weg zurück zum Gästehaus, den sie schweigend zurücklegten, spürte Chase, wie verletzt und beschämt Chloe war.

Sie schaute ihn nicht an, während sie darauf wartete, dass er die Eingangstür aufschloss. Obwohl er sie so gern in die Arme genommen hätte, trat er beiseite und ließ ihr den Vortritt.

„Wir reden dann morgen früh."

Sie blieb stehen und warf ihm über die Schulter hinweg einen Blick zu. Ihre sonst so strahlenden Augen wirkten trüb. Ohne ein Wort zu erwidern, lief sie in ihr Schlafzimmer und machte leise die Tür hinter sich zu.

Chase duschte kalt. Trotzdem zwangen das Bild ihrer Brüste in seinen Händen und ihre feuchte Hitze, die sich um seine Finger schloss, ihn dazu, sich selbst Erleichterung zu verschaffen. Da nützte auch das eiskalte Wasser nichts. Chase konnte nicht aufhören, sich zu fragen, was mit ihm los war?

Vor wenigen Minuten noch hatte er eine sexy Frau in den Armen gehalten, die zu allem bereit war.

Und er war einfach gegangen.

10. KAPITEL

Am nächsten Morgen packte Chloe als Erstes ihren Koffer und zog ihre Jeans und ihr T-Shirt wieder an.

In der letzten Nacht war es zu knapp, zu gefährlich gewesen. Sie hatte Chase viel zu sehr begehrt.

Und deshalb konnte sie nicht länger bleiben.

Wieder stand auf der Anrichte ein Korb mit Backwaren und Obst. Ihr Stolz hätte sie dazu bringen müssen, einfach daran vorbeizugehen. Aber das wäre dumm gewesen. Sie hatte nicht das Geld für ein Taxi. Das hieß, dass sie hier losgehen und lange über Landstraßen laufen musste, bis sie eine Bushaltestelle gefunden hätte.

Stolz war schön und gut. Allerdings nicht, wenn sie Energie brauchte, um weiterzumachen.

Doch das, was am Tag zuvor noch köstlich geschmeckt hatte, verwandelte sich heute in ihrem Mund zu Asche. Sie musste sich dazu zwingen, das Croissant, das sie genommen hatte, aufzuessen.

Dazu kam, dass das zusammengefaltete Blatt Papier, auf dem ihr Name stand, nicht gerade dazu beitrug, dass sie sich entspannte. Während sie kaute und schluckte, starrte sie unentwegt auf die Nachricht.

Sie hätte schwören können, dass Chase' Brief zurückstarrte.

Es wäre besser, die Nachricht nicht zu lesen. Es wäre klüger zu verschwinden, Danke und Auf Wiedersehen zu sagen und zu vergessen, dass sie je einem gut aussehenden Mann begegnet war, dessen Küsse so himmlisch geschmeckt hatten.

Chase war bloß nett zu ihr gewesen. So nett, dass er am Abend zuvor nicht mit ihr geschlafen hatte, wie sie es sich gewünscht hatte. Nein, er hatte ihren Küssen ein Ende gesetzt und sogar aufgehört, sie zu streicheln, nachdem sie für ihn gekommen war. Ohne sie noch einmal zu berühren, hatte er sie nach Hause ins Gästehaus gebracht.

O Gott, der erste Kuss war so intensiv gewesen. Fantastisch. Perfekt. Sie hätte ihn die ganze Nacht lang küssen können. Chloe hatte von dem Kuss geträumt. Noch immer konnte sie fühlen, wie sie einander den Atem geraubt hatten. Sie war aufgewacht und hatte sich nach einem weiteren Kuss gesehnt. Und sie hatte sich danach verzehrt, mit Chase unter eine Bettdecke zu schlüpfen und ihn die ganze Nacht lang einfach nur zu küssen, zu küssen, zu küssen.

Wenn es ihr nur um einen weiteren Höhepunkt gegangen wäre, dann hätte sie sich selbst darum kümmern können. Nein, sie hatte sich gewünscht, mit ihm unter der Decke zu liegen, sich warm, sicher, geborgen zu fühlen. Alles zu vergessen, was ihr Angst machte. O Gott, sie musste hier schnell weg.

Nur würde sie sich immer fragen, was in der Nachricht stand, wenn sie sie jetzt nicht las. Mit zitternden Händen nahm sie das Briefchen vom Tisch.

Chloe,
ich hoffe, du hast gut geschlafen. Eines nicht allzu fernen Tages wünsche ich mir, das Frühstück mit dir zusammen genießen zu können. Ich freue mich schon darauf. Sehr sogar.
Bitte, besuch uns heute wieder am Set. Alle hier finden dich toll.
Bis später
~~Sexy~~
SEXY
PS: Der Spitzname verlangt nach Großbuchstaben, findest du nicht?

Irgendwo zwischen den Worten „Sehr sogar" und dem durchgestrichenen „Sexy" erwachten all ihre prickelnden, sentimentalen Gefühle für Chase wieder zum Leben. Größer und stärker als zuvor.

In der letzten Nacht hatte sie einen netten Schwips gehabt und sich amüsiert, bis Marcus begonnen hatte, unschuldige Fragen zu stellen. Da war sie nervös geworden und zerbrach sich plötzlich den Kopf über all die Probleme, mit denen sie sich noch nicht auseinandergesetzt hatte. Aus ihrer Unsicherheit heraus hatte sie angefangen, viel zu viel von seinem Wein zu trinken.

Jeder andere Kerl außer Chase hätte ihren Rausch ausgenutzt. Vor allem da sie ihn angefleht hatte, noch weiter zu gehen. Wie schon am ersten Abend im Badezimmer war er der Versuchung jedoch nicht erlegen, sondern hatte sich zurückgezogen. Nicht weil er sie nicht begehrte, sondern weil er wusste, dass sie nicht ganz nüchtern gewesen war. Dass der Wein ihren Verstand und ihre Reaktionen genug gedämpft hatte, dass sie ihm die Kontrolle überlassen hätte, ohne auch nur einen Gedanken daran zu verschwenden, sich selbst zu schützen.

Fast hätte sie ihrem Wunsch nachgegeben. Ein Teil von ihr wünschte sich auch jetzt noch, dass er keinen Rückzieher gemacht, sondern mit ihr geschlafen und ihren kleinen Schwips ausgenutzt hätte.

Was stimmt nicht mit mir? Wenn sie sich das wünschte, dann hatte sie ein ernsthaftes Problem. Und wenn sie ihren Kopf und ihren Körper in Chase' Nähe nicht besser beherrschen konnte, war es ausgeschlossen, dass sie noch länger blieb.

Es spielte keine Rolle, dass sie keine Ahnung hatte, wohin. Es spielte keine Rolle, dass die Situation mit ihrem Exmann sich nicht verändert hatte und dass sie noch immer zur Polizei gehen und schauen musste, was diese machen konnten, um ihr zu helfen. Falls sie überhaupt etwas machen konnten. Chase schaffte es, dass sie sich wie eine Prinzessin fühlte – doch ihr Leben war kein Märchen. Ihr Leben war ein Scherbenhaufen.

Genug von diesem Traumland, von den wunderschönen Kleidern und der Vorstellung, dass dieser großartige Mann zu ihr gehörte.

Nichts davon entsprach der Realität. So etwas wie ein Märchenprinz existierte nicht. Hierzubleiben und so zu tun, als ob, würde das Unvermeidliche nur noch weiter hinauszögern. Sie musste sich ihrem Exmann stellen und dafür sorgen, dass er sie nie wieder verletzten konnte. Dann musste sie sich ein neues Leben aufbauen und dieses Mal darauf achten, dass es das Leben war, das *sie* sich wünschte.

Sie holte tief Luft und versuchte, sich innerlich darauf vorzubereiten, sich von Chase zu verabschieden.

Irgendetwas sagte ihr, dass das härter werden würde, als von ihrem Mann geschlagen zu werden. Bitterer, als in einen Böschungsgraben zu rasen. Und schlimmer, als schutzlos mitten in einem Hagelsturm zu stehen.

Chase war nicht nur nett gewesen. Er war nicht nur freundlich gewesen. Er hatte sich von dem Moment an, in dem er sie im strömenden Regen am Straßenrand aufgelesen hatte, unglaublich ehrenhaft verhalten.

Sie schuldete ihm denselben Respekt. Also würde sie sich nicht wortlos davonstehlen. Sie würde ihm nicht wie ein Angsthase eine Nachricht hinterlassen und verschwinden.

Sie musste zu dem Weinberg, wo er mit seiner Crew die Models fotografierte. Dort würde sie dann all ihren Mut zusammennehmen und ihm anständig Auf Wiedersehen sagen. Davonzuschleichen war was für Feiglinge. Und auch wenn der Feigling in ihr gern die Oberhand behalten hätte, war es höchste Zeit, dass sie lernte, stark zu sein.

„Chloe! Gott sei Dank, dass Sie da sind!"

Jeremy wirkte erschöpft. Und das lag nicht nur daran, dass er mit ihr zusammen am Vorabend die Früchte von Marcus' Arbeit genossen hatte.

„Chase wollte mich gerade ins Gästehaus schicken, um zu sehen, ob Sie schon wach sind." Seine Brille saß schief. „Alice hat eine Magen-Darm-Grippe."

„Ich werde mal nach ihr schauen", bot Chloe sofort an.

Jeremy fasste sie am Arm. „Nein! Ich meine, ein Arzt hat nach ihr gesehen. Wir können es uns nicht leisten, dass sich irgendjemand von der Crew bei ihr ansteckt."

Chloe schüttelte den Kopf. „Aber ich gehöre ja nicht zur Crew. Ich kann bei ihr bleiben, und ihr könnt …"

Sie spürte Chase' Anwesenheit, den Bruchteil einer Sekunde bevor sie ihn sah. Bei seinem Anblick machte ihr Herz einen Salto. „Guten Morgen, Chloe", begrüßte er sie und fuhr ohne Pause fort: „Wir brauchen dich. Du musst für Alice einspringen."

Chloe blinzelte einmal. Zweimal. „Ich?" Sie runzelte die Stirn. „Wie kommst du darauf, dass ich für sie einspringen kann?"

„Gestern warst du unsere Rettung", entgegnete Chase, als wäre es das Offensichtlichste auf der Welt.

„Eure Rettung?", wiederholte sie ungläubig. „Ich habe nur ein Kleid mit einem winzigen Riss genäht."

„Du hast mehr als das getan", erwiderte er. „Ich habe mitbekommen, wie du mit Alice gesprochen und Outfits zusammengestellt hast. Sie hat gestern ein paar Mal den Kurs geändert – und das lag an deinen Vorschlägen."

Erneut schüttelte Chloe den Kopf. „Das waren nur spontane Bemerkungen. Ich wollte nicht ihren Job übernehmen."

„Ich weiß. Sie weiß das auch. Tatsache ist, dass du ein gutes Auge für Farben und Muster hast. Du weißt instinktiv, was funktioniert. Und die Models vertrauen dir. Sie mögen dich. Das ist viel wichtiger, als du denkst. Wenn sie sich gut fühlen, sehen sie auch toll aus."

Sie machte den Mund auf, um zu widersprechen. Doch ehe sie etwas sagen konnte, trat er näher. So nahe, dass ihr das ohnehin schon hämmernde Herz beinahe aus der Brust gesprungen wäre.

„Wir alle brauchen deine Hilfe. *Ich* brauche deine Hilfe."

Wie hätte sie ablehnen sollen? Er hatte ihr neulich Nacht auf der Straße auch geholfen. Statt von einem Axtmörder aufgelesen zu werden, der sie vergewaltigte, war Chase ihr Retter in der Not gewesen. Und jetzt benötigte er ihre Hilfe.

In dem Moment, als sie gerade einwilligen wollte, glitt sein Blick zu der Tasche über ihrer Schulter, zu ihrer Jeans und dem T-Shirt. Danach sah er ihr wieder in die Augen. Er hatte begriffen, weshalb sie gekommen war: um sich zu verabschieden.

Er konnte seine Enttäuschung nicht verbergen und versuchte es auch gar nicht. Sie hingegen konnte nicht glauben, wie sehr sie das traf. Sie wollte den Mann zurück, der sie anschaute, als wäre sie wunderschön, und der sie so sehr wollte, dass sein Verlangen ihn jede Sekunde überwältigen könnte.

Plötzlich wurde ihr eines klar: Auch wenn sie ihn aufgesucht hatte, weil sie sich verabschieden wollte, änderte das nichts an der Tatsache, dass sie wieder davonlief.

„Ich würde gern helfen." Sie sah zwischen Chase und Jeremy hin und her. „Sagt mir einfach, was ihr braucht, und ich versuche zu helfen."

Jeremy zog sie schon mit sich, noch ehe sie ihren Satz beendet hatte. Chase' Lächeln bekam sie allerdings noch mit. Und sie bemerkte, dass seine Enttäuschung wie weggewischt war … Stattdessen standen Verlangen und Dankbarkeit in seinem Blick.

Die Zeit verging wie im Flug. Chase brauchte bei der Wahl der Kleider keine großartige Beratung, und Chloe hatte das Gefühl, dass er sie nur nach ihrer Meinung fragte, damit sie sich nicht völlig unnütz fühlte. Zuerst zögerte sie, viel zu sagen. Sie wollte sein Fotoshooting nicht vermasseln. Aber wie schon am Tag zuvor war es schwierig, sich nicht vom Zauber am Set fesseln zu lassen.

Sie schufen auf dem Weinberg wunderschöne Märchen, und ohne lange weiter nachzudenken, fing sie an, Kleider enger zu nähen und Säume zu kürzen. Nicht nur das: Als sie einmal anderer Meinung war, weil die Accessoires nicht harmonierten, machte Chase zwei Aufnahmen und stellte fest, dass sie recht hatte.

Obwohl sie die ganze Zeit vom Rest der Crew umgeben waren, wuchs die Anziehungskraft zwischen ihnen beiden nur noch weiter.

Ein Teil von ihr wollte wieder wegrennen. Immerhin hatte sie damit so viel Erfahrung, dass es ihr wie die leichtere Lösung erschien. Doch je länger sie mit Chase und seinen Leuten zusammenarbeitete, desto klarer wurde ihr, dass sie sie nicht im Stich lassen durfte. Und außerdem wurde ihr bewusst, dass sie Spaß hatte in den Momenten, in denen sie mal vergaß, sich Sorgen zu machen. Ziemlich viel sogar.

Am Ende des Tages sagte Amanda: „Wir haben gehört, dass es in der Stadt ein tolles mexikanisches Restaurant gibt."

Chase zog eine Augenbraue hoch. „Gestern haben wir alle mehr als genug getrunken – Marcus' Weinkeller sei Dank." Als die anderen ihn zerknirscht anschauten, lenkte er ein. „Na gut, vielleicht eine Margarita pro Person. Höchstens zwei."

Während alle grinsten, konnte Chloe sich vorstellen, wie Chase mit seinen Schwestern umging. Liebevoll. Beschützend. Sorgsam. Ohne sie jedoch mit Regeln und Vorschriften zu überhäufen.

Er war offenbar ein toller Bruder.

Und er würde ein großartiger Vater sein.

Vater? Wie komme ich dazu, so etwas zu denken? fragte sie sich und erstarrte. Doch ihr blieb keine Zeit, um länger darüber zu grübeln, denn Jeremy wandte sich ihr zu. „Sollen wir euch Plätze freihalten?"

Chloe spürte Chase' Blicke auf sich und wusste, dass sie die Entscheidung treffen musste, ob sie mit der Crew zusammen ausgehen und sich feige in der Menge verstecken oder ob sie sich ihm allein stellen wollte …

Sie setzte ein Lächeln auf, das ihr mit Sicherheit niemand abkaufte. „Ich glaube, ich bleibe heute Abend lieber hier auf dem Weingut."

„Ich bleibe heute auch hier. Viel Spaß wünsche ich euch", sagte Chase zu seiner Crew und seinen Models. „Eines noch: Ich möchte nicht, dass Kalen beim Make-up noch dicker auftragen muss als sonst, also solltet ihr darauf achten, nicht zu spät ins Bett zu kommen, meine Lieben."

Nachdem alle gegangen waren, sagte Chloe: „Ich würde gern nach Alice sehen. Ich finde es nicht gut, dass sie heute den ganzen Tag allein war."

Chase nickte. „Ich wollte gerade zu ihr."

Während sie zu dem Hotel fuhren, in dem die Crew untergebracht war, war das Schweigen zwischen ihnen beladen mit all den Dingen, die nicht länger unausgesprochen bleiben konnten. Das war Chloe klar. Schon bald hätte Chase' Geduld mit ihr ein Ende. Und danach würde sie erklären müssen, was geschehen war. Jedes Mal, wenn sie daran dachte, war ihre Kehle wie zugeschnürt. Sie war froh, als sie zu Alices Hotel kamen – auch wenn sie sich schlecht fühlte, weil es Alices Krankheit war, die sie davor bewahrte, darüber nachgrübeln zu müssen, wie sie mit Chase allein sein und ihm widerstehen konnte …

Doch als sie an Alices Tür klopften und die junge Frau schlaftrunken krächzte: „Wer ist da?", wurde Chloe klar, dass es vielleicht besser gewesen wäre, Alice in Ruhe zu lassen, damit sie ihre Grippe auskurieren konnte.

„Ich glaube, wir haben sie geweckt", sagte sie zu Chase, bevor Alice die Tür öffnete.

Alice sah fürchterlich blass und schlapp aus. „Hallo, Leute."

Matt hob sie die Hand. „Kommt mir nicht zu nahe, ich möchte euch nicht anstecken." Sie war etwas grün im Gesicht, als sie die Hand auf den Magen legte und stöhnte: „Niemand sollte sich so fühlen müssen."

„Alice, können wir irgendetwas für dich tun?", fragte Chase.

„Nein", entgegnete sie. „Die Krankenschwester, die ihr heute Morgen vorbeigeschickt habt, ist noch ein paar Mal vorbeigekommen, um nach mir zu sehen. Jetzt möchte ich nur noch schlafen."

Nachdem sie sich schnell von Alice verabschiedet hatten, damit sie sich wieder hinlegen konnte, gingen sie zurück zu Chase' Wagen.

„Armes Ding", meinte Chloe. „Es war echt nett von dir, eine Krankenschwester zu schicken, die nach ihr sieht."

„Sie ist schließlich an meinem Set krank geworden. Das war das Mindeste, was ich tun konnte."

Chase wartete, bis sie wieder vor dem Gästehaus waren, ehe er sich ihr zuwandte. „Wir müssen reden."

„Ich weiß."

Sie konnte seinen Blick auf sich spüren. Eindringlich. Heiß. Und ein bisschen verletzt.

„Du wolltest verschwinden." Es war keine Frage.

„Ja", gab sie leise zu. „Das wollte ich."

Eine ganze Weile schwieg er. Mit jeder Sekunde, die verstrich, zog sich ihr Magen weiter und weiter zusammen.

„Warum?", wollte er wissen.

Sie schüttelte den Kopf. Wie hart es war, ehrlich zu sein. Aber es musste sein. „Offensichtlich kann ich mich in deiner Gegenwart nicht beherrschen."

Schließlich lächelte Chase sie an. „Das freut mich."

„Nein", erwiderte sie. „Das ist überhaupt nicht gut."

„Wieso nicht?", hakte er nach, und sie konnte das Verlangen in seinen Worten hören. „Warum glaubst du, dass du dich in meiner Gegenwart beherrschen müsstest?"

Sie öffnete den Mund, um ihm all die Gründe zu nennen. Doch mit einem Mal konnte sie sich nur noch daran erinnern, wie gut es sich angefühlt hatte, ihn zu küssen, wie erschreckend gut es ihr gefallen hatte, seine Hände auf ihrer Haut zu spüren.

O Gott, alles war so schön gewesen. So, so schön.

„Ich ..." Sie unterbrach sich und versuchte, einen klaren Gedanken zu fassen, ehe sie fortfuhr. Angesichts Chase' enormer Anziehungskraft war das jedoch schwer. „Wir ..."

Verdammt. Statt einen klaren Kopf zu bekommen, wanderten ihre Gedanken in eine verrückte Richtung.

In eine wirklich verrückte Richtung.

Sie veränderte gerade vieles in ihrem Leben, nicht wahr? Sie würde nicht mehr davonlaufen. Sie würde nicht mehr klein beigeben. Nein, sie würde aufstehen und sich nehmen, was sie wollte und wann immer sie es wollte.

Gott, sie wollte Chase.

Sie sollte das nicht einmal denken, sich davor hüten, es auch nur in Erwägung zu ziehen, aber ...

„Ach, zum Teufel", murmelte sie.

Chase hob eine Augenbraue, sowie er ihr leises Fluchen hörte. Sie schaute ihn an.

„Ich kann nicht glauben, dass ich das sage." Sie schluckte und faltete nervös die Hände vor sich. „Offen gestanden habe ich keine Ahnung, *wie* ich es sagen soll."

„Du weißt, wie man jemanden auf die Folter spannt."

Chloe holte tief Luft und zwang sich, es einfach auszusprechen. „Vielleicht sollten wir zwei eine kleine Affäre haben."

So wie sie die Hitze seines Verlangens gespürt hatte, fühlte sie jetzt, wie überrascht er über ihren Vorschlag war.

„Eine Affäre?"

Sie bemerkte, wie sie errötete. „Klar. Wie du schon meintest: Wieso nicht?" Weil sie unglaublich aufgeregt war, fing sie an zu plappern. „Ich hatte gestern einen wirklich schönen Abend, und du hast recht – ich war etwas beschwipst und wäre wahrscheinlich heute Morgen aufgewacht und hätte mich deswegen komisch gefühlt." Sie zwang sich, langsamer zu reden, und sah ihm direkt in die Augen. „Jetzt bin ich allerdings nicht mehr beschwipst."

„Nein", entgegnete er, und sein eindringlicher Blick ruhte auf ihrem Gesicht, „das bist du nicht."

„Ich habe beschlossen, zu bleiben und zu helfen. Für den Rest des Shootings. Ich werde meine Tasche nicht wieder packen und kommen, um mich bei dir zu verabschieden. Egal, was auch passieren mag: Du kannst dich auf mich verlassen."

Sie hatte angenommen, dass er sofort darauf eingehen würde, wenn sie eine Affäre vorschlug und wenn sie schwor, dass sie bis zum Ende des Shootings auf dem Weingut seines Bruders bleiben würde. Als er das jedoch nicht tat, wurde sie unsicher.

Aber noch während sie sich fragte, warum er sie nicht einfach an sich zog und nahm, was sie ihm schon fast aufdrängte, konnte sie sich nicht verkneifen zu sagen: „Zwischen uns ist irgendetwas. Und wir sind beide erwachsen. Da ist es doch naheliegend, dass wir, solange wir hier sind, die Zeit nutzen und genießen."

„Willst du damit sagen, dass du mit mir schlafen willst?", fragte er vorsichtig.

O Gott. Beim Klang seiner rauen Stimme wäre sie schon beinahe gekommen ... Und dann der Gedanke, dass sie tatsächlich – endlich! – Sex haben würden.

„Ja." Das Wort klang zittrig vor Verlangen. „Ich will es. Sehr sogar."

Er verzog den Mund zu einem Lächeln, als er hörte, wie sie die Worte aus seiner Frühstücksnachricht wiederholte.

Sie konnte spüren, konnte sehen, wie sehr er sie begehrte. Und trotzdem presste er sie nicht an sich und schlief nicht direkt zwischen den Weinreben unter dem aufgehenden Mond mit ihr.

„Von allen Dingen, die ich von dir erwartet hätte, Chloe", sagte er bedächtig, „war das nicht dabei."

Ernsthaft? Sie hatte gerade all ihren Mut zusammengenommen, um sich ihm zu offenbaren, und er musste sich wieder so verdammt ehrenhaft verhalten? Diese Ehrenhaftigkeit war der Grund, deshalb hatte er sie nicht schon längst an sich gezogen und ihr die Kleider vom Leib gerissen.

Im Prinzip gefiel es ihr ja, dass er nur ihr Wohl im Auge hatte. Aber nachdem sie nun die Entscheidung getroffen hatte, eine Affäre mit ihm zu beginnen, *nicht* mit ihm zu schlafen?

Nein, nein, nein! Das kam nicht infrage.

„Küss mich noch einmal."

Sie konnte erkennen, wie sehr er genau das wollte. Doch statt seine Lippen auf ihren Mund zu drücken, benutzte er sie, um zu sagen: „Ich habe mir geschworen, dass ich nichts von dir verlangen würde, was du mir nicht freiwillig geben möchtest."

„Ich möchte dich küssen, Chase", erwiderte sie. Ihre Stimme zitterte vor Begierde. „Und ich möchte, dass du mich küsst. Schon den ganzen Tag träume ich davon, dass du mich küsst."

Chase nahm ihre Hand, eilte mit Chloe zusammen die vordere Treppe hinauf und stieß die Eingangstür auf. Im Wohnzimmer hielt er nicht inne, auch wenn er so die Vorfreude noch hätte steigern können. Er wollte sie im Bett, so, wie er es sich in den vergangenen achtundvierzig Stunden ausgemalt hatte: nackt und erhitzt vor Verlangen und Lust.

Am Ende fühlte es sich an, als wären sie durch den halben Bezirk gelaufen, um ins Schlafzimmer zu gelangen. Dann endlich hatten sie es geschafft. Chase schloss die Tür und verriegelte sie, bevor er sich zwang, Chloes Hand loszulassen und ein paar Schritte zurückzumachen. Er wollte sie „nehmen", aber er wusste, dass er es nicht konnte. Nicht, bis er sich sicher war, dass es auch Chloes Willen entsprach.

„Bist du dir sicher, dass du es willst?"

„Ja."

Sie hatte nicht gezögert, doch er musste trotzdem noch einmal fragen: „Absolut sicher?"

„Ja."

Wieder war kein Zweifel zu hören gewesen. Einzig die wachsende Verärgerung in ihrem Blick, weil er Zeit zu schinden schien. Aber sie war ihm zu wichtig, als dass er irgendetwas getan hätte, was sie verletzt hätte.

„Sobald wir anfangen, werde ich nicht mehr aufhören können. Ich will dich viel zu sehr."

Bei seinen Worten wich der leichte Ärger in ihrem Blick einem Ausdruck des Verlangens. Ihre Pupillen weiteten sich unwillkürlich.

Er wollte ihr keine Angst machen, wollte, dass sie nie mehr Angst hatte. „Das ist jetzt die letzte Chance, es dir doch noch anders zu überlegen."

Bevor er Atem holen konnte, verflocht sie die Finger mit seinem Haar und presste ihre Lippen auf seinen Mund. Mit der Zunge reizte sie ihn. Er hob sie hoch und ging mit ihr zum Bett, ohne den Kuss zu unterbrechen. Ihre Küsse waren leidenschaftlich, nicht zurückhaltend und zart.

Wie sollten sie das auch sein, wenn sie einander so sehr begehrten?

Alle Gedanken an Ehrenhaftigkeit waren vergessen.

Jetzt zählte nur noch Chloe – ihrem Körper zu huldigen.

Und es zählte, sie zu lieben.

11. KAPITEL

Chloe konnte kaum glauben, dass sie auf dem Bett lag und zu einem so sündhaft anziehenden Mann wie Chase hochschaute, der gerade sein T-Shirt auszog und es auf den Boden warf. Als sie seine Muskeln und den durchtrainierten Bauch sah, war sie wie erstarrt.

Noch nie hatte sie jemanden wie ihn erblickt.

„Du bist so schön." Die Worte kamen ihr über die Lippen, bevor sie sich dessen überhaupt bewusst war.

Statt zu antworten, kniete Chase sich über sie, stützte die Hände neben ihrem Kopf ab und küsste sie wie im Rausch. Er schob ein Knie zwischen ihre Oberschenkel. Sie konnte nicht anders, als ihre Beine zusammenzupressen, ihre Hüften anzuheben und sich gegen ihn zu drängen.

Schon jetzt stand sie so kurz vorm Höhepunkt, dass sie wahrscheinlich beim nächsten Kuss kommen würde. Verdammt, sie wäre ja beinahe vom Klang seiner Stimme gekommen. So heftig war seine Wirkung auf sie.

„Chloe."

Ihr Name war nicht mehr als ein Flüstern. Ehe sie sich's versah, hatte er sie vom T-Shirt und der Jeans befreit. Als sie nur noch ihren BH und Slip trug – glücklicherweise hatte sie aus ihrem vergangenen Leben zumindest ihre hübsche Unterwäsche behalten –, löste er sich von ihr, um sie zu betrachten.

Sie wusste, dass sie nicht annähernd so schlank war wie die Models, mit denen er zusammenarbeitete. Und sie wusste, dass ihr Körper nicht perfekt war. Aber erstaunlicherweise merkte sie Chase an, dass das für ihn keine Rolle spielte.

Er mochte sie so, wie sie war.

„Himmel, Chloe. Du bringst mich um." Er streckte den Arm aus und strich bedächtig mit einem Finger von ihrem Kinn zu ihrem Hals. Während er weiter bis zu ihren Brüsten hinunterglitt, wölbte Chloe sich ihm entgegen. „Du bist so verdammt schön."

„Du hast meinen Körper doch schon gesehen", erinnerte sie ihn.

„Nicht so. Ich konnte dich nicht berühren." Er wandte den Blick von ihren Kurven ab und schaute ihr in die Augen. „Und ich konnte dich nicht küssen, wie ich dich küssen wollte."

Wie schaffte er es, ihr immer weiter den Atem zu rauben, auch wenn sie sicher war, dass er ihn ihr wenige Sekunden zuvor schon komplett geraubt hatte?

„Zeig es mir", bat sie. „Zeig mir, wie du mich küssen wolltest."

Sie konnte hören, wie heftig sein Herz schlug, während er eine Hand in ihr Haar und die andere unter ihre Hüften schob, um sie noch näher an sich zu ziehen.

Sein Mund fühlte sich warm, aber zärtlich an. Nachdem der erste Hunger nacheinander gestillt war, veränderte sich das Gefühl, als er nun zarte Küsse auf ihre Mundwinkel und den Amorbogen ihrer Oberlippe hauchte. Liebevoll strich er mit der Zungenspitze über ihren Mund. Diese langsame, sinnliche Berührung ließ Chloe aufstöhnen. Schließlich drang Chase weiter vor. Chloe nahm alles, was er ihr gab, und erwiderte es.

Ihr Körper entspannte sich, schmiegte sich an ihn, und sie spürte, wie die Lust zwischen ihren Schenkeln pulsierte.

„Bitte", flüsterte sie, da er kurz den Kopf hob und sie beide Luft holen konnten. „Ich brauche ..."

So lange hatte sie ihre Wünsche und Bedürfnisse nicht ausgesprochen, dass sie befürchtete, die Worte würden ihr im Hals stecken bleiben.

Glücklicherweise schien es, als würde er sie auch so verstehen. Denn statt zu verlangen, ihre Begierde in Worte zu fassen, fragte er: „Vertraust du mir?"

Doch das war nicht so leicht. Chloe wünschte, sie müsste nicht darüber nachdenken. Doch leider ging das nicht so einfach. Sie konnte ihr Vertrauen nicht einfach so verschenken – nicht einmal dem attraktiven Mann, mit dem sie hier im Bett lag und der wieder und wieder bewiesen hatte, wie freundlich und nett er war.

„Ich möchte es."

Bei seinem Lächeln durchlief ein heißer Schauer ihren Körper. Sanft liebkoste er sie unterhalb des Ohrläppchens. „Es zu wollen, ist schon mal ein guter Anfang."

Es war so schön, dass er sie nicht drängte, etwas zu geben, was sie ihm nicht geben konnte. Und als er nun über eine ihrer Brüste leckte, stöhnte Chloe leise auf.

Chase ließ sich Zeit, beide Brüste zu verwöhnen, beeilte sich nicht, obwohl Chloe beinahe verzweifelte Laute ausstieß. Sie wollte sagen, was sie brauchte, öffnete den Mund, um zu sprechen, aber wieder einmal brachte sie kein Wort über die Lippen.

„Hab keine Angst, mir zu verraten, was du dir wünschst", murmelte er leise. Seine Stimme strich wie eine sinnliche Berührung über ihre Haut. „Habe keine Angst, mir zu sagen, wonach du dich sehnst."

„*Mehr.*" Dieses eine Wort war alles, was sie hervorbringen konnte.

Als Reaktion auf ihre Bitte fuhr er mit dem Daumen über ihre Brust. Chloe keuchte auf.

Dass ein Lächeln so voller Leidenschaft sein konnte! Wieder massierte er ihre Spitze, und dieses Mal bog sie sich ihm entgegen. Seine Hände auf ihrem Körper berührten sie an den richtigen Stellen, und so fiel es ihr leicht, es endlich zu sagen: „Ja. Bitte. Mehr davon."

Er ließ die Hände ihren Rücken hinuntergleiten und öffnete ihren BH. Die Luft fühlte sich kühl an auf der erhitzten Haut ihrer Brüste.

„Ich werde niemals müde, dich zu bewundern." Selbst mit seinen großen Händen konnte er ihre vollen Brüste nicht umfassen. „Ich werde niemals müde, dich zu berühren."

Irgendwo in ihrem Kopf schrillte eine Alarmglocke: „Niemals" war kein Wort, das man benutzte, wenn man nur eine kurze Affäre haben wollte. Doch sie war zu beschäftigt damit, die Luft anzuhalten und darauf zu warten, was als Nächstes geschah, als dass sie der warnenden Stimme Gehör geschenkt hätte.

„Ich will dich für immer genießen und schmecken." Er neigte den Kopf, bis sein weiches Haar sie berührte, und dann streichelte er mit der Zunge über ihre Haut.

Schon in der vergangenen Nacht waren sie so weit gegangen. Er hatte sie mit dem Mund gereizt, bis sie vor Verlangen fast vergangen wäre. Aber da hatte er ihr dabei nicht gesagt, wie sehr er sie begehrte.

Auf der Veranda seines Bruders hatten sie sich einen gemeinsamen Moment gestohlen. Heute Nacht gab es keine Grenzen. Und sie wusste, dass er dieses Mal nicht aufhören würde, nachdem sie gekommen war.

Die einzige Frage, die noch blieb, war, ob sie wieder Angst kriegen und versuchen würde davonzulaufen? Oder war sie mutig genug, sich dem intensiven Genuss hinzugeben, den Chase ihr schenken konnte?

Das sanfte Spiel an ihren Brustwarzen und das Knabbern an ihrer empfindlichen Haut vertrieben alle Fragen und Zweifel. Sie konzentrierte sich nur noch auf die bittersüßen Qualen, die Chase ihr so kunstvoll bereitete.

Er hauchte eine Spur Küsse bis zu ihrem Bauch hinunter. Kaum kreiste er mit der Zunge um ihren Nabel, wand sich Chloe lustvoll. Sie war ganz in ihren Empfindungen versunken, als sie bemerkte, dass die Matratze sich neigte. Chase kniete zwischen ihren Beinen. Sacht drückte er ihre Knie auseinander, und sie öffnete sich ihm.

Eigentlich hätte sie sich schämen müssen, sich fragen, wie sie bis auf einen Slip fast nackt daliegen konnte, obwohl er praktisch ein Fremder war. Doch sie wollte ihn so sehr, dass es ihr egal war, wie lange sie einander kannten.

Einen Moment später legte er die Hand zwischen ihre Schenkel. Sie spürte, wie feucht sie war. Mit einem Mal überfielen sie wieder Erinnerungen. Üble Erinnerungen an Augenblicke, in denen sie einem anderen Mann genauso hilflos ausgeliefert gewesen war.

Einem Mann, der ihr wehgetan hatte.

Chase war bisher wundervoll gewesen, aber was passierte, wenn er sich unvermutet gegen sie richtete und auf sie losging? Sie kannte ihn genau genommen gar nicht. Wie sollte das in achtundvierzig Stunden auch gehen?

O Gott, was machte sie hier? Sie lag bereitwillig auf dem Bett für einen Mann, der in jeder Hinsicht ein Fremder war.

„Chase, ich …" Sie verspannte sich, wollte die Beine zusammenpressen und die Brüste mit den Händen bedecken.

In dem Moment, als sie sich verspannte, hielt er inne. „Ein Wort und ich höre auf."

Sie wusste, was sie tun sollte – aufstehen, ihre Kleider anziehen und so tun, als wäre das alles nicht passiert.

Doch sie wollte nicht. Sie wollte Chase. Sehr.

Kurz bevor sie sich die Kleider vom Leib gerissen hatten, hatte er gesagt, dass es kein Zurück geben würde, wenn sie erst einmal begonnen hätten. Dennoch bot er ihr jetzt an, dass er aufhören würde, wenn sie es wollte.

Das hätte sie von einem Mann überhaupt nicht erwartet. Noch während sie sich darüber wunderte und erstaunt war, dass er so reagierte, musste sie sich fragen, warum sie eigentlich immer so wenig erwartete.

Schließlich erkannte sie, dass sie ihm allmählich zu vertrauen begann, und flüsterte: „Welches Wort soll ich denn sagen, wenn ich möchte, dass du aufhörst?"

Überrascht bemerkte sie, wie er den Mund zu einem kleinen Lächeln verzog, in dem auch Erleichterung mitschwang.

„Wie wäre es mit ‚Bananen'?", schlug er vor.

Verwundert stellte sie fest, dass sie sein Lächeln erwiderte. „Also, wenn ich das sage, hören wir sofort auf."

Er nickte. „Sofort."

Sie konnte nicht glauben, wie schnell ihre Angst wich, nachdem sie nun darüber geredet hatten und sie sich sicher war, dass er sein Wort halten würde.

Das Verlangen kehrte zurück.

Statt Verlegenheit und Zögern empfand sie nur noch Begehren. Ihre Lust war so stark, dass Chase selbst durch den Stoff ihres Slips hindurch spüren konnte, wie feucht und heiß sie war. Sie reckte sich seiner Hand entgegen und rief seinen Namen, weil sie noch mehr wollte, immer mehr.

„Es ist noch schöner, als ich es mir ausgemalt habe", murmelte er.

Irgendwie gelang es ihr, kurz einen klaren Gedanken zu fassen und zu begreifen, was er gerade gesagt hatte. „Was ist schöner?"

„Du. Das hier." Er ließ den Blick über ihren Körper streifen. An der Stelle, wo seine Finger auf ihrem Höschen lagen, hielt er inne. Danach blickte er von dort hinauf zu ihren Brüsten und schließlich in ihr Gesicht. „Schon die ganze Zeit habe ich mir vorgestellt, dich so zu sehen."

Trotz des sehnsuchtsvollen Pulsierens musste sie lächeln. „Wir kennen uns erst seit zwei Tagen", entgegnete sie.

„Es waren ungefähr achtundvierzig Stunden." Er schob einen Finger unter den Stoff ihres Slips. „Und jede Sekunde davon habe ich mir gewünscht, mit dir zusammen zu sein. Genau so, wie wir es jetzt sind."

Die Art, wie er langsam, ganz langsam den zarten Spitzenstoff von ihren Hüften zog, war die reinste Folter.

Schließlich lag sie vollkommen nackt vor ihm.

„So verdammt schön." Die Ehrfurcht in seinen leisen Worten machte es ihr leichter, die Beine nicht wieder zusammenzupressen, als er sie nun betrachtete. „Und so feucht. *Meinetwegen.*" Kurz darauf strich er wieder ihren Venushügel hinab. „Alles für mich."

Seine Berührung, seine Finger auf ihr waren mehr, als sie aushalten konnte, und ihr Flehen wurde drängender. „Ich kann nicht …" Sie keuchte, fühlte sich wild. „Das ist zu viel." Sie hatte es kaum gesagt, da wusste sie, dass sie die „Bananen" niemals aussprechen würde.

Weil er nichts von ihr hörte, bat er: „Komm für mich, Chloe."

Ihre Blicke verschmolzen miteinander, als er tiefer in sie tauchte und ihr Körper seiner Bitte nachgab. Sie bog den Rücken, ihr Kopf fiel in den Nacken, sie schloss die Augen und schrie seinen Namen. Ihr Orgasmus schien eine Ewigkeit zu dauern. Schließlich sank sie matt in die Kissen. Vollkommen erschöpft. Nicht sicher, wann sie sich je wieder würde bewegen können.

Dann spürte sie Haare, die sanft über ihre Haut streiften. Allerdings nicht auf ihrer Brust.

Dieses Mal fühlte sie es an der Innenseite ihrer Oberschenkel.

Sie versuchte, sich auf den Ellbogen abzustützen, doch ihre Muskeln gehorchten ihr noch nicht. „Chase?"

Die einzige Antwort war seine Zunge, mit der er ihre Lustperle reizte. Er umfasste Chloes Po und zog sie näher.

Sie dachte, dass sie wahrscheinlich nicht noch einmal kommen konnte. Nicht nach dem unglaublichen Höhepunkt, den er ihr gerade geschenkt hatte. Im Augenblick war sie mehr als befriedigt. Sie öffnete den Mund, um es ihm zu sagen. Bevor sie jedoch ein Wort über die Lippen bringen konnte, wurde ihr bewusst, wie gut sich Chase' Zärtlichkeiten anfühlten. Zwar war sie noch immer sehr empfindlich, aber anders als andere Männer schien Chase das ohne Worte zu verstehen. Er konzentrierte sich darauf, ganz leicht um ihre Venusperle zu kreisen, die sich mit jeder Sekunde weiter anzuspannen schien.

Vermutlich hätte sie es wissen, hätte ahnen müssen, dass er nicht aufhören würde, ehe er sie *überall* geschmeckt hatte. Es hatte sie schon wahnsinnig gemacht, als er sie mit den Fingern auf den Gipfel der Lust geführt hatte, doch das hatte nichts mit dem zu tun, was sie nun empfand.

„O Gott. O Gott. O Gott."

Beim zweiten Mal war sie sich nicht sicher, wann der Orgasmus begann. Sie hatte keine Zeit, einen Gedanken daran zu verschwenden, wie Chase sie erneut so mühelos und schnell dazu gebracht hatte. Sie verlor sich in ihren Emotionen, in einem Rausch.

Das Wunder lag für sie nicht nur in der Art, wie Chase sie berührte und verwöhnte.

Das Wunder lag in diesem Mann selbst. In allem, was er gesagt und für sie getan hatte, seit sie sich am Straßenrand begegnet waren.

Sex war nicht mehr nur noch Sex. Stattdessen war es etwas viel Größeres. Etwas, das mit einem Teil ihres Herzens verbunden war, der so lange wie tot gewesen war, dass sie geglaubt hatte, ihn nie wieder fühlen zu können.

Diese Erkenntnis brachte sie zurück auf den Boden der Tatsachen. Und zwar viel zu abrupt.

Sie hätte versucht, ihre Reaktion vor Chase zu verbergen, wenn sie es gekonnt hätte, doch er war zu gut darin, in ihrem Gesicht zu lesen.

Und sie war nicht annähernd in der Verfassung, Spielchen zu spielen.

„Sprich mit mir", bat er.

Im nächsten Moment legte er sich neben ihr auf die Matratze und zog sie in seine Arme. Sie konnte seine Erektion spüren. Noch immer gefangen in seiner Jeans, drängte sie sich an seine Hüfte. Doch obwohl sie schon zwei Höhepunkte erlebt hatte und er noch nicht gekommen war, schien er es nicht besonders eilig zu haben zu beenden, was sie begonnen hatten.

War ihm nicht klar, dass es alles nur noch schlimmer machte? Dass er sie noch mehr ängstigte, wenn er so nett war und sie an die erste Stelle setzte? Denn damit brachte er sie dazu, sich Dinge zu wünschen – Dinge, die zu brauchen sie sich selbst ausgeredet hatte.

Sie schüttelte den Kopf. „Nimm mich einfach." Ihr stockte der Atem, und das hatte nichts damit zu tun, dass sie sich von zwei Orgasmen erholen musste. „Ich möchte, dass du mich einfach nimmst."

Statt jedoch zu machen, was jeder andere Kerl getan hätte, hob er eine Augenbraue. Und blickte sie noch besorgter an.

„Das werde ich", versprach er. „Aber zuerst möchte ich, dass du mit mir redest."

Sie schluckte. „Du weißt doch schon, wie sehr ich dich will." Sie zeigte auf ihren Körper. „Das hättest du dir auch denken können, wenn ich nichts gesagt hätte."

Er küsste sie auf die Lippen. „Erzähl mir, wie du dich fühlst, meine Schöne."

Bei diesem Kosenamen schmolz sie wieder dahin. „Hör auf damit."

Er runzelte die Stirn. „Was mache ich denn? Habe ich dir wehgetan?"

„Nein." Missmut über sich selbst – und über ihn, weil er viel zu toll war – ließ ihre Worte scharf klingen. „Du weißt, dass du mich nicht verletzt hast."

„Was stimmt dann nicht?"

„Du bist zu großartig!"

Es klang fast wie ein Wehklagen. Chase presste sie fester an sich, und es wirkte beinahe so, als könnte er besser verstehen, worauf sie hinauswollte, wenn er sie nur ein bisschen enger in den Armen hielt. Und dann lag Chloe auf dem Rücken, während Chase sich über sie beugte. Mit seinem Gewicht drückte er sie auf die Matratze.

„Und ‚großartig' gefällt dir nicht?" Er streichelte über ihren Arm.

„Doch, aber ..."

Er schlang die Finger um ihr Handgelenk und hob ihren Arm über den Kopf. Danach beugte er sich vor und hauchte Küsse auf die empfindliche Haut an der Innenseite ihres Armes.

„Aber was?", fragte er zwischendurch.

„Es ist nur ..." Ihre Stimme brach, da er sich nun dem anderen Arm widmete und ihn ebenfalls über ihren Kopf hob.

„Da", murmelte er und betrachtete, wie sich ihre Rippen wölbten und ihre Brüste anhoben, als ihre Arme über ihrem Kopf ruhten. „So hübsch." Mit einem Finger umkreiste er eine ihrer Brüste. Unter seinen Berührungen schien die Brustwarze sich aufzurichten und hart zu werden.

O Gott, es war schwer, einen klaren Gedanken zu fassen, wenn er das mit ihr anstellte, doch sie musste es zumindest versuchen.

„Das hier soll Sex sein." Sein Blick traf sie, und sie stellte klar: „Nur Sex."

Sie bemerkte, wie er erstarrte. Unwillkürlich wurde sein Griff um ihr Handgelenk fester. Und zum ersten Mal, seit sie in seinem Bett war, schoss ihr durch den Kopf, wie groß und wie stark er war. Wenn er ihr wehtun wollte, spielte es keine Rolle, wie laut sie „Bananen!" schrie.

„Es tut mir leid", flüsterte er, da sie sich spürbar verspannte. „Das werde ich nicht wieder machen."

Bevor ihr überhaupt klar wurde, was passiert war, ließ er ihre Handgelenke los. Plötzlich lag er auf dem Rücken, und sie saß auf ihm.

„Keine Angst, Chloe." Er nahm ihre Hände und küsste sie. „Ich kann diesen ängstlichen Ausdruck in deinen Augen nicht ertragen, wenn wir zusammen sind. Ich werde dich nicht wieder so festhalten. Ich habe dir versprochen, dass ich dir niemals wehtun werde, und das ist mein Ernst."

„Ich weiß." Die beiden geflüsterten Worte schwebten zwischen ihnen, während sie einander eine Weile anschauten.

Gefühle pulsierten und strömten zwischen ihnen hin und her, schwollen an, ließen nicht nach. *Das* war ihre eigentliche Angst.

Nicht, dass Chase ihr körperlich überlegen war.

Sondern dass er mit der Kraft seiner Emotionen ihre Schutzmauern überwand. Die Mauern, die sie so sehr brauchte, damit sie sich ihren Problemen stellen konnte, ohne daran zu zerbrechen.

Und dennoch verlangte ihr Körper nach mehr, während in ihrem Herz Angst, Liebe, Schmerz und Vertrauen miteinander rangen.

Chloe saß auf Chase' Hüften, genau dort, wo sich seine Hose wölbte. Selbst bei der kleinsten Bewegung, so zart wie ein Atemhauch, rieb der Reißverschluss seiner Jeans an ihr. Sehnsüchtig musterte sie Chase, seinen wunderschönen nackten Oberkörper, der sie dazu aufzufordern schien, ihn zu erkunden. Ihr weiblicher Instinkt brachte sie dazu, seine Muskeln zu erforschen, mit den Härchen auf seiner Brust und unter seinem Bauchnabel zu spielen.

„Du solltest Model werden", meinte sie. Als sie seine ganze Schönheit in sich aufsog, konnte sie nicht glauben, dass er tatsächlich hier mit ihr zusammen in diesem Bett war.

Er versuchte zu grinsen – der verlangende Ausdruck auf seinem Gesicht verschwand jedoch nicht.

„Ich bleibe lieber hinter der Kamera", erwiderte er. „Es freut mich aber sehr, dass dir gefällt, was du siehst."

Es klang, als würde er jedes Wort herauspressen, und sie wusste, warum. In dieser Position war seine Erektion unter ihr noch größer geworden.

„Ich will mehr von dir sehen", sagte sie ruhig.

Sie rutschte ein Stückchen tiefer. Ihr war nicht bewusst, dass ihre Brüste direkt über seinem Gesicht waren, während sie nun seinen Reißverschluss öffnete.

Er wollte sie ablenken, indem er ihre Brüste umfasste und daran saugte. Sie stöhnte auf und hätte sich ihm, der Überredung seiner Lippen und Zunge und Zähne beinahe hingegeben. Aber, Gott, sie wollte ihn nackt, wollte alles von ihm in sich aufnehmen – genauso sehr, wie er sie hatte betrachten wollen.

Hoch konzentriert widmete sie sich weiter seinem Reißverschluss. Unter dem Stoff seiner Boxershorts drängte sich ihr seine Erektion entgegen. Sie versuchte, ihm die Jeans auszuziehen, doch ihre Hände zitterten plötzlich.

„Ich bin ganz deiner Meinung", stieß er mit rauer Stimme hervor, bevor er sich selbst von seiner Kleidung befreite.

Chloe hätte es eigentlich besser wissen und nicht starren sollen. Zwar war sie keine Jungfrau mehr, aber kein Mann hatte so ausgesehen wie Chase – weder in natura noch auf einem Foto. Sein Bauch war muskulös. Bizeps und Trizeps spannten sich an, als er aus seiner Hose schlüpfte. Durchtrainierte Beine kamen zum Vorschein.

Unwillkürlich schoss ihr durch den Kopf, dass er wie ein Ritter aussah.

Ihr Ritter.

Dann küsste er sie, und sie schmiegten sich aneinander. Dieser Hautkontakt, das Gefühl, ihn zu fühlen – heiß und hart, die Haare an seinen Beinen, die Muskeln seines Bauchs, seiner Brust, seiner Arme –, war das wohl Sinnlichste, was sie je empfunden hatte. Es war noch intensiver als ein Orgasmus.

„Du fühlst dich so gut an …", flüsterte sie.

„So verdammt gut", lautete seine Antwort. Dieses Mal küsste sie ihn, wollte sich in ihm verlieren und nie mehr in die reale Welt zurückkehren, ihn in sich spüren.

Sofort.

Sie rutschte auf seinen Hüften in die richtige Position und war ihm ganz nah – nur noch ein paar Zentimeter, und er würde in sie gleiten –, doch auf einmal fasste er sie bei den Hüften und hielt sie fest. „Einen Moment noch."

Sie missverstand ihn und dachte, dass er im unpassendsten Augenblick wieder ehrenhaft wurde. „Ich will es, Chase. Ich will dich in mir. Unbedingt." Ihr Verlangen war so groß, so überwältigend, dass sie keine Angst mehr hatte, ihre Wünsche laut auszusprechen.

Erst in dem Moment bemerkte sie, dass er eine Verpackung aufriss. Es war ein Kondom. Zu jeder anderen Zeit hätte sie ihn gefragt, woher es kam, doch jetzt wollte sie nur, dass er es sich überstreifte.

Und dass er in sie tauchte.

Zusammen rollten sie das Kondom über seine Erektion. Dann hob Chase sie an. Als sie ihn zum ersten Mal spürte, keuchte sie auf.

„Wir machen es langsam", sagte er zu ihr. Doch sie wollte es nicht langsam.

Sie wollte alles von ihm. Sie wollte es schnell. Sie wollte es hart. Sie wollte so erfüllt sein von Chase, dass es keinen Platz mehr für irgendetwas anderes gab. Keinen Platz mehr für Bedenken oder Furcht.

Sie schaute ihn an, schien in seinen wunderschönen Augen zu versinken, deren Ausdruck so intensiv war, so voller Verlangen und Erregung – und zugleich so zärtlich.

„Ich will dich." Ihre Worte klangen wie ein feierliches Versprechen.

„Dann nimm mich."

Er überlässt mir die Entscheidung. Obwohl er erregt war, obwohl er in ihr hätte sein können, ehe sie auch nur blinzelte, achtete er noch immer darauf, dass er nichts nahm, was sie nicht zu geben bereit war.

Lustvoll aufstöhnend ließ sie sich auf ihn sinken, und er glitt in sie. Als sie einander ganz nah waren, hielt sie inne, um das wunderbare Gefühl auszukosten. Sie spürte, wie angespannt jeder seiner Muskeln war. Dennoch überließ er ihr die Führung.

Sie hob die Hüften an – wollte das heiße Gefühl genießen, wollte, dass Chase Besitz von ihr ergriff.

„Chloe, meine Liebste."

Sie legte die Hände auf seine Brust und fühlte, wie schnell, wie heftig sein Herz schlug.

Dann ritt sie ihn, bis er den Rhythmus diktierte und immer tiefer und schneller in sie stieß. Noch nie hatte Chloe so empfunden.

Nie hatte sie geglaubt, fliegen zu können.

Und sie flog – höher und höher, bis sie Chase' Namen rief und er sich mit ihr zusammen umdrehte. Sein Gewicht drückte sie auf die Matratze, während er sich in einem Takt mit ihr bewegte, bis der Höhepunkt sie mit sich riss.

Chase hatte mehr getan, als ihr nur zu zeigen, wie man flog.

Er war mit ihr zusammen abgehoben.

12. KAPITEL

Am nächsten Morgen erwachte Chloe, als Chase gerade das Schlafzimmer verlassen wollte.

Sie wartete darauf, dass die Reue sie übermannen würde, weil sie im Bett eines Mannes aufwachte. Und dass sie nun Angst bekam, da sie jemandem so naiv vertraut hatte.

Ihr Magen zog sich leicht zusammen. Abgesehen davon war sie allerdings überrascht festzustellen, dass sie sich ziemlich gut fühlte.

Fast schon großartig.

Sie strich sich die Haare aus dem Gesicht und setzte sich auf. Erschrocken darüber, wie ihre Muskeln angesichts der abrupten Bewegung protestierten, wurde sie rot. „Wie lange bist du schon wach?"

Chase trat zu ihr. Seine langen muskulösen Arme und Beine, seine natürliche Stärke und Schönheit raubten ihr erneut den Atem, als er sie statt einer Antwort küsste. „Guten Morgen."

Ein Kuss ging über in den nächsten, bis sie irgendwann nur noch denken konnte, wie sehr sie ihn brauchte.

„Du hast keine Ahnung, wie gern ich hier bei dir bleiben würde", flüsterte er dicht an ihrem Hals, ehe er mit der Zungenspitze über die Stelle unterhalb ihres Ohrläppchens strich.

Sie erschauerte und wollte ihn nur wieder in sich spüren. Das Gefühl war so stark, dass sie zu zerspringen glaubte. Wenn die Umstände anders gewesen wären, hätte sie ihn vielleicht aufs Bett gezogen und ihn davon überzeugt, den Job für eine Stunde Job sein zu lassen. Doch sie konnte den Gedanken nicht ertragen, für noch mehr Schwierigkeiten zu sorgen, als sie es ohnehin schon getan hatte.

Statt ihn also an sich zu ziehen, legte sie die Hände flach auf seine Brust. „Sie werden schon alle auf dich warten."

Seine Augen waren dunkel vor Lust, voller Verlangen, während er sie ansah. Unterdrückt fluchend richtete er sich auf. Als er einen Schritt zurückmachte, schlug sie die Decke zurück.

„Ich bin sofort fertig."

„Ich gehe schon früher ans Set, um einiges vorzubereiten. Du musst dich nicht beeilen." Er kam ihr wieder näher und presste sie, nackt wie sie war, an sich. „Gott, du bist so schön. Bei deinem Anblick möchte ich das Shooting für heute absagen und mich mit dir in diesem Zimmer einschließen."

Sie wollte dasselbe. Doch dieser Wunsch war zu groß – wie ein Ozean, der in ihr anschwoll und sie mit sich zu reißen drohte. „Wir würden vermutlich verhungern", scherzte sie also.

„Was ist schon ein Tag ohne etwas zu essen, wenn ich dich habe?"

Sie wusste, dass das nicht sein Ernst sein konnte – auch wenn es so wirkte.

Widerstrebend löste sie sich aus seiner Umarmung und machte sich auf den Weg ins Badezimmer. „Ich brauche nur fünf Minuten, dann kann ich mitkommen und dir heute beim Shooting helfen."

In seinen Augen las sie Begierde. Doch daneben erkannte sie noch etwas anderes in seinem Blick, das sie nicht benennen konnte.

„Ich weiß deine Hilfe zu schätzen, Chloe."

Das war es, wurde ihr klar, als ein warmes Gefühl sie durchströmte: Er wusste ihre Hilfe zu schätzen. Und nicht nur wegen der vergangenen Nacht.

Sie lächelten einander an. Sie wollte gerade die Dusche anstellen, da hörte sie ihn erneut ihren Namen sagen.

Es war ihr überhaupt nicht unangenehm, nackt vor ihm zu stehen. „Hm?"

„Erinnerst du dich noch an den ersten Abend, als ich dich in der Badewanne gesehen habe?"

Zartes Erröten begleitete ihr Lächeln. „Ich glaube kaum, dass ich das jemals vergessen kann."

„Ich auch nicht", stimmte er ihr frech grinsend zu. Offensichtlich hatte er gar nicht vor, es zu versuchen. „Ich frage mich immer wieder, was wohl passiert wäre, wenn wir uns an dem Abend schon etwas besser gekannt hätten."

„Da bist du nicht der Einzige", murmelte sie, als sie das heiße Wasser anstellte und unter die Dusche trat. Sie konnte Chase' Blick durch die Glastür auf sich spüren, auch wenn die Scheibe beschlagen war.

Chloe lächelte. Sie fühlte sich hübsch und so wundervoll weiblich, als sie sich nun einseifte und ihr Haar wusch. Sie freute sich schon auf heute Abend, wenn das Shooting vorbei war und sie und Chase all die tollen Dinge wiederholen konnten, die sie am Abend zuvor schon getan hatten.

Aber nachdem er ihr nun das Bild der Badewanne und der Dinge, die sie beide darin anstellen konnten, in den Kopf gesetzt hatte, ging die Vorfreude mit ihr durch.

Nachdem sie aus der Dusche trat, hatte Chase das Bad verlassen. Sie schlang sich ein Handtuch um den Kopf und eines um den Körper. Als sie dann ihr Haar föhnte, bemühte sie sich, die Wunde in ihrem Gesicht nicht zu genau zu betrachten. Der blaue Fleck verblasste allmählich. In der vergangenen Nacht, als sie und Chase miteinander geschlafen hatten, hatte sie die Verletzung ganz vergessen. Denn er hatte sie nicht angesehen, als würde irgendetwas nicht mit ihr stimmen.

Er hatte sie angesehen, als wäre sie wirklich schön.

Sie ging ins Schlafzimmer und entdeckte, dass Chase ihre Jeans und ihr T-Shirt zusammengefaltet und auf einen Polstersessel in der Ecke gelegt hatte. Gott, wie gern hätte sie diese Sachen einfach verbrannt. Doch sie hatte die Klamotten nun mal getragen, um ihrem kleinen Apartment einen bunten Anstrich zu verpassen, als ihr Exmann sie überrascht hatte.

Gestern hatte sie sich gezwungen, die schrecklichen Kleidungsstücke wieder anzuziehen, weil sie Chase hatte Auf Wiedersehen sagen und dann verschwinden wollen. Aber nachdem sie nun beschlossen hatte, bis zum Ende des Shootings zu bleiben, musste sie immer wieder an den Ständer mit den wundervollen Kleidern im Wohnzimmer denken.

Kleider, die sie sich nicht leisten konnte.

Ihr Magen zog sich zusammen, während sie ihre schäbige Jeans betrachtete. Wäre es schlimm, wenn sie ein oder zwei neue Outfits tragen würde? Sie würde Chase das Geld dafür geben, sobald sie es konnte.

Sie wusste, dass sie es sich zu leicht machte – also zwang sie sich dazu, über die wahren Gründe dafür nachzudenken, neue Sachen tragen zu wollen: Es war fast ein Versprechen gegenüber Chase, wirklich zu bleiben. Zumindest das schuldete sie ihm.

Sie steckte den Kopf durch die Tür zum Wohnzimmer, um sicherzugehen, dass niemand anders im Gästehaus war, ehe sie zum Kleiderständer trat. „Ich wollte mir nur schnell etwas zum Anziehen heraussuchen", erklärte sie Chase, der auf sie wartete.

Sein Lächeln sagte ihr, dass er die Botschaft verstand, die sie ihm übermitteln wollte. Chloe hatte nie einen Mann kennengelernt, dem sie so viel erklären konnte, ohne es auszusprechen. Wahrscheinlich weil sie nie einen Mann getroffen hatte, der sie verstanden hatte.

Bis jetzt.

Bei dem Gedanken wurden ihre Knie weich. Etwas unsicher trat sie zur Kleiderstange.

„Die Kleider werden toll an dir aussehen", sagte er, ehe er zu ihr schritt und an dem Handtuch zupfte, das sie um ihren Körper gewickelt hatte. Es rutschte ein Stück herunter und gab den Blick auf eine ihrer Brüste frei. „Doch das hier ist vermutlich noch besser."

Damit küsste er die Brust, knabberte und saugte, bis Chloe

vor Verlangen fast verging. „Du wirst zu spät kommen", erinnerte sie ihn atemlos.

„Mir egal." Seine Worte klangen gedämpft, weil er sich nun der anderen Brust widmete, die er durch einen Griff an Chloes Handtuch ebenfalls entblößt hatte. Einen Moment später lag das Handtuch auf dem Boden, und er hob Chloe hoch und trug sie zur Küchenanrichte. Sie schlang die Beine um seine Taille.

Jemand hätte hereinkommen können, Marcus hätte jeden Moment da sein können, eines von den Models oder Jeremy hätte vor dem Shooting mit Chase reden wollen. Aber statt diese Bedenken auszusprechen, machte Chloe sich daran, seine Jeans aufzuknöpfen, um sie ihm auszuziehen.

Er zog ein Kondom aus der Hosentasche, und dann umfasste er ihre Hüfte, brachte Chloe in die richtige Position und drang in sie ein. Leidenschaftlich küssten sie sich, und er streichelte mit einer Hand ihren Po, während er in sie stieß. Mit der anderen Hand reizte er eine ihrer Brustwarzen, die er zwischen Daumen und Zeigefinger genommen hatte. Der sinnliche Druck an ihrer Brustspitze jagte ihr Wellen der Lust durch den Körper.

Sie kam schnell. Er füllte sie vollkommen aus. Chase zog sie noch enger an sich und stöhnte ihren Namen, ehe er wild den Mund auf ihren presste.

Ihr Herz raste, als sie den Kopf in seine Halsbeuge schmiegte. Er schmeckte frisch und sexy – eben wie ein Mann, der einer Frau gerade auf der Küchenanrichte unglaublich viel Freude und Lust bereitet hatte.

„Wie ich schon sagte", murmelte er in ihr Haar, „ich würde dir jeden Tag so ein ... Frühstück servieren."

Sie konnte nicht glauben, dass sie hier nackt auf der Anrichte saß, die Beine noch immer um ihn geschlungen, ein Lächeln auf den Lippen.

Doch so war es.

„Letzte Nacht ... Jetzt ... Es war toll. Einfach toll."

Sie spürte, wie er sie einen Moment lang fester hielt, und fragte sich, ob es falsch gewesen war, das zu sagen. Ob es falsch gewesen war, ihm zu verraten, was sie in seinen Armen empfand.

Aber dann gab er ihr einen leichten Klaps auf den Hintern. „Zieh dich an, bevor ich dich noch ins Schlafzimmer trage und wir endgültig zu spät kommen." Bestimmt wurde es leichter, wenn sie sich einredete, dass alles in Ordnung war.

Ihre Affäre entwickelte sich gut. Und es war nur eine Affäre.

Definitiv nur eine Affäre.

Zehn Minuten später waren sie unterwegs in die Weinberge. Leichter Nebel hing noch zwischen den Reben, während die Sonne allmählich aufging und einen schönen Tag versprach. Doch trotz der Schönheit, die sie umgab, trotz der Tatsache, dass das Shooting sehr gut lief, trotz der Tatsache, dass Chloe ihm ihren Körper wieder und wieder anvertraut hatte, nagte etwas an Chase.

Keine Frage: Chloe hatte recht. Ihre gemeinsame Nacht war mehr als außergewöhnlich gewesen.

Aber das Gefühl, sich ehrenhaft verhalten zu müssen, beschäftigte ihn noch immer. Er glaubte, dass er sich besser hätte beherrschen müssen, dass er hätte warten müssen, bis sie bereit für das gewesen wäre, was er ihr geben wollte – und dass er hätte warten müssen, bis mehr als nur ihr Körper bereit war, mit ihm zusammen zu sein.

Denn er wünschte sich mehr von ihr als nur ein paar Nächte. Er wollte viel mehr als nur eine Affäre.

Sie standen gerade neben Marcus' riesigem Infinity Pool, der einen Ausblick auf die sanft geschwungenen Weinberge bot, da gesellte sich Chase' Bruder zu ihnen. „Guten Morgen."

Chloe wandte sich mit einem strahlenden Lächeln Chase'

Bruder zu. „Hallo, Marcus." Sie wies auf den Pool. „Sie haben ein wirklich schönes Zuhause."

Chase bemerkte, dass Chloe bei ihrer eigenen Wortwahl zart errötete.

Schön. Das war der Ausdruck, den er für sie verwendete.

„Es ist atemberaubend", ergänzte sie einen Augenblick später, als wäre ihr ebenfalls aufgefallen, dass das Wort von jetzt an tabu war und nur von ihm benutzt werden sollte, wenn er sie anschaute.

Sie nahmen sich einen Moment, um die umwerfende Aussicht zu genießen. Marcus wandte sich Chase zu. „Tut mir leid, dass ich mich gestern nicht mehr gemeldet habe. Ich musste dringend in die Stadt."

Chase wusste sofort, dass es dabei um Jill gegangen war. „Ist alles in Ordnung?"

Der Blick seines Bruders war betrübt. Chase hasste es, ihn so zu sehen. Verdammt, wenn irgendjemand es verdient hatte, glücklich zu sein, dann war es Marcus. Vor allem, nachdem er für Chase und seine sechs Geschwister so viel aufgegeben hatte – und noch immer aufgab.

„Falls du irgendwie Hilfe brauchst, sag einfach Bescheid." Chase achtete darauf, dass sein Angebot locker und beiläufig klang. Doch er wollte, dass Marcus wusste, dass er immer ein offenes Ohr für die möglichen Schwierigkeiten mit Jill hatte. Dass Chase sie nicht besonders mochte, bedeutete nicht, dass er nicht helfen konnte, oder?

Jeremy kam um die Ecke und sagte mit Grabesstimme: „Hat jemand Kaffee?" Als er Marcus erblickte, stolperte er und wäre in den Pool gestürzt, wenn Chloe ihn nicht gerade noch am Arm gepackt hätte. „M... Marcus, hallo", stammelte er.

„Guten Morgen, Jeremy", entgegnete Marcus und lächelte Chase' Assistenten an. „Bedienen Sie sich gern an meiner Kaffeemaschine."

Ihre Eltern hatten sie so erzogen, dass sie jeden Menschen akzeptierten, wie er war – ob nun homosexuell, heterosexuell oder was auch immer. Marcus war immer gut mit Jeremys Schwärmerei zurechtgekommen. Er hatte darauf geachtet, diese Schwärmerei nicht anzuheizen, ihm keine falschen Hoffnungen zu machen und sich nicht darüber lustig zu machen.

Aber als Jeremy nun den Mund auf- und zuklappte, ohne etwas zu sagen, war Chase froh, dass Chloe den Griff um Jeremys Arm verstärkte. „Ich werde mit Ihnen zusammen Kaffee kochen. Dann können Sie mir erzählen, was heute auf dem Plan steht. Ich kann es kaum erwarten, die wunderschönen Kleider in die Hände zu bekommen."

Nachdem sie im Haus verschwanden waren, meinte Marcus: „Arbeitet Chloe jetzt für dich?"

Chase erklärte ihm in knappen Worten, dass Alice krank geworden und Chloe für sie eingesprungen war.

„Klingt, als würde sie dich gerade retten", bemerkte Marcus. Er blickte zum Haus, wo er Chloe und Jeremy dabei beobachten konnte, wie sie zusammen lachten, als Chloe Jeremy den dringend benötigten Kaffee kochte. „Hast du schon mal darüber nachgedacht, sie auf Dauer in dein Team zu holen?"

„Ich möchte, dass sie mehr als nur Mitglied der Crew wird."

Marcus schwieg eine Weile und sah Chase an. „Hast du ihr das gesagt?"

„Nein." Er ahnte schon, was sie erwidern würde, wenn er es täte. Dass es zu schnell ging. Dass sie noch nicht bereit für mehr war. Dass es nur eine *Affäre* war. „Ich muss herausfinden, was ihr in der Nacht passiert ist, als ich sie am Straßenrand aufgelesen habe."

Überrascht zog Marcus die Augenbrauen hoch. „Das hat sie dir noch nicht erzählt?"

„Nein, hat sie nicht. Noch nicht."

„Aber ihr habt doch offensichtlich schon miteinander …"

Chase unterbrach seinen Bruder mit einem vernichtenden Blick, und Marcus hob die Hände. „Hör mal, du weißt, dass ich sie mag. Sie ist toll. Echt toll. Aber wenn du sie gefragt hast, was passiert ist, und sie es dir nicht erzählt hat, solltest du Nachforschungen anstellen oder Bekannte in San Francisco fragen, ob die etwas wissen."

Auch wenn Chase über den Vorschlag seines Bruders den Kopf schüttelte, wusste er zu schätzen, was Marcus tat. Er wollte nur helfen. Doch sie waren schon immer vollkommen unterschiedliche Persönlichkeiten gewesen. Marcus übernahm für andere gern die Führung und tat, was auch immer in seiner Macht stand, um ihre Probleme zu lösen. Chase hingegen versuchte, sich zurückzuhalten und geduldig zu bleiben. Im Laufe der Jahre hatte er seine Geduld weiter geschult, während er zum Beispiel auf das richtige Licht gewartet hatte, auf die perfekten Schatten, die besten Farben, die schönsten Motive für seine Fotos.

Er wusste tief in seinem Inneren, dass Chloe niemanden brauchte, der für sie ihre Probleme löste. Stattdessen brauchte sie jemanden, der sie liebte und unterstützte, während *sie* sich ihren Schwierigkeiten stellte.

Bald, sehr bald schon hoffte er, dass sie ihm anvertrauen würde, was geschehen war.

Der einzige Haken an der Sache war, dass er nicht überzeugt davon war, dass sie bei ihm bleiben würde, auch wenn sie ihm irgendwann von ihrer Vergangenheit erzählte und ihm sagte, was sie belastete. Und er war auch nicht davon überzeugt, dass sie sich dazu entscheiden würde, ihn zu lieben.

Am zweiten Arbeitstag am Set kam Chloe noch besser zurecht. Es war fast, als wäre sie für den Job geboren. Selbst als Chase Aufnahmen im Wasser machte, für die die Models in den Pool steigen mussten, scheute sie sich nicht, die Mädchen zu begleiten. Nachdem sie hineingesprungen war, kam sie lachend wieder an die Wasseroberfläche. Sie hielt die Luft an und tauchte unter, um mit Nadel, Faden, Klammern und Stecknadeln die Kleider herzurichten.

Chase tauschte gerade die Kameras aus, als der Klang ihres Lachens zu ihm herüberdrang. Er hielt inne und konnte den Blick nicht von Chloe wenden, wie sie da im Pool stand – den blauen Himmel im Hintergrund und viele Menschen um sie herum, die sie schnell in ihr Herz geschlossen hatten und respektierten.

Beim Abendessen mit den Models wurde viel gelacht – vor allem als Jeremy Chase dazu drängte, seine Geschichten über das Leben auf Tour zu erzählen.

Als zum Abschluss für alle noch Karamellcreme aufgetischt wurde, wischte Chloe sich die Tränen von den Wangen, die ihr beim Lachen über eine seiner lustigen Anekdoten in die Augen geschossen waren. „Bitte, ernsthaft jetzt. Egal, was die anderen sagen, ich kann nicht glauben, dass du in dem Zoo in den Löwenkäfig marschiert bist."

„Das habe ich aber getan", erwiderte er gespielt beleidigt. „Sie haben mir aus der Hand gefressen."

„Sie haben wohl eher darauf spekuliert, deine Hand mitfressen zu können", entgegnete sie.

Er zuckte mit den Achseln und nahm einen Löffel voll von dem Dessert, um Chloe damit zu füttern. Er freute sich, als sie, ohne zu zögern, den Mund aufmachte.

„Siehst du", meinte er so leise, dass nur sie es hören konnte. „Du frisst mir schon aus der Hand."

Sie rollte mit den Augen, doch das leichte Erröten zeigte ihm, dass ihr erst jetzt bewusst wurde, wie nahe sie sich heute Abend gewesen waren. Er hatte oft ihre Hand berührt, ihr Strähnen aus dem Gesicht gestrichen oder sie einfach nur wie ein liebeskranker Teenager angestarrt.

„Hat deine Mutter die Geschichte je gehört?"

Er verzog das Gesicht. „Genau genommen nicht."

Die Runde unterhielt sich über andere Dinge, aber Chloe wollte die Geschichte über die Löwen-Fotos nicht so auf sich beruhen lassen. „Bitte sag, dass du jung warst. Und unglaublich dumm."

Er setzte eine möglichst ernste Miene auf. „Das war ich." Er wartete einen Moment lang. „Es ist bestimmt schon ein Jahr her." Er konnte sehen, dass sie sich bemühte, nicht zu grinsen. Und dass es ihr nicht gelang. „Hättest du dir Sorgen um mich gemacht, meine schöne Chloe?"

Sie öffnete leicht die Lippen, als er das Wort „schön" aussprach, und ihm wurde sein Fehler bewusst, als sich seine Erregung beinahe schmerzhaft steigerte. Er hatte mit seiner Crew und den Models zu Abend essen müssen. Doch jede Sekunde, die er hier mit seinem Team verbrachte, war eine Sekunde weniger mit Chloe allein.

„Hätte es denn eine Rolle gespielt, wenn ich mir Sorgen gemacht hätte?"

Er sah ihr tief in die Augen und wurde mit einem Mal ernst. „Ja, es hätte eine Rolle gespielt. Wenn ich dich damals schon gekannt hätte, dann hätte ich für das perfekte Foto nicht so viel riskiert."

„Nicht?"

Unter dem Tisch legte er seine Hand auf ihre. „Nein."

Aber für sie würde er alles riskieren.

13. KAPITEL

Sobald sie am späteren Abend das Gästehaus betreten hatten, küsste Chase Chloe. Den ganzen Tag hatte er davon geträumt. Er hauchte eine Spur von Küssen von ihrem Mund zu ihrem Hals und spürte dort ihren Pulsschlag unter seinen Lippen und seiner Zunge.

„Du hast wunderschöne zarte Haut." Er schob die Träger des Seidentops von ihren Schultern. „Schön und empfindsam." Er strich mit den Lippen über die Brüste, die oben leicht aus dem BH hervorlugten. „Und du gibst so süße kleine Laute von dir, wenn ich dich küsse."

Sowie er ihr wieder in die Augen schaute, waren diese dunkel vor Lust. Sie konnte es nicht vor ihm verbergen.

Er hatte sich heute Abend viel Zeit lassen wollen, hatte sie langsam und bedächtig lieben wollen. Die ganze Nacht hatte er sich dafür Zeit nehmen wollen. Doch stattdessen sagte er: „Ich kann keine Sekunde mehr warten."

„Beeil dich", stieß sie im selben Moment aus.

Sie schlüpfte aus ihrem Slip, während er seine Hose und die Boxershorts auszog.

„Bitte sag mir, dass du ein Kondom dabeihast", erwiderte sie stöhnend. Glücklicherweise hatte er am Morgen eines eingesteckt – für den Fall, dass er sich kurz mit ihr vom Set stehlen und Sex hätte haben können.

Schon hatte er sich das Kondom übergestreift und hob sie hoch. Ihr Kleid hatte er ein Stück hinaufgeschoben. Sie hatte die Arme um seinen Hals und die Beine um seine Taille geschlungen, als er nun in sie drang.

Sie keuchte seinen Namen, und er küsste sie. Aber es war mehr als nur ein Kuss. Und was sie taten, war auch mehr als nur ein Quickie im Stehen, gegen die Haustür gelehnt.

Chloe fuhr mit der Zungenspitze über die Stelle an seiner

Schulter, wo sie ihn gebissen hatte, als sie in seinen Armen gekommen war. „Ich wollte dir nicht wehtun." Erstaunt sah sie, was sie mit seiner Haut gemacht hatte. „So etwas habe ich noch nie gemacht."

Mehr als froh, dass sie sich ihm so hingeben und sich fallen lassen konnte, entgegnete er: „Du bist diejenige, die von der Tür blaue Flecke kriegen wird, wenn ich dich nicht sofort ins Bad bringe."

Während sie die Beine noch immer um seine Hüften geschlungen hatte, trug er sie durch das Haus ins Schlafzimmer und weiter ins Bad. Dort ließ er sie nicht los, während er Wasser in die Wanne ließ. Prüfend hielt er einen Finger in den Strahl. „Perfekt."

Nachdem er ihr das Kleid und den BH ausgezogen hatte, setzte er sie in die Badewanne. Sie schien ihn nicht loslassen zu wollen.

„Kommst du nicht mit rein?"

Zuerst antwortete er nicht, sondern betrachtete sie nur. Er liebte es, wie sie ihn umarmte und nicht loslassen wollte. Mit ihr hier so zusammen zu sein, fühlte sich so natürlich an, selbstverständlich, richtig. Chase wusste, dass er niemals mit einer Frau zusammen sein könnte, die ihr Leben damit verbrachte, darauf zu achten, was und wie viel sie aß, ob sie Cellulitis oder einen etwas zu dicken Bauch hatte oder nicht. Er verbrachte den ganzen Tag mit Frauen und Männern, die vollkommen auf ihr Äußeres fixiert waren.

Chloes natürliches Selbstbewusstsein, das mit jeder Stunde stärker wurde, war zusammen mit ihrer Schönheit das richtige Gegenmittel zu dem von Unsicherheit geprägten Zurechtmachen, das er tagtäglich miterlebte. Ihm gefiel es, dass sie sich nicht die Fingernägel lackiert hatte, dass sie sich zwischen den Beinen nicht hatte mit Wachs behandeln lassen, dass ihr Haar nicht gefärbt war und dass ihre Zähne nicht gebleicht waren. Sie sah aus, wie eine Frau aussehen sollte.

„Du starrst mich an."

„Ja, das tue ich. Und du bist so wunderschön, dass ich vorhabe, noch eine ganze Weile weiterzustarren."

Sie errötete. „Komm zu mir in die Wanne."

Doch obwohl er sich nichts mehr wünschte, als zu ihr in die Wanne zu klettern, ließ ihn ein Gedanke nicht los. Den ganzen Tag hatte er über die Unterhaltung nachgedacht, die sie am Morgen geführt hatten.

„Erinnerst du dich noch an den ersten Abend, an dem ich dich in der Wanne überrascht habe?"

„Ich glaube kaum, dass ich das jemals vergessen kann."

„Heute bist du wieder in der Wanne." Er schwieg kurz. „Und wir kennen einander besser."

„Das stimmt", erwiderte sie leise.

Die Frage hing unausgesprochen in der Luft: Was wäre in jener Nacht passiert, wenn sie ihm vertraut hätte? Und bestand die Chance, dass sie ihm jetzt genug vertraute, um zu tun, was er sich von ihr wünschte?

Es gab nur einen Weg, das herauszufinden.

„Ich habe mich tausend Mal gefragt, wie die Nacht hätte verlaufen können", meinte er leise.

Und dann sah er es: Wieder erwachte Erregung breitete sich auf ihrem hübschen Gesicht aus. Sie blickte aufs Wasser, leckte sich mit der Zungenspitze über die Lippen und holte tief Luft. Als sie ihn wieder anschaute, war sie wie ausgewechselt – von Kopf bis Fuß ein sinnliches Wesen.

„Warum finden wir es nicht gemeinsam heraus?" Sie ließ ihm keine Zeit zu verschnaufen. „Ich glaube, ich seife mich jetzt ein." Ihre Stimme klang rau. Beinahe hätte das schon gereicht, und er hätte alles um sich herum vergessen und wäre in die Wanne gestiegen, um Chloe erneut zu lieben.

Stattdessen trat er erst einen Schritt zurück und dann noch einen, bis er an das Waschbecken stieß. Er zog sein T-Shirt aus und war nackt. Seine Erektion schmiegte sich an seinen Bauch, während er beobachtete, wie Chloe nach der Seife griff.

Am ersten Abend hatte er das Bad eigentlich sofort wieder verlassen sollen, als er Chloe in der Wanne überraschte. Aber keine zehn Pferde hätten ihn zum Verschwinden bewegen können. Verdammt, das ganze Haus hätte um sie herum zusammenbrechen können, und er wäre trotzdem stehen geblieben, nicht in der Lage, den bewundernden Blick von Chloe zu wenden.

Heute stand er wieder im Badezimmer und verfolgte, wie sie bedächtig, sinnlich mit der Seife über ihr ausgestrecktes Bein strich. Sie hatte so glatte, seidige Haut, so schöne, wohlgeformte, straffe Schenkel, so reizende Zehen.

Langsam ließ sie das eine Bein zurück ins Wasser sinken und hob das andere an.

Seine Erektion drängte sich weiter gegen seinen Bauch. Er wusste, dass er seinen Händen etwas zu tun geben musste, damit er sie nicht nach Chloe ausstreckte. Also griff er sich ein Handtuch vom Halter neben sich und umklammerte es so fest, dass es fast entzweigerissen wäre.

Chloe musste Chase nicht ansehen, um sein Verlangen über die Entfernung hinweg spüren zu können. Diese Macht über ihn gefiel ihr, und sie spielte sie aus. Und sie mochte es, dass er es genauso sehr wollte wie sie.

Gott, dachte sie mit einem mühsam unterdrückten Aufstöhnen, es wird so gut, wenn er endlich zu mir in die Wanne steigt.

Es war so verlockend, dieser Lust nachzugeben, die Seife fallen zu lassen und sich den umwerfenden Mann zu schnappen, der am Waschbecken stand und sie mit unverhohlener Begierde im Blick beobachtete.

Doch die Vorfreude auf den Moment würde ihn nur noch süßer machen, wenn er endlich kam.

Dennoch musste sie sich sehr zusammenreißen, damit ihre

Stimme nicht zitterte, als sie das sinnliche Spielchen weiter vorantrieb. „Gib mir noch eine Sekunde, ja? Dann kannst du mir das Handtuch reichen." Sie konnte ein Lächeln nicht unterdrücken. „Es macht dir doch nichts aus zu warten, oder?"

„Nein."

Sie bemühte sich gar nicht erst, ihr Grinsen zu verstecken, als sie hörte, wie knapp er das Wort hervorstieß. Sie tauchte die nach Lavendel duftende Seife wieder ins Wasser. Langsam fing sie an, mit kreisenden Bewegungen über ihre Schlüsselbeine zu streichen, dann tiefer und tiefer.

Ihre Brustspitzen waren unter seinen Blicken bereits hart geworden, aber während sie mit dem Schaum näher kam, konnte sie nicht glauben, wie empfindlich ihre Haut reagierte. Es fühlte sich fast an, als würde eine Berührung mit ihren seifigen Fingern – zusammen mit der Lust in Chase' Blick – genügen, um sie wieder dazu zu bringen, seinen Namen zu schreien.

Plötzlich entglitt ihr die Seife, und Wasser spritzte ihr ins Gesicht.

Chase' Stimme hallte tief und mit sehnsüchtigem Klang durch das Bad. „Ich glaube, die Seife ist zwischen deine Schenkel gefallen."

Sie hatte keine Ahnung, wie zum Teufel die Rolle der schamlosen Verführerin so schnell Besitz von ihr hatte ergreifen können. Falls es eine Zeit und einen Ort gab, wo Zurückhaltung und Angst angebracht gewesen wären, dann hier. Dann jetzt. Und die Wahrheit war, dass ein Teil von ihr darüber erschrocken war, dass ihre versteckten Begierden in Chase' Gegenwart an die Oberfläche drangen – dass sie sie tatsächlich zuließ.

Klug und vernünftig wäre es gewesen, das Spielchen hier zu beenden, ehe es noch weiterging. Eigentlich hätte sie alles dafür tun sollen, die Wahrheit vor Chase geheim zu halten – damit er sie nicht eines Tages damit verletzten konnte.

Doch als sie ihn nun ansah, gelang es ihr nicht, all diese Ängste mit dem umwerfenden Mann in Verbindung zu bringen, der das Handtuch umklammert hielt wie ein Ertrinkender einen Rettungsring. Und letztlich waren ihrem Körper die unterschwelligen Befürchtungen egal. Ihren Körper kümmerte die Tatsache nicht, dass Chase mit seinem glamourösen Lebensstil in einer ganz anderen Liga spielte als sie, die arme Kellnerin. Nicht, wenn sie in Chase' Armen die Erfüllung erwartete.

Wohl aus dem Grund entschlüpfte ihr nun: „Vielleicht sollte ich mich lieber hinknien, um nach der Seife zu suchen."

Erregt stieß Chase die angehaltene Luft aus. „Ich bin mir nicht sicher, ob ich das überlebe."

In der glatten Wanne bewegte Chloe sich ganz vorsichtig. Sie setzte sich auf und begab sich dann auf die Knie. Wasser tropfte von ihren Brüsten. Sie griff ins Wasser und tastete nach der Seife. „Ach, da bist du ja, du glitschiges kleines Ding."

Im nächsten Moment war sie auf allen vieren. Von ihrem Körper ragte so viel aus dem Wasser, dass sie die kühle Luft zwischen ihren Oberschenkeln und auf ihrem Bauch spüren konnte. Dann nahm sie die Seife und kniete sich wieder hin.

Sie konnte Chase schwer atmen hören, während sie nun ihr nasses Haar zurückstrich. Aufreizend seifte sie sich anschließend die Schultern, die Arme, den Bauch und am Ende die Brüste ein.

Gemächlich glitt sie mit der Seife zuerst über die eine Brust. Als ihr Nippel sich aufrichtete, keuchte Chase. Wenn sie ehrlich war, konnte Chloe ihre eigene Lust auch kaum noch zügeln. „Ist alles in Ordnung, Sexy?", fragte sie.

Sie hatte keine Ahnung, wie sie es angestellt hatte, dass ihre Stimme einigermaßen ruhig klang.

Sowie er den Kosenamen hörte, stieß er ein halb ersticktes Lachen aus. „Alles super." Seine Stimme klang nicht annähernd so ruhig wie ihre. Mit einem Kopfnicken wies er auf ihren nackten Körper. „Du bist gleich mehr als sauber."

Ja, das stimmte. Aber sie war noch nicht fertig. Noch lange nicht.

Mit beiden Händen schöpfte sie Wasser und ließ es über ihre Brüste laufen. Der Schaum rann ihren Busen und ihren Bauch hinab.

Nachdem sie alles abgespült hatte, griff sie erneut nach der Seife und schaute Chase in die Augen. An seinem Kiefer zuckte ein Muskel. Die Hände, in denen er noch immer das Handtuch hielt, hatte er inzwischen zu Fäusten geballt. Sie konnte seine Erektion hinter dem Handtuch nicht sehen, aber das war auch gar nicht nötig.

„Es gibt eine Stelle, die ich noch waschen muss." Sie ließ ihren Voyeur nicht aus den Augen, während sie sich aufrichtete. Die kühle Luft liebkoste ihre Haut. Unter Wasser öffnete sie die Knie ein paar Zentimeter, sodass ihre Beine leicht gespreizt waren. Dann fuhr sie mit der Seife bis zu ihrem Bauchnabel.

Chloe war unglaublich heiß. Wieder rutschte ihr die Seife aus der Hand, doch dieses Mal hatte sie nicht vor, sie wieder zu suchen. Im Moment wollte sie nichts mehr, als sich selbst zu berühren. Sie stieß den Atem aus, sowie sie mit den Fingern ihren Venushügel massierte.

„Hör nicht auf." Chase' Atem ging genauso schnell und stoßweise wie ihrer. „Bitte, hör nicht auf."

Sie streichelte sich und glitt mit den Fingern durch ihre feuchte Hitze, bis sie spürte, wie sich tief in ihrem Inneren ein Orgasmus ankündigte. Mit einem Mal war Chase bei ihr. Er schloss sie in die Arme und vertrieb den letzten Rest von Kälte auf ihrer Haut. Mit einem harten Stoß drang er in sie, und sie erwiderte seine Bewegung genauso kraftvoll. Sie wollte ihn tiefer, noch tiefer in sich fühlen.

Das Wasser spritzte, während er einen Arm um ihre Taille geschlungen hatte und wieder und wieder in sie glitt. Sie flehte ihn nach mehr an. Schließlich kam Chase, und der Höhepunkt, der sich angekündigt hatte, riss sie mit sich wie eine riesige Welle.

Chloe lächelte Chase an, während er sie abtrocknete. Es gefiel ihm, wie sie seine Berührung begrüßte und nicht wie zuvor zurückwich. Schließlich nahm er sie auf die Arme, ging ins Schlafzimmer zu einem der Sessel und ließ sich mit ihr auf dem Schoß hineinsinken. Wie ein zufriedenes Kätzchen schmiegte sie sich an ihn.

„Danke, dass du mir vertraust."

Abrupt hob sie den Kopf. Argwohn stand wieder in ihrem Blick. „Ich mag dich, Chase. Sehr sogar. Aber ..."

Er hätte einfach seinen verdammten Mund halten und genießen sollen, was sie zusammen erlebten ... ihr Zeit lassen. Doch, verdammt, er war bereit. Und er wollte, dass Chloe auch bereit war.

„Ich weiß, dass du mir noch nicht vollkommen vertraust. Selbst wenn ich das nicht gut finde, verstehe ich es doch. Zumindest glaube ich das." Er wartete darauf, dass sie ihm erzählte, was ihr zugestoßen war. Als sie das nicht tat, schob er seine Enttäuschung beiseite. Aber ihm war klar, dass er es vermasselt hatte, als ihm folgende Worte über die Lippen kamen: „Ich will keine Affäre ohne Verpflichtungen."

Sofort erstarrte sie auf seinem Schoß und versuchte, sich aus seiner Umarmung zu lösen. Genau wie er es geahnt hatte.

„So sieht unsere Vereinbarung aus", erklärte sie.

„Nein. Ich habe dem nie zugestimmt."

„Doch, das hast du!"

„Du wolltest eine Affäre ohne Verpflichtungen, und ich habe gehofft, dass ich dich vom Gegenteil überzeugen könnte. Genau wie ich hoffe, dass du mir eines Tages ganz und gar vertrauen wirst."

„Ich bin nicht auf der Suche nach einer Beziehung. Das weißt du auch."

„Ja, nur nicht, warum. Erzähl mir doch, was geschehen ist."

„Ich bin nicht vor einem Mann weggelaufen, um mich direkt in eine Beziehung mit dem nächsten zu stürzen", begann sie. Er konnte die Zurückhaltung in ihrer Stimme hören, an den harten Linien um ihren Mund sehen, wie sehr sie sich wünschte, diese Unterhaltung zu beenden.

Wieder legte sie unwillkürlich die Hand auf ihre Wange. Es kostete ihn all seine Kraft, sie nicht dort wegzuziehen.

Deshalb bewunderte er Chloe noch mehr, als sie nun die Hand von allein sinken ließ. „Aber du hast recht. Es ist nicht fair von mir, dir dauernd zu verschweigen, was passiert ist." Sie seufzte. „Ich war verheiratet, und es war nicht so toll."

„Von Anfang an nicht?"

Sie schüttelte den Kopf. „Zuerst schien alles wunderbar zu sein. Na ja, zumindest gut." Sie kräuselte die Nase. „Ich habe mir die Frage unzählige Male gestellt. Warum habe ich mich überhaupt in Dean verliebt?" Sie holte tief Luft und erschauderte. Er konnte es spüren. „Weißt du, was mir klar geworden ist?", flüsterte sie.

Mehr als froh darüber, dass sie endlich mit ihm sprach, fragte er sanft: „Was denn?"

„Als wir das Familienfoto angeschaut haben und jedes Mal, wenn du über deine Lieben geredet hast ..." Sie verstummte kurz. „Ich habe mir das immer gewünscht. Sehr sogar. Ich wollte Teil einer warmherzigen, lustigen Familie sein und mich geliebt fühlen."

„Warst du ein Einzelkind?"

Sie nickte. „Das war allerdings nicht der einzige Grund für meinen Wunsch. Meine Eltern haben ihre Gefühle nie so offen gezeigt. Ich bin mir sicher, dass sie mich lieben, doch ich kann mich nicht daran erinnern, es je gehört zu haben. Ich erinnere mich nicht an viele Umarmungen."

Chase' Herz brach, sowie er an das kleine Mädchen in Chloe dachte, das sich nach Umarmungen gesehnt hatte. Er wollte jede dieser fehlenden Umarmungen wiedergutmachen. Und er wollte sofort damit beginnen. Liebevoll zog er sie an sich.

„Als ich Dean kennenlernte, war ich jung und dumm und auf der Suche nach dieser Wärme." Ihr Blick traf seinen. „Es stellte sich heraus, dass mein Instinkt überhaupt nicht funktionierte – zumindest nicht zu der Zeit, denn ich klammerte mich verzweifelt an eine Illusion." Sie zuckte mit den Schultern, als wollte sie es abtun. „Zuerst war er nett. Und ich war so glücklich, endlich das Gefühl zu haben, dass jemand an meiner Seite war. Das Gefühl zu haben, dazugehörig zu sein. Aber eigentlich waren wir kein Team. Nach ein paar Jahren fing Dean an, mich zu kontrollieren. Er überwachte, was ich tat, mit wem ich mich traf. Es gefiel ihm, mich wie einen hübschen Besitz zu behandeln. Wie sein schickes Haus oder seinen tollen Wagen. Ich war nur ein weiteres schönes Objekt, das er ab und zu aus dem Schrank holte, um damit vor anderen Leuten zu prahlen."

Chase wollte so vieles sagen, wollte ihr verdeutlichen, wie dumm ihr Exmann gewesen war. Sie musste sich keine Vorwürfe machen, weil sie geglaubt hatte, er wäre ein besserer, netterer Mensch, als er es in Wirklichkeit war. Er wurde wütend, wenn er daran dachte, wie ungerecht ihr Ex sie behandelt hatte.

Doch Chase wollte sie nicht unterbrechen und damit riskieren, dass sie nicht weitersprach. Also zwang er sich, alles herunterzuschlucken und einfach zu fragen: „Wann hast du beschlossen, ihn zu verlassen?"

„Eines Tages saß ich mit einigen Frauen seiner Freunde, mit denen ich genau genommen nichts gemeinsam hatte, im Country Club. Mit einem Mal wurde mir bewusst, dass er mich so vereinnahmt hatte, dass nichts mehr von mir übrig war. Ich versuchte, mit ihm darüber zu reden, aber er hatte kein Interesse daran, mir zuzuhören." Sie schluckte. „In dem Moment jagte er mir zum ersten Mal Angst ein."

Chase musste sich zusammenreißen, um nicht vor Zorn zu beben. „Was hat er getan?"

„Er hat mich nicht körperlich angegriffen. Doch er hatte schon länger damit angefangen, mehr und mehr zu trinken. Mir kam es vor, als hätte er nichts von dem gehört, was ich ihm gesagt hatte. Als ich am nächsten Morgen aufwachte, waren meine Nähsachen weg. Meine Stoffe. Meine Maschinen. Einfach alles."

Dieses Mal konnte Chase sich nicht zurückhalten. „Was für ein Arschloch."

Sie presste die Lippen aufeinander. „Ein paar Wochen später, nachdem ich schließlich akzeptiert hatte, wie leer der Rest meines Lebens an der Seite eines Mannes aussehen würde, der mich nicht liebt, reichte ich dann die Scheidung ein und zog nach Lake County."

„Irgendwie musst du gewusst haben, dass es nicht sicher für dich war, in der Stadt zu bleiben."

Sie schüttelte den Kopf. „Nein." Dann hielt sie inne und runzelte die Stirn. „Vielleicht. Vielleicht hatte ich deshalb das Gefühl, gehen zu müssen." Ihr Blick verfinsterte sich. „Ich liebe San Francisco", sagte sie zu ihm. „Aber ich habe geglaubt, neu anfangen zu müssen. Ich wollte sein Geld nicht, ich wollte einfach nur frei sein. Frei, meine Patchworkdecken zu nähen. Frei, meine Freunde selbst zu wählen. Frei, zerschlissene Jeans oder Schuhe zu tragen, auf denen kein Designername steht. Meine Wohnung fühlte sich nie wie ein Zuhause an, obwohl ich es mir gewünscht hätte. Obwohl ich es gebraucht hätte." Sie atmete durch. „Doch das war in Ordnung. Ich sagte zu mir, dass ich es irgendwann zu meinem Zuhause machen könnte. Denn ich dachte, dass die Scheidung zu beantragen, ihn zu verlassen und wegzuziehen funktioniert hätte. Monatelang hörte ich nichts von ihm, also hatte ich angenommen, er hätte die Scheidung akzeptiert." Sie fuhr sich mit den Fingerspitzen über die Wange. „Offensichtlich habe ich mich da geirrt."

„Was ist in der Nacht passiert, als ich dich am Straßenrand gefunden habe?", presste Chase zwischen zusammengebissenen Zähnen hervor.

Ihr Blick verdunkelte sich wieder. „Ich wollte gerade mein Wohnzimmer streichen, da hörte ich jemanden an der Tür." Er konnte ihren Schrecken bei der Erinnerung daran praktisch spüren. Sie verspannte sich auf seinem Schoß. „Dean stand vor der Tür, und ich war so überrascht, ihn zu sehen, dass ich ihn einfach hereinließ. Ich verschwendete keinen Gedanken daran, ob ich in seiner Gegenwart vielleicht in Gefahr sein könnte. Zu spät bemerkte ich, dass er betrunken war. Ich habe keinen Schimmer, wie ich vergessen konnte, wie viel er zum Schluss unserer Ehe getrunken hat, aber irgendwie hatte ich es wohl verdrängt. Ich weiß nicht ... vielleicht wollte ich die Dinge auslöschen, an die ich mich nicht gern zurückerinnerte."

„Das ist oft so und ganz natürlich, Chloe."

Doch sie schien ihn nicht zu hören, konnte nichts dagegen tun, die Geschehnisse mit ihrem Exmann noch einmal zu durchleben.

„Er sagte: ,Du wirst mich nicht verlassen. Du gehörst mir.' Ich konnte nicht glauben, dass er mir gefolgt war, in meinem Apartment stand und mir das sagte. Ich kam gar nicht auf die Idee, wütend zu werden und ihm zu widersprechen. Ich erklärte ihm, er solle verschwinden und dass wir später reden würden, wenn er wieder nüchtern sei."

Chase wusste, was als Nächstes kam. „Es gibt nichts Schlimmeres für einen Trinker, als zu hören, dass er ein Trinker ist."

Sie nickte. „Er schrie mich an, die Klappe zu halten. Dann brüllte er mir entgegen, er habe mir in der Ehe viel zu viel durchgehen lassen und dass ihm das dieses Mal nicht passieren würde."

Chase wiederholte ihre Worte. „Dieses Mal?"

Sie schloss die Augen. „Seine genauen Worte waren: ‚Du kommst jetzt auf der Stelle mit mir nach Hause. Und dieses Mal tust du, was ich dir sage.'"

Chase konnte sich einen Fluch nur mühsam verkneifen.

„So wie an dem Abend hatte ich ihn noch nie erlebt. Er hatte mir noch nie solche Angst gemacht. Aber ich wollte nicht klein beigeben, ich wollte nicht, dass er glaubte, mich noch immer kontrollieren zu können. Also sagte ich zu ihm, dass ich schon zu Hause sei. Ich sagte ihm, dass ich mit ihm nirgends hingehen würde und dass er verschwinden solle. Und zwar sofort." Ihre Worte klangen hohl, tonlos. „Er rastete aus und packte mich an den Haaren. Als ich versuchte, mich zu befreien, schlug er mich."

Chloe hob die Hand zur Wange, doch Chase war ihr schon zuvorgekommen. Sanft hielt er seine Hand an ihre zarte Haut und wünschte sich, sie hätte solche Schmerzen niemals erleben müssen. Er würde ihr niemals so wehtun.

„Einen Moment lang war ich vor lauter Schock wie erstarrt. Ich konnte nicht glauben, was er getan hatte. Ich wartete darauf, dass er sich entschuldigen und zugeben würde, dass er die Beherrschung verloren hätte. Aber der Ausdruck auf seinem Gesicht war nicht reumütig. Dean schien zu triumphieren, als er mich so sah – sein Mal in meinem Gesicht. Ich war so in Panik, dass er wieder zuschlagen oder noch Schlimmeres tun könnte, dass ich keinen klaren Gedanken mehr fassen konnte. Ich schnappte mir den Farbeimer und schleuderte nach Dean. Und als er am Boden lag, nahm ich meine Tasche und rannte los."

Sie zitterte, als sie ihm die Geschichte erzählte, und er machte sich Vorwürfe, dass er sie dazu gebracht hatte, das alles noch einmal zu durchleben.

„Chloe, mein Schatz, du bist jetzt in Sicherheit."

Sie schloss die Augen. „Weißt du, was ich die ganze Zeit über getan habe, während ich durch den Regen gefahren bin?

Ich habe mich gefragt, wie ich so dumm sein konnte. Deshalb bin ich wahrscheinlich in den Graben gerast. Weil ich die ganze Zeit nur auf die Stimme in meinem Kopf geachtet habe, die mir gesagt hat, dass ich es hätte kommen sehen müssen."

„Das Gute im Menschen zu sehen, ist nie dumm oder verkehrt."

Sie machte die Augen wieder auf. „Blind und naiv zu sein allerdings schon." Sie warf ihm ein kleines Lächeln zu, das ihre Augen jedoch nicht erreichte. Dann löste sie die Hand von ihrem Gesicht und legte sie an seine Wange. „Ich weiß, dass du etwas in der Richtung geahnt haben musst, als du meine Verletzung gesehen hast. Danke, dass du mich nicht gedrängt hast, zur Polizei zu gehen. Ich werde es noch tun. Ich weiß, dass ich es muss. Dieses eine Mal in meinem Leben muss ich für mich einstehen und kämpfen. Für mein eigenes Leben. Und tief in meinem Inneren weiß ich, dass ich diesen Kampf gewinnen kann."

Von dem Moment an, als Chase Chloe getroffen hatte, war sein Beschützerinstinkt geweckt worden. Wieder und wieder hatte er das Bedürfnis verspürt, für sie da zu sein, ihr bei allem zu helfen und sie zu unterstützen.

So wie auch in diesem Augenblick. Er wollte in seinen Wagen steigen, den Mistkerl aufsuchen und sicherstellen, dass der Typ ihr nie wieder zu nahe kam und nie wieder die Gelegenheit bekam, die Hand gegen sie zu erheben.

Aber ihm war bewusst, dass er sich, wenn er das tat und Chloe in Watte packte, genauso verhielt wie ihr Exmann. So wie Dean ihr die Freiheit genommen hatte, würde es sich für sie anfühlen, wenn er sie von nun an beschützte und behütete.

Wie sollte er einen Weg finden, sie zu lieben, ohne ihr die Luft zum Atmen und ihren Freiheitsdrang zu nehmen?

„Du wirst gewinnen." Er war fest davon überzeugt.

Mit den Fingerspitzen fuhr sie über seine Lippen. „So viel Vertrauen in mich", sagte sie leise. „Ich bin so froh, dass du derjenige warst, der mich im Sturm gefunden hat."

Doch sie wussten beide, dass das nichts änderte. Denn er konnte nicht einfach zu ihr sagen: „Hey, weißt du was? Ich denke, du bist bereit für eine neue Beziehung." Nicht, wenn sie ihm gerade unmissverständlich klargemacht hatte, dass es nicht so war.

Als hätte sie seine Gedanken gelesen, fragte sie: „Wenn ich nicht deine Freundin sein kann, ist es das dann gewesen?" Die Worte kamen leise, aber bestimmt aus ihrem Mund. „Heißt das, dass es dann zwischen uns vorbei ist?"

Chase war noch nie so hin- und hergerissen gewesen zwischen dem, was er wollte, und dem, was er tun sollte. Doch Chloe war gerade sehr aufrichtig und ehrlich gewesen, auch wenn sie allen Grund gehabt hätte, ihm nicht zu trauen.

Er schuldete ihr dasselbe.

„Ich sollte Ja sagen", brachte er schließlich hervor. „Wenn ich ein Fünkchen Anstand im Leib hätte, dann würde ich sagen: Ja, es ist vorbei." Er nahm ihre Hand. „Aber offensichtlich bin ich genauso ein Mistkerl wie alle anderen Männer, denn der Gedanke, dich nicht mehr zu berühren, dich nicht mehr zu küssen, nicht mehr mit dir zu schlafen …" Sein Magen zog sich zusammen, als hätte er einen unsichtbaren Fausthieb abbekommen. „Ich will mir das nicht einmal vorstellen."

Er schaute sie an und wusste, dass sein Blick genauso dunkel und heiß war wie ihrer. Chase wusste, dass er sie nicht drängen sollte, ihm etwas zu geben, zu dem sie noch längst nicht bereit war. Dennoch sagte er: „Wenn die Wahl darin besteht zu nehmen, was du geben willst, oder zu verschwinden, so wähle ich das hier. Ich wähle dich. Ich wähle, was auch immer du bereit bist, mit mir zu teilen. Auch wenn ich niemals aufhören werde, mir mehr von dir zu wünschen als nur wundervollen Sex. Auch wenn ich mir immer wünschen werde, dass du es dir anders überlegst."

„Chase, ich …"

Er legte seinen Finger auf ihre Lippen. „Ich weiß, dass du noch nicht bereit bist und ich dich nicht drängen sollte. Ja, dass es verrückt klingt, wenn jemand behauptet, sich so schnell in einen anderen Menschen verliebt zu haben. Und ich weiß, dass es vielleicht nicht nachvollziehbar ist und unvernünftig erscheint. Doch das ist mir egal. Und es ist mir egal, ob es für andere irgendeinen Sinn ergibt. Ich kann nicht ändern, was ich empfinde. Und ich kann meine Gefühle für dich nicht unterdrücken: Ich liebe dich."

Chloe riss die Augen auf, sowie sie das Wort „Liebe" hörte. Und als sie im nächsten Moment entschlossen versuchte, von seinem Schoß aufzustehen, musste Chase sich zusammenreißen, sie loszulassen.

14. KAPITEL

Chloe war ehrlich gewesen. Schmerzhaft ehrlich. Genau wie Chase.

Sie hatte sogar angeboten fortzugehen. Sie hatte versucht, sich ehrenhaft zu verhalten – genau, wie er sich ihr gegenüber verhalten hatte.

Aber Chase war Realist. Genau wie sie. Und sie wussten beide, dass ihre gegenseitige körperliche Anziehung nicht zu leugnen war. Nicht zu stoppen.

„Ich weiß, dass du nicht hören willst, dass ich mich in dich verliebe", sagte er leise. „Trotzdem ist es wahr."

O Gott, sie sollte sich nicht anhören, dass er sich in sie verliebte – nicht, wenn es ihr eine Riesenangst machte zu wissen, wie tief seine Gefühle für sie waren. Dennoch konnte sie die Wärme, die sie durchströmte, als sie nun erfuhr, was sie ihm bedeutete, nicht abstreiten.

Er war aufgestanden und schaute sie an. Abwartend.

Es gab unzählige Ausreden, die sie hätte benutzen können, ein Dutzend Lügen, die sie ihm hätte auftischen können.

Doch sie konnte es nicht.

„Ich habe es satt, mich selbst zu belügen. Ich kann es nicht. Nicht bei dir." Das Geständnis kam ihr über die Lippen, ehe sie es verhindern konnte. Und sie wollte mutig sein.

Glücklicherweise war es leichter, vor Chase mutig zu sein als vor anderen. Denn sie wusste, dass er sie liebte.

„Die Wahrheit ist, dass ich mich in deiner Nähe auch nicht beherrschen kann. Die Wahrheit ist, dass ich dich nicht verlassen will – auch wenn ich dir nicht geben kann, was du dir wünschst, und auch wenn ich dich gehen lassen sollte, damit du jemanden finden kannst, der dich so liebt, wie du es verdient hast. Ich will das hier nicht aufgeben. Ich kann dir nicht geben, was du willst. Ich kann dir im Augenblick nur Sex geben."

O Gott, was stimmte denn nicht mit ihr? Warum ließ sie

zu, dass sie sich noch weiter in diese Sache verstrickte, als sie ertragen konnte?

„Dann werden wir das tun." Er reichte ihr die Hand. „Wir werden sehr viel großartigen Sex haben." Er hielt inne. Seine Miene war ernst. „Aber erst wenn du dich besser fühlst. Erst wenn du nicht mehr zitterst, wenn du an die Nacht denken musst." Er hob ihre Hand an seine Lippen. „Es tut mir leid, dass ich dich gezwungen habe, das alles noch einmal zu durchleben, Chloe. Es tut mir so leid."

„Du musstest es erfahren", erwiderte sie. Und überraschenderweise war sie erleichtert, weil sie ihre Geschichte mit jemandem geteilt hatte, der etwas für sie empfand. Der sogar sehr viel für sie empfand. Sie ließ sich in seine Arme sinken. „Ich fühle mich viel besser", sagte sie.

„Wir müssen nichts überstürzen", entgegnete er, obwohl ihnen bewusst war, dass ihre gemeinsame Zeit begrenzt war. Und sie wollte keine weitere Sekunde damit vergeuden, daran zu denken, was Dean ihr angetan hatte. Verdammt, hatte sie nicht geschworen, dass er ihr das hier nicht auch noch wegnehmen würde?

„Ich glaube, ich habe es schon fast geschafft. Zu neunundneunzig Prozent", sagte sie. „Meinst du, du könntest mir helfen, das letzte Prozent auch noch zu schaffen?"

Chase blickte sie lange an, ehe er den Mund zu einem sündhaft anziehenden Lächeln verzog. Und dann berührten seine Lippen ihren Mund so sanft und zärtlich, dass sie den Kuss kaum spürte.

Dennoch reagierte ihr Körper sofort.

Ein paar Sekunden später küsste er sie noch einmal. Genauso sacht. Sie versuchte, den Kuss zu erwidern, doch Chase wich zurück, bevor sie ihn erreichen konnte. Es folgte noch ein Kuss, der zu behutsam und zu schnell für sie war. Sie konnte nur abwarten.

Nein, verdammt! Wenn sie „nur Sex" haben und das auch

durchziehen wollten, durfte sie nicht zulassen, dass er ihr diese sachten, verführerischen Küsse gab. Von jetzt an musste sie sicherstellen, dass es rein körperlich blieb und nicht emotional wurde.

Sie sollten Sex haben und sich nicht lieben.

Sie sollten heiße Küsse tauschen, keine süßen, wundervollen.

Erstaunlicherweise wusste sie, wo sie beginnen sollte. „Lass uns …"

Er hauchte ihr einen weiteren Kuss auf die Lippen.

„… nach …"

Wieder ein Kuss.

„… draußen gehen."

Das stoppte seinen Ansturm, und ihr schoss es durch den Kopf, dass er sie möglicherweise mit seinen Küssen zur zärtlichen Kapitulation bewegen wollte.

Und wenn er das lange genug tat, wenn er ihr genügend dieser süßen Küsse gab, die ihr den Atem raubten und ihr Herz vor Verlangen zum Pochen brachten … Tja, sie konnte sich vorstellen, dass er sie so dazu bringen könnte, ein Versprechen abzugeben, zu dem sie eigentlich noch nicht bereit war.

Ein Versprechen als Gegenleistung für Lust und Vergnügen.

Chase hatte ihr gesagt, dass er sie auf keinen Fall einfach ziehen lassen wollte. Aber sie war genauso entschieden. Wenn er heute Nacht ihre Beziehung auf die nächste Stufe bringen wollen würde, dann würde sie dafür sorgen, dass alles nur rein körperlich blieb.

Ihre Entschlossenheit wuchs, während er ihr wieder einen dieser unsagbar liebevollen Küsse auf die Lippen hauchte, die direkt auf ihr Herz zielten. Chloe zog sich zurück, ehe er sein Ziel traf, und führte Chase zu der Glastür, die auf den Balkon vorm Schlafzimmer hinausführte. Sie musste seine Frage gar nicht hören, um zu wissen, dass er darüber nachgrübelte, was zum Teufel sie vorhatte.

Tja, er würde abwarten müssen.

In der letzten Sekunde fiel ihr ein, dass sie noch etwas brauchten, bevor sie das Zimmer verließen. „Wo sind deine Kondome?"

Aus dem Augenwinkel konnte sie erkennen, wie seine Erektion noch größer wurde. „In meiner Tasche."

„Nimm eins mit." Sie lächelte ihn an. Es war ein Lächeln, das sich frech und anders anfühlte. Nicht schlecht. Befreit. „Mindestens eins."

Bei ihrem Befehlston kniff er die Augen zusammen. In seiner Wange zuckte ein Muskel.

Sie grinste ihm erneut kokett zu und fuhr ihm mit der Hand über das stoppelige Kinn. „Du magst es nicht, wenn ich dir sage, was du tun sollst?"

„Im Gegenteil", antwortete er und klang rau. „Es gefällt mir sogar sehr."

Verdammt, sie versuchte, die Kontrolle zu behalten. Es durfte ihm nicht gelingen, sie mit ein paar Worten abzulenken.

In der Nachtluft hing noch die Wärme des Tages, doch es war kühl genug, dass sie die Frische über ihre erhitzte Haut streichen fühlen konnte. Es fühlte sich gut an und brachte sie wieder zur Vernunft – gerade genug, um ihren Vorsatz nicht aus den Augen zu verlieren, und dennoch nicht genug, um sie davon abzubringen, jetzt mit Chase zusammen sein zu wollen.

Nachdem sie draußen waren, wandte sie sich ihm zu, nahm ihm die Kondome aus der Hand – er war offenbar sehr zuversichtlich, was die eigenen Kräfte anging, wenn sie bedachte, wie viele er eingesteckt hatte – und legte sie lässig auf die Balkonbrüstung.

Einen langen Moment schaute sie ihn an, als er im Mondlicht vor ihr stand. Anscheinend fühlte er sich trotz seiner Nacktheit wohl. Selbstverständlich war er ein selbstbewusster Mann. Jeder Mann – jeder Mensch –, der so schön war, musste selbstbewusst sein.

Chase ergriff ihre Hand. Mit dem Daumen zeichnete er aufreizend langsam Kreise in ihre Handfläche. „Ich wusste es übrigens in dem Augenblick, als ich dich gesehen habe."

„Was ..." Sie sollte aufhören und darauf achten, dass das Spielchen locker und bedeutungslos blieb. Doch ihr Mund ließ sich offenbar nicht beeinflussen, denn im nächsten Moment kam ihr die Frage doch noch über die Lippen. „Was hast du gewusst?"

„Nichts", erwiderte er aufrichtig. Eine Aufrichtigkeit, die jeden Widerspruch im Keim erstickte. „Und alles."

Sie verstand nicht.

Oder vielmehr *wollte* sie nicht verstehen.

Sie musste die ganze Angelegenheit zwischen ihnen so unkompliziert wie möglich gestalten. Sex und Leidenschaft. Das war ihre Verbindung. Mehr konnte es nicht sein, bis sie ihr Leben wieder in die richtigen Bahnen gelenkt hatte.

„Wir verstehen uns super im Bett", erwiderte sie. Sie wollte, dass das zwischen ihnen auf der rein körperlichen Ebene blieb. „An dem Abend, als wir bei deinem Bruder zu Hause auf der Veranda waren ... Was hast du da mit mir machen wollen?"

Er schaute ihr tief und so intensiv wie nie in die Augen. „Du weißt genau, was ich mit dir tun wollte."

„Zeig es mir, Chase."

Schon hatte er sie mit dem Rücken an das Geländer gedrückt, eine Hand in ihrem Haar und die andere auf ihrer Hüfte. So hatte er sie inzwischen schon so oft gehalten, dass sie erkannt hatte, wie sehr es ihm gefiel.

Ihr gefiel es auch. Sehr sogar. In seinen Armen zu liegen, bedeutete knisternde Lust. Doch sie fand dort auch Trost. Ein Gefühl von Sicherheit, dass er sie immer so wundervoll halten würde. Nicht zu fest. Allerdings auch nicht zu locker.

Glücklicherweise küsste er sie in dieser Sekunde, und ihre Gedanken begannen zu verschwimmen.

Sie hätte nicht gedacht, dass seine Küsse noch besser werden könnten. Wie sie sich da geirrt hatte!

Dieser Kuss war heißer, ging so viel tiefer und war so viel gefährlicher als alles, was zuvor geschehen war.

Sie konnte nicht atmen. Es war ihr egal, dass sie den Bezug zur Realität verlor, denn ihre ganze Aufmerksamkeit galt nur noch seinem Mund – der Art, wie seine Zunge ihre empfindlichsten Stellen liebkoste und wie er zart in ihre Unterlippe biss. Und dann machte er wieder das, was er zuvor schon getan hatte: Er hauchte Küsse auf ihre Wange und ihren Hals hinab bis zu ihrem Schlüsselbein.

Die freudige Erwartung, was er machen würde, ließ sie erzittern – noch bevor sein Mund über ihre Haut glitt.

Sie hielt die Luft an und keuchte laut auf, sowie sie seine Lippen schließlich spürte.

„Meine schöne Chloe." Seine bewundernden Worte waren nur ein Flüstern an ihrem Ohr. Sie erschauerte vor unverhohlener Freude, da er sanft an ihrer Haut knabberte.

„Du hast mich nicht gebissen."

„Ich wollte es aber."

Ein unterdrücktes Stöhnen entrang sich ihr, als ihr klar wurde, wie dumm es war zu glauben, sie könnte Chase in irgendeine Richtung lenken. Seine Sanftheit schloss seine Macht über ihre Gefühle nicht aus.

Er leckte über eine empfindsame Stelle an ihrem Hals, ehe er seine Aufmerksamkeit wieder auf ihre Schultern richtete. Sie hätte nie gedacht, dass sie dort so sensibel reagieren könnte.

Was für ein Fehlschluss!

Chase hob den Kopf. „Zu viele Kleider."

Sie war kurz davor, ihm zu antworten, dass sie doch nackt sei, als ihr mit einem Mal etwas klar wurde: Er tat so, als ob es wieder die Nacht ihres Kennenlernens wäre. Er wollte mit ihr ihre Fantasie ausleben, weil sie es sich gewünscht hatte.

Mit den Fingerspitzen strich er über ihre Schultern, wo die schmalen Träger ihres Kleides gewesen waren. Langsam und andächtig schob er die imaginären Träger beiseite. „Heb die Arme für mich."

Es gab eigentlich keinen Grund für sie, die Arme hochzunehmen. Sie hatte kein Kleid an, das sie hätte ausziehen müssen. Ihre Brüste reckten sich Chase bereits begierig entgegen.

Ihr hätte es gereicht, wenn er sich mit ihr zusammen hingelegt und gleich hier und jetzt auf dem Holzfußboden der Veranda mit ihr geschlafen hätte. Doch war es nicht viel aufregender, sein Spielchen mitzuspielen?

So zu tun, als ob?

Und sich in der freudigen Erwartung zu verlieren?

Sie hob die Arme, als versuchte sie, sich von den Trägern des Kleides zu befreien, und wackelte hin und her, wie sie es schon vor zwei Tagen getan hatte.

Gerade wollte sie die Arme wieder sinken lassen, da sagte Chase: „Bleib genau so."

Sie erwartete, dass sie nun in Panik ausbrechen würde. Er hatte ihr versprochen, ihre Handgelenke nicht gegen ihren Willen festzuhalten, und hielt sich auch daran. Aber war es nicht das Gleiche, wenn er sie bat, die Arme nicht zu bewegen? Und sollte sie nicht etwas anderes empfinden als diese schwindelerregende Hitze, die sie von Kopf bis Fuß zu verbrennen drohte?

„So schön."

Mit den Fingern der freien Hand glitt er über ihre Brüste, und sie wölbte sich ihm unwillkürlich entgegen. Er begann, mit der Fingerspitze Kreise auf ihre Haut zu malen. Langsam, viel zu langsam näherte er sich einer ihrer aufgerichteten Brustspitzen, die sich so sehr nach seiner Berührung sehnten.

„Chase", stöhnte Chloe, als er seine Aufmerksamkeit der anderen Brust zuwandte, statt Chloe zu geben, was sie brauchte.

„Hm?"

Er sah nicht auf, während er weiter diese verführerischen Kreise auf ihre Haut zeichnete. Ihre Arme zitterten, weil sie

sie noch immer über den Kopf gestreckt hielt, allerdings nahm sie sie nicht herunter.

„Bitte", flehte sie. „Ich brauche ..." Sie biss sich auf die Lippe, als sich ihr ein weiteres Aufstöhnen entrang, weil er fast ihre Brustwarze erreichte, sich dann jedoch zurückzog und mit dem Finger durch die Mulde zwischen ihren Brüsten glitt.

Direkt über ihrem heftig pochenden Herzen hielt er inne. Nun beugte er sich vor, und ehe sie wusste, wie ihr geschah, küsste er sie sanft.

Gründlich.

Besitzergreifend.

Die Haare auf seiner Brust kitzelten Chloe. Das machte sie noch wahnsinniger, als sie ohnehin schon war.

Bevor sie sich rühren oder blinzeln oder flehen konnte, neigte er den Kopf und umschloss eine ihrer Brustspitzen mit den Lippen. Sie musste die Arme senken, sodass sie sich an ihn klammern konnte, seinen Kopf festhalten konnte, damit er da – *ja, genau da* – blieb, um ihr die Lust zu bereiten, nach der sie sich so verzehrte.

Es gab nur noch diese köstliche Empfindung, seinen warmen Atem auf ihrer Haut. Chloe verlor ihr Zeitgefühl, während er über ihre Brüste leckte und jeden Zentimeter ihres Oberkörpers liebkoste – die Spitzen, die Kurven, die Vertiefungen, die Unterseiten, die Stellen zwischen ihren Rippen. Danach wanderte er langsam tiefer, ließ sich auf die Knie fallen, fasste sie mit seinen starken Händen an der Taille, damit er sie kosten konnte.

Seine Zunge, seine Lippen und Zähne kannten keine Gnade. Er startete einen Ansturm auf ihre Seele und riss ihre Schutzmauern Stück für Stück ein.

Und danach drängte er sanft ihre Beine auseinander und presste seine Lippen auf sie. Sie klammerte sich an ihn und war sich sicher, diesen lustvollen Vorstoß nicht überleben zu können. Sie war sich sicher, dass das alles zu groß, zu umgreifend, viel zu süß war, um echt zu sein.

Um ihr zu gehören.

Sie glaubte, die Worte: „Du schmeckst himmlisch!", verstanden zu haben. Jetzt strich er mit der Zunge tiefer. Er löste seine Finger von ihr und ersetzte sie durch seine Zunge, mit der er sie zu einem unglaublichen Höhepunkt brachte.

Ihre Knie wurden weich, doch er war da und hielt sie fest.

Er ließ sie nicht fallen.

Später würde sie sich darüber wundern, dass sie splitterfasernackt mit dem Gesicht eines Mannes zwischen ihren Schenkeln für jedermann gut sichtbar auf der Veranda des Gästehauses des Weinguts gewesen war und so laut geschrien hatte, dass jeder auf dem Anwesen sie hätte hören können. Jedem hier musste klar gewesen sein, was gerade geschehen war.

Doch heute Abend war ihr das alles egal. Heute Abend zählte für sie nur die Lust.

Nein. Das war es nicht, was zählte. Eigentlich nicht.

Es ging um Chase.

Er war das Wichtigste.

Der Gedanke traf sie mitten ins Herz. Chase erhob sich. Seine Hände lagen noch immer auf ihren Hüften, während er sie küsste. Sie konnte sich selbst auf seinen Lippen schmecken. Aber mehr noch: Sie schmeckte ihn. Sie schmeckte seinen Hunger. Sie schmeckte sein Verlangen.

Sie schmeckte, wie viel sie ihm bedeutete.

Wie sehr er sie liebte.

Sie wollte vor der Wahrheit flüchten, vor ihm, vor ihrer Vergangenheit, vor ihrer eigenen Angst. Doch selbst wenn er in dem Moment nicht gesagt hätte: „Dreh dich für mich um, meine Schöne!", und selbst wenn er sie nicht sanft umgedreht hätte, hätte sie nicht einfach verschwinden können.

Sie gehörte ihm. Mit dem Körper und dem Herzen.

Und das nicht wegen der Höhepunkte, die er ihr geschenkt hatte.

Im nächsten Moment schaute sie auf die vom Mond beschienenen Weinberge hinaus, und er bettete ihre Hände auf die Verandabrüstung. „Halt dich fest", raunte er heiser, verführerisch. „Lass nicht los."

Sie wollte glauben, dass er nur über das Geländer sprach, aber sie wusste, was er eigentlich meinte.

Er wollte, dass sie ihm vertraute. Er wollte, dass sie daran glaubte, dass seine Liebe ausreichen würde, um ihr Leben zu verändern.

Tränen schossen ihr in die Augen. Zugleich wuchs ihre Erregung ins Unermessliche, als sie hörte, wie Chase die Verpackung des Kondoms aufriss.

„Du siehst so noch schöner aus, als ich es mir schon gedacht habe."

Sie wandte den Kopf um. Eine leichte Brise wehte durch ihr Haar, während ihr Blick über die Schulter hinweg seinen traf. „Chase."

Er stellte sich hinter sie und war so heiß und hart, dass sie es kaum fassen konnte. Unwillkürlich hielt sie den Atem an und wartete auf den Moment, in dem er in sie dringen und nicht nur ihren Körper, sondern auch ihre Seele erfüllen würde.

Doch er rührte sich nicht und sah sie nur weiterhin an.

„Ich liebe dich, Chloe."

Sie keuchte auf, sowie er sich schließlich in sie schob. Ihr Kopf sank nach vorn, und sie hielt sich an der Brüstung fest, als sie nahm, was er ihr gab, und jeden Stoß begierig erwiderte. Er löste die Hände von ihren Hüften und umschlang Chloes Taille, während er in sie stieß. Dann berührte er ihre vollen Brüste.

Niemals. Noch nie hatte sie etwas so Dekadentes gemacht. Etwas so Verdorbenes. Etwas so Herrliches.

Es war so schön.

Sie hatte Sex im Freien gewollt, damit die ganze Affäre rein körperlich blieb. Oberflächlich.

Es hätte nicht möglich sein dürfen, ihre Verbindung zu vertiefen, während sie es im Stehen taten. Auf der Veranda. Es war eigentlich unvorstellbar, dass sie sich ihm noch näher fühlte, während sie sich über ein Geländer beugte und er hinter ihr stand, ihre Brüste in den Händen, während er hart und tief in sie glitt.

Eigentlich hätte es ein rein körperlicher Akt sein müssen – zwei Fremde, die einander vor zwei Tagen noch nicht gekannt hatten und nun keuchten und stöhnten, als sie sich zusammen dem Orgasmus näherten.

Und dennoch ...

Irgendwie war es wunderschön. So wunderschön, dass sie Tränen in sich aufsteigen spürte.

Ihr Herz schien vor Glück zu zerspringen.

In perfektem Einklang kniff er sacht in ihre Brustspitze, während er gleichzeitig mit der anderen Hand zwischen ihre Beine tauchte.

Und sie glaubte zu vergehen.

Chase trug Chloe ins Schlafzimmer. Ihre Augen waren geschlossen. Als ihre Lider zuckten, hauchte er Küsse darauf.

„Schh."

Ein Kuss folgte dem anderen.

„Zeit fürs Bett."

Sie kuschelte sich an ihn, erschöpft und zufrieden.

Wieder und wieder gelang es ihr, ihn zu überraschen.

Er empfand so etwas wie Ehrfurcht für sie.

Ihre Verspieltheit, ihre Bereitschaft, trotz ihrer Vergangenheit ein Risiko zu wagen – er war sich nicht sicher, ob ihr klar war, dass sie ihm all das auf der Veranda preisgegeben hatte.

Er wusste, dass sie ihm hatte beweisen wollen, dass sie auch „einfach nur Sex" haben konnte. Stattdessen hatte sie ihm etwas anderes anvertraut – und sich selbst auch. Sie hatte etwas Mutiges getan.

Der Sex in der Wanne war umwerfend gewesen.

Für den Sex auf der Veranda, bei dem sie das Geländer so fest umklammert hatte, dass ihre Fingerknöchel weiß hervorgetreten waren, und bei dem sie die Kontrolle abgegeben und sich ihm entgegengereckt hatte, damit er noch tiefer in sie hatte eindringen können, gab es kein Wort. Es existierte kein Ausdruck für das, was dieses Erlebnis in ihm ausgelöst hatte.

Oder vielleicht doch.

„Liebe." Er flüsterte das Wort und spürte, wie sie sich leicht bewegte, obwohl sie schon fast eingeschlafen war.

Er wäre wunschlos glücklich gewesen, wenn sie es ausschließlich im Bett gemacht hätten. Na ja, vielleicht nicht *wunschlos*. Tatsache war jedoch, dass der „normale" Sex mit Chloe tausendmal besser war als verrückter Sex mit jeder anderen Frau.

Aber Chloe liebte das Abenteuer, brauchte, wollte es. Ob ihr selbst das so klar war, konnte er nicht sagen. Aber ihm schon. Und er wollte diese Abenteuer mit ihr zusammen erleben. Neben ihr. In ihr.

Er legte sie aufs Bett, den Kopf aufs Kissen. Doch sie ließ ihn nicht los. Denn sie konnte auch im Halbschlaf und erschöpft, wie sie war, nicht leugnen, was sie beide verband. Also schlüpfte er zu ihr unter die Decke. Sofort drehte sie sich so um, dass sie gemeinsam einschlafen konnten, wie sie es in den vergangenen beiden Nächten schon getan hatten: ihren Rücken an seine Vorderseite und ihre Hüften an seine nicht enden wollende Erektion geschmiegt. Sie zog seine Arme wie eine Decke um sich und schmiegte sich zufrieden seufzend an ihn.

So schön.

Und sie gehörte ihm.

15. KAPITEL

Noch ein Tag.
Noch eine Nacht.
Chloe blieben in diesem Märchen noch vierundzwanzig Stunden mit Chase. Sie wünschte sich, dass jede dieser Stunden, jede dieser wertvollen Minuten ewig dauerte. Und sie ahnte, dass sie sie herunterzählen würde, bis der finale Gong erklang und sie gehen musste.

Sie musste gehen. Denn wie sie ihm schon am Abend zuvor gesagt hatte, musste sie allein zurechtkommen.

Oder?

Den ganzen Tag über grübelte Chloe darüber nach – während sie arbeitete und auch während sie Alice besuchte und sah, dass es der jungen Frau schon viel besser ging.

Zuerst war es Chloe leichtgefallen, Distanz zu Chase zu wahren, weil sie sich eingeredet hatte, dass „alle Männer böse waren".

Aber das hatte sich als lächerlich herausgestellt. Denn während ihr Exmann mit Sicherheit gestört war, traf das auf Chase gewiss nicht zu. Niemals hätte sie gedacht, mitten im Hagelsturm am Straßenrand in der wohl schlimmsten Nacht ihres Lebens einem Menschen wie ihm begegnen zu können.

Sie durfte nicht glauben, dass er sich in sie verliebt hatte. Nicht innerhalb von nur drei Tagen.

Sie sollte den Moment, in dem er ihr das gestanden hatte, nicht wieder und wieder durchspielen.

In Gedanken versunken hielt sie inne. Versonnen betrachtete sie das Spitzenkorsett, das sie gerade für Amanda band.

„Soll ich die Luft anhalten?"

Chloe runzelte die Stirn. *Die Luft anhalten?* Wieso sollte Amanda die Luft anhalten? Da war kein Bauch, den sie hätte einziehen können. „Nein. Es ist alles gut so."

Amanda blickte an sich hinunter. „Ich werde fett."

„*Nein!*" Tief in ihrem Innern wusste sie, dass sie sich zusammenreißen, dass sie ruhig bleiben musste. Doch sie hatte zu viele Jahre erlebt, wie Dean genau das zu ihr gesagt hatte. Sie konnte es nicht ertragen, das Gleiche aus Amandas Mund zu hören. „Du bist wunderschön, Amanda."

Aber obwohl sie bemerkte, dass die junge Frau sich über das Kompliment freute, wusste sie auch, dass sie es nicht glaubte.

Während sie Amanda hinterherblickte, wünschte Chloe sich nichts mehr, als dass das Model an seine eigene Schönheit glaubte. An den eigenen Wert. Sie wollte Amanda retten, ihr Jahre der Selbstverachtung ersparen. Sie wollte ihr Beziehungen ersparen, die nicht gut für sie waren. Sie wollte sie vor Männern schützen, die es nicht wert waren und denen sie keine Minute ihres Lebens opfern sollte. Und erst recht keine Jahre.

Sie spürte den Blick ihres Geliebten auf sich. Chase' Anziehungskraft war so stark, dass sie ihn ansehen musste. Plötzlich fragte sie sich, ob sie vielleicht genau das für ihn war? War sie einfach eine Frau, die er unbedingt retten wollte, weil es seine Natur war, anderen zu helfen?

Nein. Sie sollte sich davor hüten, so zu denken. Vor allem wenn er nie etwas getan hatte, um sie zu schwächen, zu unterwerfen.

Stattdessen hatte er ihr den Schlüssel an die Hand gegeben, um stärker zu werden. Hatte er sie nicht aufgefordert, ihre Talente und Fähigkeiten zu nutzen und Schönheit zu erschaffen? Stark zu werden?

Doch plötzlich fiel es ihr wie Schuppen von den Augen: Es war nicht Chase gewesen, der geglaubt hatte, sie retten, sie verhätscheln zu müssen, damit sie sich nicht der Gefahr stellen musste.

Es war aus ihr selbst herausgekommen.

Sie hatte sich auf dem Weingut versteckt. *Sie* hatte das verdammte Telefon nicht in die Hand genommen, um die Polizei zu rufen. Und *sie* hatte sich keine Gedanken darüber machen wollen, dass sie sich irgendwie selbst vor Dean schützen musste, wenn sie ihr Leben wieder allein leben würde.

Genau das hatte sie auch schon in ihrer Ehe getan. Sie hatte sich vor der Wahrheit versteckt und nicht sehen wollen, wie schlecht die Ehe gewesen war. Es war ihr schmerzhafter vorgekommen, sich der Wirklichkeit zu stellen.

Als sie nun hier auf dem Weinberg stand, Chase' Blick noch immer auf sich, wusste sie, dass er es nicht verdient hatte, in ihr Chaos hineingezogen zu werden. Erst wenn sie seiner wert war, weil sie wusste, wie sie auf eigenen Füßen stand, konnte sie mit ihm zusammen sein. Vorher nicht.

In dem Moment erklang Beyoncés „Single Ladies" aus dem tragbaren CD-Player. Amanda zog sie mit sich zu der Gruppe Models, die in ihren wunderschönen Seidenkleidern zu dem Song tanzten.

Chloe hatte schon immer gern getanzt, hatte immer gern ihren Körper gespürt und gefühlt, wie ihre Muskeln sich lockerten. Die Sonne schien noch und tauchte die Frauen in ihr goldenes Licht. Und als das Gummiband, mit dem sie ihre Haare zum Zopf gebunden hatte, sich löste, ließ sie es zu und schüttelte ihr Haar.

Während sie sich im Rhythmus der Musik bewegte und Sara sie an den Hüften fasste, um mit ihr zusammen zu tanzen, konnte Chloe fast so tun, als hätte es die letzten zehn Jahre nicht gegeben. Ja, sie hatte sich vor der Wirklichkeit versteckt. Aber in den vergangenen Tagen mit Chase, den Models und der Crew waren so viele von den Schichten gefallen, unter denen sie Schutz gesucht hatte. Schichten, die sie sich eigentlich nie hatte zulegen wollen.

Ja, sie wusste, dass dieses Gefühl von Freiheit, von Freude nur vorübergehend war und dass fernab von diesem geschützten Raum, der das Weingut im Moment für sie war, Schwierigkeiten auf sie warteten. Doch ein paar Stunden voller Spaß und Sorglosigkeit blieben ihr ja noch, nicht wahr?

„Sie ist wirklich hübsch."

Chase drehte den Kopf: Ellen stand neben ihm. Vollkommen versunken hatte er Chloe dabei beobachtet, wie sie mit den Models zusammen getanzt hatte.

Ihre Schönheit war jedoch nicht der einzige Grund, der es ihm unmöglich machte, den Blick von ihr zu wenden.

Tag für Tag, Minute für Minute veränderte sie sich. Sie war schon ein Schmetterling gewesen, als sie klatschnass und mit der fürchterlichen Verletzung im Gesicht am Straßenrand gestanden hatte. Sie schlüpfte also nicht gerade erst aus ihrem Kokon.

Vielmehr wurden die Farben ihrer Flügel Stück für Stück strahlender, leuchtender. Fast schien es, als würden allmählich Lasten von ihren Schultern weichen, als würden Ängste, die sie mit sich herumgetragen hatte, sich in Luft auflösen.

„Von innen und von außen", stimmte er ihr zu.

Ellen blieb an seiner Seite stehen. Gemeinsam sahen sie Chloe beim Tanzen zu. Überraschenderweise war es das erste Mal, dass er Ellen während des Shootings sah. Es kam ihm beinahe so vor, als wäre sie ihm absichtlich aus dem Weg gegangen.

Er hatte ein schlechtes Gewissen, weil er sich am ersten Abend ihr gegenüber nicht ganz fair verhalten hatte. „Hey, es tut mir echt leid wegen …"

Sie legte die Hand auf seinen Arm. Ihre Berührung fühlte sich seltsam an. Irgendwie falsch. Der Song endete, und als Chloe zu ihnen herüberblickte und sie zusammen entdeckte, wirkte ihre Miene mit einem Mal angespannt, ernst.

Schnell zog Ellen die Hand weg und winkte. „Hallo, Chloe!"

Chase sah, wie Chloe sich zu einem Lächeln zwang, das nicht gerade echt wirkte. Sie ging zu ihnen herüber.

„Hm", sagte Ellen leise zu Chase. „Sie wirkt ein wenig besitzergreifend."

Chase blieb nicht mehr die Zeit, um ihr zu erklären, dass dieses Gefühl auf Gegenseitigkeit beruhte, denn Chloe kam zu ihnen.

„Hallo, Ellen."

Ellen lächelte sie an. „Wow, Sie haben tolles Haar."

Verwirrt blinzelte Chloe und war offensichtlich erstaunt über das Kompliment. „Danke."

Der Wind frischte auf, und eine Brise wehte ihr eine Strähne ins Gesicht. Chase hob die Hand und strich ihr zärtlich das Haar hinter das Ohr.

Er spürte, wie ihr der Atem stockte, während sie einander anschauten. Er hatte den ganzen Tag darauf gewartet, sie wieder berühren, ihre Sanftheit, ihren wundervollen Duft, ihre Sinnlichkeit in sich aufnehmen zu können. Sie legte die Hand auf seine und hielt seine Handfläche an ihre Wange.

Ellen durchbrach den Bann, als sie fragte: „Wie hat es euch beiden hier gefallen?"

Chloe ließ seine Hand los, und ihre ohnehin schon erröteten Wangen wurden noch röter. Anscheinend war ihr gerade erst bewusst geworden, wie liebevoll sie und Chase sich vor Ellen berührt hatten.

„Es war wie im Märchen", entgegnete sie leise. Sie wies über die sanft geschwungenen Weinberge, über die sich Reihen von grünen Rebstöcken zogen. „Es muss unglaublich sein, jeden Tag hierherkommen zu können, um zu arbeiten."

Ellen nickte. „Es ist echt toll. Außer wir kriegen Besuch von einer übernervösen Braut, die wissen will, warum die Rebstöcke zu ihrem großen Tag nicht in voller Blüte stehen. Aber das ist eigentlich das Einzige, was nicht so schön ist."

Chase freute sich, Chloe lachen zu hören. Ihr Unbehagen, Ellen wiederzusehen und ihn versehentlich vor der anderen Frau berührt zu haben, löste sich in Luft auf.

Ihm gefiel dieses besitzergreifende Funkeln in Chloes Augen. Es gefiel ihm nicht nur, nein, er liebte es. Unwahrscheinlich, dass sie sich dessen überhaupt bewusst war – genauso wenig wie der Tatsache, dass sie ihm immer näher kam und vor der möglichen Rivalin intuitiv ihren Anspruch auf ihn anmeldete.

Sie mochte ihm wiederholt gesagt haben, dass sie nicht mit ihm zusammen sein könne, doch es war ihr Kopf gewesen, der sie dazu bewogen hatte. Ihr Herz schien das anders zu sehen.

Genau wie *er*.

„Marcus wollte kommen, um sich von allen zu verabschieden, aber er musste unerwartet in die Stadt", erklärte Ellen. „Er lässt sich entschuldigen."

Chase hatte ein ungutes Gefühl, wenn er an die Ausflüge seines Bruders in die Stadt dachte. Er hatte sich immer bemüht, Marcus' Freundin Jill gegenüber aufgeschlossen und offen zu sein. Doch er war nie begeistert von ihr gewesen. Wie übrigens auch kein anderer der Sullivans. Ja, sie war hübsch, aber ihre Schönheit kam unter der Eisschicht, die sie zu umgeben schien, nicht so richtig zur Geltung. Der Stock, den sie anscheinend verschluckt hatte, half auch nicht gerade.

„O nein", erwiderte Chloe. „Ich wollte ihn noch einmal sehen, bevor ich abreise. Ich wollte mich bedanken, dass er mich eine Woche lang hier aufgenommen hat."

Sie biss sich auf die Unterlippe. Chase konnte seinen Blick nicht abwenden und auch nicht verhindern, dass der Rest seines Körpers reagierte.

Noch nie hatte er eine Frau so sehr begehrt. Nicht nur mit seinem Körper. Nicht nur mit seinem Kopf. Nicht nur mit seinem Herzen.

Sondern mit seiner Seele.

Ellen wirkte völlig irritiert. „Sie werden ihn doch wiedersehen, Chloe, oder etwa nicht?"

„Chloe, ich komme nicht mehr aus diesem blöden Kleid!

Das macht mich wahnsinnig! Können Sie mir helfen?", rief Sara in diesem Moment.

Erleichterung spiegelte sich auf Chloes Gesicht wider. „Ich muss den Mädchen beim Umziehen helfen. Es war schön, Sie wiederzusehen, Ellen", meinte Chloe. Sie streckte die Hand aus, und die beiden verabschiedeten sich voneinander. Dann drehte sie sich um und ging weiteren Fragen aus dem Weg.

„Einen Moment mal", sagte Ellen, die noch immer durcheinander war und nicht verstand. „Warum sollte sie Marcus nicht wiedersehen? Seid ihr nicht zusammen?"

Chase fuhr sich mit gespreizten Fingern durchs Haar. Die Enttäuschung und Frustration, die er während des Shootings mühsam im Zaum gehalten hatte, schien ihn aufzufressen.

„Es ist kompliziert."

Ellen sah zu Chloe, die bei einem Model stand und ein Abendkleid aufschnürte, das vom Bondage inspiriert war. „Ich empfinde es nicht als besonders kompliziert. Verdammt, als ihr beide euch berührt habt, wäre ich beinahe versengt worden, so heiß war es."

Er wusste, dass Ellen recht hatte. Es sollte nicht kompliziert sein, wenn ein Mann sich in eine Frau verliebte. Komisch, in all den Jahren, in denen Frauen sich in ihn verliebt hatten, hätte er nie damit gerechnet, dass es so enden würde. Dass er sein Herz an eine Frau verlieren würde, die so viel Angst davor hatte, ihres zu verlieren.

Und jetzt blieb ihm nur noch eine letzte Nacht, um sie umzustimmen und aus dem „niemals" ein „für immer" zu machen.

Wieder spürte er Ellens Hand auf seinem Arm. „Neulich Nacht war ich ein bisschen enttäuscht, dass zwischen uns nichts passiert ist, aber ehrlich gesagt …" Wieder warf sie Chloe einen Blick zu. „Ich hoffe, zwischen euch wird es funktionieren. Sie ist so nett. Ihr wärt ein sehr schönes Paar." Sie lächelte ihn strahlend an. „Was hältst du davon, wenn ich euch im nächsten Jahr ein Wochenende hier reserviere? Nur für den Fall ..."

Sofort tauchte vor Chase' geistigem Auge das Bild von Chloe auf, die in einem langen weißen Kleid zwischen den blühenden Rebstöcken auf ihn wartete.

„Viel Glück, Chase."

Damit schritt Ellen davon, und er beobachtete wieder Chloe, die sorgfältig ein Kleid einpackte, das sie am Nachmittag verwendet hatten. Noch nie hatte er sich auf sein Glück verlassen. Es hatte ihm nicht gefallen, auf etwas so Trügerisches, etwas so Unvorhersehbares zählen zu müssen. Er hatte immer auf sein Talent und harte Arbeit vertraut, um zu erreichen, was er wollte.

Doch dieses Mal fürchtete Chase, dass Glück genau das war, was er brauchte.

16. KAPITEL

Einige Stunden später winkte Chloe der Crew hinterher, als der Van durch das Tor des Sullivan-Weinguts fuhr. „Ich bin echt traurig, dass eure Arbeit hier getan ist." Sie sah wehmütig aus. „Es hat mir viel bedeutet, dass ihr alle mich beim Shooting mit einbezogen habt."

„Du warst eine große Hilfe", entgegnete Chase.

Dieses Mal widersprach sie nicht oder versuchte, ihre Rolle herunterzuspielen. „Ich hatte das Gefühl, dass ihr mich wertschätzt. Ich fühlte mich sicher. Alle waren wahnsinnig nett zu mir. Und ich hatte so viel Spaß." Sie lächelte ihn an. „Besser noch: Ich glaube, ich habe ein paar Freunde gewonnen."

„Das hast du", erwiderte er, als sie ins Gästehaus zurückgingen. Es war immer schwer, mit einem schönen Projekt abzuschließen. Vor allem mit diesem, das wirklich etwas ganz Besonderes gewesen war. Aber gleichzeitig war er froh, dass er jetzt mit Chloe allein sein konnte.

Er verschlang ihre Finger miteinander, hob ihre Hand an seinen Mund und küsste ihre Fingerknöchel. „Würdest du heute Abend mit mir ausgehen, Chloe?"

Ein überraschter Ausdruck trat in ihre Augen. „Wir haben doch schon darüber geredet."

„Ich spreche nicht von der Zukunft. Nur heute Abend. Das ist alles, worum ich dich bitte."

Er bemerkte ihre Unsicherheit und wie hin- und hergerissen sie zwischen dem war, was sie wollte, und dem, was sie ihrer Meinung nach tun sollte.

„Wir wissen beide, dass ich heute Nacht mit dir schlafen werde." Sie lächelte leicht. „Du musst mir also nicht erst noch ein Abendessen spendieren."

Die Wut durchzuckte ihn bei dem Gedanken, dass sie noch immer glaubte, Sex wäre alles, was für ihn zählte. Genau wie der Impuls, aus dem heraus er provokativ erwiderte: „Willst du damit sagen, dass du Sex willst?"

Ihr Blick wirkte gequält, als sie ihr Kinn beinahe trotzig anhob und ein einziges Wort hervorstieß: „Ja."

Er küsste sie. Aber selbst in diesem Moment war er vorsichtig, obwohl er ihr zugleich die Shorts und den Slip abstreifte.

„Chase", stöhnte sie. Sie spornte ihn an, sich zu beeilen, indem sie sich gegen seine Hand drückte und ihm half, sie von ihren Kleidern zu befreien.

Er wägte ihr Verlangen ab, ihre Begierde, und wusste, dass es genauso groß war wie seines. „Ich habe dir versprochen, dir immer zu geben, was du willst. Sag mir, was du dir wünschst."

Ihre Pupillen waren vor Lust geweitet, und er konnte all das erkennen, was sie zu verdrängen versuchte und wovor sie sich verstecken wollte.

„Nimm mich einfach."

Er öffnete ihr Oberteil. Durch den Spitzenstoff des pinkfarbenen BHs hindurch saugte er an einer ihrer Brustwarzen. Zugleich fanden ihre Finger seinen Reißverschluss. Sie zog ihn herunter, bis sie schließlich die Hand in Chase' Hose gleiten und ihre langen schlanken Finger um ihn schließen konnte. Aufreizend massierte sie ihn.

Gerade hatte er ihr versprochen, dass sie alles bekommen würde, was sie sich wünschte. Und obwohl er sich tief getroffen fühlte, weil Chloe noch immer auf Distanz zu ihm blieb, hob er ihre Hüften an. „Leg deine Beine um mich."

Er drang in sie ein, noch ehe einer von ihnen Luft holen konnte. Ihr Inneres spannte sich an und zuckte um ihn herum. Ihm war bewusst, dass sie sich wünschte, er würde einfach nur so mit ihr schlafen. Sie wollte so tun, als wäre erotische Anziehungskraft das Einzige, was sie miteinander verband.

Doch er konnte es nicht.

Nicht einmal für sie konnte er es tun. Er konnte sie nicht auf diese animalische Art im Stehen nehmen – auch nicht, wenn sie ihn gerade darum gebeten hatte, einfach nur mit ihr Sex zu haben.

Er hielt inne. „Chloe."

Sie hob die Lider und schaute ihn an. Ihr Blick war vor Leidenschaft verschleiert. In ihren Augen standen all die Emotionen, die sie nicht fühlen wollte. Emotionen, die sie beiseiteschob, weil es nicht der richtige Zeitpunkt oder der richtige Ort dafür war. Weil sie noch nicht bereit war. Weil sie dachte, sie müsste stark sein und am nächsten Morgen abreisen.

„Ich kann das nicht, mein Schatz. Ich kann nicht so tun, als wäre es nur Sex." Chase musste sie ansehen. Er wollte, dass sie der Wahrheit ins Gesicht blickte und sie akzeptierte. „Ich liebe dich."

Sie schluchzte seinen Namen, ehe sie ihn küsste, als hinge ihr Leben davon ab.

In dem Moment übernahm sein Körper die Führung, und er ließ sich von ihm lenken. Sie bewegte die Hüften noch ein wenig nach oben, sodass sie beide perfekt zueinanderpassten.

Irgendwie hielt er sich zurück, als Chloes Körper bebte. Er wollte sie niemals verlassen müssen, wollte sie niemals gehen lassen müssen.

Als sie jedoch die Lippen auf seine Schulter presste und so leise, dass er es über das Pochen seines eigenen Herzens hinweg fast überhört hätte, das Wort „Liebe" aussprach, war es um ihn geschehen.

„Chase?" Er hatte sie zur Couch getragen und sich mit ihr unter eine Decke gekuschelt. Erst jetzt war Chloe wieder zu Atem gekommen. „Ich weiß, dass ich mich wiederhole, aber können wir den heutigen Abend noch mal von vorn beginnen?"

Sie konnte spüren, wie er lächelte.

„Natürlich können wir das."

Chloe drehte sich leicht, sodass sie etwas aufrechter, doch

noch immer in seinen Armen lag. „Die anderen sind gerade abgefahren, und ich muss sagen: ‚Ich werde euch alle vermissen.'"

Er schaute sie an. „Jetzt komm ich, stimmt's?"

Ihr war klar, dass er sie aufzog, und war erstaunt, wie versöhnlich er klang, statt ihr vorzuhalten, dass sie alles nur auf Sex reduzierte, was zwischen ihnen war.

„Ja, jetzt kommst du."

„Ich werde die anderen zwar vermissen, aber ich bin schon froh, dass wir nun allein sind."

Sie hätte gern gesagt, dass es ihr leidtat, ihn verletzt zu haben. Dass sie ihm noch immer wehtat. Weil sie ihm nicht ebenfalls sagte, dass sie ihn liebe.

Doch mehr als: „Ich würde gern mit dir ausgehen, Chase!", kam ihr nicht über die Lippen. Als er nicht sofort antwortete, holte sie zittrig Luft. „Bitte, sag Ja."

Sein Blick wirkte immer noch betrübt, als er sie eindringlich anschaute. „Ja."

Ihre Brust, ihr Magen, alles schmerzte. Sie sehnte sich nach diesem wundervollen Mann. Sie zwang sich zu einem Lächeln. „Ich sollte vielleicht ein neues Oberteil anziehen."

Er sah an ihr hinab und bemerkte jetzt erst den zerrissenen Stoff. „Ich war zu grob. Das wollte ich nicht."

Mit einem Kuss brachte sie ihn zum Schweigen. „Nein. Du warst noch nie grob zu mir." Sie kletterte von seinem Schoß und nahm ein Kleid vom Kleiderständer, ehe sie das Wohnzimmer verließ. „Ich werde nur schnell duschen und mich umziehen – es dauert nicht lange."

Chase hatte den Kopf in die Hände gestützt. Was zur Hölle hatte er gerade getan? Er hätte sie im Stehen genommen – an die Eingangstür gelehnt. Chloe hatte es nicht verdient, so behandelt zu werden. Sie war so wertvoll. Er hätte zärtlich sein müssen.

Und er musste aufhören, immer wieder zu betonen, dass er sie liebte. Es machte alles nur noch schlimmer. Es drängte sie nur weiter in die Enge. Chloe erhielt dadurch das Gefühl, dass ihr die Kontrolle entglitt.

Er wusste, dass er in der Dusche mit ihr Sex haben würde, wenn er jetzt zu ihr ging. Also entschied er sich für ein anderes Badezimmer im Gästehaus und duschte schnell. Allein der Gedanke, dass Chloe nicht weit von ihm entfernt nackt unter der Dusche stand und dass das Wasser über ihren Körper perlte, weckte seine Begierde und erregte ihn.

Er stellte den Hebel der Dusche auf „kalt" und zwang sich, unter dem eisigen Strahl auszuharren.

Er wollte, dass es heute Abend eine richtige Verabredung war.

Und nicht nur ein Vorspiel, um möglichst schnell wieder miteinander zu schlafen.

17. KAPITEL

„Wow, das ist toll", sagte Chloe. „Ich glaube, an dieser Aussicht würde ich mich wohl nie sattsehen."

Sie saßen an einem Ecktisch in der *Auberge de Soleil*, hoch in den Bergen des Napa Valley. Chase wusste genau, was sie meinte. Aber es war nicht die Aussicht, an der er sich nicht sattsehen und von der er nie genug bekommen würde.

Er konnte die Augen nicht von seiner Abendbegleitung wenden.

Der Kellner kam an ihren Tisch und servierte ihnen ein Glas Champagner. „Ihr Bruder Marcus wollte Sie beide wissen lassen, dass er hofft, Sie werden den Abend bei uns genießen."

„Ich hätte wissen müssen, dass er hier in der Gegend die Augen einfach überall hat", sagte Chase schief grinsend und erhob das Glas. „Er wird wahrscheinlich nicht einmal zulassen, dass ich meine Begleitung zum Essen einlade. Er versucht bei jeder Gelegenheit, seinen Status als älterer Bruder zu bestätigen." Er lächelte sie an. „Wir müssen darauf achten, dass wir das Teuerste auf der Karte bestellen."

Chloe schüttelte den Kopf. Sie war offensichtlich noch immer überrascht über die Geste seines Bruders. „Es muss großartig sein, aus einer so riesigen Familie zu kommen. Zu wissen, dass immer jemand für einen da ist."

Er wollte entgegnen, dass der gesamte Sullivan-Clan sie aufnehmen würde, wenn sie mit ihm zusammen wäre. Sie würden sie beschützen. Sie wäre eine von ihnen. Er wollte ihr damit einen weiteren Grund nennen, warum sie nie wieder Angst haben müsste.

Doch stattdessen wollte er den Bann nicht brechen und sagte so fröhlich, wie es ihm möglich war: „Manchmal ist es toll. Manchmal nervt es. Könnten wir Marcus und den Rest meiner Verwandtschaft für einen Moment vergessen?"

Sie sah ihn an. Ihre Blicke verhakten sich, und es sprühten Funken. Sie nickte. „Schon vergessen."

„Gut. Denn ich möchte dich heute Abend für mich allein haben."

„Heute Abend", erwiderte sie, „gehöre ich dir allein."

Ein warmes Gefühl erfüllte seine Brust – ach, seine ganze Seele –, als sie diese Worte aussprach.

Ich gehöre dir allein.

Chase erhob wieder sein Glas. „Auf regnerische Nächte."

Sie stieß mit ihm an. „Auf regnerische Nächte", murmelte sie rau.

Noch einmal stieß er mit ihr an. „Und auf eine schöne Frau, die ein Sturm in mein Leben geweht hat."

Ihre Augen glänzten, als sie das Glas an ihre wundervollen Lippen hob und einen Schluck nahm.

Nachdem sie das vielleicht beste Essen genossen hatten, das sie je gekostet hatte, sagte sie: „Das war das romantischste Date, das ich je erlebt habe."

„Ich denke, wir beide haben ein bisschen Romantik verdient."

Chloe legte den Kopf schräg, als sie Chase betrachtete. Sie musterte ihn ganz genau.

Zuerst hatte sein Anblick sie zu sehr umgeworfen, als dass sie viel von ihm erkannt hätte. Und dann hatte sie Angst gehabt, ihn zu lange anzusehen, weil sie sich vor dem gefürchtet hatte, was vielleicht in seinen Augen gestanden hätte … Und vor dem, was er in ihrem Blick hätte erkennen können.

Wie war es möglich, dass ihm nicht bewusst war, wie sehr er sie in jeder Sekunde umworben hatte, seit er sie am Straßenrand im Regen hatte stehen sehen und sie eingeladen hatte, in seinen Wagen zu steigen?

Bei der Erinnerung an ihren ersten Abend musste sie lächeln. Wie sehr sie ihn begehrt hatte, auch wenn sie es eigentlich hätte besser wissen müssen. Und wie sehr sie ihn gemocht hatte, obwohl sie eigentlich hätte auf der Hut sein müssen.

Sie erlaubte sich zumindest für eine kurze Zeit, so zu tun, als wäre das hier wirklich ihr Leben. Als wäre Chase der Mann, mit dem sie seit Jahren zusammen war. Als würden sie öfter romantische Ausflüge in Sternerestaurants im Napa Valley machen.

Und sie erlaubte sich, so zu tun, als wäre sie glücklich – nicht nur für einen Abend, sondern immer.

Weil sie geliebt wurde.

Weil sie aufrichtig und tief um ihretwillen geliebt wurde.

„Das ist noch ein Grund dafür, dass deine Fotos so wunderschön sind. Du schaffst es nicht nur, Fantasien und Träume für uns zu erschaffen, sondern du willst selbst an diese Fantasien und Träume glauben, nicht wahr? Ich schätze, du musstest dir dein ganzes Leben lang willige Frauen mit einem Knüppel vom Leib halten, stimmt's?"

Er warf ihr einen übertrieben lüsternen Blick zu. „Ja, mit einem ganz besonders großen Knüppel …"

Sie konnte sich ein Lachen nicht verkneifen. „Den schlechten Scherz habe ich herausgefordert, oder?" Der Kellner kam gerade an ihren Tisch, um die Wassergläser aufzufüllen, als sie fragte: „Sind eure anderen Brüder euch ähnlich? Groß und tough nach außen hin, aber im Inneren zärtliche Romantiker?"

Als der Kellner wieder gegangen war, tat Chase so, als hätte sie ihn gekränkt, und legte übertrieben getroffen die Hand auf die Brust. „Ich habe mal auf dem Nachttischchen meiner Schwester ein Buch gefunden, in dem für das beste Stück des Mannes die Worte ‚samtweicher Stahl' verwendet wurden. Was du gerade gesagt hast, klingt, als wäre ich ein samtweicher Waschlappen. Unser Kellner wird mich nie wieder so ansehen wie vorher. Er schlägt dem Rest des starken Geschlechts wahrscheinlich gerade vor, dass ich aus dem Klub ausgeschlossen werde."

Chloe lachte wieder. Ein paar der anderen Gäste hörten sie und wandten sich um, um das schöne Pärchen an dem Tisch in der Ecke zu bewundern. „Ein netter Mensch zu sein, ändert nichts an der Tatsache, dass du ein ganzer Mann bist."

„Diese Bemerkung wäre viel überzeugender, wenn du dabei nicht so kichern würdest", informierte er sie halb im Scherz, halb im Ernst.

„Tut mir leid. Obwohl ich mir nicht sicher bin, ob ich jemals die Worte ‚samtweicher Waschlappen' oder das passende Bild dazu vergessen werden kann", entgegnete sie immer noch grinsend.

„Heute Nacht werde ich dir dabei helfen, das alles zu vergessen", versprach er heiser.

„Sind unter deinen bärenstarken Brüdern denn noch andere heimliche Romantiker? Es bleibt auch unser kleines Geheimnis."

Sie konnte nicht anders – sie liebte die Geschichten über seine Brüder und Schwestern und die Vorstellung, wie schön es war zu wissen, dass sie immer für einen da waren. Um mit ihnen zu lachen. Um mit ihnen Spaß zu haben. Selbst um mit ihnen zu streiten.

Chase schüttelte den Kopf. „Ich glaube, alles zu tun, um eine Frau ins Bett zu bekommen, fällt nicht in die Kategorie ‚romantisch'. Bis auf Marcus – er ist der Einzige von uns, der dieses Spielchen nicht mehr mitspielt, auch wenn er es genauso gemacht hat, ehe er mit seiner Freundin zusammenkam."

„Alles tun, um eine Frau ins Bett zu bekommen." Chloe ignorierte das unerwartete Gefühl in der Magengegend und bemühte sich, möglichst locker und beiläufig zu klingen. „Solange jeder weiß, woran er ist, ist das vermutlich in Ordnung."

Doch Chase durchschaute sie sofort. „Ich will dir nichts vormachen. Ich war auch mal so."

Sie schluckte. Ihr gefiel der Gedanke nicht, dass Chase andere Frauen anschaute. Dass er sie küsste. Dass er sie berührte.

Dass er mit ihnen schlief.

Ihr Magen zog sich zusammen, und sie legte abrupt die Gabel zur Seite. „Gut. Danke für deine Ehrlichkeit."

Er streckte den Arm aus und ergriff ihre Hand. „Ich will nicht mehr der Mensch von früher sein."

Sie wollte ihm so gern glauben. Aber sie wusste aus eigener Erfahrung, dass es nicht so leicht war. „Hast du denn nicht genau das auch mit mir gemacht?"

„Nein."

„Doch", erwiderte sie. „Wir haben uns getroffen, ich bin auf die Anmache angesprungen, wir hatten Sex."

„Du bist anders, Chloe. Du bist etwas Besonderes."

Chloe war wütend auf sich selbst, weil sie sich so sehr wünschte, dass das Märchen wahr werden würde. „Woher willst du das wissen? In den vier Tagen, seit wir uns begegnet sind, haben wir beide in jedem ungestörten Moment miteinander geschlafen. Das erfüllt die Kriterien ziemlich genau, oder? Die Chancen stehen hoch, dass du zu deinem nächsten Shooting fahren und eine andere Frau treffen wirst, die nicht genug von dir bekommen kann."

Sie konnte sehen, wie ein enttäuschter Ausdruck über sein Gesicht huschte. Derselbe Ausdruck, der ihn dazu gebracht hatte, sie vor ein paar Stunden an die Eingangstür gelehnt zu nehmen.

Warum setzte sie ihm so zu? Warum konnte sie nicht einfach akzeptieren, dass er alles, was er über sie gesagt hatte, ernst meinte?

Aber sie kannte den Grund. Sie wusste, dass sie tief in ihrem Innern Angst hatte. Angst davor, wieder die zweiundzwanzigjährige Frau zu sein, die auf die schönen Worte ihres Exmannes hereingefallen war, weil sie sich so sehr nach einer Wärme gesehnt hatte, von der sie hatte glauben wollen, sie bei ihm gespürt zu haben … Sie fürchtete, dass alles wieder damit endete, dass sie einen Mann heiratete, der sie überhaupt nicht kannte oder liebte. Denn hatte sie nicht geglaubt, dass ihr Mann sie aus ihrem Dasein retten könnte? Der Gedanke, dass sie so dumm und so verzweifelt war, denselben Fehler ein zweites Mal zu machen, war unerträglich.

An dem Abend, als Chase sie am Straßenrand aufgelesen hatte, hatte sie sich Sorgen gemacht, dass er zu gut sein könnte, um wahr zu sein. Und nun hätte sie schwören können, dass dem nicht so war und dass er *tatsächlich* so gut war.

Oder irrte sie sich möglicherweise?

Chloe wusste nicht, was sie erwartet hatte, von Chase zu hören, und ob sie gedacht hatte, er würde sie auf die Toilette des Restaurants zerren, um ihr zu beweisen, wie viel Spaß sie zusammen haben konnten. Sie hatte jedoch ganz sicher nicht damit gerechnet, dass er in seine Jackentasche greifen, einen Umschlag hervorziehen und ihn auf den Tisch legen würde.

Sie starrte auf den Umschlag und sah dann Chase an, der sagte: „Ich habe mich nicht in dich verliebt, weil du so schön bist, dass es fast wehtut, dich anzusehen. Ich habe mich nicht in dich verliebt, weil es so wundervoll ist, mit dir zu schlafen. Obwohl ich das natürlich unglaublich schön finde."

Sie schluckte. Die letzten drei Sätze waren auf der Liste der zehn schönsten Dinge, die je ein Mann zu ihr gesagt hatte, sofort an die Spitze geschossen.

Ihre Hände zitterten, während sie den Umschlag nahm.

Sie konnte ertasten, dass in dem Umschlag Fotos waren. Und sie hatte Angst davor, sich die Bilder anzusehen.

Nicht weil sie Sorge gehabt hätte, nicht gut auszusehen, sondern weil sie im Laufe der vergangenen Tage herausgefunden hatte, dass Chase alles sah.

Vor allem die Dinge, die die Menschen zu verstecken versuchten.

Schließlich schob sie den Finger unter die Lasche und zog den kleinen Stapel Fotos hervor.

Auf dem obersten Bild lachte sie. Ihr Mund war geöffnet,

und den Kopf hatte sie in den Nacken geworfen, als sie sich irgendetwas auf Amandas Handy ansah.

„Sie hat mir einen dieser lustigen Texte gezeigt, der dabei herauskommt, wenn man die Autovervollständigung einschaltet."

Zögerlich wandte Chloe sich dem nächsten Foto zu. Wieder lachte sie. Dieses Mal stand sie mitten im Pool, nachdem sie bei dem Versuch, Amandas Hut in die richtige Position zu rücken, ins Wasser gefallen war.

Ehe es ihr bewusst wurde, spielte schon ein Lächeln um ihren Mund. „Ich hatte so viel Spaß mit den anderen", sagte sie leise, bevor sie das nächste Bild betrachtete.

Chase hatte sie während der Party in Marcus' Haus im Gespräch mit seinem Bruder fotografiert. Der Wein hatte seine Wirkung gezeigt, und sie war locker gewesen und hatte nach einem erstaunlich schönen Tag am Set sehr offen mit Marcus geredet. Es war offensichtlich, wie sehr sie sich wünschte, dass wieder Freude in ihr Herz einkehrte und auch dort blieb.

Berührt von dem Blick in den Spiegel, den Chase ihr mit seinen Fotos vorhielt, betrachtete sie das nächste Bild. Auf der Aufnahme hockte sie inmitten von farbenfrohen Kleidern, die sie einpacken wollte.

Noch nie hatte sie sich selbst so gesehen. Noch nie hatte sie diesen verträumten Ausdruck auf ihrem Gesicht gesehen.

Ihre Gefühle drohten sie zu überwältigen, und sie nahm schnell das nächste Foto in die Hand.

Oh.

Wenn sie doch nur bei den Stoffen, bei den Träumen, bei dem sehnsüchtigen Wunsch nach Glück aufgehört hätte.

Die letzte Aufnahme war am ersten Nachmittag in den Weinbergen entstanden. In dem Moment hatte sie aufgeblickt und gesehen, wie Chase die Kamera auf sie gerichtet hatte. Sie erinnerte sich an den Schreck, der sie durchzuckt hatte, als ihr klar geworden war, dass sie ihre Gefühle für ihn nicht versteckt hatte. Gefühle, die sie nicht einmal verstanden hatte, weil sie so roh, so neu gewesen waren.

So rein.

„Frag mich noch einmal, woher ich weiß, dass du etwas ganz Besonderes bist, Chloe."

Die Bilder fielen ihr aus der Hand auf den Tisch.

Sie musste nicht fragen.

Chase war auf seinem Stuhl etwas vorgerückt, damit er unter dem Tisch ihre Hand halten konnte.

„Danke", sagte sie leise. Ihr Hals war wie zugeschnürt. „Es war ein wundervoller Abend." Sie fuhr sich mit der Zungenspitze über die Lippen und drückte seine Hand. „Ein perfekter Abend."

O Gott, sie würde weinen. Sie konnte spüren, wie Tränen in ihr aufstiegen, die ihr über die Wangen zu rinnen drohten. Es fehlte nur noch ein nettes Wort, ein inniger Blick, und sie wäre verloren.

Sie bemühte sich so sehr, die Tränen zurückzuhalten, dass ihr erst auffiel, dass Chase aufgestanden war, als er sanft an ihrer Hand zog. Verwirrt blinzelte sie ihn an, erhob sich ebenfalls und ließ sich von ihm durch den Raum führen. Er hatte seine Hand auf ihren Rücken gelegt. Das Gefühl war zugleich tröstend und erregend. Dann zog er sie in seine Arme. Sie tanzten zu dem Song, den die Jazzband, die aus drei Mann bestand, gerade spielte.

„The Look of Love."

Chloe hob den Kopf und sah Chase überrascht an. „Dieses Lied." Sie warf einen Blick zu der Band in der Ecke, dann wieder zu ihm und schüttelte den Kopf. „Es scheint fast so, als wüssten sie …"

Ihre Stimme brach, ehe sie den Satz beenden konnte. Aber sie musste es aussprechen. Sie musste es sich selbst eingestehen. Und sie musste es Chase gestehen.

Ihre Stimme war so leise, dass Chloe sich nicht sicher war,

ob Chase sie überhaupt verstehen konnte. „Es kommt mir vor, als wüssten sie, wie du mich ansiehst. Wie du mich schon immer angesehen hast."

Nachdem sie das Foto gesehen hatte, das er am ersten Abend von ihr in den Weinbergen aufgenommen hatte, wusste sie, dass sie selbst ihn auch immer so ansah.

Voller Liebe.

In seinen starken Armen, seinen Herzschlag an ihrem, schmiegte Chloe ihr Gesicht an seine Schulter. Und endlich ließ sie ihre Tränen zu.

Chase hatte noch nie so empfunden. Sein Herz schien bei jedem Schlag ein Stückchen zu brechen, während Chloe beim Tanzen leise an seiner Schulter weinte.

Er wollte ihr alles geben. Er wollte all ihre Dämonen bekämpfen. Er wollte sie festhalten und sie nie mehr gehen lassen. Er hatte ihr schon einmal gesagt, dass er sie liebe, doch er wusste, dass sie noch immer glaubt, sie müsste ihn verlassen, um zu beweisen, dass sie eine starke Frau war.

Sie hatte gesagt, dass es ein perfekter Abend sei, und dennoch weinte sie.

Sein ganzes Leben lang hatte er immer gewusst, was zu tun war. Frauen hatten für ihn nie eine Herausforderung dargestellt. Jetzt kannte er den Grund dafür: Er hatte nie wirklich geliebt.

Bis er Chloe begegnet war.

Chase wünschte sich, es gäbe eine einfache Antwort. Er wünschte sich, er könnte sich selbst davon überzeugen, dass es damit getan wäre, ihren Exmann auseinanderzunehmen. Und dass alles gut werden würde, sobald er die Gefahr für Chloe ausgeschaltet hätte.

Aber wie oft hatten er und seine Brüder ein Unrecht gegen eine ihrer Schwestern gerächt und hatten am Ende als die Bösen dagestanden, während ihre Schwestern geweint hatten:

„Ich bin kein Kind mehr! Wann lasst ihr mich endlich für mich selbst einstehen?"

Wie zur Hölle sollte Chase sie gehen und tun lassen, was sie glaubte tun zu müssen?

Und wie sehr würde sie ihn hassen, wenn er es nicht könnte?

18. KAPITEL

Als der Song endete, hatte Chloe sich wieder beruhigt. Erleichtert, dass sie nicht viel Make-up aufgelegt hatte, wischte sie sich verstohlen die Tränen von den Wangen, während Chase sie nach draußen führte. Kurz darauf standen sie auf einer wundervollen Terrasse, auf der es nach Lavendel und Rosmarin duftete. Daneben befand sich ein Platz, auf dem man Boccia spielen konnte.

„Beim Boccia habe ich als Kind sehr gern zugesehen", sagte sie und versuchte, wieder Normalität in den Abend zu bringen, nachdem sie an seiner Schulter geweint hatte. „Ich habe mich oft von zu Hause fort- und in den Park geschlichen, wo es ein paar Boccia-Felder gab. Dort habe ich den Familien beim Spielen zugesehen."

„Hast du auch gespielt?"

Sie schüttelte den Kopf. „Offiziell nicht. Es kam mir vor, als hätten nur reiche Familien eigene Boccia-Kugeln und sogar Spielbahnen im Garten. Wenn allerdings niemand in der Nähe war, habe ich manchmal mit Tennisbällen, die ich gefunden hatte, mein eigenes Boccia gespielt."

Sie ließ Chase' Hand los, ging auf die Spielbahn neben der Terrasse und hob eine der schweren Kugeln auf. „Das hier ist eine von den schicken Kugeln, mit denen ich die anderen habe spielen sehen." Sie lachte leise. „Wenn mich irgendjemand beobachtet hätte, dann hätte er wahrscheinlich gedacht, ich würde mich mit meinen Tennisbällen über das Spiel lustig machen."

Sie war überrascht, als Chase seine Jacke auszog und die Ärmel seines Hemdes hochkrempelte. „Zeig mir, wie man es spielt."

Chloe hätte beinahe erwidert, dass sie ihren romantischen Abend nicht damit habe beenden wollen, Kugeln durch den Sand zu rollen. Doch war es nicht genau das, was sie an Chase so mochte? Dass es in seinem Leben keine starren Regeln gab? Kein „sollen"? Kein „müssen"?

Und was das Schönste war: kein „nicht dürfen"?

Chloe schlüpfte aus ihren High Heels, damit sie im Sand keine tiefen Abdrücke hinterließ, und hob die kleine weiße Kugel auf. „Das ist die Zielkugel. Wir werfen sie und schauen dann, wer von uns mit seinen Kugeln näher herankommt." Lächelnd nahm sie eine blaue Kugel und reichte sie ihm. „Da du der Mann bist, kannst du die blauen nehmen."

Er schlang seine Finger um die Kugel in Chloes Hand und schaffte es irgendwie, Chloe gleichzeitig näher an sich zu ziehen. Unvermittelt küsste er sie. Es war zugleich vertraut und dennoch erschreckend überraschend. Chloe legte unwillkürlich ihre freie Hand in seinen Nacken und stellte sich auf die Zehenspitzen, als sie seinen Kuss erwiderte.

Als das Geräusch eines vorbeifahrenden Autos sie daran erinnerte, dass sie sich auf einem öffentlichen Platz mitten im Resort befanden, zwang sie sich dazu, sich von seinem sündhaft schönen Mund zu lösen.

Mit dem Daumen strich er über ihre Unterlippe. „Mir gefällt das Spiel jetzt schon."

Seine Worte ließen sie erröten, auch wenn es eigentlich keinen Grund mehr gab, in Chase' Gegenwart rot zu werden. Nicht, nachdem sie miteinander geschlafen hatten und nachdem sie ein paar Mal unter seinen Lippen und Händen gekommen war.

Aber irgendetwas sagte ihr, dass sie in seiner Nähe immer erröten würde und dass die Schmetterlinge immer da sein und in ihrem Magen herumflattern würden, wenn er ihr wieder einmal einen dieser heißen, intensiven Blicke zuwarf.

Sie wollte sich so gern auf die Zukunft freuen, wollte sich vorstellen, wie es sein könnte, wollte von kleinen Jungen und Mädchen träumen, die seine Augen und seine gebräunte Haut hatten.

Doch heute Abend konnte sie nicht so weit gehen. Sie konnte lediglich hier und jetzt den Moment mit ihm genießen.

„Erkläre mir, wie die Punkte in dem Spiel vergeben werden", sagte Chase und riss sie damit aus ihren dunklen Grübeleien.

Sie erläuterte, dass das Team, dessen Kugeln am nächsten an der Zielkugel lagen, die Punkte machte.

„Ich habe eine Idee", sagte er, nachdem sie die Regeln erklärt hatte. Der freche Unterton in seiner Stimme entging ihr nicht.

„Ich kann es kaum erwarten, sie zu hören."

Und die Wahrheit war: Mit Chase zusammen zu sein, war so wundervoll aufregend, so beglückend, dass selbst ein einfaches Spiel mehr Spaß machte, als sie je zuvor erlebt hatte.

Wie würde ein Leben an seiner Seite aussehen? Würde jeder Tag besser sein als der vorherige?

In Gedanken verloren erschrak sie, als sie seine Fingerspitzen unter ihrem Kinn spürte. Sie sah ihn an, und ihre Knie wurden fast weich, als sie das Verlangen – und die Liebe – in seinem Blick erkannte.

„Willst du mal raten, was mein neuer Dreh bei den Regeln ist?", fragte er heiser.

„Jedes Mal, wenn ein Mitspieler einen Punkt verliert, muss er dem anderen einen Kuss geben?"

Er kam ihr so nahe, dass sein Mund nur noch ein paar Zentimeter von ihr entfernt war. „Du bist so unschuldig", flüsterte er an ihren Lippen.

Sie musste sich zusammenreißen. „Und genau das willst du ändern, stimmt's?", zog sie ihn auf.

„Du nicht?", erwiderte er. Seine Frage löste die wildesten Fantasien in ihr aus.

O Gott, sie wäre beinahe dort, an Ort und Stelle, gekommen. Mitten auf einer Boccia-Bahn im Napa Valley.

„Doch." Das Wort kam ihr über die Lippen, noch ehe sie

sich dessen bewusst war. Er küsste sie wieder – viel zu kurz.

„Wenn ich das Spiel gewinne, bist du für diese Nacht mein Preis. Wenn du gewinnst, bekommst du mich für heute Nacht."

Sie spielten heute Abend also nicht um Punkte ... sie spielten umeinander. Bei dem Vorschlag reagierte ihr Körper sofort. Wärme strömte bis hinunter in ihren Bauch und in ihre Brustspitzen.

„Wenn ich gewinne", sagte er, und seine tiefe Stimme schoss ihr schneller und heißer durch die Adern als ein Glas Tequila, „wirst du heute Nacht alles tun, was ich möchte."

Sie spürte, wie sie die Lippen leicht öffnete und wie ihr Atem herausströmte, als sie aufkeuchte. „Alles?"

„Alles."

Nein. Gott, nein, sie sollte sich nicht wünschen, was „alles" umfasste.

„Also ... wirklich alles?"

Er ließ eine Strähne ihres Haars durch seine Finger gleiten. „Ja, wirklich alles, Chloe."

Sie hatte in dieser Woche schon wildere Dinge mit Chase getan als in ihrem ganzen Leben zuvor. Sex in der Wanne. Sex im Freien. Sex im Stehen, an die Wand gelehnt.

Sie versuchte, sich einzureden, dass es nicht mehr geben konnte. Aber das klappte nicht.

Sie wusste, dass es noch viel mehr gab. Einfach weil sie schon davon geträumt hatte. Davon, die verbotenen Dinge zu tun, die sie sich früher gewünscht hatte. Dinge, die sich zu wünschen man ihr verboten hatte, weil es angeblich falsch war.

„Und wenn du gewinnst, meine schöne Chloe, gehöre ich dir, und du kannst mit mir anstellen, was du willst."

Oh, mein Gott. Sie wusste tatsächlich nicht, ob sie gewinnen wollte. Oder lieber verlieren.

Chase hatte noch nie Boccia gespielt. Allerdings hatten er und seine Geschwister öfter ähnliche Spiele gespielt, bei denen sie

Steinchen möglichst nahe an ein Ziel hatten werfen müssen. Zu Beginn des Spiels war Chase sich noch ziemlich sicher gewesen, gewinnen zu können. Es dauerte jedoch nicht lange, um festzustellen, dass er es hätte besser wissen müssen.

Als sie die letzte Runde spielten und es dreizehn zu vierzehn für Chloe stand, sagte er zu ihr: „Du beherrschst das Spiel richtig gut."

Sie lächelte ihn an. „Ich weiß."

Ihm gefiel die spielerische Art, wie sie ihn küsste. Im Moment standen keine der dunklen Schatten in ihren Augen. „Versuchst du gerade, mich abzulenken?", fragte er.

„Ich würde es tun, wenn es nötig wäre …"

Er hatte sie in seine Arme gezogen, bevor sie ihren Satz zu Ende bringen konnte. „Du hast mich gerade auf eine Idee gebracht." Er senkte den Blick auf ihre vollen Lippen, die so schön, so weich waren. „Bereite dich darauf vor, abgelenkt zu werden."

„Du kannst es ja mal probieren", entgegnete sie herausfordernd.

„Jetzt bist du dran", erwiderte er lachend. In der nächsten Sekunde küsste er sie, und das Spiel war für einen Augenblick vergessen. Es kostete ihn all seine Kraft, seinen Plan durchzuziehen und sie kurz darauf abrupt loszulassen. „Du bist dran."

Der Ausdruck in ihren Augen wirkte verschwommen und unscharf. „Womit bin ich dran?"

Er lächelte sie an. Es war ein verschmitztes, freches Lächeln, das ihr sagte, dass er sie genau dort hatte, wo er sie haben wollte.

Ihre Augen wurden schlagartig wieder klar. „Genau. Das Spiel." Sie warf ihm einen gespielt scharfen Blick zu. „Mach dich darauf gefasst, vernichtet zu werden, Sexy."

Doch als sie sich bückte, um eine rote Kugel zu nehmen, wusste er, dass er längst besiegt war.

Sie gehörte ihm, verdammt noch mal. Genau, wie er ihr gehörte.

Es war nicht so, als hätte einer von ihnen die Macht über den anderen. Es ging nicht um Kontrolle oder darum, den anderen zu beherrschen.

Sie musste den Saum ihres Kleides jedes Mal ein Stückchen anheben, wenn sie sich in Stellung brachte, um zu werfen. Ihre Beine waren lang und einfach umwerfend, ihre nackten Füße im Sand hübsch. An ihrem Körper gab es keine Stelle, die er nicht begehrenswert gefunden hätte – von ihren Zehen bis zu ihren Augenbrauen.

Und auch in ihrem Herzen gab es nichts, was er nicht geliebt hätte.

„Hör auf, mich so anzustarren."

„Wie gucke ich denn?", fragte er möglichst unschuldig.

„Als wäre ich Rotkäppchen und du der große böse Wolf."

„Hm", entgegnete er, „das bringt mich auf eine Idee für ein anderes Spiel heute Nacht." Er machte eine winzige Pause. „Wenn ich gewinnen sollte."

Er hörte sie kaum, als sie entgegnete: „Den Teufel wirst du tun." Dann warf sie die rote Kugel.

Ihre Kugel traf seine und beförderte sie aus dem Spiel.

Chloe richtete sich auf und warf ihm einen so vergnügten Blick zu – so hübsch, so rein, so süß –, dass er sich zusammenreißen musste, um nicht hier vor ihr in den Sand zu sinken und um ihre Hand anzuhalten.

„Noch ein so perfekter Wurf und ich gewinne", sagte sie ihm zufrieden lächelnd. „Und dann gehörst du mir."

Er konnte um einen Sportplatz rennen oder über einen See rudern, ohne aus der Puste zu geraten. Aber Chloe schaffte es immer wieder, ihm den Atem zu verschlagen.

Er sah, wie ihre Hand zitterte, als sie nach der letzten roten Kugel griff. Sie sah ihn an. Eine ganze Weile hielt sie seinen Blick gefangen, bevor sie sich wieder auf das Spiel konzentrierte. Anmutig warf sie die Kugel, die direkt neben der Zielkugel landete.

Und damit gewann sie.

Doch statt sich mit einem triumphierenden Schrei zu ihm umzudrehen, stand sie nur da und starrte auf die Kugeln. Schließlich wandte sie sich zu ihm um. „Ich glaube, wir sollten jetzt gehen."

Er wollte ihr sagen, dass es nur ein Spiel sei. Er wollte sie in seine Arme ziehen und ihr versichern, dass sie sich keine Sorgen machen müsse.

Aber irgendetwas hielt ihn davon ab. Es war dasselbe Gefühl, das ihn auch in den vergangenen vier Tagen davon abgehalten hatte, in die Stadt zu fahren und ihren Exmann zu verprügeln.

Chase wusste, wie stark Chloe war. Er hatte schon im ersten Moment, als er sie am Straßenrand erblickt hatte, gewusst, wie tief verwurzelt diese Stärke war.

Doch es reichte nicht, dass er es wusste.

Chloe musste ihre eigene Stärke auch kennenlernen und annehmen. Und sie musste lernen, dass es diese Stärke nicht minderte, wenn sie ihn liebte.

Chase trat zu ihr und reichte ihr die Hand. Er war gespannt, wie ihre Entscheidung wegen der heutigen Nacht aussehen würde. Und er war gespannt, ob sie nur Anspruch auf ihren Gewinn erheben würde oder auf ihn – seinen Körper und seine Seele.

Schließlich ergriff sie seine Hand. Als ihre Finger sich miteinander verschlangen, sagte sie: „Es wäre viel leichter gewesen, wenn du gewonnen hättest."

„Ich weiß", erwiderte er, „aber ich hatte keine Chance, mein Herz nicht an dich zu verlieren." Er sah ihr in die Augen. „Nicht eine Sekunde lang."

19. KAPITEL

Alles.

Chloes Mund wurde trockener und trockener, als sie zurück zu Marcus' Weingut fuhren. Ihr Herz pochte immer heftiger.

Sie versuchte, sich all die Gründe bewusst zu machen, warum sie nicht in Panik verfallen sollte.

1. Sie war keine verängstigte Jungfrau.
2. Sie und Chase hatten schon oft miteinander geschlafen.
3. Er liebte sie.
4. Und sie war sich ziemlich sicher, dass sie sich gerade auch in ihn verliebte.

O Gott, genau das war das Problem.

Sie liebte ihn.

Chloe war sich nicht sicher, ob es leichter wäre, heute Abend beim Sex die Führung zu übernehmen, wenn sie ihn *nicht* lieben würde. Es kam ihr nur plötzlich irgendwie leichter vor, wenn kein Gefühl, wenn keine Liebe im Spiel wäre, wenn Körper, Münder und Hände und Gliedmaßen zusammenkamen.

Nur Sex. Das hatte sie sich gewünscht. Zumindest hatte sie sich eingeredet, dass es das Einzige war, was sie von Chase wollte.

Doch ihr Herz wusste es besser.

Ihr Herz hatte immer gewusst, wonach es sich sehnte.

Und ihr Herz würde niemals leugnen, dass reine, aufrichtige Liebe alles war, was sie sich wünschte. Alles, was sie je gebraucht hatte.

Ein Teil von ihr war überrascht, dass Chase während der Fahrt nicht versucht hatte, sie zu beruhigen. Sie nahm seine Besorgnis wahr, so wie sie auch sein Verlangen spüren konnte. Sie wusste, dass er nicht gern mit ansah, wie sie innerlich zerrissen neben ihm saß. Aber statt zu versuchen, alles für sie zu erklären, ließ er ihr den Raum, um selbst mit allem zurechtzukommen.

Gott, dafür liebte sie ihn nur noch mehr. Sie liebte ihn dafür, dass er ihr vertraute, dass sie schon das Richtige tun würde, auch wenn sie selbst davon überzeugt war, keine Ahnung zu haben.

Während sie durch das Tor des Sullivan-Weinguts fuhren, ergriff Chase ihre Hand. Sie konnte seine Sicherheit, seine Liebe in seiner Berührung fühlen. Diese Empfindungen schienen sie bis tief in ihr Innerstes, bis in ihre Seele zu durchdringen.

Endlich trat ein Lächeln auf ihre Lippen. Es war das erste Mal, dass sie lächelte, seit sie das Spiel gewonnen hatte und ihr klar geworden war, was sie sich selbst damit angetan hatte.

„Lass uns reingehen."

Sie ließen einander los, um auszusteigen. Es fühlte sich so richtig an, neben Chase zu laufen, seine Stärke zu spüren, seine Ruhe. Statt darauf zu warten, dass er die Eingangstür öffnete, legte sie die Hand auf die Klinke der nicht abgeschlossenen Tür und schob sie auf. Sie schritt ins Wohnzimmer, und Chase folgte ihr.

„Am ersten Abend, als du mich in dieses Haus geführt hast, hatte ich Angst", gestand sie. Seltsam, dass das der leichteste Teil ihres Geständnisses war. Schwieriger fiel es ihr, das Folgende zu sagen: „Doch selbst in dem Moment, in dem ich davon überzeugt war, nie wieder etwas empfinden zu können, wollte ich dich." Sie umfasste sein Gesicht. „Ich wollte dich berühren." Sie strich mit den Fingerspitzen über seinen Kiefer und über seine Wangenknochen bis hinauf in sein Haar. „Ich wollte wissen, ob du meine Haut so zum Prickeln bringst, wie sie es jetzt tut." Sie stellte sich auf Zehenspitzen und flüsterte dicht an seinem Mund: „Und ich wollte dich so gern schmecken."

Ihre Lippen fuhren zart über seinen Mund – gerade genug

für sie, um zu merken, dass er nach der Schokolade vom Dessert und dem Wein schmeckte, den sie zum Essen getrunken hatten. Aber vor allem schmeckte er nach Chase, dem wunderbaren Mann, der sie zurück ins Leben geführt hatte.

Mit den Fingern glitt sie ihm durch das weiche dunkle Haar, seinen Hals hinab und bis zu seinen Schultern. „Ich wollte dich ausziehen und nachschauen, ob du so perfekt warst, wie es aussah." Unter ihrer Hand konnte sie sein Herz schlagen fühlen. Ihre Finger wanderten zum obersten Knopf seines Hemdes. „Ich hatte so eine Ahnung, dass du es wärst", wisperte sie, während sie sein Hemd Stück für Stück aufknöpfte.

Sie hauchte einen Kuss auf seine nackte Haut, und er stöhnte leise auf. Dennoch versuchte er nicht, die Führung zu übernehmen.

Sie konnte nicht verhindern, dass ihre Hände zitterten, während sie auch die letzten Knöpfe aufmachte. Schließlich zog sie das Hemd aus seiner Hose, ehe sie es über seine Schultern schob. Das Hemd fiel hinter ihnen auf den Boden.

„Ich hatte nie die Gelegenheit, dich genauer zu betrachten." Als sie die Worte aussprach, spannten sich seine Muskeln an Brust und Bauch unwillkürlich an. „Du wirkst etwas verspannt", murmelte sie. Sie genoss das Gefühl, das Heft in der Hand zu haben, mehr, als sie gedacht hätte.

Sie kam ihm wieder näher und presste ihre Hände flach auf seine Brust. Bedächtig streichelte sie über seine Bauchmuskeln und fühlte, wie sie zuckten, während sie sie liebkoste.

„Hilft das?", fragte sie frech.

„Ja." Seine Lüge war nicht besonders überzeugend.

Begierig.

Sehnsüchtig.

Sie beugte sich vor und drückte ihre Lippen auf den Übergang zwischen Hals und Schulter. „Dann muss ich weitermachen."

Sie leckte über seine Haut, bevor sie sacht mit den Zähnen

daran knabberte. Einen Moment lang ahnte sie, wie sich ein Vampir fühlen musste. Sie ahnte, wie schwer es in den Vampirfilmen, die sie sich immer allein angesehen hatte, für Edward gewesen sein musste, seine Zähne nicht in Bellas süßen Hals zu schlagen.

Wieder stöhnte Chase auf. Chloe konnte die Vibrationen unter ihren Fingern spüren.

Irgendwie gelang es ihr, ihre Liebkosungen zu unterbrechen, damit sie das fortführen konnte, was sie begonnen hatte.

Heute Nacht gehörte er ihr.

Ihr.

Chloe wollte aus diesen kostbaren Stunden, aus jeder wundervollen Minute, die sie mit Chase verbrachte, so viel Lust und Vergnügen ziehen, wie nur möglich war.

Die Hände an seinen Gürtel gedrückt, fing sie an, die Schnalle zu öffnen. Seine Haut fühlte sich warm an, und Chloes leises glückliches Summen hallte im stillen Wohnzimmer wider.

„So schön." Chase' Kompliment drang in jede Zelle ihres Körpers und schien in ihrer Brust zu verweilen. „Wie du aussiehst, wenn du mich auszieht …" Er hielt inne und wartete, bis sie ihn anschaute. „Du bringst mich vollkommen durcheinander, Chloe."

Sie schluckte, da sie den Ausdruck in seinen Augen bemerkt hatte und das Gefühl hatte, er würde sie liebkosen, streicheln, ohne sie zu berühren.

Sein Mund lenkte sie von ihrem Plan ab, ihn ganz zu entkleiden. Doch es war eine schöne Ablenkung. Die Hände noch immer an seinem Gürtel, stellte sie sich wieder auf die Zehenspitzen und küsste ihn zärtlich.

Ihnen war bewusst, dass der Kuss ein Versprechen für all das war, was kommen würde, ein Versprechen, dass er, wenn die Sonne über den Weinbergen aufgehen würde, wissen würde, was sie ihr bedeutete.

Ihr Atem ging stoßweise, sowie sie von ihm abrückte und

ihre Aufmerksamkeit seiner Hose widmete. Nachdem sie den Gürtel geöffnet hatte, folgte der Reißverschluss. Im nächsten Moment schob sie die Hose herunter und beobachtete lächelnd, wie sie auf dem Boden landete. Chase stieg hinaus und kam Chloe dabei näher – so nahe, dass sie die Wärme seiner Erektion an ihrem Bauch spüren konnte.

Er war sündhaft schön und umwerfend, als er so in Boxershorts vor ihr stand. Aber sie war erst zufrieden, wenn sie ihn ganz ausgezogen hätte – genau, wie er immer all die Schichten entfernt hatte, die sie sich zugelegt hatte, um sich zu schützen.

Jedes Mal, wenn sie miteinander geschlafen hatten, hatte Chase ihr nicht nur die Kleidung vom Leib gestreift, er hatte langsam begonnen, sie von ihren Ängsten frei zu machen. Von ihrem Zögern. Von dem Glauben, dass sie niemals die Liebe eines Mannes verdient hätte, der so gut war wie er.

Sie wollte ihm die Shorts herunterreißen ... doch zugleich wollte sie es so langsam wie möglich tun, um Chase erkunden und jeden Moment genießen zu können.

Am Ende erreichte ihr Verstand ihre Hände, und sie hakte ihre Daumen an beiden Seiten in das Bündchen der Shorts. Sie musste den Stoff vorziehen, um ihn über die Erektion zu bekommen. Dann hielt sie fasziniert inne.

„Du bringst mich dazu, Dinge machen zu wollen, die ich schon fast vergessen hatte."

Er musste gar nicht sagen: „Dann tu es doch." Sie konnte seine Antwort hören, auch ohne dass er sie aussprach. Sie brauchte auch seine stumme Aufforderung nicht, um vor ihm auf die Knie zu sinken. Und ganz sicher brauchte sie nicht seine Ermutigung, um sich vorzubeugen und mit der Zunge über seine Härte zu streichen.

„Chloe."

Er vergrub seine Hände, die bisher ganz ruhig heruntergehangen hatten, in ihrem Haar.

Sie fühlte sich begierig, wild und so verdammt glücklich, als sie auf dem Boden kniete und Chase an ihren Lippen fühlte. Wenn irgendjemand ihr vor einer Woche erzählt hätte, dass es ihr so sehr gefallen würde, mit einem Mann – irgendeinem Mann – genau das hier zu tun, hätte sie denjenigen für verrückt erklärt.

Aber es war mehr als schön, Chase zu schmecken, zu spüren, wie sein Griff in ihr Haar sich verstärkte, zu wissen, dass sie ihn mit der Zunge, mit den Zähnen vor Lust in den Wahnsinn trieb. Sobald sie den Mund weit genug öffnete, um ihn ganz in sich aufzunehmen, spannte er unwillkürlich die Oberschenkel an. In ihrer Hand, mit der sie ihn umfasste, fühlte sie, dass er noch härter wurde.

Seine Lust war ihre. Sie ließ ihn noch tiefer in sich gleiten und bemerkte, wie sehr er sich zusammenriss, um ihr die Führung zu überlassen. Und obwohl sie ihn dafür liebte, wollte sie spüren, wie er die Selbstbeherrschung verlor. Sie wollte die Gewissheit haben, dass sie die Frau war, die es geschafft hatte, dass er keine Kontrolle mehr über sich hatte.

Ihr weiblicher Instinkt trieb sie an. Sie schob eine Hand von seinem Bein zwischen seine Oberschenkel. Mit der anderen Hand umschloss sie seine Härte. Bedächtig strich sie mit der Zunge über seine empfindliche Haut.

„Stopp", hörte sie ihn wie aus weiter Ferne sagen. „Ich kann mich nicht mehr lange zurückhalten."

Sie wollte nicht, dass er sich zurückhielt. Obwohl ihr Körper sich nach seiner Berührung sehnte und obwohl es sich bestimmt gut anfühlen würde, ihn mit sich zu Boden zu ziehen, damit sie sich auf ihn setzen und in sich spüren konnte, wollte sie das hier noch mehr.

Statt also aufzuhören, gab sie diesem Mann, der ihr gezeigt hatte, dass Freude grenzenlos sein konnte, alles, was sie war, alles, was sie hatte.

Sie konnte fühlen, wie er noch größer und härter wurde,

und sie konnte seine Erregung auf ihrer Zunge schmecken. Aber sie brauchte noch mehr. Sie wollte alles von ihm. Und während sie ihn noch tiefer in den Mund nahm, stöhnte sie auf, ohne darüber nachzudenken, welche Wirkung die Vibrationen auf ihn hatten.

In der nächsten Sekunde erklang von ihm ein wohliges Keuchen, das von einem Liebesschwur gefolgt wurde. Der Schwur hallte im Raum wider, während Chase' Schaft zwischen Chloes Lippen zu pulsieren begann. Sie musste die Lippen noch ein Stückchen weiter öffnen, um seine Stöße aufnehmen zu können. Er drang hart in sie und gab ihr all das, was sie sich gewünscht hatte: Er gab sich ihr vollkommen hin.

Und Chloe, die vor ihm kniete und ihn umfasst hielt, gab sich ihm ebenfalls hin.

Chase hatte es nicht kommen sehen. Er hätte nicht gedacht, dass Chloe, die ihn ja für die Nacht „gewonnen" hatte, ihn als Erstes mit Mund, Zunge und Händen verwöhnen würde.

Himmel, er fürchtete, dass seine Beine ihm den Dienst versagen würden, nachdem er gerade den explosivsten Orgasmus seines ganzen Lebens gehabt hatte.

Als er schließlich die Augen wieder aufmachen konnte, erblickte er Chloe, die noch immer vor ihm hockte. Sie schaute ihn mit einem süßen Lächeln an, das ganz und gar nicht zu dem passte, was sie soeben mit ihm angestellt hatte. Sie wirkte so erregt, wie er sich noch immer fühlte.

„Du bist so lecker." Ihre Stimme klang rau. Glücklich.

Sie verhielt sich, als hätte er ihr alles gegeben, was sie sich je gewünscht hatte, indem er in ihrem Mund gekommen war.

Jedes Mal, wenn sie zusammen einen Orgasmus erlebten, warf sie ihn um. Sie könnten die nächsten siebzig Jahre zusammen verbringen, und er war sich sicher, dass er von der wunderschönen Frau, die vor ihm kniete, immer bezaubert und erstaunt sein würde.

Während Chloe langsam aufstand und sich in ihrer süßen und dennoch sinnlichen Art an ihn schmiegte, sagte sie: „Ich bin so froh, dass ich dich heute Nacht gewonnen habe." Bedächtig strich sie mit der Zunge über seinen Oberkörper.

Nachdem er so heftig gekommen war, hätte er eigentlich befriedigt sein müssen – zumindest für ein paar Minuten –, aber es reichte schon eine Berührung ihrer Lippen, und das Blut rauschte wieder in seine Körpermitte.

Chase umfasste ihre Hüften. Er liebte das Gefühl, sie zu spüren, als er sie nun an sich zog und seinen Schenkel zwischen ihre Beine drängte. Lustvoll stöhnte Chloe auf, und er fühlte ihren Atem auf seiner Brust.

Sie sollte immer noch bestimmen, wie ihre gemeinsame Nacht aussah, und er wusste, dass er ihr das Kommando überlassen sollte. Doch er musste sie berühren, musste ihr zumindest einen Bruchteil der Lust und Befriedigung bereiten, die sie ihm geschenkt hatte.

Mit den Lippen zog sie eine warme Spur entlang seines Oberkörpers, während sie sich an seinen Oberschenkel drückte. Chase spürte, wie heiß und wie feucht vor Erregung sie war.

Er hatte geglaubt, für diese Nacht vorbereitet und bereit dafür zu sein, sich in Chloes Hände zu begeben. Er hatte geglaubt, alles aushalten zu können, was sie mit ihm anstellte.

Wie dumm er gewesen war.

Fast zwei Jahrzehnte voller Sex mit Models und Schauspielerinnen hatten ihn nicht darauf vorbereiten können, mit einer Frau zu schlafen, die er tatsächlich liebte.

Von Sekunde zu Sekunde wurde ihm klarer, dass Liebe alles veränderte.

Sie machte alles noch größer.

Noch besser.

Noch viel süßer.

„Chase?"

Er sah, wie die Frau, die ihn so vollkommen aus der Fassung brachte, ihn entschlossen anblickte.

Voller Hoffnung.

„Ich weiß, was ich als Nächstes tun möchte."

Glücklicherweise war er gerade erst gekommen, denn sonst hätte er nur dank ihrer heiseren Stimme einen Höhepunkt erlebt. „Alles", schwor er ihr. „Wirklich alles", versprach er.

„Ich möchte …" Sie verstummte. Ihr Blick verdüsterte sich, und Unsicherheit stand in ihren Augen.

„Sag es mir, Chloe. Verrat mir, was du möchtest. Erlaube mir, dass ich es dir gebe. Gönn es dir selbst." Bei den letzten Worten weiteten sich ihre Augen, und er wusste, dass er damit ins Schwarze getroffen hatte.

„Ich möchte mich dir hingeben." Sie holte zittrig Atem. „Ich möchte, dass du …" Er konnte sehen, dass seine mutige, schöne Frau, die ihn gerade ohne zu zögern mit dem Mund befriedigt hatte, sich erneut fürchtete. „Ich möchte, dass du mich fesselst."

Er vergaß zu atmen. Für den Bruchteil einer Sekunde hatte er vergessen, wie das Atmen überhaupt funktionierte.

An diesem Abend ging es um so viel mehr als nur Sex. Er wusste das. Von Anfang an war ihm das klar gewesen.

Allerdings hatte er nicht geahnt, um wie viel mehr es ging. Er hatte nicht vorgesehen, dass sie heute Nacht auch noch die letzte Barriere einreißen wollte, die sie zum Schutz um ihren Körper – um ihr Herz – herum errichtet hatte.

Er wollte ihr sagen, dass sie das nicht tun müsse und dass sie schon der mutigste und tapferste Mensch sei, den er je kennengelernt habe. Aber bevor er etwas erwidern konnte, hob sie das Kinn an, als hätte sie die Worte gehört, die er bisher noch nicht ausgesprochen hatte.

„Das ist meine Nacht. Du gehörst mir. Ich kann alles mit dir tun. Alles", sagte sie. Die Entschlossenheit war zurück. „Das ist mein Wunsch." Sie verschlang ihre Finger mit seinen. „Das ist es, was ich *brauche*."

„Ich liebe dich." Er neigte den Kopf, um sie zu küssen. Einmal. Zweimal. Dreimal. „Sollen wir mal schauen, wie viel die Bettpfosten aushalten?"

Vor Lust wirkten ihre Augen schwarz. Doch es war auch Angst darin zu lesen, weil sie so wild entschlossen war, mit ihrer Vergangenheit zu brechen.

Was auch immer passieren würde – Chase würde ihr beweisen, wie gut es sich anfühlte, jemandem, den man liebte und der einen ebenfalls liebte, die Kontrolle zu überlassen.

„Ja." Sie drückte seine Hand. „Bitte."

20. KAPITEL

Auf der Schwelle zu dem Schlafzimmer blieb Chloe wie angewurzelt stehen. Chase drehte sich zu ihr um. Er musterte ihre Miene und spürte, wie sich ihr Griff um seine Hand verstärkt hatte.

„Chloe?"

Sie wusste, dass sie stark sein musste. Sie wollte nicht nur für ihn, sondern auch für sich selbst stark sein. „Ich vertraue dir", erwiderte sie, während ihr Herz flüsterte: „Ich liebe dich."

Mit seinen starken, warmen Händen umfasste er ihr Gesicht und streichelte ihr über die Wangen. Seine Lippen berührten ihren Mund. Chase kostete ihre Lippen, als würde er an feinstem Wein nippen. „So süß." Er leckte ihr über die Unterlippe, und Chloe erschauerte vor Lust. „So mutig."

Sie fühlte sich nicht mutig. Sie kam sich vor wie eine Schauspielerin, die versuchte, eine Rolle zu ergattern, der sie unter keinen Umständen gerecht werden konnte.

Aber sie befand sich nicht an irgendeinem Filmset. Das hier war keine Fernsehshow, die sie aus sicherer Entfernung anschauen konnte. Das hier war ihr Leben.

Ein Leben, das sie zurückerobern wollte. Ganz und gar.

„Zeig mir, wie schön es sein kann, Chase. Zeig mir, wie schön es sein *sollte*."

Er hob sie so mühelos hoch, dass ihr der Atem stockte. Ihr gefiel es, wenn er sie so in den Armen hielt, und sie liebte dieses Gefühl, bei ihm immer sicher und geborgen zu sein.

Er trug sie in das geräumige Schlafzimmer und zum Bett. Allerdings ließ er sie nicht sofort herunter. Zuerst wollte er ihre Ängste fortküssen.

Als er sich schließlich von ihr löste und sie auf die Matratze legte, stöhnte sie auf, weil sie seine Wärme und seinen muskulösen Körper nicht mehr spürte. Er schaute sie an und ließ seinen Blick von ihrem Gesicht bis hinunter zu ihren Brüsten gleiten. Ihre Brustwarzen hatten sich unter dem dünnen Seidenstoff ihres Kleides beinahe schmerzhaft aufgerichtet. Der Rock war hochgerutscht und entblößte ihre Oberschenkel. Endlich streckte Chase die Hand aus und berührte sie, strich ihr Bein vom Knöchel bis zur empfindlichen Haut an ihrem Schenkel hinauf.

Lustvoll keuchte sie auf, bog sich ihm entgegen, um ihm näher zu sein, um ihm mehr von ihrem Körper darzubieten, um ihm alles von sich darzubieten.

„Hast du eine Ahnung, wie es für mich sein wird, dich nackt und gefesselt vor mir liegen zu sehen? Zu wissen, dass du mir genug vertraust, um zu erlauben, dass ich dich so nehme?"

Eine Welle der Lust schoss durch ihren Körper bis zwischen ihre Mitte. Sie konnte ihm nicht antworten, denn ihr fehlten die Worte. „Bitte", war alles, was sie hervorstoßen konnte.

Sie hatte sich geschworen, einen Mann nie mehr um irgendetwas zu bitten. Doch bei Chase war es kein Bitten. Ihr Körper und ihre Seele brauchten etwas, das sie sich schon viel zu lange versagt hatte. Und sie forderten es ein.

Mit einem Mal waren Chase' Hände am Saum ihres Kleides. Er schob den Stoff höher und höher, über ihre Schenkel, ihren Bauch, ihre Brüste. Er musste ihr nicht sagen, dass sie die Arme heben sollte. Sie hatte sie längst gehoben und half ihm dabei, sie aus dem Kleid zu befreien. Sie sehnte sich danach, nackt zu sein und seine Haut auf ihrer zu fühlen.

Plötzlich war sein Blick überall – auf ihrem Gesicht, ihren Brüsten, ihrem feuchten Seidenslip. „Noch nie hatte ich so sehr das Bedürfnis, jemanden zu fotografieren, wie jetzt."

Ihr war eigentlich klar, dass sie keinem Mann erlauben sollte, Nacktaufnahmen von ihr zu machen. Sein Wunsch hätte sie überraschen, erschrecken sollen. Aber die Wahrheit war, dass ihr Vertrauen in Chase so groß war, ihr Glaube an seine Güte so unerschütterlich, dass sie keine Sekunde zögerte, sowie er seine Fantasie in Worte fasste.

„Ich vertraue dir, Chase."

„Nein. Niemals würde ich das tun." Besitzergreifend berührte er ihre Hüften. „Wenn irgendjemand jemals diese Bilder finden sollte, wenn irgendjemand außer mir dich je so sehen würde, dann müsste ich denjenigen umbringen."

Es lag ihr auf der Zunge, ihm zu gestehen, wie sehr sie ihn liebe. Doch noch bevor sie es aussprechen konnte, streifte er ihr den Slip die Beine hinab und warf ihn auf das schöne Kleid, das er ihr herausgesucht hatte.

„Ich sollte warten, bis du gefesselt bist, ehe ich das mit dir mache, wonach ich mich sehne."

Normalerweise hätte sie abgewartet. Aber das hier war ihre Nacht. Sie hatte die Kontrolle.

„Ich habe dich gewonnen", erinnerte sie ihn. Als er sie anschaute, waren seine Pupillen vor Lust so geweitet, dass seine Augen fast schwarz wirkten.

„Ja, das hast du", entgegnete er. Seine tiefe, erregte Stimme glitt wie ein Flüstern über ihre Haut und schien zu versengen.

„Du musst tun, was ich will." Sie leckte sich über den Mund und biss sich auf die Unterlippe, ehe sie hinzufügte: „Alles, was ich will."

Während sie sprach, legte er die Hände auf ihre Beine und drückte sanft ihre Oberschenkel auseinander.

„Sieh nur, wie schön du bist", sagte er beinahe ehrfürchtig und rau vor Leidenschaft.

Sie blickte an ihrem nackten Körper hinab. Es war ein schwindelerregendes Gefühl zu wissen, dass dieser Mann ihr gehörte. Und nicht nur, weil sie ihn bei einem Spiel gewonnen hatte.

Er hatte ihr seine Liebe geschenkt.

Und sie verzehrte sich sehr danach, dieses Geschenk anzunehmen.

„Koste mich, Chase."

Ihre Worte waren kaum mehr als ein Wispern, und sie war

sich zuerst nicht sicher, ob er sie verstanden hatte. Doch schon streichelte er die Innenseite ihres Schenkels entlang bis zu ihrem Venushügel. Sie musste ihren Atem anhalten, bis Chase sie endlich berührte. Was für ein wundervoller Moment.

Da. O Gott, genau da.

Sie wollte zusehen, wie er sie verwöhnte. Es erregte sie, seine starke Hand zu beobachten, mit der er sie massierte. Aber die Empfindung war so schön, dass ihre Muskeln ihr den Dienst versagten. Ihre Beine spreizten sich scheinbar von selbst, und ihr fielen die Augen zu. Sie legte den Kopf aufs Kissen und stöhnte vor Lust laut auf.

Wieder und wieder brachte er sie mit den Fingern an den Rand des Höhepunktes, verweigerte ihr allerdings die Erfüllung.

Sie reckte ihm ihr Becken entgegen. Und während er sie weiter reizte und während die Hitze sich in ihrer feuchten Mitte sammelte und immer stärker wurde, wollte sie ihn anflehen, ihr endlich zu geben, was sie brauchte.

Doch plötzlich fiel ihr wieder ein: Es war *ihre* Nacht.

Irgendwie fand sie die Kraft, sich auf die Ellbogen zu stützen, und hob die Lider. „Ich habe dir gesagt, dass du mich kosten, nicht dass du mit mir spielen sollst."

Sie bemerkte das freche Funkeln in seinen Augen und wusste, dass er darauf gewartet hatte, von ihr angewiesen zu werden. Bei dem Gedanken an all die wunderbaren dekadenten Dinge, die sie sich von ihm wünschte, durchströmte sie ein prickelnder Schauer.

Gerade wollte sie ihn wieder daran erinnern, was seine Aufgabe war, während er langsam die Finger von ihren Schenkeln löste und zu seinem Mund führte.

O Gott, sie konnte nicht glauben, dass sie zusah, wie er ihre Erregung von seinen Fingern leckte.

„Wolltest du, dass ich das mache? Wolltest du, dass ich dich so koste?"

Ihre Antwort wäre schneller gekommen, wenn er seine Hand nicht zurück zwischen ihre Oberschenkel hätte gleiten lassen und sie erneut hätte fast kommen lassen.

Sie wollte die lockere, sexy Unterhaltung gern weiter mit ihm führen, aber sie konnte es nicht – erst wenn sie zumindest ein kleines bisschen Erleichterung gefunden hätte, um wieder klar denken zu können.

„Pass auf, was du mit mir tust, Chase."

Seine Antwort war ein tiefes, fast sehnsüchtiges Stöhnen, da sie sich gegen seine Finger drängte und ihn so stumm um mehr anflehte. „Du bist so schön, Chloe", sagte er. Allein der Klang seiner Stimme, der bewundernde Ausdruck in seinen Augen, die Verehrung in seiner Miene brachten sie an den Rand des Orgasmus.

Einen Moment später ließ sie sich fallen. Es zählte nur noch der Rausch. Sie kam kaum zu Atem, fand kaum Worte. Doch sie musste ihn gar nicht an ihre ursprüngliche Aufforderung erinnern, denn ehe sie sich von ihrem umwerfenden Orgasmus erholt hatte, spürte sie seinen Mund heiß und feucht zwischen ihren Beinen.

Sie bog sich ihm entgegen und schob ihre Hände in seine Haare, während sie wieder aufschrie. Sie konnte nicht schon wieder so kurz davorstehen.

Obwohl sie es hätte besser wissen müssen, hatte sie nicht mit Chase gerechnet. Damit, zu welchen neuen Höhen er sie mit der Zunge bringen würde – so perfekt, so süß.

So sündhaft.

Sie musste hinsehen, musste die Augen wieder öffnen und nach unten schauen, um ihn dabei zu beobachten, wie er sie reizte.

Offensichtlich im Einklang mit ihren Bewegungen und Gedanken hob er den Blick und sah sie an. Sie erkannte Lust, Verlangen und Begierde in seinen Augen.

Und sie erkannte so viel Liebe in diesem Blick, dass eine

letzte Berührung seiner Zunge ausreichte, um sie erneut zum Orgasmus zu bringen. Schweißperlen glitzerten auf ihrer Haut, und ihr Herz hatte noch nie so schnell geschlagen wie in diesem Moment, in dem er sie mit zu diesem unglaublichen Ort nahm, von dem sie nicht gewusst hatte, dass er auf sie wartete. Nicht, bis Chase sie zum ersten Mal berührt und geküsst hatte.

Nicht, bis er sie geliebt hatte.

Nachdem sie irgendwann wieder etwas ruhiger atmen konnte, sagte sie: „Eigentlich sollte ich jetzt befriedigt sein." Er zog sie an sich, damit er zarte Küsse auf ihren Bauch und auf die Unterseite ihrer Brüste hauchen könnte, während er sie streichelte. „Ich sollte nicht noch mehr brauchen."

„Aber?", entgegnete er.

„Aber es stimmt nicht", gestand sie. „Ich brauche noch viel mehr, Chase."

Chloe glaubte zu wissen, was als Nächstes geschehen würde. Er würde sich auf sie schieben, sie würde ihre Arme und Beine um ihn schlingen, und er würde sie so verwöhnen, wie sie es sich wünschte.

Stattdessen sah sie jedoch zu, wie er aufstand und die Schublade der Kommode aufzog. Er nahm vier der schönsten Stücke Stoff heraus, die sie je gesehen hatte.

„Die hier habe ich für dich aufgehoben", sagte er, während er sich wieder zu ihr legte. „Ich hoffe, du kannst sie für deine Patchworkdecken verwenden."

Sie streckte den Arm aus, um die Stoffe zu berühren. „Chase." Ihre Augen füllten sich mit Tränen. Diese Stoffe für sie zu sammeln, war das Schönste, was je ein Mensch für sie getan hatte. „Ich habe keine Ahnung, was ich sagen soll." Doch eigentlich wusste sie es. „Danke …"

Er lächelte sie an und küsste sie, ehe sie weitersprechen konnte. „Du kannst mir später danken, wenn ich dich vor Lust wieder zum Schreien gebracht habe", neckte er sie. Er strich mit einem der weichen Bänder über ihre Brüste. „Wer hätte geahnt, dass sich diese Stoffstücke heute Abend als so nützlich erweisen würden?"

Ihr stockte der Atem. Eigentlich waren sie ja ins Schlafzimmer gegangen, damit er sie fesseln konnte, aber sie hatte ihn so sehr gebraucht, dass sie ihr Ziel fast aus den Augen verloren hätte.

„Bindest du mich mit diesen Stoffstücken fest?"

Sündhaft lächelnd nickte er. „Und du musst ein braves Mädchen sein und nicht zu fest daran ziehen, wenn du kommst, damit du den Stoff nicht ruinierst." Als er ihre Verwirrung bemerkte, beugte er sich hinunter, um sie wieder zu küssen. „Ich ziehe dich doch nur auf, mein Schatz. Du darfst so fest daran zerren, wie du möchtest. Du kannst so heftig kommen, wie du willst. Ich werde noch mehr schöne Bänder für dich finden."

Sie war so fixiert darauf, was er mit seiner tiefen, sexy Stimme sagte, dass sie kaum bemerkte, wie er einen Arm hob und anfing, den Stoff um ihr Handgelenk zu wickeln. Erst als es ihr bewusst wurde, schluckte sie und verspannte sich unwillkürlich.

Er wurde langsamer, streichelte die Innenseiten ihrer Handgelenke eher, als dass er sie festbinden würde, und sie wurde wieder ruhiger. Sie versuchte, sich von ihren Ängsten abzulenken, und sagte: „Erzähl mir mehr, wie du mich erneut zum Höhepunkt bringen willst."

Ihr gefiel sein überraschtes Lachen. „Bist du dir sicher, dass du damit umgehen kannst, wenn du es weißt?" Ihr rechtes Handgelenk war mit einem Stück Stoff an den Bettpfosten gefesselt, noch ehe er die Frage ganz ausgesprochen hatte.

O Gott, im Augenblick wusste sie gar nichts mehr. Nur, dass sie Druck machen musste, damit es weiterging. Sie würde nicht zulassen, dass sie ihrer wahren Sinnlichkeit noch länger beraubt wurde. Sie wollte keine einzige Nacht mehr verlieren. Das hier war sie, dazu war sie geboren, und Chase würde sie niemals verletzen.

Er würde sie nur lieben.

Es wäre leichter gewesen, die Augen zu schließen, sobald Chase sich Stück für Stück von ihren Handgelenken zu ihren Knöcheln vorarbeitete. Aber sie wollte sich nicht verstecken, wollte alles sehen. Und deshalb wartete sie nicht ab, bis er ihren anderen Arm anhob, sondern brachte sich selbst in die richtige Position.

Ein Lächeln war ihre Belohnung. Kaum bewegte sie ihr Becken, um sich an seiner Erektion zu reiben, atmete er scharf ein.

„Zum Glück bin ich damit beschäftigt, dich festzubinden. Sonst würde ich mich blamieren", raunte er leise.

Sie konnte nicht glauben, dass er sie zum Lachen brachte, wenn doch angesichts der Position, in der sie sich befand, bei ihr eigentlich sämtliche Alarmglocken hätten schrillen müssen.

„Zieh mal kurz am Stoff."

Auch ohne dass er ihre Beine fixierte, hatte er ihre Handgelenke so gefesselt, dass Chloe sich, auch wenn es nötig werden sollte, nicht befreien, nicht schützen konnte.

Sie wartete auf die Panik, die sie längst hätte ergreifen müssen. Sie wusste, dass es kommen musste. Jeden Moment konnte es sie erfassen. Sie würde ihn anflehen, sie loszubinden, sie zurückkehren zu lassen an einen Ort, an dem sie sich nicht dazu zwang, sich all ihren verdammten Ängsten zu stellen.

Aber während die Sekunden verstrichen, spürte sie nur die Wärme von Chase' liebevollen Zärtlichkeiten an ihren Hüften, ihrem Bauch, in ihrem Gesicht. Für sie zählte nur eines: Er schaute sie an, als wäre sie der einzige Mensch auf der Welt, der wichtig war.

In diesem Augenblick erkannte sie etwas, das ihr schon längst hätte klar sein müssen: Chase hatte genauso viel Angst wie sie.

Er fürchtete sich, dass sie sich selbst nicht erlauben würde, seine Liebe zu erwidern.

Sie hätte die Arme nach ihm ausgestreckt, wenn sie gekonnt hätte. „Ich habe Angst, Chase."

Er zögerte nicht und begann sofort, ihre Fesseln zu lösen.

„Nein", presste sie hervor, obwohl ihre Kehle mit einem Mal trocken war. „Nicht wegen der Knoten in den Stoffbahnen."

Er hielt inne. „Chloe, mein Schatz, du musst das hier nicht tun."

Ein Schluchzen stieg in ihr auf. „Glaube mir", entgegnete sie. „Ich habe es versucht."

Sie schloss die Augen. Doch obwohl dieser Sinn nun ausgeschaltet war, war Chase noch überall – sein Duft, das Geräusch seines Atems, seine Wärme auf ihrer nackten Haut.

Liebe.

Schon einmal hatte sie das Wort geflüstert, während sie ihr Gesicht in seine Halsbeuge geschmiegt hatte. Sie hatte es nicht für sich behalten können, nachdem all die Emotionen, die sie erlebt hatte, sie so durcheinandergebracht hatten. Das Wort hatte ihr auf der Zunge gelegen, wie ein stummes Versprechen für den Mann, von dem sie sich nicht hatte fernhalten können.

Sie wartete darauf, dass er sie bat, es auszusprechen. Innerlich bereitete sie sich darauf vor.

Doch Chase hatte nie nach den Regeln gespielt. Statt ihre hilflose, gefesselte Situation auszunutzen und Chloe dazu zu bringen, ihre Gefühle für ihn zuzugeben, war sie überrascht, als die Matratze sich bewegte. Sie spürte Chase' Hände auf ihren Beinen. Er strich ihre Schenkel bis zu ihren Knien hinab, streichelte über ihre Unterschenkel und erreichte schließlich ihre Knöchel.

Erschrocken riss sie die Augen auf. Sie war kurz davor gewesen, ihm ihre Liebe zu gestehen, aber er fesselte sie einfach weiter.

Dennoch war es ein wunderschönes Gefühl wahrzunehmen, wie er ihre Schenkel auseinanderdrückte, wie er sich über sie beugte und einen Kuss auf ihre Mitte hauchte, bevor er seine Aufmerksamkeit wieder auf den Stoff um ihren Knöchel richtete.

„Ich liebe deinen Geschmack", bemerkte er fast beiläufig. Als er erneut in einem sündhaften Angriff auf ihre Sinne über ihre Haut leckte, wäre Chloe, wenn sie nicht ans Bett gefesselt gewesen wäre, fast aufgesprungen. „So schön", murmelte er. „Du reagierst immer so direkt auf mich."

Sie schob ihr freies Bein ein Stück zur Seite, um sich noch weiter für ihn zu öffnen.

„Nur noch ein Band übrig", sagte er leise. Sie versuchte gerade zu begreifen, was er damit sagte: Sie war also beinahe komplett gefesselt. In dem Moment ließ er seine Zunge in sie gleiten.

Alles in ihr konzentrierte sich auf diesen einen Punkt. Sie stand kurz davor zu kommen. Angestrengt hielt sie den Atem an, konnte nicht mehr denken und war gar nicht mehr imstande, Angst zu haben – nicht einmal, als er sich neben ihr freies Bein kniete und es ebenfalls ans Bett fesselte.

Aber Chase gab ihr keine Zeit zum Reagieren. Sobald sie festgebunden war, presste er seinen Mund wieder zwischen ihre Schenkel und löste Wellen der Lust in ihr aus, die sicherlich noch keine Frau zuvor empfunden hatte.

Sie zerrte an ihren Fesseln. Nicht, um der Berührung seiner Zunge zu entfliehen, dem aufreizenden Spiel seiner Finger in ihr. Sie kämpfte nicht. Denn sie hatte keine Angst. Nein, sie zog und zerrte an den Fesseln, weil es sich gut anfühlte. Es fühlte sich gut an, sich einhundertprozentig und voller Vertrauen dem Mann hinzugeben, den sie liebte. Er hatte ihr schon zwei Höhepunkte geschenkt. Das war jetzt allerdings egal, denn ihr war klar, dass sie niemals genug von ihm haben würde.

Sie hörte ein Stöhnen und Flehen. Doch als sie erkannte, dass es von ihr selbst stammte, war sie schon zu weit. Im nächsten Moment wurde ihre Welt von einem so intensiven Lustgefühl erschüttert, dass nur eine Empfindung übrig blieb.

„Liebe."

Das Wort kam ihr wieder und wieder über die Lippen, bis Chase bei ihr war, bis er es ebenfalls aussprach. Im nächsten Augenblick küssten sie sich, und er stieß in sie. Er war so heiß, so groß, dass sie glaubte, zerspringen zu müssen, so erfüllt waren ihr Körper, ihr Herz, als er sie liebte. Sie konnte ihre Arme oder Beine nicht um ihn schlingen, aber dennoch fühlte sie sich ihm näher als je zuvor, während er sich nun hinkniete und sich tiefer in sie schob. Sie konnte an ihrem nackten Körper hinabblicken, auf dem ihr und sein Schweiß glänzten.

„Sieh dir an, wie schön du bist, Chloe. Sieh dir an, wie mutig du bist."

Er hatte sie nicht gedrängt, als ihr aus freiem Willen das Wort Liebe über die Lippen gekommen war, er hatte ihr Raum gegeben, damit ihre Angst sich von allein hatte legen können.

Durch die Fesseln waren ihre Beine weit genug gespreizt, dass sie verfolgen konnte, wie er langsam in sie hinein- und wieder hinausglitt.

Der Akt war so unglaublich wundervoll.

Erschreckend sinnlich.

„Wie kannst du diejenige sein, die gefesselt ist", sagte er zitternd, „und doch bin ich derjenige, der vollkommen hilflos ist?"

Sie hatte noch nie erlebt, dass ein Mann so offen mit seinen Gefühlen und Empfindungen umging. Sie hätte nicht geglaubt, dass es möglich war.

Chase war so viel mehr als nur ihr Retter in der Not.

Er war ihr persönliches Wunder.

„Ich liebe dich." Neben der Lust erfüllte sie nun tiefes Glück. „Ich liebe dich so sehr."

So schnell, dass sie nicht wusste, wie er es gemacht hatte, löste er die Bänder. Dann umschlangen sie einander, und Chase rollte mit ihr auf den Rücken. Sie saß auf ihm und konnte den Mann betrachten, der sie hatte ihr Herz neu entdecken lassen. Ihr Herz, das so tief verborgen gewesen war, dass sie selbst nicht einmal sicher gewesen war, dass es noch da war.

Am Ende war es die Liebe in seinem Blick – eine Liebe, die „für immer" versprach, eine Liebe, die sie niemals enttäuschen würde –, die sie zum Höhepunkt brachte.

Direkt in Chase' Arme.

21. KAPITEL

Chloe erwachte. Ihre Beine waren mit Chase' verschlungen. Er sah sie an und stützte sich auf den Ellbogen. „Guten Morgen."

Sie fühlte sich schlaftrunken, warm und unglaublich glücklich. „Hallo."

Zärtlich strich Chase ihr das Haar aus der Stirn. Aber obwohl seine Berührung zart und liebevoll war und sie noch immer gegen den Schlaf ankämpfte, konnte sie spüren, dass er irgendwie angespannt war.

Ihre Nacht war vom Anfang bis zum Ende so unfassbar gewesen, dass sie das wundervolle Gefühl, mit Chase zusammen zu sein, kaum hatte fassen können.

Das perfekte romantische Abendessen.

Das lustige Boccia-Spiel.

Und dann der Sex, der so sündhaft und gleichzeitig so süß gewesen war, rauschhafter, als sie es sich je hätte vorstellen können.

Sie musste es noch einmal sagen: „Ich liebe dich."

Wild presste er seinen Mund auf ihren, und der Kuss raubte ihr den Atem.

Sie setzte sich im Bett auf, sodass sie sich ans Kopfteil lehnen konnte. Die Bettdecke verhüllte ihre Brüste nicht, aber das Letzte, woran sie im Moment dachte, war ein Schamgefühl. Sie merkte, dass sie versuchte, Zeit zu schinden. Und es gefiel ihr nicht, dass die Anspannung durch sie nur noch mehr wuchs ... Doch all ihre Empfindungen waren so plötzlich gekommen, dass sie es kaum schaffte, ihre Emotionen zu verarbeiten, als sie nun durch sie hindurchströmten.

„Ich will nicht, dass du gehst." Chase' leidenschaftliche Worte hallten in den Tiefen ihrer Seele wider. „Ich liebe dich." Er ergriff ihre Hände. „Und du liebst mich."

„Chase, ich ..."

Er legte seinen Finger auf ihre Lippen. „Bitte, lass mich nur noch eines sagen."

Wortlos nickte sie.

„Ich weiß, dass du dir einiges beweisen wolltest. Aber du musst dir nichts beweisen. Du bist eine unglaubliche Frau. Du bist die netteste, stärkste Frau, die ich je kennenlernen durfte. Ich habe nicht den leisesten Zweifel, dass du all die Dinge, die du bewerkstelligen willst, auch bewerkstelligen kannst." Er streichelte ihr über die Wange, und sie schmiegte sie in seine Hand. „Lass mich dir helfen. Lass mich für dich da sein. Lass mich an deiner Seite sein. Lass mich dir Kraft geben."

Die ganze Nacht, während sie in Chase' Armen geschlafen hatte, hatte ihr Unterbewusstsein verrückt gespielt. Sie hatte versucht, sich zu überlegen, wie sie mit allem umgehen sollte. Sie hatte jedes wunderbar süße Lächeln von Chase genossen, jeden seiner heißen Küsse, das gute Gefühl, in seiner Nähe zu sein, und sie war erstaunt darüber gewesen, wie großartig und unvorhergesehen seine Liebesschwüre gewesen waren. Sie hatte versucht, sich davon zu überzeugen, dass es noch immer die richtige Entscheidung war zu gehen und dass sie es tun *musste*, um herauszufinden, wie stark sie wirklich war.

Doch die Liebe – die Liebe, die sie für Chase empfand und die sie nicht länger leugnen konnte – hatte alles verändert.

Vor allem ihren sturen Glauben daran, dass sie allein gehen musste, damit sie beweisen konnte, dass sie kein Opfer war. Wem wollte sie etwas vormachen? Nur ein Dummkopf würde diesen Mann verlassen.

Sie hatte sich schon einmal wie ein Idiot verhalten. Aber sie hatte aus ihren Fehlern gelernt: Sie würde einer so reinen, so echten Liebe wie dieser nicht den Rücken kehren.

„In der Nacht, als du mich am Straßenrand aufgelesen hast", meinte sie leise, „glaubte ich, dass ich nie wieder einem Mann vertrauen würde. Ich war überzeugt davon, dass es nicht möglich wäre. Dann bist du jedoch in mein Leben getreten und hast es völlig auf den Kopf gestellt. Und plötzlich musste ich alles, was ich glaubte, all meine Überzeugungen, infrage stellen." Sie schüttelte den Kopf. „Ich wollte mir diese Fragen nicht stellen. Ich wollte nicht wieder den Fehler begehen zu hoffen. Ich wollte am Ende nicht wieder feststellen, dass ich an das Falsche geglaubt hatte. Es war leichter, so viel leichter, an diesen alten Überzeugungen und Gefühlen festzuhalten. Es war leichter, mir einzureden – und dir zu sagen –, dass zwischen uns nur eine rein körperliche Anziehung bestehen könne. Irgendwie musste ich einen Weg finden, um vor mir zu rechtfertigen, dass ich mir deine Berührungen und Küsse nicht versagen musste."

Chloe wurde bewusst, dass sie nackt mit Chase auf dem Bett lag, während sie ihre tiefsten Gedanken, ihre letzten Geheimnisse mit ihm teilte. Sie hatte keine Lust mehr, irgendetwas vor ihm zu verbergen. Von jetzt an bis in alle Ewigkeit würde sie ihm ihren Körper geben. Ihr Herz.

Und ihre Seele.

„Ich wusste die ganze Zeit, dass unsere Bindung über das rein Körperliche hinausging. Die ganze Zeit wusste ich, dass mich nichts davon abhalten konnte, mich in dich zu verlieben. Egal, wie oft ich mir einredete, dass ich gehen würde, dass ich gehen müsste, dass meinen eigenen Weg zu gehen die einzige Option wäre, so brach mein Herz bei der Vorstellung, dich zu verlassen, jedes Mal ein Stückchen mehr. Ich dachte, stark zu sein würde bedeuten, alles allein zu schaffen, auf eigenen Füßen zu stehen, ohne jemanden zu brauchen, an den man sich anlehne. Doch dann hörte ich, wie du über deine Familie gesprochen hast. Ich habe dich mit Marcus beobachtet, und ich habe erlebt, wie du mit deiner Crew zusammengearbeitet hast. Du hast mir gezeigt, dass echte Stärke entsteht, wenn man lernt, wieder zu vertrauen. Du hast in mir den Wunsch geweckt, mutig genug zu sein, um wieder zu lieben."

Chloe rückte näher an Chase heran. Die Bettdecke rutschte

ihr vom Schoß, als sie sich auf dem Bett vor ihn kniete. Sie hielt seine Hände an ihr Herz gedrückt.

„Ich will immer noch stärker, ich will ein besserer Mensch werden ... Aber wenn ich mit dir zusammen bin, bin ich schon stärker und besser als je zuvor. Deine Liebe gibt mir das Gefühl, endlich die Frau finden zu können, die ich all die Jahre in mir gesucht habe." Tränen rannen ihr über die Wangen, während sie ihm ihre wahren Gefühle nun offenbarte. „Ich weiß, dass wir dieses Traumland bald verlassen müssen, aber dich will ich nicht mehr verlassen. Jetzt nicht und nie mehr."

Ihr Herz pochte heftig, als sie darauf wartete, wie er auf ihre Offenheit reagieren würde. Sie hatte ihm ihr Herz geöffnet und hockte nun nackt und schutzlos vor ihm.

Doch dieser Mann, den sie so sehr liebte, sagte nichts. Er zog sie nur stumm auf seinen Schoß und hielt sie fest.

All ihre Träume waren mit einem Mal wahr geworden. Chloe wollte vor Freude lachen. Sie wollte Tränen der Dankbarkeit für das kleine Mädchen in sich weinen, das den Traum von Herzlichkeit und Wärme niemals aufgegeben hatte.

Und sie wollte den Mann lieben, dessen Herz eins mit ihrem war.

Nachdem sie ihre Entscheidung getroffen hatte, knabberte sie sacht an seinen Lippen, küsste ihn einmal, zweimal, dreimal. Mit jedem Kuss konnte sie spüren, wie seine Erregung wuchs.

Sie dachte nicht nach, musste sich keine Gedanken darüber machen, ihre Wünsche und Bedürfnisse zu verbergen, als sie sich nun auf ihn setzte und seine Härte in sich aufnahm. Er war groß, doch sie war bereit für ihn. Sie war schon bereit gewesen, als er „Guten Morgen!" gesagt hatte.

Obwohl sie fühlte, wie schwer es für Chase war, die Selbstbeherrschung zu wahren, überließ er ihr die Führung.

Sie liebte es, ihn um den Verstand zu bringen. Wie sehr wollte sie es, dass er wieder die Kontrolle verlor, bis die Vernunft nicht mehr zählte, bis sie beide keine Chance mehr hatten, aufzuhören, zu denken, sich Sorgen zu machen.

„Erinnerst du dich noch an letzte Nacht", meinte sie, während sie ihre Hüften, so weit es ging, angehoben hatte, „als ich dich in meinem Mund hatte?"

Sie ließ sich wieder auf ihn sinken, und er pulsierte in ihr, womit er sie fast zum Höhepunkt brachte.

„Du warst so toll, Chloe."

Jedes Wort klang gequält, schoss es ihr durch den Kopf, als sie das Becken wieder anhob. „Was hat dir am besten gefallen?", fragte sie betont unschuldig. „Dass ich vor dir auf dem Boden gekniet habe?" Mit dunklen Augen schaute sie ihn an. „Oder dass du dir selbst dabei zusehen konntest, wie du in meinen Mund hinein- und wieder hinausgeglitten bist?"

Sie spürte die Vibrationen eines Knurrens, das sich tief in seinem Innern aufbaute, bevor es aus ihm herausbrach. Er presste seine Lippen auf ihren Mund und küsste sie leidenschaftlich.

Im nächsten Moment lag sie auf dem Rücken. Chase hielt ihre Hände über ihrem Kopf fest. Wieder und wieder stieß er in sie, und sie schlang die Beine um seine Taille, um ihn noch tiefer in sich zu spüren.

Obwohl er sie festhielt, hatte sie überhaupt keine Angst. Ehe sie ihm jedoch sagen konnte, wie gut es sich anfühlte und wie nahe sie dem Orgasmus war, verharrte er.

„Ich will nichts von dir nehmen, was du nicht zu geben bereit bist. Aber ich will dich so sehr, brauche dich so sehr und kann nicht versprechen, dass ich nicht eines Tages doch meine Zurückhaltung verliere."

Es gefiel ihr, dass er so vorsichtig mit ihrem Herzen umging, auch wenn ihre Körper kurz davorstanden, vom Höhepunkt mitgerissen zu werden. Und dennoch benötigte sie diese Pausen nicht. Sie musste nicht mehr von ihm hören, dass sie nichts vor ihm zu befürchten hatte.

„Ich liebe es, wenn du die Kontrolle verlierst. Ich liebe die Gewissheit, dass ich dich so weit bringen kann. Ich liebe die Gewissheit, dass ich all meine Fantasien mit dir ausleben kann, dass ich manchmal gefesselt werde und dass manchmal du derjenige bist, der gefesselt darauf wartet, dass ich jeden Zentimeter deines Körpers koste."

„Ich würde mir nie verzeihen, wenn ich eine Grenze übertrete, Chloe."

„Keine Grenzen, Chase. Wir brauchen sie nicht. Das weiß ich jetzt. Denn hinter jedem Kuss …" Sie presste ihre Lippen auf seinen Mund. „… hinter jedem zärtlichen Biss …" Sie knabberte an seiner Schulter und strich dann mit der Zunge über die Stelle. „… oder hinter meinem Wunsch, dass du mich härter, schneller nimmst, steckt Liebe." Sie umschloss ihn mit ihren inneren Muskeln, um diesen Punkt zu unterstreichen.

Sie schaute in seine wunderschönen Augen, die sie immer voller Erstaunen, voller Lachen und voller Liebe angesehen hatten.

„Ich bin Wachs in deinen Händen. Und ich liebe es. Nimm mich, Chase. Bring mich vollkommen durcheinander." Sie fuhr im mit der Zungenspitze über die Lippen, ehe sie hinzufügte: „Überschreite eine Grenze. Wenn du dich traust."

Ihre herausfordernden Worte hallten im Raum wider, und schon fand sie sich auf Händen und Knien auf der Matratze wieder.

O Gott, dachte sie, während er sich von hinten an ihr rieb. Unwillkürlich ballte sie die Hände zu Fäusten, als er in sie tauchte und mit den Fingern von ihren Hüften zu ihren Brüsten und wieder zurück zwischen ihre Oberschenkel streichelte. Wie sie es liebte, wenn er die Grenzen überschritt und diese Grenzen auslöschte.

Chloe hatte keine Angst mehr, beherrscht zu werden, und Chase hielt sich nicht länger zurück, um sicherzugehen, dass er sie nicht bedrängte. Und alles, was übrig blieb, war der süße

Rausch des Vertrauens.
Und Liebe.

Nachdem Chloe so lange heiß geduscht hatte, dass das Wasser allmählich kalt wurde, und als Chase ihr schließlich das Shampoo aus den Haaren spülte, sagte sie: „Ich werde bei der Polizei anrufen und Anzeige erstatten. Außerdem werde ich ein Kontaktverbot erwirken. Ich weiß, dass ich den Anruf schon längst hätte erledigen sollen. Der Grund war nicht, dass ich mich geschämt hätte, der Polizei zu sagen, was mir passiert ist. Ich weiß, dass es nichts ist, wofür man sich schämen müsste." Ihr Blick verfinsterte sich. „Ich denke nur noch immer, dass ich es hätte kommen sehen müssen. Wenn mir bewusst gewesen wäre, wie verstört, wie wütend er war, weil ich ihn verlassen hatte, dann hätte ich mich sicher selbst vor ihm schützen können, und nichts wäre passiert."

Chase hatte keine Ahnung, wie er sich zurückhalten und Chloes Exmann nicht an die Gurgel gehen sollte, falls der ihm jemals über den Weg lief.

„Du bist so gut, so süß, so stark, dass du alles tun kannst, was du willst, Chloe. Alles, außer dir selbst die Schuld an den Schwächen anderer Menschen zu geben."

„Das weiß ich jetzt auch."

In der vergangenen Nacht beim Abendessen hatte er ihr all die Bilder gezeigt, die er von ihr gemacht hatte. Jetzt ging er zu seinen Kamerataschen und holte einen weiteren Stapel Fotos hervor. „Diese hier habe ich gemacht. Als Beweis."

Sie nahm ihm die Bilder aus der Hand und sah sich flüchtig die Aufnahmen an, die er am ersten Tag heimlich von ihren Verletzungen gemacht hatte. „Ich hätte dich darum bitten sollen, solche Fotos für mich zu machen. Aber ich ..." Sie hielt inne und holte tief Luft. „Ich war noch nicht bereit dazu, mir über die nächsten Schritte Gedanken zu machen." Ihr Lächeln war zwar leicht, doch zumindest für einen Moment war es zu sehen. „Danke, dass du mitgedacht und die Bilder gemacht hast und dass du so vorausschauend gehandelt hast, als ich es nicht konnte." Sie streckte ihre Hand nach ihm aus. „Setzt du dich zu mir, während ich den Telefonanruf tätige?"

Chase war drauf und dran, ihr zu sagen, dass er mehr tun könnte, als nur beim Telefonieren neben ihr zu sitzen. Er und seine Brüder könnten ein für alle Mal dafür sorgen, dass ihr Exmann nie wieder in ihre Nähe kommen würde.

Stattdessen ging er jedoch mit ihr in die Küche, reichte ihr das Telefon und hielt die ganze Zeit über ihre Hand. Als das Gespräch schließlich beendet war, wirkte Chloe erschüttert.

„Habe ich dir heute schon gesagt, wie mutig und tapfer du bist?"

„Ich liebe dich auch", lautete ihre Antwort.

Er zog sie auf seinen Schoß und wollte sie für immer so in seinen Armen halten. Aber die Stille ließ ihr viel zu viel Platz, immer wieder im Kopf durchzuspielen, was sie gerade der Polizei erzählt hatte.

„Endlich werde ich mit dir zusammen frühstücken", sagte er also.

Überrascht hob sie den Kopf, den sie auf seine Brust gelegt hatte. „Frühstücken?"

„Du kannst dich glücklich schätzen, gleich Zeugin eines weiteren meiner Talente zu werden."

Er zog gespielt lüstern die Augenbrauen hoch, um sie daran zu erinnern, welches Talent sie gerade erst hatte erleben dürfen. Er vermisste ihre Wärme, ihre Weichheit, als sie von seinem Schoß aufstand, doch er war mehr als glücklich, ihr Lächeln zu sehen, als er eine Schürze mit Blumenmuster umband.

„Ich schwöre, dass ich nie wieder etwas über Waschlappen sagen werde", sagte sie grinsend, als er ihr den Rucken zuwandte, damit sie die Schürze zubinden konnte.

Nachdem er sich wieder zu ihr umgedreht hatte, funkelten ihre Augen.

„Definitiv noch immer ein Mr Sexy." Sie griff sich eine Schere vom Schneidebrett auf der Kochinsel. „Wie wäre es, wenn ich ein paar hübsche Blumen schneide, die zu deiner Schürze passen?"

Sie flüchtete aus seiner Reichweite, bevor er ihrem kurvigen Hinterteil einen Klaps verpassen konnte. Er liebte ihr Lachen. „Rotkäppchen sollte jetzt besser gehen, ehe der Wolf ihr zeigt, dass er Hunger auf mehr als nur Pfannkuchen hat."

Ihr Lachen und die Worte „Nichts als Versprechungen!" wehten ihr hinterher, als sie durch die Eingangstür nach draußen trat.

Chase blickte ihr noch eine Weile hinterher und war dankbar für alles, was ihm in seinem Leben geschenkt worden war – allem voran für die Frau, die er liebte.

Sie hatte ihm am Morgen gesagt, dass sie keine Angst davor habe, dass er Grenzen überschreiten würde. Sie hatte es ihm nicht nur mit Worten gesagt, sondern mit ihrem Körper gezeigt. Sie hatte ihm gezeigt, was sie geben wollte, was er nehmen sollte. Aber er wusste, dass es mit Sicherheit Zeiten geben würde, in denen er sie verrückt machen, in denen er ohne nachzudenken für sie entscheiden würde. Er und seine Brüder hatten das oft genug mit ihren Schwestern getan – alles, weil sie sie angeblich beschützen wollten, nicht weil sie älter waren und glaubten, es besser zu wissen.

Doch obwohl Chase wusste, dass er und Chloe in der Zukunft vermutlich auch mal aneinandergeraten würden, wusste er, dass ihre Liebe stark genug war, um so kleine Streitigkeiten zu überstehen.

Und, Junge, die Versöhnungen nach ihren zukünftigen „Diskussionen" über Grenzen würden echt Spaß machen. Grinsend holte er Mehl aus dem Vorratsschrank und nahm dann Eier und Milch aus dem Kühlschrank.

Zuerst würde er sie mit seinen Pfannkuchen beeindrucken, und anschließend würde er sie auf eine ganz andere Art und Weise begeistern, die sie das Frühstück vergessen lassen würde.

22. KAPITEL

Chloe hatte so lange Angst vor dem Anruf bei der Polizei gehabt, dass sie angenommen hatte, ihr Magen würde noch Stunden, wenn nicht noch Tage danach wie zugeschnürt sein. Aber sie fühlte sich nicht schwach oder zittrig. Im Gegenteil. Sie war erleichtert und fühlte sich, als könne sie die Weinberge hinaufrennen, ohne außer Atem zu sein, wenn sie oben ankäme.

Der Lavendel vor dem Gästehaus stand in voller Blüte. Sie konnte ihn riechen, als die Sonne warm auf sie, auf die Blumen und die Rebstöcke auf dem wunderbaren Anwesen im Napa Valley herunterstrahlte. Lächelnd ging sie mit einer Schere zu der Pflanze und hatte gerade ein dickes Bund Lavendel abgeschnitten, als sie ein Geräusch hinter sich hörte.

Der Augenblick, den ihr Gehirn brauchte, um zu erfassen, dass Chase sich nicht an sie heranschleichen würde, war zu lang, um der Hand auszuweichen, die sich plötzlich über ihren Mund legte.

Die Schere fiel ihr aus der Hand, als ein Mann Chloe an sich riss. „Du kleines Miststück, ich habe beobachtet, wie du mit dem Kerl ‚Vater-Mutter-Kind' gespielt hast."

Dean.

Wie hatte er sie ausfindig gemacht?

Und wie war er auf das Anwesen gekommen? Es gab ein Tor, für das man eine Fernbedienung brauchte, um es zu öffnen. Doch sie wusste, noch während ihr die Frage durch den Kopf ging, dass es keine Rolle spielte.

Alles, was jetzt zählte, war, *dass* Dean einen Weg auf das Anwesen gefunden hatte.

Und er wollte ihr offensichtlich wehtun. Schon wieder.

Chloe bemühte sich, die Panik, die in ihr hochkam, zu unterdrücken. Wenn sie zuließ, dass die Angst sie beherrschte, würde sie nicht klar genug denken können, um sich zu wehren.

Um für das Leben zu kämpfen, das sie verdiente.

Statt der Angst ließ sie ihren Zorn frei.

Denn dieses Mal würde sie nicht wegrennen.

Nein, sie würde nie mehr wegrennen.

Die Hand ihres Exmannes auf ihrer Wange fühlte sich weich und schwitzig an, als er ihr ins Ohr zischte: „Bittest du ihn, schmutzige Dinge mit dir zu tun, du dreckige Schlampe?"

Heute war er sogar noch wütender als vor einigen Tagen in ihrer Wohnung. Sein Stolz war ziemlich angeschlagen, nachdem sie ihn mit dem Farbeimer k. o. geschlagen hatte. Und nachdem sie so viele Jahre mit ihm zusammengelebt hatte, wusste Chloe, wie er dachte: Er nahm an, dass sie, wenn sie bisher nicht bei der Polizei gewesen war, zu viel Angst hatte, irgendjemandem zu erzählen, was er ihr angetan hatte.

Sie wusste, was er von ihr erwartete. Er erwartete, dass sie nahm, was er gab. Er erwartete, dass sie ihm ängstlich auswich. So, wie sie es in all den Jahren getan hatte, in denen sie zusammen gewesen waren. Während ihrer Ehe hatte er nicht einmal Gewalt anwenden müssen, damit sie sich ihm unterwarf. Er hatte sie lediglich ansehen müssen, als wäre sie wertlos – und sie hatte ihm geglaubt.

Na ja, inzwischen wusste sie besser, was sie wert war. Und wer sie war.

Chloe nutzte aus, dass er sie ständig unterschätzte, und biss ihm so fest in die Hand, wie sie konnte. Sie schmeckte sein Blut in ihrem Mund, als er vor Schmerz aufschrie.

Sie nutzte die Chance, trat nach hinten aus, hoffte, seine Kronjuwelen zu treffen, und bückte sich nach der Schere.

Chloe hätte sie auch beinahe erreicht, als sie jedoch plötzlich an den Haaren zurückgerissen wurde. Vor Schmerzen schossen ihr Tränen in die Augen. Irgendwie gelang es ihr, einen Aufschrei zu unterdrücken. Sie wusste, dass Dean genau das hören wollte und dass es ihn erregen würde.

„Ich habe deinen Wagen ausfindig gemacht. Dann habe

ich den Abschleppunternehmer bestochen, damit er mir verrät, wo er das Auto abgeholt hat", prahlte er. „Er meinte, der Anruf wäre von diesem Weingut gekommen. Als ich hier ankam, hätte ich allerdings nicht gedacht, dass du schon mit dem nächstbesten Kerl in die Kiste gesprungen bist." Wieder riss er an ihrem Haar. Ihr wurde vor Schmerz fast schwarz vor Augen. „Sag mir, was er mit dir macht. Sofort!"

Sie wusste, was passieren würde, wenn sie ihm die Wahrheit sagen würde. Er würde sie schlagen. Sie konnte ihm ansehen, wie viel Spaß ihm das machen würde.

O Gott, es hatte beim ersten Mal so verdammt wehgetan. Aber Chloe wusste, dass sie nur ein paar Zentimeter näher an die Schere kommen müsste. Und dann würde sie dafür sorgen, dass das Blatt sich wendete.

Für immer.

Sie verzog den Mund zu einem frechen Lächeln. „Du könntest nicht damit umgehen zu wissen, wie gut er ist. Wie viel besser als du."

Wie nicht anders zu erwarten gewesen war, schlug er zu. Doch dieses Mal hatte sie keine Angst und versuchte nicht, wie in der furchtbaren Nacht, als er sie in ihrer Wohnung angegriffen hatte, einfach wegzukommen. Sie schaffte es nicht, seinem Schlag ganz auszuweichen, aber der Schreck, geschlagen zu werden, verblasste hinter dem Triumphgefühl, als sie kurz darauf die Schere zu fassen bekam.

Er wollte gerade wieder mit der Faust zuschlagen, als sie sich duckte, herumwirbelte und mit der Spitze der Schere auf ihren Exmann zielte. Auf den Mann, den sie einst im Kreise ihrer Familie zu lieben und ehren geschworen hatte – und das alles nur, weil sie nicht mutig genug gewesen war, ihrem eigenen Herzen zu vertrauen und zu folgen.

Jetzt endlich folgte sie ihrem Herzen. Endlich wurde sie geliebt. Und sie würde nicht zulassen, dass ihr jemand die Liebe, die sie verdiente, wieder wegnahm.

Als sie ihn mit der Schere neben dem blauen Fleck und der Platzwunde traf, die sie ihm verpasst hatte, als er sie in ihrer Wohnung angegriffen hatte, schrie Dean auf und taumelte zurück – direkt in Chase' Arme.

Chase' Faust landete geradewegs auf dem Kinn von Chloes Exmann. Das Geräusch von Knochen, der auf Knochen traf, hallte laut und grauenhaft auf dem sonst so ruhigen Weinberg wider.

Dean verdrehte die Augen, als er zurückstolperte. Doch Chase hörte nicht auf. Wieder und wieder rammte er die Faust ins Gesicht von Chloes Exmann, bis dessen Widerstand nachließ.

Eine ziemlich leise Stimme in Chloes Kopf mahnte sie, Chase zu stoppen, ehe er nicht wiedergutzumachenden Schaden anrichtete. Aber bevor sie den Mund aufmachen konnte, gaben Deans Beine unter ihm nach.

Er fiel hart zu Boden. Dem lauten Knall nach zu urteilen, den sein Schädel gemacht hatte, als er im Dreck gelandet war, glaubte sie, dass Dean bewusstlos sein musste. Doch er blinzelte sie noch immer an und stöhnte, während Blut aus seinem Mundwinkel rann.

Im nächsten Moment hockte Chase neben ihm und drückte mit der Hand seine Kehle zu. „Entschuldige dich bei Chloe."

Das hätte sie von Chase nicht erwartet. Er ließ seinem Zorn freien Lauf. Ja, sie hatte gewusst, wie stark und kräftig ihr Geliebter war, aber es war dennoch erstaunlich mitzuerleben, wie er sie beschützte.

Als ihr Exmann seine Entschuldigung nicht schnell genug über die Lippen brachte, verstärkte Chase den Griff um Deans Kehle, bis der zu husten begann.

„Entschuldige dich jetzt. Sonst …"

Als Dean den gefährlich drohenden Unterton in Chase' tiefer Stimme hörte, riss er die Augen auf und sah Chloe an.

„Es tut mir leid, Chloe."

Sie konnte nichts entgegnen, sondern nur stumm nicken.

Dean stand kurz davor, wieder ohnmächtig zu werden, doch Chase schüttelte ihn. „Du bist noch nicht fertig, Arschloch."

Sie hatte ihren Exmann noch nie so kläglich gesehen. Sein Gesicht war blutig und voller blauer Flecke, er weinte, und Schmutz vermischte sich mit den Tränen und dem Rotz, der ihm aus der Nase lief.

„Wirst du ihr jemals wieder zu nahe kommen?"

Chase unterstrich seine Frage, indem er Deans Schädel noch ein paar Mal auf den Boden schlug.

„Nein." Dean schluchzte inzwischen. „Niemals. Ich werde sie nie mehr belästigen."

Dann verdrehte er die Augen und wurde bewusstlos.

Chloe starrte ihren Exmann an, der auf dem Boden lag und ihr kleiner vorkam als je zuvor. Plötzlich strich Chase sacht mit den Fingerspitzen über ihre schmerzende Wange.

Sie wandte ihm den Blick zu, als er sie in seine Arme zog. „Chloe, mein Schatz. Er hat dich geschlagen. Schon wieder."

Aber ihr eigenes Gesicht war ihr egal. Sie konnte das Geräusch von Knochen, der auf Knochen traf, das bei jedem von Chase' Schlägen in Deans Gesicht erklungen war, noch immer hören.

„Bitte sag mir, dass du dir die Hand nicht verletzt hast."

„Ich bin aus Stahl und kein Waschlappen, schon vergessen?", erwiderte er lächelnd. „Es bedarf wesentlich mehr, um mir wehzutun." Sie konnte den Zorn und die Angst um ihre Sicherheit, die er verströmte, deutlich spüren. „Blutige Hände nehme ich gern in Kauf, wenn ich damit dafür gesorgt habe, dass er dir nie wieder zu nahe kommt."

Sie wusste, dass Chase Dean gern noch Schlimmeres antun würde, um sich dafür zu rächen, was ihr Exmann ihr angetan hatte. Dean sollte nicht nur für die Verletzung an ihrer Wange zahlen, sondern für die Jahre, in denen er sie kontrolliert hatte. Und für die Jahre, in denen er sie nicht richtig geliebt hatte.

Chloe ergriff Chase' Hände und hielt sie an ihr Herz. „Du hast doch gesagt, dass du alles für mich tun würdest, oder?"

„Alles", bestätigte er.

„Er ist es nicht wert. Er ist deine Wut nicht wert. Er ist es nicht wert, dass du dir deine Hände an seinem harten Schädel verletzt, weil du sie brauchst, um deine wundervollen Bilder zu schießen. Ich möchte, dass du den Rest der Polizei überlässt."

Chase' schönem Mund entrang sich ein frustriertes Seufzen. „Es macht mich fertig, ihn gehen lassen zu müssen, Chloe. Zu wissen, dass er dir wehgetan und nicht dafür gebüßt hat."

„Aber du wirst es tun, oder? Du wirst dich zurückhalten. Für mich."

Sie sah, wie er mit sich selbst kämpfte, und liebte ihn nur noch mehr, weil er sich um sie kümmern wollte.

Schließlich sagte er das, was sie schon erwartet hatte: „Alles, mein Herz. Ich würde alles für dich tun."

Sie stellte sich auf die Zehenspitzen, sodass ihr Mund nur noch Zentimeter von seinem entfernt war. „Ich weiß. Und ich werde alles für dich tun." Sie drückte ihre Lippen auf seinen Mund. *„Alles."*

Ein paar Sekunden später nahm sie das Handy, das er ihr reichte, und rief die Polizei an. Sie bat die Cops, sofort zu kommen. Und obwohl sie nicht zulassen würde, dass Chase weiter auf Dean einprügelte, hatte sie doch kein Problem damit zuzulassen, dass er ihren Exmann mit einem Schwerlastseil fesselte. Er zog die Fesseln so stramm, dass Dean durch den Schmerz wieder zu sich kam.

Ohne Deans Stöhnen zu beachten, schleppten Chloe und Chase ihn zur Veranda, wo sie ein Auge auf ihn haben konnten. Dort warteten sie, bis die Polizei kam. Chloe wusste, dass Chase sie nur ungern allein lassen wollte. Also rannte er, so schnell es ging, in die Küche, um Eis für ihre Verletzung zu holen.

Als er wieder zurück war, zog er sie auf seinen Schoß, drückte ihr wie am ersten Abend sacht einen Eisbeutel auf die Wange und sagte leise: „Es tut mir so leid, Chloe. Ich hätte bei dir sein müssen."

„Es ist nicht deine Schuld, dass er mich hierher verfolgt hat. Wie du schon mal gesagt hast: Keiner von uns konnte ahnen, was er vorhatte. Aber ich bin mir ziemlich sicher, dass er mir nicht mehr wehtun wird."

„Nein", erwiderte Chase sanft. „Das wird er nicht. Und weißt du auch, warum?"

„Weil er die Zähne, die du ihm noch gelassen hast, gern behalten würde. Und sobald er erfährt, dass es noch fünf von deiner Sorte gibt ..."

„Du hast recht. Er hat fürchterliche Angst. Allerdings nicht wegen der Dinge, die ich getan oder gesagt habe."

„Was meinst du dann?"

Er lächelte sie an. Dieses Lächeln war so voller Liebe und Respekt, dass es ihr den Atem raubte. „Der Grund, warum er dir nie wieder wehtun wird, mein Herz, ist, weil du selbst es ihm unmissverständlich deutlich gemacht hast. Du hast meine Hilfe gar nicht gebraucht, um dafür zu sorgen, dass er dich nie wieder belästigen wird. Du hattest den Kampf schon gewonnen. Die Schere war genial. Und du hast perfekt gezielt." Er sah sie etwas verlegen an. „Du brauchtest niemanden, der sich einmischt. Das wusste ich, doch ich konnte nicht anders. Weil ich ihn schon die ganze Woche lang fertigmachen wollte."

Chloe war es egal, dass das Lächeln ihr wehtat, weil der Schlag, den Dean ihr versetzt hatte, so furchtbar schmerzte. Sie hätte sich ein Lächeln unter keinen Umständen verkneifen können. Chase glaubte an sie. Und er war nicht der Einzige.

Sie glaubte endlich auch an sich.

„Weißt du, was mir in dieser Woche klar geworden ist?"
„Dass ich ein Sexgott bin."
Ihr Lachen schien allen Schmerz wegzuspülen.
„Ja, Sexy, du bist ganz sicher ein Sexgott. Aber mir ist außerdem klar geworden, dass ich gern Teil eines Teams bin. Mit dir zusammen."

Sie konnte sich nicht erinnern, dass Chase schon einmal glücklicher ausgesehen hätte – nicht einmal, als sie ihm gesagt hatte, dass sie sich in ihn verliebt habe.

Und sie war genauso glücklich. Weil sie nicht nur ihr ganzes Leben lang nach Wärme gesucht hatte, sondern danach, Teil von etwas Größerem zu sein.

Familie. Sie wollte die Gewissheit spüren, Teil einer Familie zu sein, die sie liebte – egal, was auch kommen mochte.

Immer.

Für alle Ewigkeit.

In dem Moment erklangen auf dem Sullivan-Weingut Sirenen. Kurz darauf hielten ein paar Polizeiautos vor dem Gästehaus. Chase hielt ihre Hand, während Chloe zu Protokoll gab, was geschehen war. Sie würde noch eine offizielle Aussage auf dem Polizeirevier machen müssen, doch Chase würde auch dort an ihrer Seite sein.

Nachdem sie zugesehen hatten, wie die Polizisten Chloes Exmann auf den Rücksitz eines Wagens verfrachtet hatten, fragte Chase: „Wie fühlst du dich?"

Chase hatte ihre Hand nicht eine Sekunde lang losgelassen. Während die Polizeiwagen sich nun entfernten, wandte Chloe sich zu ihm um, schmiegte sich in seine Arme und legte den Kopf an seine Brust.

„Ich bin ein bisschen traurig", gab sie zu. „All die Jahre ... Aber ich sage mir, dass sie nicht vergeudet waren." Sie hob den Blick und sah in seine wunderschönen Augen. „Weil sie mich zu dir geführt haben, Chase."

Ehe ihr klar wurde, was er tat, war Chase vor ihr auf die

Knie gegangen. Er schnappte sich einen Zweig des Lavendels und riss ihn ab.

„Chloe Peterson, ich liebe dich."

Sie liebte es, die drei Worte zu hören, die ihre Seele mit so viel Wärme erfüllten – und mit unendlichem Glück. Doch selbst wenn er sie nie mehr aussprechen würde, so wüsste sie, was er empfand, wenn sie in seine Augen sah.

„Willst du mich heiraten?"

Chloe bezweifelte nicht länger, dass sie eine starke Frau war. Und sie wusste, dass sie bei Chase auch mal schwach sein durfte.

Das war gut, denn mit einem Mal schienen ihre Beine den Dienst zu versagen. Tränen stiegen ihr in die Augen, und sie konnte nur nicken. „Ja", flüsterte sie, während Chase behutsam einen Ring, den er aus dem Lavendelzweig gewunden hatte, auf ihren Finger steckte.

Und als er aufstand und sie küsste, stellte Chloe erstaunt fest, dass ihr Märchen doch nicht zu Ende war.

Das hier war erst der Anfang.

EPILOG

Marcus Sullivan beobachtete, wie die Kellner Tabletts mit Gläsern, die mit seinen erlesensten Weinen gefüllt waren, durch das Apartment von Chase und Chloe in San Francisco trugen. Die beiden hatten vor einem Monat ihre Verlobung bekannt gegeben, und heute Abend teilten sie ihr Glück mit der gesamten Familie Sullivan.

Alle Familienmitglieder hatten eventuelle Termine verlegt oder abgesagt, um heute Abend hier sein zu können. Selbst Smith war übers Wochenende aus Italien angereist, wo er gerade einen Thriller mit großem Budget drehte. Chloes Eltern waren offensichtlich überwältigt – nicht nur, weil sie einen Filmstar trafen, sondern weil sie vom gesamten Sullivan-Clan beeindruckt waren. Nur Lori war noch beim Videodreh für einen neuen Popstar und würde erst später kommen. Seine Mutter Mary war der Familie von Chloe den ganzen Abend nicht von der Seite gewichen, um dafür zu sorgen, dass alle sich wohlfühlten.

Marcus stand etwas abseits von der Gruppe. Er freute sich für seinen Bruder. Chase hatte eine tolle Frau gefunden. Eine perfekte Frau.

Ohne den Wein richtig zu schmecken, trank Marcus sein Glas in einem Zug leer. Sofort nahm er sich vom Tablett eines Kellners ein neues Glas, ehe der weitergehen konnte. Für gewöhnlich trank er nicht so viel. Betrunken zu sein, war nie sein Stil gewesen. Und da er im Weingeschäft tätig war, wäre der Hang, zu viel zu trinken, nicht nur ein gesundheitliches Problem, er wäre auch schlecht fürs Geschäft.

Heute Abend jedoch scherte Marcus sich nicht ums Geschäft. Oder darum, nüchtern zu bleiben.

Wie hatte Jill nur zulassen können, dass er ins Zimmer geplatzt war und sie mit …

Sein zweites Glas leerte er genauso schnell wie das erste und wollte gerade nach dem dritten greifen, als er bemerkte, dass seine Mutter auf ihn zukam.

Vor gerade einmal fünf Minuten hatte sie vor der versammelten Gesellschaft erklärt, wie sehr sie sich freue, dass endlich eines ihrer Kinder den Schritt wage. Was sie verschwiegen hatte, war, dass sie immer geglaubt hatte, dass ihr ältester Sohn der Erste sein würde, der vor den Traualtar trat.

Marcus hatte das auch geglaubt. Jetzt wusste er es besser.

Jetzt wusste er, dass die vergangenen zwei Jahre, in denen er darauf gewartet hatte, dass Jill endlich „bereit" für den nächsten Schritt wäre, nichts als eine große Lüge gewesen waren.

Er versuchte, seiner Mutter zuvorzukommen und sie von sich abzulenken. „Die beiden passen gut zusammen, oder?"

Lächelnd blickte seine Mutter das glückliche Paar an. „Sie ist perfekt für ihn. Stark, kreativ, wunderschön und nett."

Zu schnell ging ihr Blick zurück zu Marcus. Sie bemerkte, dass er auch sein drittes Glas viel zu hastig austrank. Zwar vertrug er einiges, aber normalerweise trank er nicht so schnell so viel.

„Was ist los, Liebling?"

„Nichts."

Doch sie wussten beide, dass er log.

Marcus musste hier weg, bevor er die Party ruinierte. „Ich bin nächstes Wochenende wieder in der Stadt. Dann komme ich dich besuchen."

Seine Mutter legte ihre Hand auf seinen Arm. „Ist Jill auch …"

In dem Moment kam Lori, die noch immer ihr Tanzoutfit trug, hereingeplatzt, und Mary konnte ihren Satz nicht beenden.

„O Mann, ich dachte schon, ich würde nie mehr aus dem Tanzstudio kommen!" Im nächsten Augenblick sah Lori das glückliche Paar und rief aus: „Meine Schwägerin in spe!" Sie umarmte Chloe stürmisch. „Wir müssen ein Gruppenbild machen!"

Für gewöhnlich schoss Chase die Familienbilder, aber da er heute Abend der Ehrengast war, hatte Mary Sullivan einen Fotografen engagiert. Während der Fotograf also Bilder der Sullivans und Petersons machte, stand Marcus steif am Rand der Gruppe. Sobald die Fotos im Kasten waren, verschwand er, ehe ihn jemand aufhalten konnte.

Seit zwei Jahren hatte er keinen One-Night-Stand mehr gehabt, seit vierundzwanzig vergeudeten Monaten keine schöne Fremde mehr in sein Bett gelockt. Wie ein Dummkopf hatte er heißen Sex gegen das falsche Versprechen von Liebe eingetauscht.

Tja, jetzt war Marcus klüger.

Und heute Nacht würde er nachholen, was er versäumt hatte.

– ENDE –

Lesen Sie auch:

Bella Andre

Nicht verlieben ist auch keine Lösung

Übersetzt von Christiane Meyer

Ab März 2015 im Buchhandel

Band-Nr. 25818
9,99 € (D)
ISBN: 978-3-95649-112-2

Marcus Sullivan hatte eine Mission.

Vor zwanzig Minuten hatte er die Verlobungsfeier seines Bruders verlassen und sich auf den Weg in das Herz des Mission Districts in San Francisco gemacht. Musik drang aus den Türen der Clubs hinaus auf die Straße – laut genug, dass die Menschen, die in der Warteschlange standen, zu tanzen begannen.

Piercings, Tattoos und leuchtend bunte Haare waren bei den Leuten, mit denen Marcus sich für gewöhnlich umgab, eher nicht zu finden. Doch die wartenden Männer und Frauen mit den Ringen durch Nasen und Augenbrauen wirkten glücklich und zufrieden.

Marcus hatte vor, in ein paar Stunden auch glücklicher zu sein als im Augenblick.

Nicht dass ich die Chance habe, genauso glücklich zu sein wie mein Bruder Chase, der jetzt mit seiner Traumfrau verlobt ist, schoss es ihm durch den Kopf. Vor einem Monat hatte Chase Chloe im Napa Valley kennengelernt. In einer stürmischen Nacht war ihr Wagen von der Straße abgekommen und in einen schlammigen Graben gerutscht. Als Chase Chloe aus dem strömenden Regen gerettet hatte, war ihm der Bluterguss auf ihrer Wange aufgefallen, und er hatte gewusst, dass ihr Problem nicht nur ein kaputtes Auto in einem Straßengraben gewesen war. Es hatte einige Tage gedauert, bis Chase ihr Vertrauen gewonnen hatte. Als sie schließlich zugegeben hatte, dass ihr Exmann ihr das angetan hatte, hatte Chase ihr die Unterstützung gegeben, die sie gebraucht hatte, um die Misshandlung bei der Polizei anzuzeigen.

Als Marcus Chloe kennengelernt hatte, hatte er sofort erkannt, wie verzaubert sein Bruder von ihr war. Er war der Überzeugung, dass sein Bruder die richtige Entscheidung getroffen hatte, als er sich in Chloe verliebt hatte. Sie war wunderschön und darüber hinaus ein guter, kluger, mutiger und liebevoller Mensch. Und sie liebte seinen Bruder mit derselben Leidenschaft und Hingabe wie dieser sie.

Ihre ganze Familie war bei der Verlobungsfeier seines Bruders gewesen – sogar Smith, der einer der größten und vielbeschäftigtsten Filmstars der Welt war. Chase war der erste der Sullivan-Geschwister, der sich verlobte, und es war für alle etwas ganz Besonderes. Vor allem für Marcus' Mutter, die zugleich froh und mehr als nur ein bisschen erleichtert war, dass eines ihrer acht Kinder endlich den großen Schritt gewagt hatte.

Marcus hatte die Feier mit seinem Bruder, seinen Geschwistern und seiner Mutter genossen. Doch während der Party hatte er das Gefühl gehabt, alle hätten ihn angestarrt und sich gefragt, warum er und seine Freundin Jill noch nicht verlobt wären. Immerhin waren die beiden schon seit zwei Jahren zusammen. Und er war während der zwei Jahre mit ihr ruhiger geworden. Viel ruhiger.

Die anderen hatten nicht gewusst, warum Jill nicht zur Verlobungsfeier gekommen war … Und er hatte die Party von Chase und Chloe nicht ruinieren wollen, indem er ihnen sagte, was geschehen war. Im Übrigen konnte er selbst es noch immer kaum glauben.

Obwohl er mit eigenen Augen gesehen hatte, was Jill gemacht hatte.

Die Musik aus dem Club dröhnte bis hinaus auf die Straße, als Marcus an den Wartenden vorbeiging. Es kam ihm vor, als wären alle hier mindestens zehn Jahre jünger als er. Auch wenn er sich angesichts des Altersunterschieds fehl am Platz hätte fühlen sollen, war er sich mehr als sicher, dass er das richtige Ziel ausgesucht hatte.

Er brauchte heute Nacht eine Pause vom echten Leben. Und ein Club im Mission District war kein schlechter Ausgangspunkt.

Trotz der Tatsache, dass er Anzug und Krawatte trug, ließ der Türsteher nur kurz den Blick über ihn schweifen und hakte das Absperrseil aus, um ihn hineinzulassen. Marcus war ein hochgewachsener Mann mit breiten Schultern und kräftigen Händen, die fähig gewesen waren, seine Brüder und Schwestern zu beschützen, wenn es in ihrer Kindheit und Jugend nötig gewesen war. Auch wenn er seine Größe nicht oft benutzte, um Menschen einzuschüchtern, so nutzte er dies, wenn es erforderlich war, zu seinem Vorteil.

Der düstere, treibende Rhythmus pulsierte in ihm, während er durch die Tür in den dunklen, überfüllten Club trat. Aber selbst die laute Musik und die zuckenden Lichter konnten ihn nicht von seinen Gedanken ablenken.

Deshalb war er auch nicht hierhergekommen. Er war nicht hier, um zu vergessen, was er gesehen hatte.

Nein, dachte Marcus. Sein Magen zog sich zusammen, sowie er ein Pärchen erblickte, das langsam und eng umschlungen miteinander tanzte, obwohl ein schneller Song lief. Er wollte nicht vergessen. Noch einmal würde er diesen Fehler nicht machen. Er würde nicht wieder so dumm, so blind sein.

Marcus war hier, um zwei vergeudete Jahre nachzuholen. Vor vierundzwanzig Monaten hatte er Jill an einem heißen Augustabend kennengelernt. Er war Gast auf einer Wohltätigkeitsveranstaltung ihrer Firma gewesen, und das Sullivan-Weingut hatte eine großzügige Spende an den Hilfsfonds für Kinder getätigt. In dem Moment, als er die kühle blonde Schönheit erblickt hatte, war er der festen Überzeugung gewesen, die Richtige gefunden zu haben. Er war vierunddreißig gewesen und hatte angefangen, über eine eigene Familie nachzudenken, über eine Frau und Kinder.

In Jill hatte er seine Zukunft gesehen: Ehe, Kinder, festliche Abendessen auf dem Weingut mit der perfekten Frau an seiner Seite.

Doch wie er an diesem Nachmittag hatte lernen müssen, war nicht alles so perfekt gewesen …

Marcus konnte sie stöhnen hören, während er den Schlüssel zu Jills Apartment im Schloss umdrehte. Es hätte ein Film sein können, der an den schmutzigen Stellen zu laut aufgedreht worden war, aber Marcus wusste es besser. Wenn er ganz ehrlich war, hatte er es schon seit Monaten geahnt. Jill war seit einer ganzen Weile häufig in Gedanken versunken und extrem launisch. Er hatte sich einreden wollen, dass es am Stress bei der Arbeit lag, dass sie weniger Zeit für ihn hatte – ganz zu schweigen davon, dass sie immer weniger Interesse daran hatte, mit ihm zu schlafen. Doch als sie nicht einmal mehr an den Wochenenden ins Napa Valley gekommen war, um sich mit ihm gemeinsam dort zu entspannen, hatte er sich selbst eingestehen müssen, dass die Probleme tiefer gingen und es nicht nur an der Arbeit lag. Tief genug, dass er nicht nur einmal versucht hatte, mit ihr zu reden. Sie war einem Gespräch jedoch immer ausgewichen.

Er legte die Hand auf den Türknauf und hielt für den Bruchteil einer Sekunde inne, ehe er die Tür aufstieß und das Apartment seiner Freundin betrat. Das Stöhnen wurde bei jedem Schritt, den er weiter in die Wohnung machte, lauter.

„O ja, das ist gut! Genau da! Genau so!"

Jill war im Bett immer laut gewesen, doch bis jetzt war ihm nie aufgefallen, wie aufgesetzt und falsch es klang. Er ballte die Hände zu Fäusten, während er durch ihre Küche und den Flur entlang zu ihrem Schlafzimmer lief. Eigentlich wollte er es nicht sehen, aber er wusste, dass er es mit eigenen Augen sehen musste. Er hatte so stur an der Beziehung festgehalten … Als er nun mit anhörte, wie sie bei dem Kerl im Bett in gespielter Ekstase aufschrie, musste er sich plötzlich nach dem Warum fragen.

Er hatte sie vor langer Zeit schon gefragt, ob sie ins Napa Valley ziehen und mit ihm auf dem Weingut leben wolle, sie hatte allerdings immer einen Grund gehabt, um ihre Entscheidung hinauszuzögern. Als letzte Ausrede hatte sie angeführt, dass ihre Wohnung ein Glückstreffer sei, da sie nur knapp einen Block von ihrer Finanzplanungsfirma entfernt läge, wo sie nicht selten morgens in aller Herrgottsfrühe zur Arbeit antreten müsse. Sie hatte ihm angeboten, bei ihr in der Wohnung zu übernachten, wann immer er wolle.

Die Wahrheit war jedoch, dass Marcus sich in ihrer Wohnung nie wirklich zu Hause gefühlt hatte. Alles war in kühlem Weiß gehalten, mit Glasoberflächen, die bei jeder Berührung verschmierten. Es war kein Zuhause, in dem man sich vorstellen konnte, Kinder aufwachsen zu sehen. Als eines von acht Kindern war ihm klar, was mit Schlamm verdreckte Schuhe und schmutzige Hände für Möbel wie diese bedeuteten. Es war nicht schön, doch so war das Leben. Das echte Leben.

In seinem Haus im Napa Valley befanden sich im Gegensatz dazu große gemütliche Sofas, bunte Teppiche aus Italien und Kunstwerke, die er liebte, ob sie nun von einem berühmten Meister oder einem aufstrebenden ortsansässigen Künstler stammten.

Aber er hatte sich eine Zukunft mit Jill gewünscht, und er hatte angenommen, dass es bedeutete, sich zu verbiegen und Kompromisse einzugehen, wenn er diese Zukunft wahr machen wollte.

Wie oft war er am Wochenende in die Stadt gefahren, um Jill zu sehen, wenn es ihr gerade gepasst hatte? Wie oft hatte er seinen kompletten Terminplan über den Haufen geworfen, um für sie da zu sein, wenn sie ihn gebraucht hatte?

Ihm war bewusst, dass seine Geschwister ihre ganz eigenen Meinungen über Jill hatten. Doch erstaunlicherweise hatten sie sich zurückgehalten und hatten die Nase nicht in seine Beziehung mit ihr gesteckt. Vielleicht weil sie sich gedacht hatten, dass er am Ende doch noch zur Vernunft kommen würde. Nur Chase hatte kürzlich versucht, mit ihm über Jill zu reden. Aber zu dem Zeitpunkt war alles schon so kompliziert gewesen, dass Marcus nicht auf die Fragen seines Bruders eingegangen war.

Marcus war klar, dass er zu oft seine eigenen Wünsche hintangestellt hatte, um Jill glücklich zu machen.

Doch nie zuvor war er in eine Live-Sexshow geplatzt, in der seine Freundin die Hauptrolle spielte.

Sie ritt den Typ, als wäre er ein bockendes Wildpferd und sie eine berühmte Rodeo-Reiterin. Das Einzige, was noch fehlte, waren der Cowboyhut, die Stiefel und Zügel.

Er sah die nackte Haut, die Arme und Beine – verdammt, von der Schlafzimmertür aus hatte er freie Sicht auf alles –, aber er betrachtete sie vollkommen emotionslos, distanziert. Fast so, als würde man in einem Hotelzimmer zufällig auf den Pornokanal schalten, wenn man gerade nicht in der Stimmung war, Fremden beim schmutzigen Sex zuzuschauen.

In dem Moment entdeckte der Kerl unter seiner Freundin Marcus in der Tür stehen.

„Was zum Teufel ..." Erschrocken blickte er Marcus an. Offensichtlich hatte er nicht damit gerechnet, dass jemand ins Zimmer kommen könnte.

Jill drehte sich ein Stückchen um und warf Marcus über die Schulter hinweg einen Blick zu. In gespielter Überraschung sah sie ihn mit großen Augen an. Doch er kannte sie gut genug, um sie zu durchschauen. Während ihr Lover Marcus' Erscheinen nicht erwartet hätte, hatte Jill sehr wohl damit gerechnet.

Wie lange war sie schon mit diesem Kerl zusammen?

Wie viel anderes in ihrer Beziehung war eine Lüge gewesen?

Ohne Eile zog Jill eine Decke über sich und ihren Geliebten. Marcus musste zusehen, wie sie sich voneinander trennten und nebeneinanderlegten. Er sah ihr an, dass sie sich bemühte, so verführerisch wie möglich zu wirken, während sie ihre Blöße bedeckte. Ihr Lover hingegen wollte offensichtlich so schnell wie möglich weg von hier.

„Ich verschwinde", presst der Mann hervor, während er sich über die Bettkante beugte, um seine Jeans vom Boden aufzusammeln. Aber Jill legte ihm die Hand auf den Arm, sodass er im Bett liegen blieb.

„Nein, Rocco, du musst nicht gehen."

Rocco? Seine Freundin, diese klassische Schönheit, die Frau, die er hatte heiraten und mit der er eine Familie hatte gründen wollen, die Frau, mit der er vorgehabt hatte, sich die Führung des Sullivan-Weinguts zu teilen, trieb es mit einem Kerl namens Rocco? Einem Kerl mit einem fürchterlichen Ziegenbärtchen und Piercings? Einem Kerl, der nicht älter aussah als zwanzig?

Das konnte nur ein schlechter Scherz sein.

Der Typ schaute zwischen Jill und Marcus hin und her. Er wurde blass, als sein Blick auf Marcus' Fäuste und seine breiten Schultern fiel, die den Türrahmen fast ausfüllten. Doch er blieb wie ein braves Hündchen im Bett – wie Jill es ihm gesagt hatte.

Jill stand auf, ließ die Decke fallen und schlüpfte in einen kurzen blauen Morgenmantel aus Seide, der auf einem Sessel in der Ecke des Zimmers gelegen hatte. Sie ging zu Marcus und sagte: „Wir sollten uns im Wohnzimmer unterhalten."

Glücklicherweise stolzierte sie an ihm vorbei, ohne ihn zu berühren. Aber sie kam ihm nahe genug, dass Marcus den Sex riechen konnte. Den Duft eines anderen Mannes an ihr.

Er wollte Rocco mit der Faust direkt ins Gesicht schlagen. Doch offensichtlich hatte Jill das hier eingefädelt. Vom Anfang bis zum bitteren Ende.

Also würde er sich stattdessen mit ihr auseinandersetzen.

Marcus ging durch den Flur zurück ins Wohnzimmer, wo Jill ihn erwartete.

Sie wirkte nicht schuldbewusst oder zerknirscht. Und zum ersten Mal seit jenem Tag im August vor zwei Jahren, als er sie am anderen Ende des Raumes erblickt und beschlossen hatte, dass sie seine Zukunft wäre, hatte er nicht einmal mehr das Gefühl, dass sie schön wäre. Ja, sie war hübsch, hochgewachsen und schlank … Aber auf ihrem Gesicht stand eine Hässlichkeit, die er sich nie hatte eingestehen wollen.

„Ich habe mich in Rocco verliebt."

Als Entschuldigung war diese Äußerung ein echter Reinfall. In dem Wohnzimmer, in dem sie gemeinsam gegessen, Filme gesehen und gelacht hatten – Dinge, die sich jetzt falsch anfühlten –, starrte er sie stumm an. Sie fuhr abwehrend fort: „Wir wussten beide, dass unsere Beziehung nirgends hinführte."

„Ich wollte ja, dass es zwischen uns ernster wird. Ich wollte eine Zukunft mit dir. Du meintest, du bräuchtest Zeit. Die habe ich dir gegeben. Genug Zeit, um hinter meinem Rücken mit anderen herumzumachen. Mit Rocco."

Als Jill die unverhohlene Wut in seiner Stimme bemerkte, weiteten sich ihre Augen. Noch nie hatte er so mit ihr geredet, war nie der Mensch gewesen, der die Stimme erhoben hatte, um seinen Standpunkt deutlich zu machen. Durch harte Arbeit, Klugheit, Vernunft und ein bisschen von seinem Sullivan-Charme, den er einsetzte, wenn es angebracht war, war er dorthin gelangt, wo er jetzt stand. Nur in seiner Kindheit und Jugend hatte er die Fäuste benutzt, um seine Brüder und Schwestern zu beschützen, wenn ein Raufbold anders nicht hatte hören wollen.

„Hör mal", sagte sie und seufzte verärgert, als wäre die ganze verfahrene Situation, in der sie steckten, allein seine Schuld. „Die Sache zwischen uns hat eine Zeit lang funktioniert. Am Anfang war es toll. Doch wenn wir uns wirklich geliebt hätten, dann wären wir schon längst verheiratet."

„Du weißt, dass ich heiraten wollte", erinnerte er sie und zog die Augenbrauen hoch.

Sie schüttelte den Kopf. „Wir waren zwei Jahre lang zusammen, Marcus. Wenn du mich ernsthaft hättest heiraten wollen, dann hättest du mein Herz im Sturm erobert, sodass ich keine andere Wahl gehabt hätte. Aber du warst immer mit deinen Geschwistern beschäftigt oder musstest deiner Mutter bei irgendetwas helfen." Ihre Miene spiegelte inzwischen nicht mehr eiskalte Berechnung wider, sondern tief empfundene Wut. „Ich habe versucht, dich zu lieben, Marcus. Ich habe es wirklich versucht. Doch ich wollte mehr. Ich wollte etwas Größeres. Etwas Aufregenderes. Und ich wollte jemanden an meiner Seite, für den ich an erster Stelle stehe. Jederzeit. Egal, was auch sonst in seinem Leben passiert. Selbst wenn seine Freunde und Familie sich uns in den Weg stellen wollen." Ihre Augen funkelten. *"Ich will es so, wie es mit Rocco ist. Er findet mich sexy. Für ihn bin ich wertvoll. Ich will nicht mit Perlen behängt bei irgendeiner Veranstaltung auf deinem Weingut neben dir sitzen. Und ich will in deinem Leben nicht immer die letzte Stelle einnehmen."*

Marcus starrte die Frau an, von der er dummerweise angenommen hatte, sie könnte seine Ehefrau werden, die Mutter seiner Kinder. Die Perlenkette, die er ihr geschenkt hatte, hing noch immer um ihren Hals – das Einzige, was sie getragen hatte, während sie Sex mit einem anderen Mann gehabt hatte.

Sie redete davon, dass er sich zu sehr um seine Brüder und Schwestern kümmern würde. Aber was erwartete sie von ihm? Dass er seine Familie für sie verlassen würde? Das hätte er niemals tun können und würde es auch niemals tun. Immerhin war er für seine Geschwister nicht nur der Bruder, sondern auch eine Vaterfigur. Da ihr Vater mit achtundvierzig Jahren plötzlich und unerwartet gestorben war, hatte Marcus sofort seinen Platz eingenommen und seine Mutter unterstützt. Er hatte sich um die Kinder gekümmert, von denen die jüngsten zu dem Zeitpunkt erst zwei und vier Jahre alt gewesen waren. Und er bereute keine einzige Sekunde, die er mit seiner Familie verbracht hatte.

Um nichts auf der Welt würde er sich bei Jill dafür entschuldigen, dass er sie liebte.

Vor allem nicht, wenn er im Augenblick nichts lieber täte, als ihr die Kette vom Hals zu reißen und dabei zuzusehen, wie die Perlen über den Boden rollten.

Stattdessen sagte er ruhig und kühl: „Wegen meiner Sachen schicke ich nächste Woche meine Mitarbeiterin vorbei.

Sie wird sich bei dir melden, um einen Termin mit dir zu vereinbaren."

„Siehst du?" Jill kam auf ihn zu und stieß ihm den Zeigefinger gegen die Brust. Der Morgenmantel ging auf und gab den Blick auf ihre Brüste frei.

Früher einmal hatte er ihre kleinen Brüste geliebt. Sie passten zu ihr. Eine klassische Schönheit. Doch jetzt lösten sie nichts mehr in ihm aus. Weniger als nichts. Stumm schwor er sich, dass die nächste Frau, auf die er sich einlassen würde, das Gegenteil von Jill sein würde – so wild, wie Jill glatt und perfekt gewesen war.

„Darum kann ich nicht mit dir zusammen sein", schrie sie ihn beinahe an. *„Wo sind deine Gefühle? Wo ist deine Leidenschaft? Ich könnte schwören, dass du mehr für deine verdammten Trauben empfindest als für mich. Und ich weiß verdammt noch mal genau, dass deine verfluchten Geschwister dir mehr bedeuten als ich."*

Ihr Atem ging schwer, aber ihm kam es wie ein vollkommen sinnloser dramatischer Ausbruch vor. Verdammt, in dem Moment, als er die Tür zu ihrem Apartment geöffnet und sie beim Sex mit einem anderen Mann gehört hatte, war es schon vorbei gewesen zwischen ihnen.

„Das ist deine Chance, Marcus! Verstehst du nicht? Wenn du jetzt gehst, wenn du mir jetzt nicht versprechen kannst, dass du zumindest versuchen wirst, mich an die erste Stelle zu setzen, wirst du mich für immer verlieren!"

In dem Moment wurde ihm klar, dass er trotz seines Zorns, trotz seiner Wut über ihren Betrug nicht um Jill kämpfen wollte.

Marcus hatte zwei Jahre gebraucht, um sich davon zu überzeugen, dass er sie wirklich liebte ... und nur fünf Minuten, um einzusehen, dass er sich geirrt hatte ...

Er hatte sie nie wirklich geliebt. Er hatte nur seine Vorstellung von ihr geliebt.

„Leb wohl, Jill."

Der hämmernde treibende Beat der Musik war einem langsameren melodischeren Song gewichen, als Marcus aus seinen düsteren Erinnerungen in die Wirklichkeit zurückkehrte. Er ging zur Bar und bestellte sich einen Whiskey. Ohne ihn zu schmecken, stürzte er ihn hinunter. Der Alkohol brannte höllisch in seinem Magen. Marcus stieß sich von der Theke ab.

Er hatte vorgehabt, Jill vor Chase' und Chloes Verlobungsfeier am frühen Abend abzuholen. Doch schließlich war er allein gegangen. Wie dumm es gewesen war, zwei Jahre lang darauf zu warten, dass Jill eine Entscheidung traf. Darauf zu warten, dass sie „bereit" wäre, sich ganz an ihn zu binden und sich auf das Leben einzulassen, das er sich für sie erträumt hatte.

Marcus wusste, dass es die wahre Liebe gab. Er hatte sie zwischen seiner Mutter und seinem Vater erlebt. Er sah sie in jedem Blick, den Chase Chloe zuwarf, in jeder Berührung zwischen seinem Bruder und dessen Verlobten.

Das hieß jedoch nicht, dass Marcus in nächster Zeit wieder danach suchen würde. Er brauchte im Augenblick eine ausgedehnte Pause von Gefühlen. Von seinen Zukunftsplänen. Eines Tages hoffte er noch immer, die Frau zu finden, die ihm eine gute Ehefrau sein würde, eine gute Partnerin, eine gute Mutter für die Kinder, die er sich wünschte.

Aber nicht im Moment. Und auch nicht in absehbarer Zeit.

Heute Abend ging es ihm nur um das Vergnügen. Er wollte eine lange Nacht voller sorglosem Sex mit einer Frau erleben, die seine Hoffnungen und Träume nicht kannte. Mit einer Frau, die genauso wenig über seine Familie wissen wollte wie er über ihre. Mit einer Frau, die einfach mit ihm ins Hotel gehen und mit ihm schlafen wollte. Selbst wenn sie nicht einmal den Namen des anderen kennen würden, wäre ihm das recht.

Pärchen schmiegten sich in den dunklen Ecken aneinander. Marcus drang weiter in die Dunkelheit vor und stand schließlich auf einer Galerie, von wo aus man die Tanzfläche überblicken konnte. Er ließ seinen Blick über die Menge schweifen. Ein Dutzend Paare drängten sich auf der Tanzfläche aneinander. Singlemänner und -frauen flirteten an der Bar oder standen an die Wände gelehnt und unterhielten sich. Wohin auch immer er schaute, blickten die Menschen sich begierig an und hofften darauf, dass sie heute Nacht zum Zuge kommen würden.

Marcus hatte sich geschworen, eine Frau zu finden, die ganz anders als Jill war. Eine wilde, ungezähmte Frau, mit der er einige heiße Stunden verbringen konnte, bevor er wieder in das echte Leben in den Weinbergen des Napa Valley zurückkehren würde.

Er war definitiv am richtigen Ort.

Nicola Harding stand am Fenster ihrer Penthouse-Suite, von der aus sie San Franciscos Union Square überblicken konnte. Sie beobachtete die Menschen, die auf der Straße unter ihr entlangliefen. Es war Freitag, und die Leute gingen von der Arbeit nach Hause, um sich dort fertig zu machen – entweder für einen Abend mit Freunden oder für ein Date mit, wie sie hofften, dem oder der Richtigen. Einige von ihnen beeilten sich, andere bewegten sich langsam durch die Menschenmengen, einige lachten so laut und so fröhlich, dass sie hätte schwören können, den Klang des Lachens durch die geschlossenen Fenster ihres Penthouses zu hören.

Sie war jung, und sie war alleinstehend. Sie wusste, dass sie an einem Freitagabend eigentlich mit ihnen da draußen hätte sein sollen. Sie hätte Spaß haben sollen.

Vor sechs Monaten noch hätte sie an einem Freitagabend vermutlich in einem schicken Restaurant gesessen, umgeben von Leuten, die ihr schmeichelten und die versuchten, sie zum Lachen und dazu zu bringen, sie zu mögen. Doch sie hatte auf die harte Tour gelernt, dass diese Menschen nicht an ihr als Person interessiert waren.

Nicola Harding, die gern Monopoly spielte, die Sandburgen baute und Biografien von erfolgreichen Unternehmern las, war ein belangloser Niemand. Alle wollten nur ein Stück von *Nico*. Sie wollten vor anderen damit angeben, dass sie mit einem Popstar Zeit verbracht hatten. Sie wollten mit ihren Handys Fotos mit ihr schießen, die sie anschließend ihren Freunden schickten.

Sie trat vom Fenster zurück und drehte sich um.

Die riesige Penthouse-Suite war eigentlich viel zu groß für eine Person, aber das Plattenlabel war der Meinung gewesen, dass man sie für ihr Videoshooting und das Konzert nur hier angemessen unterbringen konnte. Niemand ahnte, wie allein sie sich fühlte – ein einzelner kleiner Mensch in einer überdimensionalen Suite, in der locker eine ganze Familie hätte leben können.

Sie spielte mit dem Gedanken, ihre ehemals beste Freundin Shelley von der Highschool anzurufen, um zu hören, wie es ihr ging und was sie so trieb. Doch sie verwarf die Idee wieder, bevor sie auch nur zum Hörer griff. Zwischen ihnen war es etwas seltsam geworden, nachdem Nicola berühmt geworden war. Und nachdem die fürchterlichen Bilder von Nicola und ihrem Exfreund aufgetaucht waren ... Na ja, Nicola war klar, dass ihre Freundin nicht wissen würde, worüber sie mit ihr sprechen sollte.

Sie vermutete, dass sie inzwischen einfach zu verschieden waren. Shelley war mit ihrem Freund verlobt, einem Mann, den sie auf dem College kennengelernt hatte. Sie planten, ein Haus zu kaufen, Karriere zu machen und sich einen Hund zuzulegen. Nicola dagegen war ständig unterwegs und flog an die exotischsten Orte auf der ganzen Welt, um Interviews im Fernsehen zu geben, Fotos zu machen und Shows vor Tausenden von Fans zu spielen.

Und die Wahrheit war: Wenn sie eine Außenstehende gewesen wäre und die Artikel über sich gelesen hätte, dann wäre sie niemals auf die Idee gekommen, sich als „einsam" zu bezeichnen. „Partygirl" traf es schon eher. Denn irgendwie wurde sie dank der Boulevardpresse, dank der Blogs, die von den Promis nicht genug bekommen konnten, und dank der Fotografen, die an jeder Ecke lauerten, auf jedem Event an der Seite eines anderen berühmten Mannes abgelichtet – egal, wie sehr sie auch versuchte, Situationen zu meiden, die die Medien falsch auslegen konnten.

Zwangsläufig wachte sie am Morgen auf, schaltete ihren Computer ein und erfuhr aus den einschlägigen Entertainment-Blogs, dass sie es nicht nur in den Top-40-Charts weit gebracht hatte, sondern auch in den Betten Hollywoods.

Ihr Plattenlabel, ihre PR-Leute und das Management hatten ihr so oft versichert, dass „jede Presse gute Presse" wäre, dass sie längst aufgehört hatte, ihnen gegenüber ihre Unschuld zu beteuern. Im Übrigen wusste sie, dass sie ihr sowieso nicht glauben würden – nicht, nachdem sie die Bilder gesehen hatten, die im vergangenen Jahr über die Feiertage durchgesickert waren. Es waren schreckliche Bilder, die immer wieder auftauchten, wenn sie gerade glaubte, dass sie endlich verschwunden wären.

Nachdem sie jahrelang darum gekämpft hatte, dass die Leute ihre Musik hörten, war sie überglücklich gewesen, als ihre Mühe sich im letzten Jahr mit einem Nummer-1-Hit ausgezahlt hatte. Obwohl alle sie gewarnt hatten, dass das Business sie durchkauen und wieder ausspucken würde, wenn sie nicht aufpasste, hatte sie geglaubt, dass bei ihr alles anders sein würde. Sie hatte geglaubt, klug genug zu sein, sich mit den richtigen Leuten zu umgeben.

Bis zu dem Tag, an dem sie dem falschen Menschen vertraut hatte.

Kenny war trotz seines Bad-Boy-Aussehens am Anfang so charmant und so nett gewesen, dass sie sich Hals über Kopf in ihn verliebt hatte. Er war einer der Tontechniker gewesen, die in dem Studio in Los Angeles gearbeitet hatten, in dem sie aufgenommen hatte. Sie war der Überzeugung gewesen, dass sie das perfekte Paar gewesen wären: das Mädchen mit der Gitarre und der Typ mit den Piercings und Tattoos.

Zuerst hatte es Blumen gegeben, tolle Abende in schicken Restaurants, sogar ein Gedicht, das er angeblich für sie geschrieben hatte. Ihr Manager und einige der Musiker, die mit ihr zusammen auf Tour gewesen waren, waren Kenny gegenüber misstrauisch gewesen und hatten Nicola davor gewarnt, sich zu schnell auf eine Beziehung mit ihm einzulassen. Aber Nicola hatte wie unzählige andere Frauen reagiert, die der Meinung waren, dass ihr Freund einfach nur „missverstanden" wäre. Ihr hatte es gefallen, dass sie die Einzige war, die hinter der Rock-'n'-Roll-Fassade den echten Kenny, den guten Menschen sehen konnte.

Erst als es schon zu spät gewesen war und ihr Gefühl viel zu tief, hatte sie erkannt, dass er Emotionen als Druckmittel benutzte. Und schon bald war ihr klar gewesen, dass sie ihn nur glücklich hatte machen können – und sicherstellen können, dass er sie noch immer „liebte" –, indem sie Dinge tat, die sie seiner Meinung nach unbedingt ausprobieren sollte.

Dumme Kuh.

Unzählige Male hatte sie sich anschließend gefragt, wie sie so naiv hatte sein können. Naiv genug, um tatsächlich schockiert zu sein, als ihr manipulativer Freund seine Geschichte über wilde Nächte mit einem Popstar zusammen mit einigen Fotos, die er heimlich mit dem Handy von ihr geschossen hatte, verkauft hatte.

Tja, sie hatte ihre Lektion gelernt.

Nie mehr würde sie einem anderen Menschen so leicht vertrauen. Vor allem nicht attraktiven Männern, die sie um den Finger wickeln wollten.

Nicola erhaschte in dem bodentiefen Spiegel im Wohnzimmer einen Blick auf sich selbst in ihrer Jogginghose und dem Tanktop. Was für ein Partygirl … Nach einem anstrengenden

Tag, an dem sie für das Video, das sie in ein paar Tagen drehen würden, Tanzschritte geprobt hatte, sah ihr Plan vor, einige Folgen CSI zu schauen und sich dafür gemütlich unter die Decke ihres breiten, weichen Bettes zu verkriechen. Eines Bettes, in dem sie sich ausstrecken konnte, wie sie wollte – weil sie während ihrer Zeit in San Francisco die Einzige sein würde, die dort lag.

Mann, bei dem Gedanken daran, allein zu schlafen, sollte sich ihr Magen nicht zusammenziehen. Immerhin schlief sie lieber allein als mit einer Ratte wie Kenny. Doch zu wissen, dass sie allein besser dran war, machte die langen Stunden einer einsamen Freitagnacht nicht leichter zu ertragen …

Sie wusste, dass sie hübsch war. Sie war zierlich und doch kurvig und hatte Beine, die für ihre Größe eigentlich ein bisschen zu lang waren. Vielleicht konnte sie mit der richtigen Frisur, Make-up und der passenden Kleidung sogar schön sein. Aber selbst wenn sie sich aufwendig zurechtmachte oder ein Outfit trug, das fast schon zu knapp war, fühlte sie sich immer noch wie das Mädchen von nebenan und nicht wie der Popstar.

Der Grund dafür war, dass sie eben das Mädchen von nebenan *war* – egal, was alle anderen in ihr sehen mochten.

Es klingelte an der Tür, und ihr fiel ein, dass sie fast die Eiscreme vergessen hätte, die sie beim Zimmerservice bestellt hatte. An einem Abend wie diesem hatte sie einfach nicht mehr die Kraft, sich Gedanken darüber zu machen, dass ein Angestellter des Hotels sie ohne Make-up sehen und das sofort per Twitter in die Welt hinausposaunen würde.

Keine Frage: Schokoladeneis war heute Abend ihr einziger Trost.

Sie öffnete die Tür. „Hallo."

Der junge Mann sah sie an und warf dann einen irritierten Blick über ihre Schulter. Offenbar suchte er die echte Nico. Schließlich schaute er sie wieder an. Irgendwann erkannte er sie scheinbar doch wieder.

„Ich bringe dir die Bestellung, Nico."

Sie trat zur Seite, damit er den Servierwagen ins Zimmer schieben konnte, auch wenn sie die Schale mit dem Eis leicht selbst hätte nehmen können.

„Es ist die Marke, um die du gebeten hast. Ein Liter."

„Danke." Sie nahm den Stift, den er ihr reichte, um die Rechnung abzuzeichnen. Ohne hinzusehen, spürte sie die Blicke des Kerls auf ihren Hüften in der eng anliegenden Jogginghose. Diese Blicke hatte sie in den vergangenen zehn Jahren, seit sie eines Tages als Teenager mit Brüsten und Hüften aufgewacht war, schon öfter von dem einen oder anderen Mann wahrgenommen.

Die anzüglichen Blicke machten ihr nichts aus. Was ihr allerdings schon etwas ausmachte, waren die Vorstellungen, die damit einhergingen. Die Kerle nahmen an, dass sie, weil sie Brüste und einen Hintern hatte, automatisch mit ihnen ins Bett hüpfen würde.

Sie war kein Flittchen – egal, was die Welt dachte.

Sie wollte ihm den Stift zurückgeben, aber er war zu beschäftigt damit, ihr auf die Brüste zu starren, um es zu bemerken.

Nicola versuchte, an jedem Ort, an dem sie war, nett zu den Angestellten zu sein. Vor noch nicht allzu langer Zeit hatte sie selbst als Kellnerin und Zimmermädchen gearbeitet, während sie darauf gewartet hatte, „entdeckt" zu werden.

Heute Abend war sie nicht mehr nett.

„Hier." Sie knallte dem Mann den Stift in die Hand, ging dann zur Tür und hielt sie für ihn auf.

Langsam kam er hinter ihr her. Sie wartete ungeduldig darauf, dass er endlich ging, als er unvermittelt sagte: „Bist du heute Abend allein?"

War das sein Ernst? Sie musste das hier ertragen, nur um ein bisschen Eis zu bekommen? Ihr Plattenlabel hätte sie eigentlich lieber mit einer Assistentin auf Tour geschickt, die ein Auge auf sie hatte, doch Nicola hasste die Vorstellung, selbst nach einem Auftritt nicht entspannen und sie selbst sein zu können. Heute Abend jedoch wünschte sie sich, sie hätte jemanden an ihrer Seite, der sich um Idioten wie diesen kümmerte.

„Ich habe schon etwas vor, danke." Der Kerl nickte, allerdings gefiel ihr der Ausdruck nicht, den sie in seinen Augen bemerkte. „Mein Freund kommt gleich vorbei", schwindelte sie.

„Tja, wenn du später dann noch Gesellschaft brauchst …"

Verdammt, sie hatte die Leute satt, die sie so belästigten!

„Ich wollte nur, dass du mir ein bisschen Eiscreme bringst. Das war alles. Ich wollte nicht, dass du jetzt oder später mit mir zusammen Zeit verbringst. Du kennst mich doch gar nicht", erinnerte sie ihn, bevor sie beschloss: „Ich werde jetzt dem Nachtmanager über dich Bescheid geben."

Sie ging zum Telefon und hatte gerade den Hörer abgenommen, als der Mann sagte: „Ich habe mir nichts dabei gedacht. Es ist nur … Du bist ganz allein und …"

Er verstummte, als ihm klar wurde, dass er sich mit seinem Geplapper keinen Gefallen tat.

„Und wenn ich allein bin? Was macht das schon?", erwiderte sie. Seine Wortwahl mochte sie ganz und gar nicht, und sie reagierte extrem heftig und leidenschaftlich darauf. Es war fast schlimmer für sie, dass er ihre Einsamkeit thematisierte, als dass er sie mit Blicken beinahe auszog. „Nicht jeder muss am Freitagabend ausgehen und feiern, um glücklich zu sein."

Rückwärts ging er auf die offen stehende Tür zu und wünschte sich augenscheinlich, niemals den Mund aufgemacht zu haben.

„Ernsthaft, Nico, es tut mir leid, wenn ich dich mit dem, was ich gesagt habe, verärgert habe. Und ich … ich brauche diesen Job wirklich. Wenn es die Möglichkeit gibt, dass du das hier einfach vergisst, wäre ich … äh … dann wäre ich dir sehr dankbar."

Sie seufzte und legte den Telefonhörer wieder zurück. Sie wusste, dass sie es sich nie verzeihen würde, wenn der Mann ihretwegen seinen Job verlor. Auch wenn er sich danebenbenommen hatte.

„Gut."

Er sprang über die Schwelle und rannte davon, und sie zögerte nicht, die Tür hinter dem sich schnell entfernenden Mann ins Schloss zu werfen.

Die Eiscreme in der Schale auf dem silbernen Servierwagen schmolz langsam vor sich hin. Aber Nicola war nicht mehr in Stimmung für das Eis.

Es war ungerecht. Die ganze Welt glaubte, dass sie wahllos mit Männern ins Bett sprang, obwohl sie in Wahrheit erst mit zwei Männern Sex gehabt hatte. Mit Brad aus der zwölften Klasse auf dem Rücksitz des Wagens seines Dads. Und dann mit Kenny, weil sie geglaubt hatte, sie würden einander lieben.

Schlimmer noch: Keiner ihrer Liebhaber war besonders gut gewesen. Brad konnte sie das verzeihen, weil es für sie beide das erste Mal und der Ort eine schlechte Wahl gewesen war. Doch Kenny war es egal gewesen, wie es ihr dabei gegangen war. Das war ihr inzwischen klar geworden. Er hatte sich nur um sich selbst gekümmert, und sie hatte sich darauf eingelassen, weil sie die ganze Zeit über versucht hatte, ihm zu gefallen, damit er sie noch mehr „liebte".

Wenn sie zumindest jemals etwas wie echte Lust und echtes Vergnügen empfunden hätte – wenigstens ansatzweise –, wäre sie vermutlich nicht so unzufrieden mit ihrem Ruf gewesen. Dann hätte sie ihn vielleicht einfach annehmen können. Dann hätte sie sich vielleicht wie die sexy Frau fühlen können, die sie auf den Covern ihrer Alben und in ihren Musikvideos darstellte, und nicht mehr wie ein kleines Mädchen, das sich verkleidete.

Und dann hätte sie vielleicht ihre Choreografin Lori heute

Abend nicht gebeten, länger zu bleiben – so lange, dass die junge Frau nicht mehr rechtzeitig zur Verlobungsfeier ihres Bruders hatte gehen können. Mit einem Mal wurde Nicola klar, dass Lori wahrscheinlich nur zugestimmt hatte, länger zu bleiben, weil Nicola ihr so einsam erschienen war. Verdammt, wenn selbst der ahnungslose Kerl, der die Eiscreme auf ihr Hotelzimmer gebracht hatte, es bemerkte, konnte es ihr vermutlich jeder ansehen.

Plötzlich durchzuckte sie eine Erkenntnis: Da sie ihren Ruf sowieso niemals loswerden würde, warum ging sie nicht da raus und verdiente ihn sich?

Nicola war schon von Kindesbeinen an sehr impulsiv gewesen. In ihrem Zeugnis hatte Jahr für Jahr dasselbe gestanden: *Nicola ist ein kluges Mädchen, aber sie handelt oft, ohne nachzudenken.*

Gut, murmelte sie im Stillen, während sie einige ihrer Kleider auf das Bett warf und über ein passendes Outfit für ihr Vorhaben nachdachte. Sie hatte ihre Lektion darüber gelernt, Idioten zu schnell zu vertrauen. Und sicherlich wünschte sie sich, eines Tages die Liebe zu finden. Die echte Liebe. Die wahre Liebe.

Doch heute Abend wollte sie etwas anderes als Reue und Einsamkeit.

Sie war es leid, wie eine Nonne zu leben, hatte es satt, ständig alle davon zu überzeugen, dass sie kein wildes Partygirl war, obwohl das alle von ihr annahmen. Für eine einzige Nacht nur wollte sie wissen, was diese ganze Aufregung sollte. Sie wollte einen Mann finden, mit dem sie ihre Leidenschaft teilen konnte. Einen echten Mann, der erfahren genug war, um sie dorthin mitzunehmen, wo sie noch nie gewesen war.

"In Touch" mit MIRA!

⊙ Das **Verlagsprogramm** elektronisch abrufbar

⊙ Interaktiv dabei sein: **Buchbesprechungen, Gewinnspiele, Aktionen, Leseproben** und vieles mehr.

⊙ Folgen Sie uns auf **Twitter, Facebook, Instagram, Pinterest** und **google+**

⊙ www.mira-taschenbuch.de

MIRA TASCHENBUCH

Deutsche Erstveröffentlichung

Susan Mallery
Jägerin des verlorenen Schätzchens

Aus Neugier folgt Chloe einer Familientradition und schlüpft in das Nachthemd ihrer Urahnin, um von ihrem künftigen Ehemann zu träumen. Der Fremde, der ihr im Traum begegnet, steht am nächsten Tag tatsächlich vor ihr …

Band-Nr. 25775
9,99 € (D)
ISBN: 978-3-95649-052-1
eBook: 978-3-95649-352-2
304 Seiten

Deutsche Erstveröffentlichung

Molly O'Keefe
Geschickt eingefädelt

Eishockey-Profi Luc ist fuchsteufelswild: Sein sterbenskranker Vater will ein blondes Flittchen heiraten! Wütend reist Luc nach Texas, um sich die vermeintliche Erbschleicherin vorzuknöpfen …

Band-Nr. 25769
8,99 € (D)
ISBN: 978-3-95649-043-9
384 Seiten

Deutsche Erstveröffentlichung

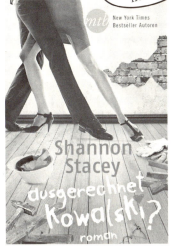

Shannon Stacey
Ausgerechnet Kowalski?

Lauren würde am liebsten diese lästigen Gefühle ignorieren, die Ryan Kowalski in ihr weckt. Doch das ist nicht leicht, wenn sie jeden Morgen ihren Sohn zum Abarbeiten einer Strafe zu Ryan bringen muss …

Band-Nr. 25783
9,99 € (D)
ISBN: 978-3-95649-062-0
eBook: 978-3-95649-362-1
304 Seiten

Deutsche Erstveröffentlichung

Teri Wilson
Ausgerechnet Mr. Darcy

Elizabeth genießt ihr Singledasein sehr. Trotzdem geht ihr Donovan Darcy nicht mehr aus dem Kopf. Es kann doch nicht sein, dass ausgerechnet er eine nie gekannte Sehnsucht in ihr weckt …?

Band-Nr. 25776
8,99 € (D)
ISBN: 978-3-95649-053-8
eBook: 978-3-95649-353-9
352 Seiten

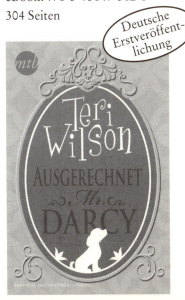

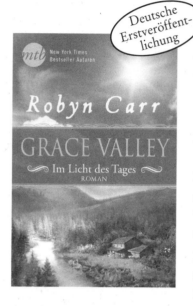

Deutsche Erstveröffentlichung

Robyn Carr
Grace Valley – Im Licht des Tages

In dem kleinen Ort Grace Valley ist es nahezu unmöglich, ein Geheimnis zu wahren – doch Dr. June Hudson ist es gelungen. Noch ahnt niemand etwas von ihrer Beziehung mit dem geheimnisvollen Jim …

Band-Nr. 25766
8,99 € (D)
ISBN: 978-3-95649-040-8
eBook: 978-3-95649-341-6
320 Seiten

Linda Lael Miller
Big Sky Wedding: Hochzeitsglück in Montana

Brylee wurde am Altar versetzt. Kein Wunder, dass sie Männern seitdem misstraut. Selbst die romantischen Küsse von Hollywoodstar Zane können ihre Zweifel nicht ganz vertreiben: Wer weiß schon, ob er nicht auch nur eine Gastrolle spielt?

Band-Nr. 25781
9,99 € (D)
ISBN: 978-3-95649-060-6
eBook: 978-3-95649-361-4
304 Seiten

Deutsche Erstveröffentlichung